Katie Ganshert

DER TAG, AN DEM DIE ZEIT STILLSTAND

Katie Ganshert

Der Tag, an dem die Zeit stillstand

Francke

MIX
Papier aus verantwortungsvollen Quellen
FSC® C083411

Bibliografische Information der Deutschen Nationalbibliothek
Die Deutsche Nationalbibliothek verzeichnet diese Publikation in der Deutschen Nationalbibliografie; detaillierte bibliografische Daten sind im Internet über http://dnb.dnb.de abrufbar.

ISBN 978-3-96362-186-4

Originaltitel: *Life After*
This translation published by arrangement with WaterBrook
an imprint of Random House, a division of Penguin Random House LLC

35037 Marburg an der Lahn
Deutsch von Dorothee Dziewas
Umschlagbilder: © iStockphoto.com / Vadven; jaskoomerovic; franckreporter
Umschlaggestaltung: Francke-Buch GmbH /
Christian Heinritz
Satz: Francke-Buch GmbH
Druck und Bindung: CPI books GmbH, Leck

www.francke-buch.de

Wer kann Gottes Absichten erkennen?
Oder wer hat ihn je beraten?

Römer 11,34

Prolog

Wir wissen nur selten, wann der Tod kommt.

Manche werden durch Krankheiten vorgewarnt – wie bei dem Sandstreifen eines Baseballfeldes, dem »Warning Track«, der einem rückwärtslaufenden Außenfeldspieler durch den anderen Untergrund anzeigt, dass er am Spielfeldrand angekommen ist. Das Ende ist nah. Aber andere – viele andere – begegnen dem Tod ohne jede Vorwarnung, in einem unvorhersehbaren Augenblick, der das Bewusstsein zerreißt und die Lebenden von den Toten trennt.

So würde es an diesem Abend für zweiundzwanzig Menschen sein.

Übereifrige, unwillkommene Schneeflocken senkten sich aus einem düsteren Himmel wie Tücher herab. Der Wind erfasste sie und blies sie fort. Derselbe Wind zog Strähnen aus dem Pferdeschwanz einer Frau und ließ sie hin und her flattern wie eine flackernde Kerzenflamme. Die Frau drückte einen Karton fest an ihre Brust und eilte die Betontreppe hinauf, sodass der Inhalt klapperte.

Das Kinn tief in ihren Schal vergraben und den Blick gesenkt, sah die Frau den Mann nicht, als sie auf dem Bahnsteig ankam. Sie sah nicht, wie er den Zug anstarrte. Sie sah nicht, wie er eine Atemwolke ausstieß. Und sie sah ihn auch nicht, als er herumfuhr.

Die beiden kollidierten, so wie es im Leben manchmal ist.

Die Frau wankte und stürzte und der Karton glitt zu Boden. Sie landete hart auf dem schneebedeckten Asphalt und kastanienbraune Haare fielen ihr ins Gesicht.

Der Mann beugte sich zu ihr hinunter und zog sie hoch. »Alles in Ordnung?«

»I-ich glaube schon.«

Er bemühte sich, den verstreuten Inhalt des Kartons einzusammeln – eine Handvoll Visitenkarten, einen Notizblock mit Spiralbindung, ein zusammengeknülltes T-Shirt, eine offene Tüte mit Lollis und einen Bilderrahmen.

»Tut mir leid«, sagte er.

»Nein, das war meine Schuld. Ich habe nicht aufgepasst. Ich wollte nicht ...« Der Wind riss ihre Worte fort. Sie schob sich die Haare hinters Ohr, während ihr Blick zu dem zerbrochenen Bilderrahmen in seiner Hand wanderte.

Er schüttelte Glasscherben in den Schnee, dann legte er das gerahmte Foto in den Karton und gab ihr den. »Sind Sie sicher, dass alles in Ordnung ist?«

»Mir geht es gut.« Trotzdem konnte sie nicht verhindern, dass sich ihr Gesicht während dieser Worte schmerzlich verzog.

Der Zug war zum Halten gekommen und sie sah, wie der Bahnwaggon hinter ihm seine Türen öffnete.

Sie hielt den Karton fest an sich gedrückt und trat in Richtung der geöffneten Türen, damit sie nicht auf den nächsten Zug warten musste.

Trockene Heizungsluft empfing sie und umwehte ihr Gesicht und ihren Hals. Die Türen glitten zu. Die Bremsen wurden gelöst. Eine verzerrte Stimme erklang über den Lautsprecher, als der Zug ruckartig anfuhr. Sie hielt sich an einer Stange in der Nähe fest und starrte aus dem Fenster. Der Mann stand unter dem Vordach der Haltestelle und sah dem abfahrenden Zug nach, während Schnee und Wind einen wilden Tanz am Himmel vollführten.

Sie bemerkte, dass ihr Rücken von dem Sturz schmerzte, und klopfte sich etwas Schnee von ihrem Mantel. Ihr Blick schweifte über das Zugabteil und blieb an einer Dame hängen, die ganz in der Nähe allein in einer Reihe saß. Sie umklammerte eine teuer aussehende Handtasche, während sie ihre Wangen mit einem zerknüllten rosafarbenen Papiertaschentuch abtupfte.

Als hätte sie den auf ihr ruhenden Blick gespürt, hob die Dame ihren Kopf und sah der Frau in die Augen.

Diese wandte verlegen den Blick ab und setzte sich auf einen Platz zwei Reihen weiter vorne. Der Zug war nicht sehr voll und so konnte sie ihren Karton neben sich auf dem leeren Sitz abstellen.

Ihre Haut fühlte sich kalt an und ihre Zähne klapperten. Sie sehnte sich nach einem heißen Becher Tee. Nach einem langen wohltuenden Bad. Nach etwas, das vielleicht die Kälte vertreiben konnte, die in ihre Knochen gekrochen war, lange bevor sie auf die Straße getreten war.

Sie nahm den Bilderrahmen aus der Schachtel und schnipste eine Glasscherbe von dem Foto, als ihr jemand auf die Schulter tippte.

Es war ein Mann.

Er saß hinter ihr mit einer grünen Kappe mit John-Deere-Logo und geradem Schirm, die so aussah, als wäre sie ganz neu. Sein Rücken war vom Alter gebeugt. »Verrücktes Wetter heute Abend.«

Sie nickte.

»Als wir das letzte Mal so spät im Jahr noch Schnee bekamen, hatte ich noch Haare hier oben.« Er nahm seine Mütze ab und rieb sich lachend über den glänzenden braunen Schädel. »Sie sagen, es könnte bis zu dreißig Zentimeter Schnee geben.«

Die Lippen der Frau verzogen sich ein wenig nach oben – ein höfliches, aber distanziertes Lächeln.

Wenn sie gewusst hätte, dass dies die letzte Unterhaltung des alten Mannes sein würde, hätte sie sich vielleicht mehr Mühe gegeben. Wenn sie es gewusst hätte, wäre sie vielleicht aufmerksamer gewesen. Oder zumindest hätte sie ihm einen Hauch von Freundlichkeit entgegengebracht.

Aber sie wusste es nicht. Keiner von ihnen wusste es.

Nicht das Mädchen mit den kurzen Haaren und den tätowierten Schmetterlingen im Nacken. Nicht der Latino-Junge, der lässig auf seinem Platz hing, Ohrhörer in den Gehörgängen. Nicht die gestresst wirkende Mutter, die versuchte, ein wildes Kind im Zaum zu halten. Nicht der Geschäftsmann, der die Tastatur seines Laptops bearbeitete. Nicht die weinende dünne Dame mit dem zerknüllten Papiertaschentuch. Nicht der alte Mann, der nach Voltarensalbe und Speck roch und über Schneestürme im März plauderte.

Nicht die Frau mit dem Karton, deren Telefon zu vibrieren begann. Sie warf dem Herrn hinter sich einen entschuldigenden Blick zu und zog das Handy aus ihrer Tasche. Eine SMS erschien auf dem Display: *Lebst du noch?*

Sie schnaubte kurz.

Sie zog den Ring ihrer Mutter ab und starrte auf den vertrauten Anblick. Wenn sie das nicht getan hätte – wenn sie vielleicht nur daran gedreht hätte, anstatt ihn ganz abzuziehen –, vielleicht wäre es dann anders gekommen. Aber sie zog ihn ab. Sie drehte ihn in der Hand und schloss die Finger darum. Und dann tippte sie mit zitternden Daumen eine SMS: Es war eine Nachricht, die nie abgeschickt werden würde. Eine Nachricht, die mit all den anderen Dingen verloren gehen würde, die an diesem Tag verloren gingen. Mitten in ihrer getippten Antwort tickte die letzte Sekunde bis zur Null.

Das Schicksal detonierte.

Eine Hitzeexplosion zerriss die Luft.

Fenster zerbarsten.

Metall krümmte sich.

Sterne tanzten wie Kaleidoskope hinter den Pupillen der Frau und das Leben, das sie bis dahin gekannt hatte, löste sich in Luft auf.

1. Kapitel

Sirenen heulten.

Eine Frau schrie.

Eine unaussprechliche Hitze streckte schwere Finger aus, grub sich in ihr Fleisch und zog sie in die Dunkelheit. Verkohlte Handschuhe umschlossen ihre Handgelenke und zogen sie aus dem Wrack, während Flammen die Welt verschlangen.

Autumn Manning fuhr aus dem Schlaf hoch.

Der Schweiß lief ihr den Rücken hinunter, während sie die Geräusche beiseiteschob und wie eine unerwünschte Decke wegstrampelte. Sie trat nach den Laken, die ihre Beine bedeckten, und fasste sich ins Gesicht, um an Schläuchen zu ziehen, die nicht mehr da waren. Schläuchen, die bereits vor vielen Monaten entfernt worden waren.

Panik stieg in ihr auf.

Sie kratzte in ihrer Brust und ließ sie im Bett hochfahren.

Es war nur ein Albtraum. Sie war nicht von einem brennenden Wrack umgeben. Es gab kein Krankenhaus und keine piepsenden Monitore. Sie befand sich im Schlafzimmer ihrer Wohnung, wo alles ruhig und still und sicher war.

Die Uhr auf ihrem Nachttisch zeigte 3.36 Uhr an – eine Uhrzeit, mit der man eigentlich nichts zu tun haben wollte. Aber drei Uhr nachts und Autumn waren inzwischen gut miteinander bekannt. Um drei Uhr verwandelte der Schlaf sich in ein Irrlicht und verspottete sie, indem er vor ihrer Nase davontanzte und sich nicht mehr einfangen ließ.

Es war besser, es gar nicht erst zu versuchen.

Sie schwang die Beine aus dem Bett und schob die Füße in ein Paar Hausschuhe. Dann schob sie die Arme in den Bademantel, der an einem ihrer Bettpfosten hing, und schlurfte an dem Wandschrank vorbei, über den ihre Familie sich Sorgen machte.

Zehn Minuten später saß Autumn mit einem heißen Tee und untergeschlagenen Beinen in einem Sessel und klickte sich durch die verschiedenen Netflix-Optionen, während sie versuchte, die Geister zu ignorieren, die sie vom Flur aus riefen. Sie hatte ihrer Schwester versprochen, dass sie aufhören würde. Dass sie einen Weg finden würde, mit all dem abzuschließen.

Aber nachts waren die Toten am lautesten.

Dampf stieg in dünnen Fäden zu ihrem Kinn hinauf. Autumn wählte eine Folge der *Gilmore Girls* aus und wandte sich dann dem Puzzle zu, das auf dem Couchtisch ausgebreitet lag. Je mehr Dinge sie ablenken konnten, desto besser.

Fernsehen, Tee, Puzzle.

Dieses trug den Titel »Waldwichtel« und war besonders schwierig, weil die meisten Teile die gleiche graubraune Farbe von Baumrinde hatten. Gedankenlos knibbelte sie an der Nagelhaut eines Daumens, während sie ein Puzzleteil mit einem Stück vom Hut des Wichtels suchte.

Knibbel, knibbel, knibbel, bis ihre Haut brannte.

Sie steckte den Daumen in den Mund und lutschte daran, dann zog sie ihn wieder heraus und sah zu, wie sich ein roter Blutstropfen bildete. Wenn sie kein Pflaster darummachte, würde sie weiter daran knibbeln – eine unschöne Angewohnheit, die sie sich als Mädchen zugelegt hatte.

»Hör auf zu knibbeln, Liebling«, hatte ihre Mutter immer gesagt, wenn sie einen Blick in den Rückspiegel ihres Buicks auf ihre Tochter warf. *»Deine Nägel sehen schrecklich aus.«*

Autumn ging ins Bad, wo sie ihren Daumen mit einem hellgrünen Pflaster versah und dann ihr Bild im Spiegel anstarrte. Eine gerade Narbe verlief quer über ihre Schläfe. Eine federartige tüpfelte ihren rechten Unterkiefer wie weiße Bartstoppeln – so leicht inzwischen, dass man genau hinsehen musste, um sie zu bemerken. Es gab noch eine Narbe an ihrer Schulter, wo sie operiert worden war – diese sah schlimmer aus als die anderen. Aber das war alles. Das einzige äußerliche Zeichen, dass sie überhaupt etwas überlebt hatte.

Drei verblasste Narben, wo die Haut zerrissen, aber anschließend gedehnt und wieder zusammengefügt worden war.

Die lustigen Dialoge der *Gilmore Girls* drangen über den Flur herüber.

Autumn wusste, dass sie zu ihrem Sessel und ihrem Tee zurückkehren und an ihrem Puzzle weiterarbeiten sollte, während Taylor Doose versuchte, die Bürger von Stars Hollow zur Ordnung zu rufen. Wenn die Folge zu Ende war, könnte sie den Kühlschrank ausräumen – und ihn mit Backpulver und Essig auswischen, bis sie eine Möglichkeit fand, den merkwürdigen sauren Geruch zu beseitigen, der ohne Sinn und Verstand immer wieder kam und ging. Wenn sie damit fertig war, könnte sie ihre Schuhe schnüren und eine frühe Morgenrunde joggen.

Aber morgens um drei Uhr war die Versuchung zu groß, als dass sie ihr hätte widerstehen können.

Sie fühlte sich unweigerlich zu den Dingen hingezogen, die sie wegzuwerfen versprochen hatte.

Resigniert nahm sie eine Schere, das Exemplar der *Chicago Tribune* mit den Artikeln, die sie vor dem Schlafengehen gelesen hatte, und den Ordner aus dem obersten Fach des Wandschranks im Flur. Sie lehnte sich mit dem Rücken an die Wand und rutschte bis zum Boden hinunter, wo sie die jüngste Schlagzeile ausschnitt.

Tragödie auf den Gleisen: ein Jahr danach

Die Kommission, die für die Errichtung eines Denkmals zuständig war, hatte sich mit einem Künstler der Stadt zusammengetan, um einen Brunnen zu entwerfen. Sie hatten sich für einen großen Phönix aus Stahl entschieden, der aus dem Wasser aufsteigt. Ein Symbol der Hoffnung. Schönheit aus der Asche. Ein Versprechen, das in Autumns Leben bisher noch nicht zur Erfüllung gekommen war. Selbst die Schönheit der Gerechtigkeit gab es für sie nicht.

Der Bombenleger Benjamin Havel war immer noch auf freiem Fuß.

In den Boden um den Brunnen herum waren zweiundzwanzig rote Ziegel eingelassen, jeder mit einem Namen versehen. In der Nähe erläuterte eine Tafel, wofür das alles stand. Es war eine Tafel, die kaum jemand lesen würde, und irgendwann würde der Brunnen nicht mehr sein als ein nasser Mülleimer für überflüssige Pennys und altes Kaugummi.

Autumn seufzte.

Hatte Chad recht? War sie zynisch geworden?

Sie schnitt den Artikel zu Ende aus und versuchte, nicht an die Sprachnachricht des Kommissionsvorsitzenden zu denken, mit der er sie eingeladen hatte, bei der Einweihungszeremonie das Band durchzuschneiden. Oder an Claires ungläubiges Staunen, als Autumn ihr erzählt hatte, dass sie nicht hingehen würde.

»Du willst wirklich nicht dabei sein?«, hatte sie gefragt.

»Glaub mir«, hatte Autumn geantwortet, »diese Familien wollen mich dort nicht sehen.«

Warum sollten sie auch? Für sie war ihr Anblick Salz in einer offenen Wunde. Eine bittere Erinnerung. Ein grausames Fragezeichen. *Warum hat diese Frau überlebt und mein Mann (mein Vater, meine Mutter, mein Sohn, meine Tochter, meine Freundin) nicht? Was ist an ihr so besonders?*

Autumn wollte die Fragen, die ihr selbst keine Ruhe ließen, nicht in den Augen der anderen sehen. Und sie weigerte sich, ein Maskottchen zu sein. Wenn sie ging, würde sie eine Ablenkung sein. Ein Schauspiel. Der Blickpunkt. Bei dem Denkmal ging es aber nicht um sie. Es ging um die anderen – diejenigen, die *nicht* überlebt hatten.

Sie musste keine Bänder durchschneiden, um an diese Menschen zu denken.

Das tat sie jeden Tag.

Jede Nacht.

Während die Stadt schlief, trieb dieser Gedanke sie immer wieder um.

Ihr Blick wanderte zu dem Ordner auf ihrem Schoß. Sie blätterte an dem Stapel aus Nachrufen vorbei – die allesamt geschrieben und veröffentlicht worden waren, während sie noch bewusstlos gewesen war. Als sie die Augen aufgeschlagen hatte, waren die Toten bereits beerdigt gewesen. Autumn musste ihre Namen im Internet recherchieren, um ihre Geschichten zu lesen, und alte Zeitungen aus Büchereien sammeln, um etwas Greifbares zu haben. Zum Kummer ihrer Familie hatte sie sich in ein trübsinniges Kind verwandelt, das einen Satz Sportkarten sammelte, entschlossen, alle ihre Lieblingsspieler zu finden. Nur dass sie bei jedem Fund kein Kaugummi erhielt, sondern einen Messerstich ins Herz.

Sie blätterte durch die gesammelten Todesanzeigen, bis sie zu den Briefen kam – alle von ein und demselben Absender. Die ersten davon waren gekommen, kurz nachdem sie aufgewacht war und die Medien sich auf sie gestürzt hatten.

Zuerst hatten die Briefe sie nur verwirrt.

Doch irgendwann ergaben sie einen Sinn. Autumn wusste, wie es war, wenn man die Gedanken auf eine Sache fixierte. Wenn man wie ein Hund war, der seinen Knochen nicht loslassen wollte. Das musste der Grund sein. Aus Gründen, die sie zu verstehen glaubte, war sie dieser Knochen geworden.

Sie erhob sich von ihrem Platz im Flur. Als sie ihren Computer hochfuhr, dachte sie an nichts. Sie dachte an nichts, als sie sich in ein gefälschtes Facebook-Konto einloggte, und sie dachte an nichts, als sie die Namen und Hashtags in die Suchmaske eintippte. Immer dieselben. Es war eine Angewohnheit geworden. Ein Zwang. So wie das Knibbeln an der Nagelhaut. Sie musste es tun, obwohl sie sich anschließend nicht besser fühlte. Weder, wenn sie etwas Neues fand, noch, wenn sie entdeckte, dass die Konten gelöscht worden waren. Egal, was Autumn herausfand, alles endete auf die gleiche Weise – sie saß dort und verarztete die Wunden, die davon herrührten, dass sie nicht loslassen konnte, und das ohne jedes Pflaster.

Dreihundertfünfundsechzig Tage.

Ein ganzes Jahr, seit die Menschen in dem Ordner aufgehört hatten zu leben.

Zwölf Monate mit derselben Frage als beständigem, aufmerksamem Gefährten. Derselben Frage, die ihre zweijährige Nichte seit zwei Wochen immerzu stellte.

Warum? Warum? Warum?

Autumn holte tief Luft, nahm einen Bleistift und ein Blatt Papier und versuchte – zum hundertsten Mal – einen Antwortbrief zu schreiben.

2. Kapitel

Den ganzen Tag über hatte die Sonne geschienen – beinahe widerwärtig. Ein leuchtendes Gold, das am blauen Himmel hing – kein Hauch einer Wolke in Sicht. Die Temperatur hatte am Mittag fast die fünfundzwanzig Grad erreicht, sodass die Leute ihre Strickjacken abstreiften und ihre Jacketts ablegten. Jetzt, wo die Sonne sich dem Horizont näherte, hatte sich das Thermometer auf angenehme zwanzig Grad eingependelt. Es war, als wäre das Wetter ein Kleinkind, das sich bemüht, die Gunst eines Elternteils wiederzuerlangen.

Ich weiß, dass ich letztes Jahr um diese Zeit ungezogen gewesen bin, sagte es. Aber ich verspreche, mich zu bessern. Sieh doch nur, wie gut ich sein kann.

Als sollte das Wetter der Mittelpunkt dieses Tages sein.

In einem anderen Leben wäre es vielleicht so gewesen.

Vielleicht würden die Leute, die in der Stadt unterwegs waren, etwas sagen wie: »Kaum zu glauben, dass es letztes Jahr um diese Zeit geschneit hat.«

»Nicht einfach nur geschneit. Es war ein regelrechter Schneesturm!«

Aber niemand sprach übers Wetter. Die Stadt Chicago war ernst geworden. In den Cafés nickten Gäste und Baristas einander vielsagend zu. In der Innenstadt taten Geschäftsleute und Taxifahrer dasselbe. Selbst auf der Michigan Avenue, in der vor allem Zugereiste mit viel Geld wohnten, herrschte eine ehrerbietige Atmosphäre. Angestellte der Chicagoer Verkehrsbetriebe und Polizeibeamte bewegten sich mit noch mehr Wachsamkeit als sonst. Und wann immer jemand etwas sagte, ging es überhaupt nicht ums Wetter.

»Kaum zu glauben, dass es schon ein Jahr her ist.«

»Ich weiß noch genau, wo ich war, als ich die Nachricht hörte.«

»Und ich kann nicht begreifen, dass sie den Täter immer noch nicht gefasst haben.«

Je mehr alle das Wetter ignorierten, desto mehr gab das Wetter an. Und jetzt hatte sich eine ganze Menschentraube im schwindenden Tageslicht auf dem Rasen im Lincoln Park versammelt und verschwendete keinen Gedanken an die Natur, während der Bürgermeister zu einer Schweigeminute aufrief.

Das Wetter hatte genug. Die ersten schwarzen Wolken ballten sich am Horizont und ein Windstoß fuhr in die Versammlung.

Paul Elliott legte die Hände auf die Schultern seiner Kinder. Bei dem siebenjährigen Tate, damit er nicht mitten in der ehrfürchtigen Stille eine laute Frage stellte. Bei der zwölf Jahre alten Reese, um sie daran zu erinnern, dass er da war und immer da sein würde. Ein stärkerer Windstoß folgte gleich darauf und Pauls Finger drückten noch ein wenig fester zu.

Noch zwei Stunden.

Vor vier Jahren war er einmal mit seinem Freund und Pastor Mitchell Wyatt einen Marathon gelaufen. Mitchell stand jetzt ein Stück vor ihm, etwas weiter rechts. Bei Kilometer achtunddreißig hatte Paul einen Punkt erreicht, an dem er nicht mehr weiterlaufen konnte. Wenn Mitch ihn damals nicht daran erinnert hätte, dass nur noch gut vier Kilometer vor ihnen lagen – eine Kleinigkeit im Vergleich zu dem, was sie schon gelaufen waren –, dann hätte Paul vielleicht aufgegeben.

Dies hier fühlte sich genauso an.

Die vergangenen zwölf Monate waren ein langer, zermürbender Marathon gewesen. Und in zwei Stunden konnte er seine Kinder und diesen Tag – und das ganze aufreibende Jahr – zu Bett bringen.

Seine Mutter legte ihre Hand an seinen Arm und drückte ihn sanft. Ihre Augen waren ein wenig feucht, aber ihre Schultern waren breit und kräftig, so als wären sie genau dafür geschaffen, schwere Lasten zu tragen. Links von ihr stand Pauls Großvater und blickte mit gerunzelter Stirn auf seinen Rollator hinunter.

Regina Bell stand auf Pauls anderer Seite.

Das war seine Schwiegermutter, ganz eckig und knochig, und ihre Wangenknochen hatten sich längst von königlich zu grimmig verwandelt. Bei Regina zeigte die Trauer sich darin, dass sie immer dünner und hinfälliger wurde. Es war eine besorgniserregende Verwandlung, denn abgesehen von ihren seltenen Skype-Unterhaltungen hatte er sie seit der Beerdigung seiner Frau Vivian nicht mehr gesehen. Sie stand jetzt genauso da wie damals, die Lippen fest zusammengepresst – so als ständen sie an einem Sarg und nicht an einem Brunnen. Sie würde noch eine Nacht bei ihnen bleiben. Vielleicht war es also gar nicht wahr, was Paul sich die ganze Zeit einredete. Von wegen zwei Stunden. Vielleicht glaubte er nur, bei Kilometer achtunddreißig zu sein, und war in Wirklichkeit erst bei Kilometer dreißig. Zwölf Kilometer aber waren deutlich mehr als vier.

Vor allem, wenn es um die ungeniert kritische Regina ging.

Zum Glück war Vivians Vater nicht mitgekommen. Er hatte letzte Woche angerufen, um Paul zu sagen, es tue ihm schrecklich leid, aber er könne sich bei der Arbeit nicht freinehmen. Regina tat so, als hätte der Mann ihr einen Dolch in die Brust gerammt. Aber zumindest bedeutete es, dass ein erheblicher Teil ihrer Missbilligung sich gegen ihren Ex-Mann richtete.

Ein schwacher Trost, aber immerhin etwas, fand Paul.

Die Schweigeminute endete.

Der Bürgermeister sprach ein paar Worte ins Mikrofon, von denen Paul keins hörte. Sein Blick wanderte zu mehreren Teams von Nachrichtensendern, die Stellung bezogen hatten, bereit, eine letzte Story aus der Tragödie herauszuschlagen, die wochenlang die Schlagzeilen beherrscht hatte.

Ein Kind, das etwa so alt war wie Tate, trat vor, um das Band durchzuschneiden.

Kameras klickten.

Leute klatschten.

Und langsam löste die Menschentraube sich auf.

Paul atmete erleichtert aus.

Er hatte nicht vor, noch länger zu bleiben. Ihm war nicht danach, in Erinnerungen zu schwelgen. Er wollte nur vergessen und seine Kinder von der beklemmenden Traurigkeit weg nach Hause bringen. Aber Reese rührte sich nicht.

Sie stand auf Zehenspitzen und suchte die Menschenmenge ab. »Wo ist sie?«

»Wo ist wer?«, fragte Paul.

Alle, die zu ihnen gehörten, waren in der Nähe. Mom, Pop. Regina. Mitch und seine Frau Lisa. Pauls geduldige Assistentin Margo, die sein Leben für ihn organisierte. Ihre Nachbarin Deliah Green, die ebenso hilfsbereit wie nervig war. Mrs Ryan und ihre Tochter Mia, seit dem Kindergarten die beste Freundin seiner Tochter. Außerdem mehrere Bekannte von Gemeinde, Schule und Arbeit.

Alle waren gekommen, um sie zu unterstützen.

»Die Frau, die überlebt hat.«

Alle sahen Paul an. Einige unverhohlener als andere.

Paul starrte auf den Asphalt.

»Sie muss hier sein.« Reese reckte den Hals. »Oder?«

»Es sind viele Leute hier, Liebling«, sagte Mom. »Ich bin sicher, sie ist hier irgendwo.«

Paul war sich da nicht so sicher. Soweit er wusste, hatte die Frau alles getan, um den Medien aus dem Weg zu gehen, und dieser Park war im Moment voller Journalisten. Einer davon interviewte den Bürgermeister. Ein Stückchen weiter sprach ein anderer mit einer Gruppe Frauen, die frische Tränen von ihren Wangen wischten.

Ein Jahr danach war ihre Trauer noch immer greifbar.

Paul schob ungeduldig einen Finger unter seinen Kragen.

Zeit zu gehen.

3. Kapitel

Sonntag, den 2. April 2017

Ein Stift in Verbindung mit Papier
kann ein wirkungsvolles Lebenswerkzeug sein.
(Maud Purcell)

Ich weiß nicht, wer Maud Purcell ist, außer dass sie einen Artikel mit dem Titel »Warum Journaling gesund ist« geschrieben hat. Ich bin auf Facebook darauf gestoßen und die Überschrift hat sofort meine Aufmerksamkeit erregt.

Maud sagt, dass es Stress vermindern kann, wenn man ein Journal, ein Tagebuch führt. Man kann klarer denken und findet oft unerwartete Lösungen für scheinbar unlösbare Probleme. Durch Journaling kann man mit der Zeit Muster, Trends, Verbesserungen und Wachstum erkennen. Maud sagt, dieses Journal wird irgendwann ein Freund, der alles akzeptiert und nicht verurteilt, und zugleich die billigste Therapie, die ich jemals finden werde.

Ich frage mich, ob Journaling meiner Schwägerin Jane genügen wird, die sich eingemischt hat. Und zwar auf eine ganz schön übergriffige Weise.

Vor zwei Tagen betrat ich ihr Haus, ein bisschen verärgert, weil sie mich um Hilfe dabei gebeten hatte, Kisten im Keller hin und her zu räumen. Vollkommen unerwartet fand ich meine ganze Familie in ihrem Wohnzimmer vor, die allesamt ziemlich verlegen dreinblickten. Am schlimmsten war mein Vater. Keiner von ihnen sagte ein Wort, als Jane mir einen Platz anbot und mich mit beleidigender Langsamkeit fragte – so wie sie es bei ihren Kindern macht, wenn sie kurz vor einem Wutanfall stehen –, ob ich mir jemals etwas antun wollte.

Da habe ich dann die Broschüren gesehen, die sie in der Hand hielten.

Jane gab mir eine.

Es ging darin um Schuldgefühle von Überlebenden und Jane hatte freundlicherweise bereits im Text die krankhafteren Formen markiert, von denen die schlimmste Suizid war.

Ich saß stumm da, während Jane erklärte, dass sie sich alle um mich sorgten und dass es keine Schande sei, eine Therapie zu machen. Wenn es eine Frage der Kosten wäre – da man als Online-Mitarbeiterin kaum eine gescheite Krankenversicherung hatte –, wären alle gern bereit auszuhelfen. Jane hatte sich sogar die Mühe gemacht, die Namen mehrerer angesehener Therapeuten auf eine Karte zu schreiben, zusammen mit ihren Telefonnummern.

Gestern Abend dann, als meine Schwester mit chinesischem Essen vorbeikam, erwartete ich eigentlich eine Entschuldigung von ihr. Ich dachte, wir würden zusammen darüber lachen. Aber Claire erzählte nur ganz aufgeregt von ihrem Job. Sie ist Lehrerin, also gibt es viel, worüber sie sich aufregen kann. Ich hörte geduldig zu, während sie ihrem Unmut Luft machte, und dann, aus heiterem Himmel, sagte sie: »Ich finde, es ist eine gute Idee.«

»Was ist eine gute Idee?«, fragte ich. »Einheitliche Leistungsnachweise?«

Sie schwenkte ihre Stäbchen in meine Richtung. »Nein. Eine Therapie.«

So macht Claire das immer.

Sie nimmt Unterhaltungen wieder auf, die Stunden, Tage oder Wochen her sind, als wäre seitdem überhaupt keine Zeit verstrichen und alle müssten wissen, wovon sie redet.

Meine Schwester hält eine Therapie für eine gute Idee. Meine Schwester hat sich auf Janes Seite geschlagen.

Das Wort *Suizid* hat sie dazu gebracht, da bin ich mir sicher.

Jedenfalls habe ich jetzt dich. Meine neue therapeutische Freundin, die alles akzeptiert und nichts verurteilt, freundlicherweise zur Verfügung gestellt vom Drogeriemarkt um die Ecke.

Vielleicht sollte ich dich Maud nennen.

Der kleine, altmodische Bungalow, der Autumns Kindheit beherbergte, kauerte vor ihr, die Fenster freundlich hell erleuchtet. Sie hatte eine Schüssel mit Erdbeer-Brezel-Schichtdessert dabei, ihr Standardbeitrag für das gemeinsame Essen am Sonntagabend. Innerlich versuchte sie, sich für die Familie und die Gespräche zu wappnen – etwas, das an jedem Sonntag des vergangenen Jahres besondere Anstrengung erforderte, aber diesmal besonders angesichts der Broschüren von Jane. Würden sie über die Familienintervention reden oder so tun, als wäre nichts geschehen?

Sie klopfte an die Haustür.

Die Tür öffnete sich fast augenblicklich und Leanne kam heraus, schlang ihren dünnen Arm um Autumns Schultern und drückte sie fest, als hätten sie sich seit Jahren nicht mehr gesehen und nicht erst vor ein paar Tagen.

Autumn tätschelte den Ellbogen ihrer Stiefmutter. Irgendwie schienen sie beide nie einen natürlichen Umgang miteinander zu finden. Als sie Autumn schließlich losließ, war Claire aus der Küche gekommen.

Autumn riss die Augen auf. Ihre Schwester hatte braune Haare.

Und es war kein unauffälliges Braun, sondern ein kräftiges Schokoladenbraun. Gestern hatte ihre Schwester noch rote Haare gehabt. Sie hatte immer rote Haare gehabt. Wie Autumn auch. Und wie ihr Bruder Chad. Und wie ihre Mutter.

»Wann hast du das denn gemacht?«, fragte Autumn.

»Vor zwei Stunden.« Sie fingerte an ihren Haaren herum. »Gefällt es dir?«

Autumn blinzelte, dann wanderte ihr Blick von Claire zu Claires Freund Trent, der sich langsam aus dem Sofa pellte, während er ebenso wie Dad gebannt auf das Baseballspiel starrte, das über den Fernsehbildschirm flimmerte. Es war der Eröffnungsabend, auf den ihr Vater jedes Jahr hinfieberte.

»Ich finde, es bringt ihre Augen besonders gut zur Geltung«, sagte Leanne und legte den Arm um Claires Taille. So ging das bei den beiden. Mühelos.

Claire hatte im Laufe der Jahre sogar einige von Leannes Angewohnheiten übernommen und in diesem Augenblick, als sie da Arm in Arm mit ihren Haaren im selben braunen Farbton standen, sahen sie aus wie Mutter und Tochter.

Autumns Herz zog sich zusammen. So sehr, dass es sich ein bisschen so anfühlte, als würde sie ersticken. So, dass sie sich am liebsten verabschiedet hätte und quer durch die Stadt zu ihrer Wohnung zurückgefahren wäre, um allein mit ihren zweiundzwanzig Geistern zu sein. Sie passte nicht mehr in diese Welt der Lebenden.

Zwei unterschiedliche Geräusche drangen von Dad und Trent herüber. Einer jubelte. Der andere stöhnte. Gefolgt von ein paar gutmütig-neckenden Bemerkungen. Anthony Rizzo hatte gerade einen Homerun geschlagen bis über die Mittelfeldmauer.

Die geliebten Chicago Cubs schienen dort weiterzumachen, wo sie aufgehört hatten.

Mit einem siegessicheren Grinsen, als hätte er eigenhändig den erfolgreichen Schlag ausgeführt, drückte Trent einen Kuss auf Claires Schläfe. »Du könntest dir den Kopf auch kahl rasieren und wärst immer noch schön.« Dann umarmte er Autumn, was sich immer anfühlte, als würde sie verschluckt, denn Trent war ein riesiger Bär von einem Mann mit Armen wie Baumstämme und einer weichen Mitte.

Dad kam als Nächstes. Er war nicht annähernd so stämmig wie Trent und auch kein großer Fan von Umarmungen, aber es war etwas, das sie inzwischen alle taten. Sie umarmten einander. Es hatte angefangen, als Leanne auf der Bildfläche erschienen war, denn Leanne umarmte für ihr Leben gern andere Menschen.

Autumn löste sich aus Dads ungelenkem Rückentätscheln.

»Chad hat vor einer Weile eine Textnachricht geschickt, dass sie etwas später kommen.« Leanne nahm den Salat mit einem Lächeln entgegen. »Mit zwei kleinen Kindern ist es unmöglich, pünktlich zu sein. Wir wissen ja alle, wie das ist.«

Nein, eigentlich wussten es nicht alle.

Dad vielleicht. Aber Leanne nicht.

Sie war durch ihre Heirat Mutter geworden, als Autumn elf, Chad vierzehn und Claire sechs gewesen war. Eine Sechsjährige war also am nächsten dran an der Erfahrung, wie ein Leben mit Kleinkindern aussah. Mit ihren sechs Jahren aber war Claire längst in der Lage gewesen, ihre Schuhe zu schnüren und den Reißverschluss ihrer Jacke selbst zuzumachen, was offenbar die beiden größten Hindernisse dabei waren, eine junge Familie rechtzeitig auf den Weg zu bringen.

Nach fünf oder zehn Minuten Small Talk, bei dem niemand ein Wort über ihr Treffen von vor zwei Tagen sagte, flog die Tür auf. Die vierjährige Cal und die zweijährige Lulu kamen ins Wohnzimmer gestürmt wie ein Paar Tasmanische Teufel.

Genau genommen hießen die Mädchen Calliope und Talulah.

Chad und Jane erwarteten ihr drittes Kind im Mai. Den ersehnten Jungen. Claire und Trent schlossen bereits Wetten ab, was für einen Namen der Kleine wohl bekommen würde. Wahrscheinlich etwas wie Axel oder Hugo oder Jagger, nur dass alle ihn dann Ax oder Hu oder Jag nennen würden. Jane war wie die meisten Frauen heutzutage, wenn es um Babynamen ging: Je ungewöhnlicher, desto besser.

Lulu schlang ihren kleinen Körper um Leannes Knie und verlangte ein Mentos. Leanne hatte in ihrer Handtasche immer eine Packung für die Mädchen dabei. Nicht die minzige Sorte, bei der sie die Nase rümpften, sondern die fruchtige, bei der sich ein Erdbeergeruch im ganzen Raum ausbreitete, sobald man daraufbiss.

»Keine Süßigkeiten vor dem Abendessen.« Die hochschwangere Jane kam mit Chad herein, was eine erneute Runde Umarmungen auslöste.

Während ihre Familie sich begrüßte und Lulu jammerte, bemerkte Autumn, wie Chad Trent einen fragenden Blick zuwarf. Und Trent schüttelte fast unmerklich den Kopf. Was auch immer Chads Frage war, Trents Antwort lautete offenbar *Nein.*

Oder wahrscheinlicher: *Noch nicht.*

Wieder zog Autumns Herz sich zusammen.

Sie war sich ziemlich sicher, dass Trent in den Startlöchern für einen Heiratsantrag stand. Sie freute sich für die beiden. Trent und Claire waren ein tolles Paar und sie waren jetzt seit sechzehn Monaten zusammen. Merkwürdigerweise war es Seth gewesen, der sie verkuppelt hatte. Autumns Ex-Freund. Damals war sie gerade dabei gewesen, sich bei der angesehenen PR-Firma Fishburn & Crandal nach oben zu arbeiten, und Seth hatte kurz davor einen Job bei der Creative Group angetreten, bei der auch Trent arbeitete. Autumn war nicht mehr bei Fishburn & Crandal und Seth nicht mehr bei TCG. Er arbeitete jetzt ausschließlich als Freiberufler, aber Trent und er spielten immer noch Squash zusammen und gingen manchmal zusammen essen.

Autumn fragte sich, ob Trent Seth erzählt hatte, dass er Claire einen Heiratsantrag machen wollte. Sie fragte sich, was Seth dabei wohl dachte, ob er zur Hochzeit käme und ob Claire es so einrichten würde, dass Autumn mit ihm zusammen durch den Mittelgang der Kirche gehen musste. Sie fragte sich, wie bizarr das wäre, wo sie doch wussten, dass sie das Brautpaar hätten sein sollen, wenn das Leben ihnen nicht einen gigantischen Strich durch die Rechnung gemacht hätte.

Das waren die Gedanken, mit denen sie beschäftigt war, als sie sich alle um den Esstisch versammelten. Sie ging davon aus, dass die Unterhaltung sich um die üblichen Themen drehen würde – Babynamen und Baseball. Sie vermutete, dass Dad und Chad über die Aufstellung der White Sox diskutieren würden, während Trent nicht ernst gemeinte Beleidigungen murmelte, denn Trent war ein eingefleischter Cubs-Fan. Noch etwas, das Seth und er gemeinsam hatten.

Aber noch bevor die Brötchen einmal um den Tisch herumgereicht worden waren oder Cal die Chance hatte, Leannes Hackbraten abzulehnen, setzte sich Jane mit leuchtenden, eifrigen Augen und verkündete voller Stolz:

»Ich habe einen Job für dich gefunden, Autumn.«

4. Kapitel

Blasses Mondlicht fiel durch ein Fenster in der Nähe herein und ließ die schlanke Gestalt seiner Frau als Silhouette erscheinen, als sie ihn vom Treppenabsatz aus rief. »Ich warte auf dich.«

Das Verlangen erwachte.

»Komm rauf«, flötete sie. »Komm zu mir.«

Er legte die Hand auf das glatte Geländer und stieg die Treppe hinauf.

Sie stand am Ende des Korridors im Türrahmen ihres Schlafzimmers und winkte ihn mit ihrem langen, schmalen Finger zu sich, bevor sie im Zimmer verschwand.

Paul folgte ihr, aber als er um die Ecke bog, war da nichts außer der nächsten Treppe. Dann sah er im Dunkeln ein weißes Nachthemd aufblitzen.

»Komm und such mich«, rief sie.

Als er oben ankam, trat er in die kalte Dunkelheit. »Vivian?«

Lachen – neckisch und verführerisch – erklang überall um ihn herum.

»Vivian, wo bist du?« Das Verlangen verwandelte sich in Verzweiflung. Er wandte sich um und da stand sie, so nah, dass er ihren Atem auf seiner Wange spüren konnte.

»Ich bin tot, Paul.«

Er wachte auf, die Augen weit aufgerissen in der Dunkelheit, die Wange fest ins Kissen gedrückt, und starrte auf die leere Seite des Bettes. Er legte die ausgestreckte Hand auf den Bettüberwurf. Dann trat er seine Decke zurück und ging ins Bad, wo er sich Wasser ins Gesicht spritzte und dann die Hände auf beiden Seiten des Waschbeckens aufstützte und in den Abfluss starrte, während Wasser von seiner Nasenspitze auf das Porzellan tropfte.

Zitternd holte er Luft und blickte zu dem Mann im Spiegel auf

– einem Mann, der nicht schlief. Dann fuhr er mit der Hand über die Bartstoppeln auf seinen Wangen. »Reiß dich zusammen.«

»Dad?«

Paul fuhr zusammen.

Reese stand in der Tür wie ein Gespenst, dessen lockige Haare wild das schmale, blasse Gesicht umrahmten. Sie umklammerte ihr Plüschtier – einen ehemals weißen und jetzt grauen Hund namens Gipper –, als wäre sie zwei und nicht zwölf.

Paul atmete aus. »Alles in Ordnung?«

»Tate schnarcht immer.«

Es war beinahe zwei Uhr morgens. Und Tate schnarchte nicht. Er atmete laut, wenn er schlief, aber nicht laut genug, als dass Reese dabei nicht schlafen konnte. Etwas anderes machte Pauls Tochter zu schaffen. In den letzten Tagen war sie launischer gewesen – und stiller als sonst. Der Therapeut in ihm sagte ihm, dass das für ihr Alter normal war, aber er machte sich trotzdem Sorgen.

»Ich muss morgen in der Schule meine Präsentation vorstellen.« Ihre Stimme war ein ängstliches Jammern. »Aber ich kann nicht einschlafen.«

Schlaflosigkeit führte zu mehr Schlaflosigkeit. Das wusste Paul aus eigener Erfahrung. Je länger ein Mensch sich im Bett hin und her wälzte, desto frustrierter und besorgter wurde er, und je mehr Frust und Sorge er empfand, desto unwahrscheinlicher war es, dass er schlafen konnte. Er hatte im Laufe der Jahre genügend Klienten betreut, um zu verstehen, wie der Teufelskreis funktionierte. Nur hätte er nie gedacht, dass dieses Problem auch einmal seine Tochter ereilen würde. Leider war das nicht das erste *Ich hätte nie gedacht*, das sich in seine Wirklichkeit eingeschlichen hatte.

Ein kleines Nicken war alles, was nötig war. Die kleinste Einladung.

Reese kletterte in sein Bett und kuschelte sich unter die Decke.

Er legte sich neben sie und rieb ihr beruhigend den Rücken, während er das Lied summte, das er extra für sie geschrieben hatte. Ein Lied, dass er ihr im Säuglingsalter oft ins Ohr gesungen hatte, wenn sie wegen einer Kolik nicht hatte schlafen können. Ein Lied, das er sang, wann immer er ein aufgeschürftes Knie oder einen verstauchten Zeh verarztete – damals, als ein einfacher Kuss die bösen Dinge noch vertreiben konnte. Er betete um Entspannung. Dass ihre Nerven sich beruhigen würden. Er betete, dass er seiner Tochter helfen konnte, indem er ihr den Rücken rieb und dieses Lied summte.

Langsam wurde Reese' Atmung tief und gleichmäßig.

Ein Windstoß pfiff am Fenster und weckte unwillkommene Erinnerungen. Die Einweihung des Gedenkbrunnens war vorüber. Regina war wieder in North Carolina bei ihrem aktuellen Ehemann. Dieses albtraumhafte Jahr war vorbei.

Mit Mumm und Entschlossenheit hatte er seine Kinder so unverletzt wie möglich aus dem Wrack der ganzen Schrecken gezogen. Die Sonne hatte wieder begonnen zu scheinen. Das Atmen fiel nicht mehr ganz so schwer.

Aber nachts? Da heulte der Wind kräftig weiter.

Die neunundvierzigjährige Brenda Vance saß in Pauls Büro und die Tränen der Enttäuschung von ihrem ersten Treffen waren einem hoffnungsvollen Lächeln gewichen. »Er hat gesagt, meine Haare sehen hübsch aus.«

Die späte Nachmittagssonne drang durch seine Fenster herein, während sie die ganze Geschichte erzählte. Paul hörte aufmerksam zu und sein Optimismus dehnte sich aus wie ein vollgesogener Schwamm. Ein Schwamm, der zu lange im Schrank gelegen hatte – zusammengeschrumpft und brüchig und hart. Sein Berufsleben war im Moment besonders befriedigend. Brenda war nicht seine einzige Klientin, die Fortschritte machte. Zusammen mit Tates Schulnoten von gestern wurde der Optimismus-Schwamm groß genug, um die Schlafprobleme seiner Tochter zu verdrängen.

Sie würde schon zurechtkommen.

Sie alle würden es überstehen.

»Heute Morgen hat er mich beim Frühstück nach meinen Sitzungen mit Ihnen gefragt.« Brendas Gesicht leuchtete, als wäre sie frisch verheiratet. »Er wollte wissen, ob wir über ihn reden.«

»Was haben Sie gesagt?«

»Ich habe gesagt, dass ich es versucht habe, dass Sie aber die nervige Angewohnheit haben, das Gespräch immer wieder auf mich selbst zurückzulenken.«

»Wie frustrierend.«

Sie lachte.

Brenda war vor zwei Monaten das erste Mal bei ihm gewesen, eine Mutter von vier Kindern, deren Küken gerade das Nest verlassen hatten, sodass ihr Mann und sie jetzt allein und nicht mehr abgelenkt waren – und der jämmerliche Zustand ihrer Ehe auf einmal mit voller Wucht zum Vorschein kam. Sie wollte etwas daran ändern. Ihr Mann schien der Meinung zu sein, dass sich nichts ändern musste. »Ihm scheint der Gedanke, einmal zu einer Sitzung bei Ihnen mitzukommen, nicht mehr ganz so abwegig zu sein.«

Es klopfte an der Tür.

Paul drehte sich mit seinem Stuhl um.

Margo steckte den Kopf zur Tür herein, ihr Blick entschuldigend. Sie wusste, dass sie eine Sitzung nur im Notfall unterbrechen sollte. »Es tut mir leid, Dr. Elliott, aber Mrs Ryan ist für Sie am Telefon.«

Sofort stieg Angst in ihm auf.

Mrs Ryan war Mias Mutter und Mia hatte Reese eingeladen, nach der Schule mit zu ihr zu kommen. Die Unterbrechung hatte ihn zu sehr erschüttert, als dass sie ihm unangenehm gewesen wäre. »Tut mir leid, Brenda, da muss ich rangehen.«

Sie hob die Hände, als wollte sie sagen: Machen Sie sich meinetwegen keine Gedanken. Er sagte seinen Klienten gleich zu Beginn, dass seine Kinder Vorrang hatten. Nicht alle waren so verständnisvoll wie Brenda.

Er rollte mit dem Stuhl zu seinem Schreibtisch und griff zum Hörer. »Elliott.«

»Hi Paul, Allison hier. Tut mir leid, dass ich dich bei der Arbeit störe.«

»Ist alles in Ordnung?«

»Also …«

Seine Finger umklammerten das Telefon fester. Wenn irgendjemand wusste, wie schnell das Leben sich ändern konnte – wie schnell eine Tragödie zuschlagen konnte –, dann war er es.

»Reese wurde beim Ladendiebstahl erwischt.«

»*Wie bitte?*«

»Ich dachte, es wäre nett, mit den Mädchen zu Aarons Drogeriemarkt zu gehen. Der Angestellte hat gesehen, wie sie einen Lipgloss in ihre Tasche gesteckt hat.«

Paul drehte seinen Stuhl aus Brendas Blickwinkel und rieb sich den Nacken, wo er Hitze aufsteigen fühlte.

»Der Angestellte hat nicht die Polizei gerufen oder so was. Ich wollte warten, bis du kommst und Reese nach dem Abendessen abholst, aber dann dachte ich, wenn es um Mia ginge, würde ich es sofort wissen wollen.«

»Natürlich.«

»Sie kann gerne wie geplant so lange hierbleiben.«

»Nein, nein. Ich hole sie gleich ab.« Er konnte nicht zulassen, dass seine Tochter etwas so Schlimmes wie Ladendiebstahl beging und dann bei einer Freundin genüsslich Pizza aß. Was hatte Reese sich nur dabei gedacht? Er dankte Mrs Ryan für ihren Anruf, legte auf und wandte sich dann zu seiner Klientin um. »Es tut mir sehr leid, Brenda, aber …«

»Die Pflicht ruft.«

»Ja, das stimmt.«

Er sah Mitgefühl in ihrem Blick. Sie wusste, dass Paul alleinerziehender Vater war. Die ganze Welt schien das zu wissen. Und trotz der Abschlüsse und Urkunden an seinen Wänden sah sie ihn jetzt an, wie so viele wohlmeinende Frauen es taten. So, als würde er in den Wellen des Vaterseins mit den Armen rudern und sie wäre gerne diejenige, die ihm den Rettungsring zuwarf.

Er ging zur Tür seines Büros und hielt sie für Brenda auf.

Draußen im Wartebereich saß Margo hinter dem schlichten Empfangstresen.

»Margo? Können wir Mrs Vance so bald wie möglich den nächsten Termin geben? Meinen letzten Termin heute müssen wir auch verlegen.« Und mit *wir* meinte er sie. Sie hatte einen Preis als beste Assistentin der Welt verdient. »Ich kann morgen früher reinkommen oder irgendwann nächste Woche, wenn es sein muss.«

»Kein Problem. Ist mit Reese alles in Ordnung?«

»Es ist keine große Sache. Ich muss nur ein paar Dinge regeln.« Paul nahm seine Jacke von der Garderobe am Eingang und schob die Arme hinein. »Gibt es noch irgendwelche Nachrichten für mich?«

Margo hielt einen Post-it-Zettel hoch. »Mitch hat angerufen. Und dein Agent.«

Ein merkwürdiges Gefühl kroch seinen Rücken hinauf.

Aber Brenda merkte auf, als sie das hörte. »Schreiben Sie ein neues Buch?«

Unwahrscheinlich, wenn man bedachte, wie unentschlossen er bei dem ersten gewesen war. Außerdem unwahrscheinlich, wenn man die jüngsten Eskapaden seiner Tochter bedachte. Er zog den Reißverschluss seiner Jacke zu. »Ich bin nicht sicher, ob ich dazu Zeit habe.«

Brenda warf ihm wieder diesen Blick zu. Als wäre er hilflos. Paul hasste Hilflosigkeit. Es war – mit Abstand – eines der schlimmsten Gefühle der Welt.

Vor allem, wenn es um seine Familie ging.

5. Kapitel

Schock und Besorgnis wichen allmählich Wut und Verlegenheit. Zuerst hatte seine Tochter gestohlen. Dann war sie Mrs Ryan gegenüber feindselig gewesen – als wäre es Mrs Ryans Schuld, dass sie nicht zum Essen bleiben konnte. Noch schlimmer war jedoch, dass Mrs Ryan so tat, als wäre das Verhalten von Reese zu erwarten gewesen. Als hätte sie eine Entschuldigung dafür. Aber er würde nicht zulassen, dass seine Tochter den Tod ihrer Mutter als Ausrede für schlechtes Benehmen benutzte. Jetzt nicht mehr.

Und Paul brauchte offenbar ein T-Shirt mit dem Aufdruck »Uns geht es gut«, denn Mrs Ryan sah ihn genauso an, wie Brenda Vance ihn in seiner Praxis angesehen hatte.

Paul warf einen Blick in den Rückspiegel. Reese saß auf der Rückbank, schweigend und mit versteinerter Miene. Es war ein vollkommen anderes Mädchen als das, das gestern Abend verängstigt zu ihm ins Bett gekrochen war. Dieses Mädchen hatte ihn an früher erinnert, als ihm die Kleine bewundernd ins Ohr geflüstert hatte, dass sie ihren Daddy irgendwann heiraten wollte. Von diesem Mädchen war jetzt nichts mehr zu sehen, und an ihre Stelle war ein Fast-Teenager getreten, der so viel Wut im Bauch hatte, dass es erschreckend war. Er krallte die Finger fester um das Lenkrad und sagte sich, das sei normal. Reese würde ihn nicht für immer vergöttern. Sie war auf der Suche nach einer gewissen Selbständigkeit.

Aber Ladendiebstahl? Offene Unverschämtheit?

So hatte er sie nicht erzogen.

Er bog in die Gasse hinter ihrem Haus ein.

Kaum hatte er die Parkposition des Wagens eingelegt, sprang Reese hinaus und knallte die Tür zu.

Er folgte ihr durch das von einem kräftigen Regen am frühen Morgen noch nasse Gras. »Jetzt reden wir.«

Sie stapfte ins Haus, schleuderte ihre Chucks von sich, warf ihren Rucksack hinter der Tür auf den Boden und lief durch die Küche. »Ich will nicht reden.«

»Pech gehabt, Fräulein. Diebstahl heißt, *wir reden.*«

»Es war doch nur ein dämlicher Lipgloss.«

Er holte sie mit zwei Schritten ein und versperrte ihr den Weg. »Es spielt keine Rolle, was es war, Reese. Klauen ist falsch. Diebstahl ist Diebstahl.«

Reese verschränkte die Arme vor der Brust. Schloss ihn aus. Schloss die Welt aus.

Er fuhr sich mit der Hand übers Gesicht und betete um Geduld und Weisheit. War dieses Verhalten ein Hilfeschrei oder nur eine natürliche Nebenwirkung ihres Alters – ein furioser Auftakt der Adoleszenz? Er hoffte inständig, dass es nicht Ersteres war, aber Mann, wenn es Letzteres war, dann war das kein gutes Omen für die nächsten paar Jahre. »Was ist los, Reese?«

»Nichts.«

»Ladendiebstahl ist nicht *nichts*. Mrs Ryan abscheulich zu behandeln, ist auch nicht nichts.«

»Kann ich bitte auf mein Zimmer gehen?«

»Nicht, bevor wir das hier besprochen haben.«

»Ich will aber nichts besprechen!« Die hitzigen Worte hallten durchs Haus und hinterließen eine unbestimmte Stille. Eine noch halb volle Schüssel mit aufgeweichten Reis-Krispies stand auf der Frühstücksbar, am Morgen übrig gelassen von seiner Tochter, als sie sich noch nicht in dieses nicht wiederzuerkennende, rotgesichtige Wesen verwandelt hatte, das jetzt vor ihm stand.

Paul zwang sich, tief Luft zu holen.

Die Gefühle waren aufgewühlt. Seine und ihre mit Sicherheit auch. Jedes »Gespräch«, das sie jetzt führten, würde nicht viel bringen. Besser, wenn sie sich beruhigte und er sich auch. Nach dem Abendessen würde er es noch einmal versuchen.

Er trat zur Seite. »Okay.«

Die Arme um ihren Oberkörper geschlungen, stapfte sie an ihm vorbei und rannte die Treppe hinauf. Wenige Sekunden später fiel die Tür zu ihrem Zimmer mit einem solchen Knall ins Schloss, dass die Wände des Hauses wackelten.

Nach einer langen Trainingseinheit auf dem Laufband im Keller und einer schnellen Dusche stand Paul an der Küchenzeile und blätterte durch einen Stapel Post. Rechnung, Werbung, Werbung, Versicherungsnachweis, Rechnung, und dann etwas, das an Reese Elliott adressiert war.

Paul blinzelte, als er den Absender näher betrachtete.

Dort stand kein Name, sondern nur eine Wohnungsnummer in Lakeview. Soweit er wusste, hatte Reese keine Freunde, die dort wohnten. Und er wusste ziemlich genau, mit wem sie befreundet war.

Mit wachsender Neugier drehte Paul den Umschlag um. Er hatte die Größe und Form einer Geburtstagskarte. Merkwürdig, wenn man bedachte, dass der Geburtstag von Reese zweieinhalb Monate her war. Vielleicht war es eine Einladung zu einer Geburtstagsfeier. Zu der sie mit Sicherheit nicht gehen würde. Nicht wenn sie diese neue Einstellung beibehielt.

Die Haustür ging auf.

Tate kam in die Küche gerannt und seine Turnschuhe quietschten auf dem Holzfußboden – ein Blitz aus blonden Haaren und schierer Energie. Er schlang die Arme um Pauls Taille und grinste mit einem schiefen Lächeln zu ihm auf dank der beiden fehlenden Schneidezähne, die mit unterschiedlicher Geschwindigkeit nachwuchsen. »Grandma hat unsere Lieblingspizza geholt!«

Liebe machte sich in ihm breit – eine alles verschlingende, beschützende Liebe. Und Dankbarkeit. Für wenigstens ein Kind, das noch meilenweit von den Qualen der Pubertät entfernt war. Und für eine Mutter, die dabei half, dass die unmögliche Aufgabe, alleinerziehender Vater zu sein, sich nicht ganz so unmöglich gestaltete. »Pizza?«

Mom kam herein, in einer Hand eine große Schachtel, und eine unsichtbare Wolke aus Peperoni, Salami und Oregano folgte ihr in die Küche.

»Hey, Ma.«

Sie lächelte und hielt den Karton hoch. »Ich habe Tate eine besondere Belohnung versprochen.«

»Wofür?«

Sie stellte die Pizza ab und zwinkerte ihm zu. »Er hat heute wieder achtzig Prozent beim Buchstabieren erreicht.«

Das war das dritte Mal in Folge.

Paul zog die Augenbrauen hoch und sah dann auf seinen Jungen hinunter. Während Reese im Schlaf gute Noten bekam, war jeder einzelne Punkt für seinen Sohn Schwerstarbeit. Er fuhr mit der Hand über Tates Locken. »Das ist klasse, Kumpel.«

»Mrs Cranswick hat einen Jedi-Aufkleber oben auf meine Hausaufgabe geklebt. Willst du ihn sehen?«

»Natürlich.«

Tate ließ seinen Schulranzen von den Schultern gleiten und fing an, in den zerknitterten Blättern zu wühlen, die er in die Tasche gestopft hatte. Im Dezember hatte er bereits drei Mappen verloren und im Februar hatte Paul aufgegeben, sie zu ersetzen. Bis jetzt hatte Mrs Cranswick noch nichts gesagt.

Es gab Schlachten, die zu schlagen einfach keinen Sinn hatte.

Paul legte die Post auf die Arbeitsplatte und gab seiner Mutter einen Kuss auf die Wange. »Wie geht es Pop?«

Vor zwei Wochen war sein Großvater gestürzt. Zum Glück hatte er sich nichts gebrochen, aber sein Arzt hatte ihm trotzdem eine Gardinenpredigt gehalten.

Mom seufzte. »Wenigstens nimmt er jetzt den Rollator.«

»Hast du noch mal darüber nachgedacht ...«

Sie hob die Hand und warf ihm einen Blick zu, wie sie es gemacht hatte, als er noch klein gewesen war und etwas Ungezogenes im Schilde geführt hatte. Wie damals, als sie ihn auf dem

Dach erwischt hatte, von wo er auf das frisch zusammengerechte Laub heruntergesehen hatte, während sein großer Bruder Brandon ihn von unten anfeuerte. »Ich will es nicht hören, Paulie. Du weißt, was ich davon halte.«

Das wusste er.

Und auch wenn er in weiten Teilen derselben Meinung war, weil er sich seinen Großvater nicht in einem Seniorenheim vorstellen konnte – auch wenn der behauptete, es würde ihm nichts ausmachen –, so wusste Paul doch, dass seine Mutter permanent überlastet war. Sie tat es für ihn und die Kinder. Sie tat es für ihren Vater. Und jetzt, wo der Arzt gesagt hatte, Pop solle nicht mehr alleine Treppen steigen, würde es noch schwieriger werden, für ihn zu sorgen.

»Ich meine ja nur«, sagte er. »Es ist viel.«

»Es ist nicht viel. Es ist das normale Leben. Und es ist nur das, was du für mich auch tun würdest.«

»Du würdest es mir gar nicht erlauben, das weißt du so gut wie ich.«

Bevor sie antworten konnte, sprang Tate aus der Hocke hoch und schwenkte seinen Rechtschreibtest durch die Luft. »Achtzig Prozent. Und das hier ist ein Aufkleber von Plo Koon. Er stammt vom Planeten Dorin.«

»Das ist super, Tate. Häng ihn mal an den Kühlschrank und dann hol bitte deine Schwester, bevor die Pizza kalt wird. Reese ist in ihrem Zimmer.«

Tate befestigte das Blatt Papier mit einem Magneten, den Margo Paul zur Unterzeichnung seines ersten Buchvertrages geschenkt hatte. Darauf stand: »Ich schreibe, um meine Brötchen zu bezahlen.« Dann rannte er aus der Küche und die Treppe hinauf.

»Reese ist hier? Ich dachte, sie isst heute bei Mia.«

Paul holte tief Luft und stieß sie dann mit einem lauten Seufzer wieder aus.

»Was ist passiert?«

Ach, nicht viel. Seine zwölfjährige Tochter hatte sich nur plötzlich völlig unverschämt gegenüber einem Erwachsenen verhalten und ein Verbrechen begangen. Das war alles.

Die ganze Sache lastete ziemlich auf seinen Schultern – sie war besorgniserregend, ja, aber auch unglaublich frustrierend. Er sollte Reese doch eigentlich helfen können bei den Gefühlen, die sie umtrieben. Schließlich war es sein Job, Menschen zu helfen.

Mom legte ihre breite Hand auf seine Wange. Ihre Augen, die die gleiche erdig grüne Farbe hatten wie seine eigenen, sahen ihn besorgt an. »Was ist los?«

Tate kam die Treppe hinunter und um die Ecke gerannt und unterbrach sie mit seinem Gepolter. Der Junge war so laut wie eine Herde Elefanten.

»Reese ist nicht in ihrem Zimmer«, verkündete er.

»Was?«

»Reese ist nicht da.«

»Natürlich ist sie da.«

Tate schüttelte den Kopf. »Ich habe in ihrem Zimmer geguckt und in meinem und in deinem und im Badezimmer. Alle leer.«

Eine tiefe Falte erschien auf Pauls Stirn. Er wartete einen Moment, dann rief er den Namen seiner Tochter. Laut.

Er bekam keine Antwort.

Nachdem er einen besorgten Blick mit seiner Mutter gewechselt hatte, ging er um sie herum und die Treppe hinauf, wobei er immer zwei Stufen auf einmal nahm. »Reese?«

Am Ende hatte er auch den Keller durchsucht und ging wieder in die Küche zurück. Reese hatte auf keinen seiner Rufe oder die Rufe seiner Mutter reagiert. Und dann sah er beim Hinterausgang eine kleine Wasserpfütze, wo ihre Schuhe gestanden hatten.

6. Kapitel

Er rannte von der leeren Bushaltestelle in Richtung Belmont, während ein seltsames Gefühl eines Déjà-vu in ihm aufstieg und ihn panisch machte. Er hielt seine Dauerkarte vor das Lesegerät, schob sich durch das Drehkreuz und rannte die Treppe zu einem gut gefüllten Bahnsteig hinauf, während er suchend erst in die eine und dann in die andere Richtung blickte.

Menschen schlenderten über den Bahnsteig und starrten auf ihre Smartphones, während das Tageslicht der Dämmerung wich.

Von Reese war nichts zu sehen.

Unten wandte er sich an einen Angestellten der Verkehrsbetriebe, der in seiner Fahrkartenausgabe saß. »Entschuldigen Sie – haben Sie ein Mädchen gesehen, ungefähr so groß?« Er hielt die Hand auf Brusthöhe. »Dünn. Dunkle Haare. Blaue Augen.«

Der Mann schüttelte bedauernd den Kopf.

Seine Panik wuchs und verdrängte die Vernunft.

Der Angestellte wollte gerade etwas sagen, um auf irgendeine Weise behilflich zu sein, aber Paul hatte sich schon abgewandt und lief nach Hause, überzeugt davon, dass Reese in seiner Abwesenheit aufgetaucht war. Er würde sie in die Arme schließen und dann, wenn sein Herzschlag sich wieder beruhigt hatte, würde er sie nie wieder aus den Augen lassen. Er würde ihr Busticket konfiszieren. Er würde ihr eine elektronische Fußfessel verpassen. Das Handy, das sie sich so sehnlich wünschte? Auf keinen Fall. Sie würde unter Hausarrest stehen, bis sie achtzehn war.

Vielleicht auch länger.

Als Paul ins Haus stürzte – atemlos und voller Angst –, war von Reese noch immer nichts zu sehen. Nur Mom war da, die in der Tür zur Küche stand und gerade ein Telefonat beendete.

Sobald ihnen klar geworden war, dass Reese fort war, hatte seine Mutter angefangen, alle ihre Freunde anzurufen.

»Kein Glück?«

Sie schüttelte den Kopf.

Er fuhr sich mit der Hand durch die Haare.

»Wir sollten nicht überreagieren«, sagte Mom. »Du hast gesagt, dass du nach deinem Training nach ihr gesehen hast, also kann sie noch nicht sehr lange weg sein. Und Reese ist ein *verantwortungsbewusst*es Mädchen.«

Das nach einem Ladendiebstahl von zu Hause weggelaufen war. Paul war nicht sicher, dass verantwortungsbewusst noch eine passende Beschreibung für seine Tochter war. Und selbst wenn, hatten sie keine Kontrolle über andere Leute. Chicago war keine Stadt, in der ein Mädchen im Dunkeln allein herumlaufen sollte.

Sein Magen drehte sich um.

Sie hatte ihre Dauerkarte mitgenommen und das bedeutete, dass sie überall sein konnte. Und es wurde allmählich dunkel. Er nahm das Telefon von der Wand. »Ich rufe die Polizei an.«

»Die Polizei?« Die jämmerliche Frage kam von Tate. Er saß am Esstisch und seine Unterlippe bebte – ein Anblick, der Paul schmerzlich an das Bild erinnerte, das in sein Gedächtnis eingebrannt war: Der Moment, als er Tate hatte sagen müssen, dass seine Mutter nicht nach Hause kommen würde. »Ist Reesie okay?«

»Es geht ihr gut, Kumpel. Reese ist ohne Erlaubnis ausgegangen, das ist alles. Wir werden sie finden.« Paul lächelte seinem Sohn zu, um ihm Mut zu machen, während er selbst sich weigerte, irgendeine andere Möglichkeit in Erwägung zu ziehen.

Sich nachts mit Toten zu umgeben, war nicht normal.

Aber seit ihre Welt auf den Kopf gestellt worden war, tat Autumn genau das. Dieses Ritual hob sie sich für die Dunkelheit auf, wenn niemand sie sehen konnte.

Die Luft war feucht und der Wind beißend und der Inhalt von

Janes Broschüre war noch frisch in ihrem Gedächtnis, als sie den vertrauten Weg zum Grabstein einschlug. An diesem Abend hatte sie den Flyer endlich gelesen. Was offensichtlich ein Fehler war, denn es hatte sie nur aufgeregt. Sie brauchte keine klugen Ratschläge von ihrer Schwägerin, um zu wissen, was sie durchmachte. Autumn wusste ganz genau, was sie durchmachte.

Sie konnte auch ganz logisch darüber nachdenken.

Sie sah, dass sie diese Dinge tat, und wusste genau, dass sie nicht gesund waren. Aber alles Wissen – alle Broschüren der Welt – konnten den Wahnsinn nicht verhindern. Und Gewohnheiten waren tückisch. Es war nicht so, dass man irgendwann beschloss, etwas zu tun. Wenigstens bei den schlimmen Angewohnheiten nicht. Die schlichen sich langsam an, bis das »eine Mal« zu »nur noch einmal« wurde und irgendwann zu »Ich kann nicht mehr aufhören«.

Beim ersten Mal hatte ihre Physiotherapeutin ihr gerade die Erlaubnis gegeben, wieder Auto zu fahren, und sie wollte unbedingt nachholen, was sie verpasst hatte. Als sie aus dem Koma erwacht war, verwirrt und orientierungslos und voller Angst, weil sie keine Ahnung hatte, wo sie war oder was geschehen war, hatten die Beerdigungen bereits stattgefunden. Der entsetzliche Irrtum, bei dem die Rettungshelfer sie zunächst nicht richtig identifiziert hatten, war schon behoben worden. Die Stadt hatte getrauert und sich anschließend auf sie gestürzt.

Als Autumn aufwachte, feierte die Stadt.

Das alles war so *verwirrend* gewesen.

Autumn hatte jemanden gebraucht, der ihr half, alles zu verstehen. Also hatte sie ihre Runden gedreht. Beim ersten Mal waren die Gräber mit Blumen geschmückt gewesen. An manchen waren Karten und Nachrichten befestigt.

Einen Monat später fuhr sie wieder hin. Nicht um nachzuholen, was sie verpasst hatte, sondern um mit der Sache abzuschließen. Sie hinter sich zu lassen. Aber einige der Nachrichten waren weggeweht worden und die Blumen waren nicht mehr so frisch und plötzlich wurden ihre Besuche eine Frage der Schuldigkeit.

Der Pflicht. Diese Menschen durften nicht vernachlässigt werden. Sie würde nicht zulassen, dass man sie im Stich ließ. Nicht solange sie etwas zu sagen hatte.

Und so war sie zur selbst ernannten Hüterin dieser Personen geworden. Eine Lebende zwischen zweiundzwanzig Gräbern.

Sie blieb an einem der Grabsteine stehen und stellte sich das Mädchen mit der Kunstmappe und der Schmetterlingstätowierung vor – zwei Monarchfalter, die aus dem Kragen ihres T-Shirts aufstiegen. Flügel aus schwarzer Tinte, die über das Rückgrat des Mädchens flatterten.

Chloe Collins war das eine Opfer, an das Autumn sich erinnerte, und das auch nur, weil sie sie schon häufiger gesehen hatte, und nicht, weil sie sich an irgendetwas erinnerte, was an diesem Tag geschehen war oder an einem der Tage vorher. Der Knall der Explosion hatte all diese Erinnerungen ausgelöscht. Als Autumn aufwachte, konnte sie sich nur noch an Seth erinnern, der in ihrer Wohnung auf allen vieren herumgekrochen war und gewiehert hatte, während die kleine Cal auf seinem Rücken ritt. Sie hatte für Chad und Jane den Babysitter gespielt. Ihre Familie sagte, das sei zwei Wochen vor der Explosion gewesen.

Autumn legte einen Strauß frischer Margeriten auf dem glatten Granitstein ab, als ihr Telefon in der Tasche klingelte. Sie zog es heraus und sah auf das Display.

Wo bist du?

Die SMS kam von Claire und ließ Autumn innerlich gleich in Verteidigungshaltung gehen.

Wo bist du?, schoss sie zurück. Es war ein Ausweichmanöver, die Frage mit einer Frage zu beantworten.

Bei deiner Wohnung.

Warum?

Um dafür zu sorgen, dass du wenigstens einmal am Tag eine Menschenseele siehst.

Verärgerung stieg in ihr auf. Claire war nicht Autumns Babysitter.

Alles in Ordnung, schrieb sie. Aber kaum hatte sie die Nachricht abgesendet, durchfuhr sie einer dieser beunruhigenden Schauer. Die Wirklichkeit packte sie bei den Schultern und schüttelte sie kräftig. Plötzlich konnte sie sich selbst mit erstaunlicher Klarheit sehen, wie sie mitten auf einem Friedhof saß – in der Nacht. Claire hatte allen Grund, nach ihr zu sehen. Ihre Sorge und Janes Sorge und Chads Sorge und Leannes Sorge – sie alle waren durchaus begründet.

So wie es meist am Ende eines solchen Schocks war, hatte Autumn plötzlich das dringende Bedürfnis, mit ihrer seltsamen Angewohnheit aufzuhören. Der Welt und sich selbst zu beweisen, dass sie sich wie ein vernünftiger Mensch verhalten konnte.

Mittagessen morgen?, tippte sie.

Eine lange Pause folgte, in der Claires Missbilligung durch die Stille sickerte. Ein Windstoß heulte in den Bäumen, die gerade frisch ausschlugen. Die Papierserviette, die sie um den Blumenstrauß gewickelt hatte, flatterte im Wind. Endlich vibrierte ihr Handy wieder.

Okay.

Komisch, dass ein einziges Wort so viel Wertung enthalten konnte.

Danach machte Autumn nicht mit ihrer Runde weiter. Stattdessen stieg sie in ihren Wagen, holte sich auf dem Heimweg etwas beim Chinesen und sah in ihren Briefkasten im Hausflur, in dem sie ein sorgfältig gefaltetes Bewerbungsformular fand.

Es war für den Job, den ihre Schwägerin für sie gefunden hatte.

Das Ganze war mit einem Zettel versehen, auf dem stand: *Das ist doch genau dein Ding!!*

Autumn nahm den Aufzug zum vierten Stock und starrte auf die Ausrufezeichen, während der würzig-süße Duft ihres Essens sie umgab. War es wirklich nötig, zwei Ausrufezeichen zu machen? Warum gab Jane ihr überhaupt Stellenanzeigen, wo Autumn doch einen Job hatte?

»Wenn auch keinen, der die Rechnungen bezahlt«, murmelte sie vor sich hin.

Die Aufzugtür öffnete sich.

»Du kannst dich nicht hier aufhalten.« Es war die Stimme von Roland, der im Flur stand. Er war Autumns Nachbar – ein Kettenraucher, der nie ein Hemd trug. Er hatte lederne Haut und Haare wie ein Höhlenbewohner und einen tätowierten Barcode auf der Brust. Sie war immer versucht zu fragen, wie viel er denn kostete. »Dieses Haus ist nur für Bewohner. Eindringlinge sind nicht erlaubt.«

Es dauerte ein paar Schritte, bis Autumn sah, dass Roland nicht mit sich selbst sprach, so wie sie es tat. Er sprach mit einer anderen Person.

Ein Mädchen saß mit dem Rücken zur Wand im Flur, die dünnen Arme um ihre Knie geschlungen, das dicke Haar zu einem unordentlichen Pferdeschwanz zusammengebunden. Sie sah zu Roland auf und in ihren hellblauen Augen standen Tränen. »Ich bin kein Eindringling. Ich warte auf eine Freundin.«

Autumn blieb wie angewurzelt stehen.

Es war Reese Elliott – das Mädchen, das ihr die Briefe geschrieben hatte.

7. Kapitel

Das Telefon in Pauls Hand klingelte laut. Er hielt es sich ans Ohr. »Hallo?«

Es folgte eine kurze Pause und dann: »Spreche ich mit Paul Elliott?«

»Ja. Ja, das bin ich.«

»Äh, Ihre Tochter ist hier, bei meiner Wohnung.«

»Geht es ihr gut?«

»Ja, alles in Ordnung. Sie ist ein bisschen aufgebracht, aber sonst ist alles gut.«

Erleichterung. Süße, wunderbare Erleichterung. Sie ergoss sich über ihn wie aus Eimern. Reese war am Leben. Er konnte die Polizei anrufen und Bescheid sagen, dass er doch keine Vermisstenmeldung aufgeben musste. Paul nickte seiner Mutter zu, die eine Hand auf ihr Herz presste und sich praktisch in Tränen auflöste.

So viel zum Thema »nicht überreagieren«.

»Soll ich Ihnen meine Anschrift sagen, damit Sie sie abholen können?«, fragte die Frau.

»Ja, bitte.« Er holte Notizblock und Stift aus der Kramschublade in der Küche und sagte, er sei bereit. Als er die Adresse notierte, hielt er plötzlich inne. Er legte den Stift hin und nahm den Brief, der heute mit der Post gekommen war. Der an Reese Elliott adressiert war. Die Anschrift, die ihm die Frau am anderen Ende der Leitung diktierte, war dieselbe wie die Absenderadresse auf dem Umschlag.

»Entschuldigen Sie, mit wem spreche ich eigentlich?«, fragte er.

Es folgte wieder eine Pause – diesmal länger. »Ich heiße Autumn. Autumn Manning.«

»Kommt er?«

Weil sie nicht sprechen konnte, nickte Autumn nur. Sie legte das Telefon mit zitternden Fingern auf die Küchenzeile, während das Herz in ihrer Brust ein schnelles Stakkato vollführte. Reese Elliott stand in ihrer Wohnung und der Vater des Mädchens war auf dem Weg.

Irgendwie hatte Autumns echtes Leben sich mit der alternativen Wirklichkeit in ihrem Kopf überschnitten, die aus Toten und ihren Hinterbliebenen bestand, die in Besessenheit und wahrscheinlich auch Fantasie gründete. Die beiden Welten kollidierten in dem Augenblick, als ihr klar wurde, mit wem Roland da diskutierte. Und jetzt stand Reese hier in ihrer Wohnung. Leibhaftig. Ein echter, lebendiger Mensch. Ein Mensch, der unabhängig von Autumns Vorstellungen herumlief und sprach und atmete.

Von all dem war ihr ganz schwindelig.

Die echte Reese war kleiner als die in Autumns Vorstellung. Ihre Haare wilder. Ihre Augen von einem leuchtenderen Blau. Sie trug Chucks, Zebraleggings in Pink und Schwarz und eine dicke schwarze Jacke, die sie offen über einem großen T-Shirt mit der Aufschrift »Egal« trug. Sie war ein normal aussehendes zwölfjähriges Mädchen, schmal und blass und dank Roland sichtlich eingeschüchtert.

»Möchtest du etwas trinken?«, fragte Autumn.

Reese zuckte mit den Schultern.

Weil sie unbedingt etwas brauchte, womit sie ihre Hände beschäftigen konnte, deutete Autumn die Geste als Zustimmung und goss Milch in einen Kaffeebecher. Der saure Geruch war wieder da, nicht besonders stark, aber er war da und zog durch die Luft, sobald sie den Kühlschrank öffnete. Schnell schloss sie die Tür und stellte den Becher in die Mikrowelle. Das war etwas, das ihre Mutter immer für Chad und Claire und sie gemacht hatte, wenn sie als Kinder Angst gehabt hatten.

»*Warme Milch mit Zimt verjagt böse Träume*«, hatte sie immer gesagt.

Sie schluckte. »Du kannst dich ruhig hinsetzen, wenn du magst.«

Reese schlurfte zum Sofa und setzte sich dicht an die Armlehne.

Autumn warf ihr einen Blick zu, während die Mikrowelle summte und der Becher sich langsam darin drehte. War sie hier wegen des Briefes, den Autumn endlich geschrieben hatte? Hatte sie schon den zweiten bekommen – bei dem Autumn in Panik geraten war, sobald sie ihn in den Briefkasten an der Ecke geworfen hatte? Solche Panik, dass sie, wäre der Postbote in diesem Augenblick in der Nähe gewesen, ihn angefleht hätte, ihr den Umschlag zurückzugeben. Aber es war kein Postbote da gewesen und trotz ihrer fieberhaften Zweifel wusste sie, dass es grausam gewesen wäre, diesen Anlass zu ignorieren.

Ein Schauer breitete sich in ihrem Körper aus, der offensichtlich durch das Stresshormon Cortisol zu einem einzigen Nervenbündel geworden war. Seit sie denken konnte, zeigte sich dieser Umstand in diesen Empfindungen – Frösteln und Zittern und Zähneklappern.

Der Klingelton der Mikrowelle ertönte.

Sie sprenkelte Zimt auf die Milch und trug sie ins Wohnzimmer.

Als Reese den Becher nahm, blickte sie hinein und dann zu Autumn auf.

»Warme Milch mit Zimt. Das hilft, wenn ich aufgeregt bin.«

»Danke.« Reese trank einen vorsichtigen Schluck.

»Das mit Roland tut mir leid.«

»Mit wem?«

»Dem Typ auf dem Gang. Er bellt mehr, als dass er beißt.«

»Er hatte kein Hemd an.«

»Das hat er nie.«

Reese rümpfte die Nase.

Autumn lächelte und der eine oder andere Knoten in ihren

Muskeln lockerte sich, als sie auf den Couchtisch zeigte. »Magst du Puzzle?«

Noch ein Schulterzucken. Noch ein Schluck.

»Das ist Nummer siebenundzwanzig.« Kaum hatte sie das gesagt, war sie nicht sicher, warum. Wahrscheinlich erbärmlich, wenn man bedachte, dass es Nummer siebenundzwanzig in diesem *Jahr* war.

»Ich finde es ein bisschen langweilig.«

»Es ist etwas, das ich beim Fernsehen machen kann.« Autumn nahm am anderen Ende des Sofas Platz, während ihre Finger zuckten. Sie wollte etwas machen, damit sie beide nicht nur dasaßen und einander anstarrten. Also nahm sie ein Puzzleteil und legte es an seinen Platz. »Es ist schön, wenn man eins findet, das passt.«

»War er sehr wütend?«

»Was meinst du?«

»Mein Dad. Hat er sehr böse geklungen?«

»Ich glaube nicht.«

Die Knoten, die sich gelockert hatten, zogen sich wieder zusammen. Autumn wollte es sich nicht vorstellen. Aber es war wie immer – ein Zusammenziehen, dieses schreckliche Gefühl, das ihre Gedanken beherrschte, so sehr sie sich auch dagegen wehrte. Der Anblick von Paul Elliott, der in ihr Krankenhauszimmer gerannt kam. Hatte er es sofort bemerkt? Oder waren die Prellungen und Schwellungen so schlimm gewesen, dass er erst ihre Hand genommen hatte? Hatte er ihre Hand an seine Wange gehalten, bevor ihm bewusst wurde, dass die Frau, der diese Hand gehörte, nicht seine Frau war? Autumn versuchte, nicht daran zu denken, dass derselbe Mann auf dem Weg hierher war.

»Ist Ihnen kalt?«, fragte Reese.

»Wie bitte?«

»Sie zittern.«

»Oh.« Autumn rieb sich die Arme. »Ja, ein bisschen kalt ist mir schon.«

Es klopfte an der Tür.

Kein Klingeln, das sie vorgewarnt hätte. Keine Zeit, tief einzuatmen. Roland schrieb bestimmt schon eine Beschwerde über das kaputte Schloss in der Haupteingangstür.

Reese drückte sich in die Kissen des Sofas und murmelte: »Er bringt mich bestimmt um.«

Das war natürlich übertrieben. Aber trotzdem hatte Autumn, als sie auf das klopfende Geräusch zuging, das Gefühl, als würde sie einem Erschießungskommando gegenübertreten, ohne Möglichkeit zu entkommen. Paul Elliott klopfte und sie musste aufmachen.

Sie wischte sich die schweißnassen Hände an ihrer Jeans ab und zog die Tür auf.

Er stand leibhaftig auf dem Gang, die Haare zerzaust – dieser Mann, der in den dunkelsten Ecken ihres Bewusstseins spukte –, und blinzelte sie an, als hätte ein Elefant die Tür geöffnet.

Oder vielleicht eine Kakerlake.

Jedenfalls kam sie sich so vor. Abschreckend und unangenehm, so gesund und ganz, mit nichts als zwei anklagenden Narben, die man mit bloßem Auge kaum sehen konnte. Am liebsten wäre sie im Erdboden versunken. Hätte sich in Luft aufgelöst. Sie wollte sich in einer dunklen Ecke verkriechen und sich für immer dort verstecken. Stattdessen ermahnte sie sich, dass sie atmen musste, und öffnete die Tür ein bisschen weiter, um anschließend auf das Sofa und auf Reese zu zeigen.

Paul rauschte herein und füllte den Raum wie eine Gewitterwolke.

Autumn wappnete sich für eine Explosion. Sie wartete darauf, dass er brüllte und ein paar Flüche losließ, wie ihr Vater es tat, wenn er die Beherrschung verlor. Aber die Explosion kam nicht. Pauls Schultern hoben und senkten sich mit einem tiefen Atemzug, als benutzte er den Sauerstoff, um seine Worte abzuwägen. Dann wandte er sich plötzlich an Autumn und runzelte die Stirn. »Können wir draußen im Flur reden?«

Er wartete ihre Antwort nicht ab. Noch bevor sie den Mund aufmachen konnte, trat er auf den Gang hinaus. Sie folgte nach einem kurzen Blick auf Reese, die sie entschuldigend ansah. Er schloss die Tür hinter ihnen und zog dann einen vertraut aussehenden Brief aus seiner Gesäßtasche, der Umschlag unversehrt. »Können Sie mir bitte erklären, was das hier ist?«

»Es ist eine Karte.«

»Warum schicken Sie meiner Tochter eine Karte?«

Autumn schlang die Arme um ihren Oberkörper. Wenn sie es zuließ, würden ihre Zähne klappern, als wäre der Korridor die Antarktis. »Sie hat etwas von einem Geburtstag gesagt. Ich dachte, es wäre vielleicht ein schlimmer Tag für sie.«

Das Geständnis schwebte zwischen ihnen wie Vivians Geist.

Ein Geburtstag.

Es klang so harmlos.

Wenn man nicht wusste, um wessen Geburtstag es ging.

»Sie hat ihn erwähnt?« Er formulierte jedes Wort ganz genau, sprach jede Silbe ganz deutlich aus.

Autumn nickte.

»Wann hat sie ihn erwähnt?«

»In ihrem letzten Brief.«

In diesem Moment verstand sie. Paul Elliott hatte keine Ahnung, dass seine Tochter ihr geschrieben hatte. Er fuhr sich mit der Hand einmal übers ganze Gesicht. »Reese schreibt Ihnen Briefe?«

»Ja.«

»Und Sie schreiben zurück?«

»Nur einmal. Und dann habe ich gestern die Karte geschickt.« Sie deutete mit dem Kinn auf den Umschlag, den er in der Hand hielt, während ihre Gefühle den üblichen Prozess von Übelkeit über Entsetzen bis hin zu Unwirklichkeit durchliefen. Sie schien die Tatsache, dass sie hier draußen auf dem Flur stand und sich ausgerechnet mit diesem Mann unterhielt, nicht verdauen zu können. »Ich wollte nicht, dass sie denkt, ich ignoriere sie. Sie sollte wissen, dass ich zuhöre.«

»Wem oder was denn?

»Ich weiß nicht. *Ihr.*« Ihrer Trauer. Ihren Fragen. Ihren Erinnerungen und ihren Überlegungen. Manchmal hatte Autumn den

Verdacht, dass Reese sie zu ihrem eigenen privaten Journal gemacht hatte. Autumn war Reese' Maud.

»Wie lange geht das schon so?«, fragte Paul.

»Eine Weile.«

»Ich muss es ein bisschen genauer wissen.«

»Der erste Brief kam zwei Tage, nachdem ich im Krankenhaus aufgewacht bin.«

Er fuhr sich mit den Fingern durchs Haar, dann umfasste er mit der Hand seinen Nacken und schüttelte den Kopf.

Autumn stand da und drehte den Ring an ihrem Finger. Aber das machte sie traurig, also hörte sie damit auf. Der Ring, den sie jetzt trug, war nur ein Trostpreis. Ein Geschenk ihres Vaters, als ihm bewusst wurde, dass der ursprüngliche geliebte Ring von ihrer Mutter – ein irischer Claddagh-Ring mit zwei Händen, die ein gekröntes Herz halten – nicht mehr da war. Die Explosion im Zug musste ihn ihr vom Finger gerissen haben. Er war verschwunden. Verloren in all den Trümmern, wie so viele andere Dinge.

»Ich wäre dankbar, wenn Sie ihr nicht mehr schreiben würden.«

Die Bitte machte sie traurig, auch wenn sie nicht wusste, warum. Schließlich hatte sie nicht vorgehabt, die Korrespondenz fortzusetzen. Sie wollte von Anfang an nur den einen Brief schreiben, nichts sonst.

»Es tut mir leid, wenn ich unhöflich bin«, sagte er. »Ich glaube, dass es für Reese das Beste ist, wenn sie mit der Sache abschließt.«

Klar.

Abschließen.

Oh, wie Autumn dieses Wort hasste.

»Das verstehe ich.«

Paul starrte sie kurz an und sein Blick wirkte angespannt. Es sah aus, als wollte er noch etwas sagen. Aber anstatt das zu tun, ging er wieder in die Wohnung. Er sammelte seine Tochter ein, die Autumn noch einmal für die Milch dankte. Und dann waren der echte Paul und die echte Reese fort.

Als Autumn den Schlüssel im Schloss umdrehte, zitterte sie am ganzen Leib.

* Reese *

Mittwoch, 6. April 2016

Liebe Miss Manning,
ich heiße Reese Rosamund Elliott. Der Name meiner Mutter war Vivian Rosamund Elliott. Wir hatten den gleichen zweiten Vornamen, nach meiner Urgroßmutter Rosa.. Immer wenn ich als kleines Mädchen etwas angestellt hatte, sagte meine Mom: »Reese Rosa Elliott, komm sofort hierher.« Das machen Mütter nämlich, wenn sie sauer sind. Sie sagen den ganzen Namen ihrer Kinder.

Sie war an dem Tag in dem Zug. Sie ist bei der Tragödie auf den Gleisen gestorben.

Eine Weile dachten wir, sie hätte überlebt.

Ich habe meiner besten Freundin Mia erzählt, dass ich Ihnen schreiben will. Sie findet es komisch. Aber heute sind Sie aufgewacht und alle nennen es ein Wunder. Ich habe das Wort im Internet nachgesehen. Ich wusste schon, was es bedeutet, aber ich gucke gerne Definitionen nach.

Wunder: ein ungewöhnliches oder wundervolles Ereignis, das man der Macht Gottes zuschreibt.

Glauben Sie an Wunder?

Zuerst habe ich nicht geglaubt, dass es ein Wunder war. Denn es war ganz bestimmt nicht wundervoll, und wenn Gott etwas damit zu tun hatte, hätte er dann nicht alle gerettet? Aber dann habe ich ein Bild von dem Zug nach der Explosion gesehen. Mein Dad wollte nicht, dass ich es sehe. Er versucht, mich und meinen Bruder Tate vom Fernseher fernzuhalten. Aber alle reden darüber. Mia und ich haben es auf ihrem Laptop gegoogelt. Und als ich das Foto gesehen habe, habe ich meine Meinung geändert. Ich glaube, dass es ein Wunder war. Ich glaube, nur Gott konnte Sie retten.

Ich habe versucht, mit meinem Dad darüber zu reden, aber immer wenn ich Mom oder die Tragödie auf den Gleisen erwähne, wird er ganz komisch. Er ist Therapeut, aber ich glaube wirklich, dass er nicht weiß, was er sagen soll. Und das macht ihm zu schaffen, das merke ich.

Gestern hat er ihren Kleiderschrank ausgeräumt.

Er hat alle Kleider von Mom in Müllsäcke gepackt und der Arbeit für Obdachlose in unserer Gemeinde gespendet. Ich frage mich, warum eine obdachlose Frau ein schickes Kostüm braucht. Die Obdachlosen, die ich sehe, sehen immer aus, als würden sie frieren. Ich glaube, sie hätten lieber einen Mantel als eine Bluse.

Als er fertig war, ist er in den begehbaren Kleiderschrank gegangen und hat sich hingesetzt.

Er war ganz leer.

Mom hatte viele Kleider. Sie ist super gerne einkaufen gegangen. Vor allem Schuhe. Das haben wir zusammen gemacht. Sie hat immer gesagt: »Reese, ein Mädchen kann nie zu viele Schuhe haben.«

Als ich reinkam, lag ein beigefarbener Schuh auf dem Boden. Ich glaube, er ist aus der Tüte gefallen, als Dad sie nach unten geschleppt hat. Er hatte einen ganz hohen Absatz. Mom hat gerne hohe Absätze getragen. Sie hat sie jeden Tag zur Arbeit getragen und jeden Sonntag zum Gottesdienst. Sie hat gesagt, für vertikal beeinträchtigte Menschen sind sie ein Muss. Ich weiß noch, wie sie immer auf dem Boden geklackert haben, wenn ich mich morgens für die Schule fertig gemacht habe.

Ich habe den Schuh in die unterste Schublade meiner Kommode getan. Ich glaube nicht, dass es den obdachlosen Frauen etwas ausmacht.

Von

Reese Rosamund Elliott

PS: Ist es in Ordnung, wenn ich Ihnen noch mal schreibe?

8. Kapitel

Die Dringlichkeit legte eine entschlossene Hand auf Autumns Rücken und schob sie vorwärts. Aber jemand packte sie am Arm und hielt sie unsanft zurück.

Es war Roland, dessen Stirn in wütenden Furchen lag, während er eine Haarschleife hochhielt – Rot, Blau und Weiß, wie die amerikanische Flagge. »Warum hast du mir die gegeben?«

Sie versuchte, sich zu entschuldigen, aber die Worte kamen nicht heraus. Die Enge in ihrer Kehle hielt sie zurück.

Rolands Finger packten fester zu. »Sag mir, *warum*.«

Autumn schuldete ihm eine Erklärung.

Er hatte eine Erklärung verdient.

Aber sie wand sich aus seinem Griff und lief weiter durch wabernden Nebel, während ihre Füße immer schwerer wurden. Kaugummi. Wohin sie auch trat, klebten ihre Schuhsohlen fest, während eine Menge aus namenlosen, gesichtslosen Menschen sie von allen Seiten bedrängte.

»Warum?«, wollte er wissen. »Warum?«

Die Frage verwandelte sich in das unaufhörliche Klopfen eines Spechts.

Sie hielt sich die Ohren zu. Dann stolperte sie und fiel.

Das Kaugummi verwandelte sich in Glasscherben, die ihre Handflächen aufkratzten. Scharfe Stücke aus zerbrochenem Glas, die wie Skalpelle blitzten. Sie waren überall, umgaben sie von allen Seiten. Und sie musste zu dem Zug. Er stand schon da, unmittelbar vor ihr, die Türen gingen auf. Aber die Leute ließen sie nicht vorbei. Sie verlangten, dass sie die Scherben aufhob, so als gehörten sie ihr.

Die Türen glitten zu.

In einem verzweifelten Schrei bahnte die Panik sich einen Weg aus ihrer Kehle. Sie musste weiter. Sie musste den Zug aufhalten. Sie musste dafür sorgen, dass alle ausstiegen, bevor es zu spät war. Aber es war schon zu spät.

Der Zug fuhr los.

Alles, was blieb, waren der Schnee und das Heulen des Windes und das Gesicht einer Frau hinter dem beschlagenen Fenster. Das war sie. Autumn. Sie sah zu, wie sie gegen die Scheibe trommelte, ihr Gesicht vor Schrecken verzerrt, ihre Augen wild, während sie schrie.

Laut keuchend fuhr sie aus dem Schlaf hoch. Sie fuhr sich übers Gesicht und ihr Herz hämmerte laut in der Stille.

Nehmt sie weg. Nehmt die Schläuche weg!

Aber es gab keine Schläuche. Da waren keine Apparate. Nur Schweiß, der ihren Rücken hinunterlief, und eine keuchende Lunge und ein digitaler Wecker, der 3.17 Uhr anzeigte.

Zwei Stunden später hatte sie ihr siebenundzwanzigstes Puzzle fertig.

Autumn blickte auf die unruhigen Hände auf ihrem Schoß hinunter. Sie fühlten sich nicht wie ihre Hände an. Sie sahen nicht einmal aus wie ihre Hände, nicht mit dem hochstaplerischen Ring an ihrem Finger. Sie war nicht einmal sicher, warum sie ihn überhaupt trug. Wahrscheinlich, weil sie dann etwas zu tun hatte. Etwas, woran sie drehen konnte, wenn ihre Gedanken in Aufruhr waren.

Sie saß im Büro ihrer Therapeutin.

Sie hatte jetzt eine. Autumn hatte am Ende doch eine der Nummern auf Janes Liste angerufen und jetzt saß sie hier bei ihrem ersten Termin, schüchtern und unausgeschlafen.

Ihr Name war Jeannie True und sie war sehr, sehr groß. So groß, dass Fremde sie wahrscheinlich fragten, ob sie Volleyball oder Basketball spielte. Ihr Büro roch nach Traubengelee. Sie hatte gerahmte Urkunden an den Wänden und Kakteen am Fenster und einen leuchtend roten siamesischen Kampffisch auf ihrem Schreibtisch, der hin und her flitzte und um die plastikgrüne Pflanze in der Mitte des Glases herumschwamm, als müsste es noch mehr geben.

»Glauben Sie, es war ein Fehler?«, fragte Jeannie.

»Ich glaube, es war ein großer Fehler.«

»Warum?«

»Wenn ich ihr keinen Brief geschrieben hätte, wäre sie nicht zu meiner Wohnung gekommen. Und wenn sie nicht zu meiner Wohnung gekommen wäre, hätte ich nicht ihren Vater anrufen müssen, damit er sie abholt.« Aber sie hatte den Brief geschrieben. Reese war in ihrer Wohnung gewesen. Paul auch. Das Ganze fühlte sich wie ein Traum an. Wenn Roland sich am nächsten Tag nicht über Herumlungerer auf den Gängen beschwert hätte, hätte Autumn glauben können, dass es ein Traum war.

»Das muss sehr schwierig gewesen sein«, sagte Jeannie. »Ihnen gegenüberzutreten.«

Nein. Einen Parkplatz in der Innenstadt zu finden, war schwierig. Lulu dazu zu bringen, dass sie während eines Films still saß, war schwierig. Paul Elliott und seiner Tochter gegenüberzustehen war etwas ganz anderes. Es würde ihr niemals gelingen, diese merkwürdige Begegnung aus ihrem Gedächtnis zu verbannen. Sie würde dort bis in alle Ewigkeit festsitzen, so wie ein Fettfleck, der bei Hitze in einem Kleidungsstück getrocknet war.

Autumn rieb ihre Fingerknöchel und fand dann ein trockenes Stück Haut in der Nähe der Nagelhaut ihres linken kleinen Fingers, an dem sie knibbeln konnte. Wenn dieser Termin vorbei war, würde sie Pflaster für alle zehn Finger brauchen. Autumn seufzte. Sie wollte nicht, dass ihr Leben so weiterging. Sie wollte ihrer Familie keine Sorgen machen oder in der Nacht Friedhöfe aufsuchen oder um drei Uhr morgens schweißgebadet aufwachen.

Deshalb ihre Sitzung mit Jeannie True.

Sie starrte den Fisch an, der trotz seiner verzweifelten Versuche nirgends hinkonnte. »Ich weiß, dass ich mit diesen Dingen aufhören muss. Ich weiß, dass sie nicht gesund sind. Der logische

Teil meines Gehirns sagt mir, dass ich aufhören muss. Mit der Besessenheit. Mit dem Lesen der Nachrufe. Mit der Suche nach Toten im Internet. Mit ...«

»Was halten Sie davon, wenn wir einen anderen Weg einschlagen?«

»Wie meinen Sie das?«

»Anstatt uns auf all die Dinge zu konzentrieren, die Sie nicht mehr tun wollen, können wir uns auf etwas konzentrieren, das Sie tun wollen. Etwas Produktives. Etwas Gesundes.«

»Zum Beispiel?«

Das Leder quietschte, als Jeannie ihre Sitzposition veränderte. »Sagen Sie es mir.«

Autumns Gedanken wanderten zu der Stellenanzeige, die Jane in ihren Briefkasten geworfen hatte. »Meine Schwägerin findet, ich sollte mich als Spezialistin für Unternehmenskommunikation bei Exelon bewerben.«

»Eine Stelle.«

»Genau.«

»Das klingt produktiv.«

»Stimmt.«

»Sie klingen nicht überzeugt.«

»Exelon ist in der Innenstadt.« Autumns Auto würde bald den Geist aufgeben, und selbst wenn nicht, wäre es unglaublich unpraktisch, jeden Tag in die Stadt zu fahren. Und da das Fahren mit öffentlichen Verkehrsmitteln, so wie alle anderen Chicagoer es taten, nicht infrage kam, schien der Job überhaupt nicht ihr Ding zu sein, egal, wie viele Ausrufezeichen Jane ihrer Meinung hinzufügte.

»Und?«

»Und ich fahre nicht mit dem Zug.«

»Ah.«

Ja. Ah.

Autumn stieg nicht in Züge. Nicht mehr. Schon der Gedanke versetzte sie in Angst und Schrecken. Selbst der Gedanke, mit dem Bus zu fahren, ließ ihr Herz rasen.

Jeannie trommelte mit den Fingern auf ihrer Armlehne. »Aber

für die Bewerbung um die Stelle müssen Sie doch nicht mit dem Zug fahren, oder? Warum bewerben Sie sich nicht und dann kümmern wir uns um den nächsten Schritt, wenn es so weit ist?«

Und schon hatte Autumn ihre erste Hausaufgabe.

Vor ihrer nächsten Sitzung mit Jeannie True sollte sie das Bewerbungsformular für die Stelle bei Exelon ausfüllen und per Mail hinschicken.

Auf ihrem Heimweg ignorierte sie einen Anruf von Chad. So wie sie mehrere Anrufe von Claire ignoriert hatte. Ihre Schwester würde bald auf der Matte stehen. Sie würde Autumns aktuellen Rückschritt nicht akzeptieren – oder verstehen. In den vergangenen Wochen war Autumn viel besser darin geworden, ans Telefon zu gehen und Leute zurückzurufen – wenn sie auch nicht mehr viele Anrufe erhielt. Aber seit Reese am Montag in ihrem Flur erschienen war?

Nicht mehr.

Sie schloss die Haustür auf und sah dann in ihren Briefkasten. Eine Stromrechnung lag darin. Und ein kleines Päckchen. Eines mit einem bekannten Absender.

Sobald Autumn die Anschrift sah, wurden ihre Hände feucht. Die Muskeln in ihrem Unterkiefer verkrampften, wie sie es immer taten, wenn das Zähneklappern sich ankündigte. Sie riss das Päckchen auf und zog einen gefalteten Zettel heraus:

Danke für die Karte, die Sie zum Geburtstag meiner Mutter geschickt haben. Das bedeutet mir eine Menge. Ich möchte, dass Sie die hier bekommen. Das sind die Ohrringe, die mein Dad meiner Mom an ihrem letzten Hochzeitstag geschenkt hat.

Eine kleine Samtschachtel glitt in Autumns Hand.

Sie öffnete sie und sog scharf die Luft ein.

Ein Paar Diamantohrringe funkelte ihr entgegen.

Autumn starrte sie fassungslos an. Warum hatte Reese ihr die geschickt? Und wie konnte sie glauben, dass Autumn sie behalten würde?

9. Kapitel

Die Luft war kalt, sodass Autumn unwillkürlich die Schultern hochzog. Sie stand an der Straßenecke Magnolia und Diversey, ein gutes Stück von dem Haus entfernt, das einmal Vivian Elliott gehört hatte, während ihr das Herz im Hals immer höherschlug.

Auf ihrem Fußweg hierher hatte die untergehende Sonne den Himmel im Westen in ein herrliches dunkles Rosa getaucht. Seit sie stehen geblieben war – wie ein Stalker im Schatten –, war das Pink einem Nachtblau gewichen, sodass das kleine Rasenstück und das zweigeschossige Steingebäude im Dunkeln lagen.

Mehrere Betonstufen führten zum Eingang hinauf, der durch ein Vordach mit cremeweißen Säulen geschützt wurde. Sie passten farblich zur Haustür. Dass es das richtige Haus war, erkannte sie an den vier goldenen Ziffern an dem schwarzen Briefkasten, der an dem ebenso schwarzen Eisentor befestigt war, das wiederum zu einem schwarzen Eisenzaun gehörte, der sich in dieser ruhigen, mit Bäumen bepflanzten Straße vor jedem Grundstück befand.

Begehrte Immobilien in einer Stadt wie Chicago.

Autumn schob die Hände tiefer in die Jackentaschen und legte die Finger um das kleine Schmuckkästchen. So wie sie es sah, hatte sie zwei Möglichkeiten: die Schatulle in den Briefkasten zu stecken und zu hoffen, dass Reese nicht versuchte, sie zurückzuschicken. Oder den Drücker neben dem Briefkasten zu betätigen und den teuren Schmuck auszuhändigen. Letzteres war sicher der mutigere Weg. Paul sollte wissen, dass seine Tochter ihr Schmuck schickte.

Aber Autumn fühlte sich nicht besonders mutig.

Und sie hatte die erste Begegnung noch immer nicht verdaut.

Also holte sie einen Zettel und einen Stift aus ihrer Handtasche und entschied sich für die dritte Möglichkeit: gegen Mr Elliotts Wunsch eine letzte, kurze Nachricht zu schreiben und zu erklären, warum sie die Ohrringe nicht behalten konnte und warum sie nicht mehr schreiben würde.

Hoffentlich bekam Reese die Post vor ihrem Vater. Hoffentlich verstand sie. Hoffentlich sah niemand aus dem Fenster, wenn sie allen Mut zusammennahm und die Ohrringe und die Nachricht schnell in den Briefkasten steckte.

Alberne Dialoge aus einem der *Madagaskar*-Filme drangen in die Küche, als Paul den Ofen öffnete. Die Hitze schlug ihm ins Gesicht und er schob die Auflaufform mit der Lasagne hinein und stellte die Zeitschaltuhr ein. Dann schlenderte er ins Wohnzimmer, wo Tate auf der Sofakante sitzend auf und ab hüpfte, den Blick unverwandt auf den Fernsehbildschirm gerichtet. Die *Madagaskar*-Filme gehörten zu den wenigen Filmen, die seine Aufmerksamkeit wirklich fesseln konnten.

Reese saß auf ihrem Lieblingsplatz – der Bank, die im Erkerfenster stand –, wo sie bestimmt ein Buch las oder Notizblöcke mit Geschichten füllte. Seine Tochter war eine gute Erzählerin. Zugegeben, im Moment hatten ihre Geschichten meist einen düsteren Touch und sie las sie nicht mehr so bereitwillig vor wie früher. Aber sie hatte eindeutig Talent. An diesem Abend saß sie mit angezogenen Knien da, das spitze Kinn auf ihre spitzen Knie gestützt, in ein zerlesenes Exemplar von *Das Zeiträtsel* vertieft.

Dies war der dritte Tag ihres Hausarrests.

Drei Tage war ihre Bestrafung her und sie war immer noch wütend auf ihn. Und es war nicht die Art Wut, bei der sie schrie oder weinte oder mit den Füßen stampfte. Es war eine Wut, die sich in zusammengepressten Lippen und finsteren Blicken äußerte. Sie hatte in den vergangenen drei Tagen höchstens eine Handvoll Wörter gesagt, obwohl sie diejenige war, die geklaut hatte. Sie war Mrs Ryan gegenüber unverschämt gewesen. Sie war weggelaufen.

Und zwar ausgerechnet zur Wohnung von Autumn Manning.

Paul schüttelte den Kopf, weil er nicht wusste, wie er die Tatsache, dass seine Tochter ihr geschrieben hatte, einordnen sollte. Ausgerechnet *ihr*. Seine Tochter hatte nach Antworten auf ihre Fragen gesucht, von denen er nicht einmal gewusst hatte, und das traf ihn sehr. Er war ihr Vater. Es war sein Job, solche Dinge zu wissen. Und doch hatte er überhaupt nichts gemerkt.

Was gab es sonst noch, von dem er nichts wusste?

Er lehnte sich neben der Tür an die Wand und musterte sein kleines Mädchen. Reese trug dieselben Sachen, die sie zur Schule angehabt hatte, nur dass sie die Chucks, die sie sich im letzten Herbst von ihrem Taschengeld gekauft hatte, gegen ein Paar neonpinke Flauschsocken getauscht hatte.

Aus irgendeinem Grund zog sich Paul bei dem Anblick die Brust zusammen. Er wollte zu ihr gehen und sie in den Arm nehmen. Er wollte sie im Arm halten wie damals, als sie ein neugieriges Kleinkind gewesen war und alles angefasst hatte, was heiß oder scharf war. Er wollte verstehen, was in ihrem Kopf vor sich ging, aber seine Tochter hatte sich in ein Fragezeichen verwandelt. Eines ohne Antwort. Er ging zu dem Sessel dicht bei ihrem Platz am Fenster und setzte sich.

Sie sträubte sich wie eine Katze.

Schon seine Anwesenheit ärgerte sie und das wiederum ärgerte ihn.

»Na, liest du dir Appetit an?«, fragte er.

Sie blätterte um und las weiter.

»Ich mache dein Lieblingsessen.«

Nichts.

»Leber mit Zwiebeln.«

Nada.

»Mit Kutteln als Beilage.«

»Ich weiß nicht mal, was das ist«, murmelte sie und drehte sich so, dass er noch mehr von ihrem Rücken sah.

»Wie lange willst du diese Schweigenummer eigentlich noch durchziehen, Kleines?«

Sie blätterte wieder um und las weiter. So schnell konnte sie nie im Leben lesen.

Paul fuhr sich mit der Hand übers Gesicht. Er hasste das zunehmende Gefühl der Ohnmacht. »Hör zu. Ich verstehe, dass du sauer bist. Glaub mir, das kommt laut und deutlich an. Ich verstehe nur nicht, *warum* du sauer bist.«

Ihr Blick fuhr von dem Buch hoch und ihre Augen verengten sich ein wenig. Anschuldigend, wie es ihm schien. So als hätte er kein Recht, es *nicht* zu verstehen. So als wäre Gedankenlesen ein Kinderspiel.

Er zog die Augenbrauen hoch. »Und, erklärst du es mir?«

»Du hast ihr gesagt, dass sie mir nicht schreiben soll.«

»Reese.«

Sie wandte den Blick ab.

»Ich verstehe nicht, warum du *willst*, dass sie dir schreibt.«

Aber es war hoffnungslos. Reese hatte sich schon wieder in ihr Buch vertieft, die Lippen fest zusammengepresst. Am liebsten hätte er gebrüllt. Oder irgendetwas kurz und klein geschlagen. Sie sollte ihre Gedanken *ihm* anvertrauen und nicht irgendeiner Fremden.

Nicht Autumn Manning.

Als sie die Tür zu ihrer Wohnung geöffnet und er ihr gegenübergestanden hatte, war die Erinnerung mit Macht zurückgekehrt. Die Erinnerung, die er vor allen anderen zu begraben versuchte, war erneut auferstanden – wie schon tausend Male zuvor. Dass er einer Krankenschwester im blauen Kittel den Gang entlang folgte. Ein steriles weißes Zimmer betrat. Die piepsenden Monitore. Das Zischen des Beatmungsgerätes. Sein Stuhl, der knarrte, als er sich an ihr Bett setzte. Die langsame und verwirrende Erkenntnis, dass etwas nicht stimmte …

Tates Lachen holte ihn in die Gegenwart zurück. Der Junge kicherte über etwas in dem Film und bemerkte die angespannte, überwiegend einseitige Unterhaltung rechts von ihm gar nicht. Es war ein gutes Geräusch. Ein herrliches Geräusch. Eines, das er in Flaschen füllen und in die Tasche stecken wollte. Wann hatte Reese das letzte Mal so gelacht?

Paul rieb sich das Kinn. »Ich habe meine Meinung geändert.«

»Worüber?«

»Über deinen Hausarrest.«

»Verkürzt du ihn?«

»Das hängt von dir ab.«

Sie sah ihn misstrauisch an.

»Wenn du dich entscheidest, mit mir zu reden – und ich meine *wirklich* mit mir zu reden –, hast du keinen Hausarrest mehr.«

»Das ist Erpressung.«

»Das ist Erziehung.«

Reese sah ihn finster an.

Paul kannte seine Tochter. Sie war von klein auf stur gewesen. Zum Glück hatte sie das von ihm geerbt, aber er hatte mehr Übung. Er würde ihr noch ein, zwei Tage Zeit geben … und wenn sich nichts änderte? Dann scheute er sich auch nicht davor, ihr die Bücher und ihre Notizhefte wegzunehmen, auch wenn jeder Englischlehrer in Amerika das sicher missbilligen würde.

Er stützte die Hände auf seine Knie und stand auf. Dann ging er in die Küche, um den Müll rauszubringen. Er zog den Beutel heraus, band ihn zu und ging durch den Garten, um ihn in die Tonne neben der Garage zu werfen. Als er fertig war, rieb er sich die Hände gegen die Aprilkälte und fragte sich, was er als Nächstes tun sollte.

Auf dem Treppenabsatz lag die *Chicago Tribune*, aufgerollt und in einer Plastiktüte, wie sie jeden Morgen geliefert wurde. Er hatte keine Ahnung, warum er das Abonnement nicht kündigte. Obwohl Reese und Tate gut in der Lage waren, sich anzuziehen und selbständig zu frühstücken, kam es ihm morgens vor, als müsste er einen Sack voll Flöhe hüten, bis sie endlich aus der Tür waren. Er hatte dann keine Zeit mehr, sich mit einem Kaffee und der Zeitung an den Tisch zu setzen. Und bei den seltenen Gelegenheiten, wenn er doch noch etwas Zeit hatte, war ihm meist nicht danach, es zu tun. Seit etwa einem Jahr hatte er eine regelrechte Abneigung gegen Nachrichten.

Aber jetzt? Es wäre nicht schlecht, sich darüber zu informieren, was im Rest der Welt vor sich ging. Vielleicht würden die Schlagzeilen seine Probleme ins rechte Licht rücken.

Paul schob die Hände in die Hosentaschen, ging durchs Haus und trat aus der Haustür. Dann blieb er wie angewurzelt stehen.

Jemand stand draußen und steckte etwas in seinen Briefkasten.

»Was machen Sie da?«

Auf der anderen Seite des Eisentores fuhr ein Kopf hoch. Es war Autumn, die so aussah, als hätte er sie mit der Hand in der Plätzchendose ertappt.

Er eilte die Treppe hinunter. »Was haben Sie da in meinen Briefkasten getan?«

»Nichts. Es tut mir leid. Ich sollte …« Sie wich einen Schritt zurück, während ihr Blick die Straße entlanghuschte, als wollte sie sich umdrehen und fliehen.

Er griff in den Briefkasten und zog ein kleines Päckchen heraus, während sich sein Herzschlag beschleunigte. Er hatte sie gebeten, nicht zu schreiben. Vor drei Tagen hatte er ihr in die Augen gesehen und erklärt, es sei das Beste für seine Tochter, wenn sie die Korrespondenz nicht fortsetzten. Und Autumn war einverstanden gewesen. Sie hatte ihn angesehen und gesagt, sie verstehe das.

»Es ist nicht so, wie Sie denken«, sagte sie jetzt.

In diesem Augenblick scherte Paul sich nicht um irgendeine Privatsphäre. Es war ihm egal, dass auf dem Päckchen nicht sein Name stand. Aber es war ihm ganz und gar nicht egal, dass diese Frau seine Erziehung zu untergraben versuchte. Und dass Reese nicht mit ihm redete. Also riss er den Umschlag auf, und was er herauszog, war … ein kleines Schmuckkästchen …? Er klappte es auf. Ein Paar Diamantohrringe funkelten im Mondlicht.

Sein Ärger verwandelte sich in Verwirrung. »Sie schicken meiner Tochter Schmuck?«

»Ich schicke nicht. Ich gebe zurück.«

Er zog einen Zettel heraus und faltete ihn auseinander.

Liebe Reese,
diese Ohrringe haben deiner Mutter gehört. Sie sind ein Teil von ihr, den du sicher immer in Ehren halten wirst. Ich hoffe, du verstehst, warum ich sie nicht behalten kann. Außerdem hat dein Vater mich gebeten, dir nicht mehr zu schreiben. Ich hoffe, du verstehst auch, warum ich seine Wünsche respektieren muss.
Alles Gute,
Autumn

Er wandte sich wieder den Ohrringen in seiner Hand zu. Ein Bild von Vivian stieg vor seinem geistigen Auge auf – wie sie lächelnd den Kopf vor ihrem Schlafzimmerspiegel hin und her drehte und ihr neues Geschenk bewunderte. »Reese hat Ihnen die geschickt?«

Wie? Wann?

Abgesehen von der Schule war seine Tochter zu Hause gewesen. Wenigstens hatte sie das sein sollen. Zwischen dem Schulschluss und seinem Feierabend gab es ein neunzigminütiges Zeitfenster, in dem sie zu Hause auf Tate aufpassen sollte. Hatte sie ihren siebenjährigen Bruder etwa allein gelassen, um zur Post zu gehen?

Paul blickte auf, vollkommen erschüttert von dem Ungehorsam seiner Tochter. »Warum hat sie Ihnen die geschickt?«

»Ich weiß nicht.« Autumn trat einen Schritt zurück.

Paul folgte ihr, wütend, aber nicht sicher, auf wen. »Sie muss etwas dazu geschrieben haben.«

Die Haustür flog auf.

Reese kam herausgerannt, nicht mehr mit zusammengepressten Lippen und finsteren Blicken, sondern mit roten Wangen und fast … fast triumphierend. Ihr Blick wanderte von Autumn zu der kleinen Samtschachtel und dem Zettel in Pauls Hand.

»Tut mir leid«, sagte Autumn. »Ich kann die Ohrringe nicht behalten.«

»Das verstehe ich«, platzte seine Tochter heraus, augenscheinlich kein bisschen gekränkt.

Es war beinahe, als hätte sie gar nicht erwartet, dass Autumn sie behielt.

Es war beinahe, als ob …

»Du hast ihr gesagt, sie soll mir nicht schreiben.«

Reese war wütend, weil Paul die Kommunikation zwischen ihnen unterbunden hatte. Also hatte sie die Sache selbst in die Hand genommen, wie es schien. Sie hatte Autumn etwas geschickt, was sie nicht ignorieren konnte. Wäre er nicht so betroffen gewesen, hätte ihn das wahrscheinlich beeindruckt.

»Ich gehe besser.« Autumn warf ihm noch einen entschuldigenden Blick zu und nickte halbherzig über ihre Schulter.

»Warten Sie!« Reese trat ans Tor. »Wollen Sie nicht zum Essen bleiben?«

»Reese.« Seine Stimme klang bedrohlich leise.

»Mein Dad macht die beste Lasagne der Welt«, fuhr sie fort.

»Sie kommt aus dem Supermarkt.«

»Aber sie ist wirklich richtig gut. Und wir schaffen das sowieso nicht alles alleine. Oder, Dad?« Sie sah ihn voll begieriger Verzweiflung an. So als wäre dies der größte Wunsch, den er ihr erfüllen könnte.

Autumn hingegen wirkte alles andere als begierig. Verzweifelt hingegen schon. Verzweifelt, weil sie fliehen wollte. Weil sie am liebsten Flügel bekommen und sich in die Lüfte geschwungen hätte. Es war offensichtlich, dass sie sich in seiner Gegenwart ebenso unwohl fühlte wie er sich in ihrer. Und wie sollte es auch anders sein? Das, was sie verband, war bizarr und verwirrend und furchtbar schmerzlich.

Er tat das Schmuckkästchen wieder in den Umschlag. »Reese, lässt du uns bitte eine Minute allein?«

»Aber …«

»Eine Minute bitte.«

Ihre Schultern sackten herunter. Sie sah Autumn noch einmal lange an, bevor sie die Treppe hinaufstieg und im Haus verschwand.

Paul fuhr sich mit der Hand übers Gesicht, unsicher, was er tun sollte. Er saß in der Klemme, mit seinem Latein am Ende. Er war sicher, dass dies – was auch immer es war – kein gesunder Weg für seine Tochter sein konnte. Und doch war dies das erste

Mal seit Wochen, dass er in Reese' Augen einen Lebensfunken gesehen hatte. Nur wegen der Frau, die auf der anderen Seite des Zaunes stand. Aber ihre Anwesenheit ließ jede entsetzliche Empfindung, die er damals in dem Krankenhauszimmer gehabt hatte, wiederauferstehen. Diese Frau war unwiderruflich mit einem Tag verbunden, den er vergessen wollte.

Diese Frau, die einen Zugang zu seiner Tochter hatte.

Einen Zugang, den er selbst wollte.

Er brauchte nicht zum Erkerfenster hinaufzusehen, um zu wissen, dass Reese dort saß und sie beobachtete. Er stellte sich vor, wie sie zusah, während sie beide ihre getrennten Wege gingen. Er stellte sich vor, wie ihre Laune wieder düsterer wurde. Wie ihre Sturheit sich in eine undurchdringlich dicke Mauer der Feindseligkeit verwandelte. Wochen des Schweigens, die zu Monaten wurden und dann zu Jahren. Er stellte sich vor, wie sie sich aufreizend anzog oder sich ritzte. Verhalten, das zu einer frühen Schwangerschaft oder Selbsthass führen würde. Und das alles konnte man dann vielleicht auf diesen Tag, auf diesen Augenblick zurückführen ... als er Autumn Manning weggeschickt hatte.

Ein Windhauch flüsterte in der Straße und drang durch die knospenden Äste. Sie wogten und knarrten als Erwiderung.

Paul trat unschlüssig von einem Fuß auf den anderen und schluckte dann seine Bedenken hinunter. »Wollen Sie mit uns essen?«

»*Wie bitte?*«

»Es tut mir leid, ich weiß, dass es seltsam ist.« Im Moment schien es ihr mehr als seltsam zu sein. Sie sah völlig entsetzt aus. So, als würde er wirklich Kutteln auftischen und sie zwingen, davon zu essen.

»Ich dachte, Sie wollen, dass ihre Tochter … mit der Sache abschließt.«

»Das will ich auch. Aber aus irgendeinem Grund möchte sie unbedingt, dass Sie mit uns essen.« Er schloss das Tor auf und hielt es offen, während in Autumns Augen ein regelrechter Tumult tobte. »Bitte?«

10. Kapitel

Als Paul das Tor öffnete und »Bitte« sagte, rief der vernünftige Teil ihres Gehirns »Nein«. *Dreh dich um. Geh nach Hause.* Sie konnte nicht mit diesen Leuten essen. Aber an jedem Abend, in jedem Augenblick, in dem sie nicht durch irgendetwas anderes abgelenkt war, stellte sie sich das Leben in diesem Haus vor, bei den Elliotts. Oder den Montgomerys. Oder den Huetts. Sie malte sich aus, wie zweiundzwanzig Familien die alltäglichen Dinge taten, während ein Geist im Raum war – ihr toter Vater oder ihre tote Schwester oder der tote Sohn – und Autumn. *So überleben wir,* flüsterten sie.

Sie fühlte den Sog. Sie konnte sich nicht dagegen wehren. Wie ein Alkoholiker, der ein Glas mit dem feinsten Cognac anstarrt. Sie nickte kaum merklich und trat durch das Tor.

Reese wartete drinnen, als sie hereinkamen. »Sie bleiben?«

»Sieht so aus.« Autumns Stimme klang nicht wie ihre Stimme. Ihr Körper fühlte sich nicht so an, als gehörte er ihr. Sie war innerlich merkwürdig leer und taub geworden, als wäre der Teil ihres Gehirns, der für Gefühle zuständig war, durch einen Kurzschluss ausgeschaltet worden.

Ihre Besessenheit hatte sie hereingebeten. Anstatt Nein zu sagen, wie Claire und Jane und Jeannie und die Broschüre es geraten hätten, war sie eingetreten. Und jetzt stand sie im Flur von Vivians Haus, sah die gewölbte Decke und den offenen Grundriss, ein großes Erkerfenster, einen Kamin mit Sims und einen Fernseher, der darüber an der Wand befestigt war. Und einen kleinen blonden Jungen, der auf dem Sofa saß. Er hielt die Fernbedienung in Richtung Fernseher und schaltete den Ton aus, der aus den Lautsprechern gedrungen war. Der siebenjährige Tate – Vivians Sohn – sah sie nachdenklich an. »Wer bist du?«

»Das ist Autumn«, sagte Reese.

»Miss Manning«, verbesserte Paul.

»Miss Manning«, wiederholte Reese, aber ihrer Stimme konnte man das Augenrollen förmlich anhören. »Sie isst mit uns.«

Ihr Name schien Tate nichts zu sagen. Über sein Gesicht legte sich kein Schatten, als er ihn hörte. Seine Miene war offen und freundlich, während er die Fernbedienung neben sich auf die Couch legte. »Haben Sie Madagaskar gesehen?«

Autumn schüttelte den Kopf.

»Das ist mein Lieblingsfilm. Ich darf ihn gucken, weil ich beim Buchstabieren schon wieder achtzig Prozent richtig hatte. Zum dritten Mal. Meine Grandma nennt das einen »Turkey«, weil ich wie beim Bowling drei Strikes hintereinander geworfen habe.«

»Herzlichen Glückwunsch.«

»Ich hasse Rechtschreibung mehr als alles andere. Außer lesen. Reese liest die ganze Zeit. Noch mehr, als sie fernsieht.« So als wollte er seine Behauptung beweisen, zeigte Tate auf das zerfledderte Taschenbuch, das Reese in der Hand hielt.

Das Zeiträtsel.

»Das ist eins meiner Lieblingsbücher«, sagte Autumn.

»Ja?«

»Als Mädchen habe ich das bestimmt ein Dutzend Mal gelesen.« Autumn lächelte. Und dann erinnerte sie sich plötzlich wieder – *wer* sie war, *wo* sie war, *mit wem* sie hier war. Ihr Blick wanderte zu Paul, der mit undurchdringlicher Miene neben ihr stand und die Unterhaltung verfolgte, und das merkwürdige Taubheitsgefühl verlor etwas an Halt.

»Soll ich Ihnen das Haus zeigen?«, fragte Tate. »Grandpa hat es uns zur Hochzeit geschenkt.«

»Er hat es nicht *uns* geschenkt«, sagte Reese. »Er hat es unseren Eltern geschenkt.«

»Er lebt auf einer Jacht auf dem Meer, weil er steinreich ist.«

»Tate!«, knurrte Paul.

»Was ist denn?«

»Es ist unhöflich, über Geld zu reden.«

»Reese redet doch auch über Geld.«

»Mit *dir,* Schwachkopf.«

»*Reese.*«

Seine Kinder verstummten.

Paul kratzte sich verlegen am Hals. Das Päckchen, das zu diesem Augenblick geführt hatte, hielt er noch immer in der Hand. »Ich bringe das besser weg.«

»Wir zeigen Autumn das Haus«, sagte Reese.

Paul nickte geistesabwesend.

Tate nahm Autumns Hand und zog sie hinter sich her.

Sie fingen im Keller an, in dem sich ein Hobbyraum mit einem beeindruckenden Medienpark befand. Ein zusammengeklapptes Laufband in der Ecke diente im Moment als Kleiderstange. Hatte Vivian damit trainiert? Hatte sie hier ihre dreißig Minuten Sport am Tag absolviert? Und hatte sie anschließend den Kopf in Pauls Arbeitszimmer nebenan gesteckt, um zu hören, wie er mit seinem Buch vorankam?

Ein Gitarrenkoffer stand in der Ecke hinter seinem Schreibtisch. Hatte Paul damit seiner Frau Liebeslieder gesungen? Bevor Autumn sich zu lange bei dem Bild aufhalten konnte, rief er von oben und bat Tate, ihm mit dem Salat zu helfen.

Reese führte Autumn durch das Erdgeschoss und hinauf ins Obergeschoss, wo sie halbherzig in Richtung Elternschlafzimmer und Tates Zimmer zeigte, bevor sie Autumn in ihr eigenes Zimmer bat. Dies, vermutete Autumn, war der entscheidende Schachzug. Der eigentliche Grund, warum Reese überhaupt diese Führung vorgeschlagen hatte. Damit sie Autumn in ihr Zimmer einladen konnte.

Während Autumn sich immer ein Zimmer mit Claire hatte teilen müssen, hatte Reese eines für sich allein, mit blassrosa Wänden, einem Himmelbett mit weißer Spitzenbettdecke und einem alten Stofftier auf dem Kissen. Eine ganze Bibliothek füllte ein weiß lasiertes Bücherregal und auf einem dazu passenden Schreibtisch stand ein mit Strass beklebter Becher mit verschiedenfarbigen Gelstiften. Darüber hing ein Schwarz-Weiß-Foto an der Wand, das aussah wie aus einer Modezeitschrift – nur war das Mädchen auf dem Foto Reese.

Autumn fuhr mit den Fingern über den Rahmen. »Hat deine Mom das gemacht?«, fragte sie und drehte sich um.

Reese nickte. Auf ihren Wangen erschienen rote Flecken.

Vivian war Fotografin gewesen. Nicht von Beruf. Nicht für den Lebensunterhalt. Aber nichtsdestotrotz eine Fotografin. Autumn wusste das aus dem Nachruf, den sie sich Wort für Wort eingeprägt hatte. »Meine Mutter war Malerin«, sagte sie.

»War?«

Es war eine scharfsinnige Beobachtung. Die meisten Menschen hätten die Vergangenheitsform nicht bemerkt. Oder wenn, würden sie nicht nachfragen. »Sie starb, als ich elf Jahre alt war.«

Was das bedeutete, hing zwischen ihnen in der Luft.

Sie waren gleich alt gewesen, als sie ihre Mütter verloren hatten.

»War sie gut?«, fragte Reese.

»Sehr.«

»Und wart ihr euch nahe?«

»Sehr«, antwortete Autumn wieder.

Reese setzte sich auf ihr Bett und nahm den Plüschhund auf den Schoß. Zwischen ihren Augenbrauen erschien eine kleine v-förmige Falte. »Meine Mom und ich waren uns auch nahe.«

Autumn spürte einen kleinen Stich in der Brust.

Reese rieb die Ohren des Hundes zwischen Daumen und Finger. Die Stelle war besonders abgewetzt, so als machte Reese das oft. Vielleicht sogar im Schlaf. »Kann ich Ihnen etwas zeigen?«, fragte sie.

»Natürlich.«

»Dazu muss ich aber Ihr Handy benutzen.«

Autumn holte es aus ihrer Tasche und setzte sich auf die Bettkante. Reese öffnete den Internetbrowser und rief schnell eine bestimmte Seite auf, bevor sie ihr das Handy zurückgab. »Haben Sie von der schon mal gehört?«

Ein hübsches Mädchen mit karamellfarbener Haut und dichtem, lockigem Haar war in dem YouTube-Video zu sehen, das Reese an einer bestimmten Stelle angehalten hatte, sodass ein statisches Bild erschien.

Autumn kniff die Augen ein wenig zusammen, um den Usernamen zu lesen. »Kay-C. Sparks?«

»Sie ist vierzehn, nur zwei Jahre älter als ich. Alle in meiner Klasse folgen ihr. Sie lebt jetzt in Los Angeles, aber früher hat sie hier in Chicago gewohnt, und sie macht diese richtig lustigen Videos von all den berühmten Leuten, denen sie über den Weg läuft. Letzten Monat wurde ihr Bruder bei einem Autounfall mit einem betrunkenen Fahrer getötet. Er hatte gerade angefangen, sich in der Rap-Szene einen Namen zu machen. Sie hat ihm dieses Video gewidmet. Und gucken Sie mal hier.« Reese zeigte auf die Zahl unter dem Foto.

Mehr als eine Million Menschen hatten das Video gesehen.

Reese klickte auf *Play*.

Was folgte, waren vier Minuten und dreiunddreißig Sekunden mit Bildern und Videos, manche von Kay-C.s Bruder, manche von Leuten, die über ihren Bruder sprachen, alles vor dem Hintergrund eines Liedes, das er geschrieben und aufgenommen hatte.

Es war toll gemacht.

Als es zu Ende war, ging Reese zu ihrem Schreibtisch und zog einen kleinen Stapel Fotos aus der obersten Schublade. Sie legte sie zwischen Autumn und sich aufs Bett. »Ich will so etwas für meine Mom machen, aber das sind die einzigen Bilder, die ich gefunden habe.«

Autumn berührte einige davon zaghaft und breitete sie auf Reese' Bettdecke aus, während sie fühlte, wie ihr warm wurde. Dies waren keine Fotos, die man online finden konnte. Sie waren nicht von Facebook oder Twitter oder Google. Sie anzusehen, kam ihr vor, als betrachte sie eine Handvoll seltener und kostbarer Juwelen. Vivian Elliott mit ausgebreiteten Armen, hinter ihr ein atemberaubender Blick auf den Grand Canyon. Vivian Elliott in einem Krankenhaushemd, ein brüllendes rot gesichtiges

Neugeborenes auf dem Arm. Vivian Elliott, ein kleines Mädchen an der Hand, wie sie in die Kamera blinzelte, während das Sonnenlicht wie Diamanten auf dem Michigansee funkelte. Jedes ein Puzzleteil, das das Bild vervollständigte.

»Ich kann keine Videos finden.« Reese schob die Fotos zu einem dünnen Stapel zusammen und fügte leise hinzu: »Aber es würde sich sowieso niemand ansehen.«

»Ich schon.«

»Wirklich?«

Autumn nickte. »Ich glaube, eine Menge Leute würden es sich ansehen. Ich finde, etwas als Andenken an deine Mutter zu machen, ist eine sehr schöne Idee.«

»Wirklich?« Reese starrte sie auf hoffnungsvolle, beinahe hungrige Art an.

Etwas regte sich in ihr, das lange verschollen gewesen war. Das zarte Flügelschlagen eines Wesens, das sie für tot gehalten hatte. Autumn wollte diesem Mädchen helfen. Sie wollte Reese unbedingt helfen. In diesem Augenblick brauchte die Zwölfjährige Bestätigung und Ermutigung, das spürte sie. Deshalb streckte sie die Hand aus und legte sie auf die Schulter des Mädchens. »Wirklich.«

Ein Räuspern ertönte.

Autumn zog schnell ihre Hand fort.

Paul stand in der Tür, die Augenbrauen besorgt zusammengezogen. »Das Essen ist fertig.«

11. Kapitel

»Ich kann die Heizung höher drehen.«

»Wie bitte?«

Paul stellte die Lasagne mitten auf den Tisch. Er trug einen Ofenhandschuh und die Ärmel seines Anzughemdes waren aufgekrempelt. »Sie scheinen zu frieren.«

»Oh.« Sie zwang sich, nicht weiter ihre Oberarme zu reiben. »Mir geht es gut.«

Das war natürlich eine dicke, fette Lüge.

Das Wesen, das bei Reese im Zimmer in ihrem Innern zum Leben erwacht war, hatte sie wachgerüttelt. Autumn erwartete wieder einen dieser beunruhigenden Schocks, nur dass sie diesmal nicht auf dem Friedhof stand. Sie saß am Esstisch der Elliotts, höchstwahrscheinlich auf Vivians Stuhl, und das bedeutete, dass es ihr alles andere als gut ging.

Aber jetzt konnte sie nicht mehr gehen.

»Tate, stellst du die Heizung bitte ein paar Grad höher?«

Mit einem begeisterten »Aye, aye, Käpt'n!« stellte Tate die Salatschüssel neben die Lasagne und ging zum Thermostat an der Wand neben dem Bad im Erdgeschoss. Als er fertig war, zog er den Stuhl rechts von Autumn heraus und griff nach ihrer Hand. Sie erschrak, als wäre sie nie zuvor berührt worden, und errötete vor Verlegenheit.

»Wir halten uns bei den Händen, wenn wir beten«, erklärte Tate.

»Willst du das Tischgebet sprechen?«, fragte Paul.

Eine verrückte Sekunde lang dachte sie, Paul hätte mit ihr gesprochen. Aber dann nickte Tate und Reese schob ihre Hand in Autumns freie Hand und alle schlossen die Augen.

»Lieber Herr Jesus«, fing Tate an, »danke für unseren Gast. Es gefällt mir, noch ein Mädchen am Tisch zu haben, also danke für Miss Manning und danke für meinen Turkey in Rechtschreibung und danke für das Essen, auch wenn Grandmas Lasagne viel besser ist. Amen.«

Reese und Tate ließen los.

Die Heizung sprang an.

Paul machte sich daran, seinem Sohn eine Portion auf den Teller zu tun, während Tate die Gelegenheit nutzte, sich so viel Knoblauchbrot in den Mund zu schieben wie nur menschenmöglich. Reese reichte Autumn die Schüssel mit dem Salat, und obwohl ihr der Appetit ganz eindeutig keine Aufwartung machen würde, tat sie pflichtschuldigst etwas auf ihren Teller.

Das Schweigen und das Klappern des Bestecks rangen um Aufmerksamkeit.

Autumn spießte mit ihrer Gabel ein paar Salatblätter auf und versuchte nicht zu frösteln, während sie den Blick von der auf Leinwand gezogenen Fotografie abwandte, die hinter Paul an der Wand hing. Bruder und Schwester standen Arm in Arm, hinter ihnen verschwommen grünes Gras. Abgesehen von der schlaksigen Gestalt ähnelten die beiden einander gar nicht. Reese hatte dunkle Haare, Tate blonde. Reese hatte eisblaue Augen, Tates waren nussbraun. Selbst ihr Lächeln war verschieden – eines ähnelte der Mona Lisa und das andere leuchtete grinsend über das ganze Gesicht. Nur dass Tate nicht die schiefen Zähne hatte, die man jetzt sah, sondern noch seine Milchzähne besessen hatte, als das Foto gemacht worden war.

Wahrscheinlich von Vivian.

Autumn stellte sie sich vor, wie sie die beiden Kinder arrangierte, die Arme in einer ganz bestimmten Position, während Reese und Tate sich über die gestellte Geste der Zuneigung beschwerten. Oder vielleicht war es damals noch nicht nötig gewesen, das Foto zu stellen. Vielleicht hatte sie einfach die Kamera hochgehoben und *»Cheese!«* gesagt und der Rest war von ganz allein gekommen.

Sie stellte sich vor, wie Paul neben seiner Frau stand, als sie die

Aufnahme machte. Hatten sie einander so glücklich angesehen, wie Chad und Jane es taten, wenn Cal oder Lulu etwas besonders Süßes machte? Oder hatten sie es für selbstverständlich gehalten, weil ihnen nicht bewusst gewesen war, wie kurz und zerbrechlich das Leben sein konnte und dass es bald auf den Kopf gestellt werden würde?

Eine plötzliche heftige Wut begleitete dieses Durcheinander aus Fragen. Reichte es nicht, dass der Tod das Leben so schnell beenden konnte? Musste er es wirklich ohne Vorwarnung tun? Ohne Sinn und Verstand? Ein gedankenloser, habgieriger Griff nach einem beliebigen Menschen, der gerade im Weg stand?

»Autumn?«

Sie zuckte zusammen, als sie ihren Namen hörte.

Paul und Reese und Tate starrten sie an.

»Tut mir leid, was haben Sie gesagt?«

»Ich habe Sie gefragt, ob Sie schon immer in Chicago gelebt haben«, erwiderte Paul.

»Oh. Ja. Ich bin in Beverly aufgewachsen.«

»Leben Ihre Eltern immer noch dort?«

»Ihre Mom ist tot.«

»Reese.« Paul schloss die Augen.

Aber es stimmte. Ihre Mutter war tot. Und Reese' Mutter war tot. Und Autumn sollte nicht hier sein. Was in aller Welt machte sie hier? Sie drängte sich in diese Familie. In die Erinnerung an Vivian. Sie hatte einen Fehler begangen, als sie dieses Haus betreten hatte. Sie hatte Pauls Einladung angenommen und jetzt saß sie hier mit angespannten Muskeln, damit sie nicht zitterte. »Mein Dad wohnt immer noch dort«, sagte Autumn. »Er ist Polizist.«

Tates drittes Stück Brot fiel auf seinen Teller. »Ihr Dad ist Polizist?«

»Ja, das ist er.«

»Das werde ich auch mal, wenn ich groß bin.« Er stützte die Ellbogen auf den Tisch. »Im Herbst war ein Polizist bei uns in der Schule. Er hieß Officer Mike. Und er wurde in die Schulter geschossen, als er sechsunddreißig war. Heißt Ihr Dad auch Officer Mike?«

Autumn schüttelte den Kopf. »Er heißt Officer Tom.«

»Ist er schon mal angeschossen worden?«

»Zum Glück nicht.«

»Hat er einen Hund?«

»Nein. Keinen Hund.«

»Ich werde mal Polizist, wenn ich groß bin, *und* ich werde auch einen Polizeihund haben, mit dem ich die Verbrecher aufspüren kann. Man muss nicht gut buchstabieren können, um Polizist zu sein.«

»Dann sollte ich dich wohl besser Officer Tate nennen.«

Der Junge lachte.

Er hatte ein lustiges Lachen. Eines, das wie das Lachen eines australischen Kookaburra im Lincoln Park Zoo klang, der auch den Spitznamen »Lachender Hans« trug. Wenn sie nicht so sehr damit beschäftigt gewesen wäre, ihre Zähne am Klappern zu hindern, hätte sie lächeln müssen.

Autumn zwang sich, ihren festen Griff um die Gabel zu lockern. »Die Lasagne ist wirklich gut.«

»Nicht so gut wie die von Grandma«, sagte Tate. »Ihre Lasagne ist die einzige Lasagne, die ich mag. Sie macht sie oft im Winter, weil es ihr glückliches Essen ist.«

»*Glücks*essen«, fauchte Reese. »Lasagne ist Grandmas *Glücksessen.*«

Tate kniff die Augen zusammen. Er schien nach einer ähnlich giftigen Antwort zu suchen und aus einem unerfindlichen Grund machte Autumn der schwelende Streit nervös.

»Mein Glücksessen sind Lollis«, warf sie schnell ein.

Es funktionierte.

»Süßigkeiten können auch Glücksessen sein?«, fragte Tate.

»Es kann alles Mögliche sein, solange es dich glücklich macht. Als ich so alt war wie du und beim Doktor Spritzen kriegen musste, habe ich anschließend immer einen Lolli bekommen. Und sobald ich das Papier abgewickelt hatte, ging es mir sofort besser.«

»Ich mag keine Lollis.« Tate rümpfte die Nase. »Pastor Mitch hat immer dieselben zwei in der Bonbonschale, weil niemand sie essen will.«

Diesmal konnte Autumn nicht anders. Sie lächelte.

»Wie wäre es, wenn wir zusammen eins machen?«, fragte Reese.

Die Frage kam aus heiterem Himmel, sodass alle innehielten und sie anstarrten.

»Was zusammen machen?«, fragte Paul.

»Ein Erinnerungsvideo.« Reese blickte zwischen ihm und Autumn hin und her und in ihren Augen blitzte eine Idee auf. »Wie wäre es, wenn wir für alle ein Erinnerungsvideo machen?«

Autumn stellte ihr Glas ab. Ganz vorsichtig. Ganz leise.

»Wen meinst du mit ›alle‹?«, fragte Paul und seine Stimme war zögerlich und leise.

»Für die Opfer des Zuganschlages.«

»Reese.«

»Autumn hat gesagt, es ist wichtig.«

Jetzt starrten alle sie an. Autumn war wie ein Kaninchen im Scheinwerferlicht, nur dass sie sich keinem Auto gegenübersah, sondern dem finsteren Blick von Paul. Sie hatte gesagt, es sei eine schöne Idee, nicht dass es wichtig sei. Und das hatte sich auf das Andenken an Reese' Mutter bezogen und nicht auf alle im Zug.

»Das haben Sie in einem Interview gesagt«, sagte Reese.

»Was für ein Interview?«, hakte Paul nach.

Autumn wusste, was Reese meinte. Sie wusste genau, welches Interview. Es war das einzige, das sie gegeben hatte trotz der Anfragen vom Frühstücksfernsehen und von der Zeitschrift *People*. Ein kleines Interview für die *Chicago Sun-Times*, weil Claire sie davon überzeugt hatte, dass die Medien sie bis in alle Ewigkeit jagen würden, wenn sie nicht irgendetwas tat.

»In der Zeitung«, sagte Reese. »Sie haben gesagt, es ist wichtig, dass wir die Opfer nie vergessen. Das haben Sie gesagt, aber Sie waren nicht bei der Einweihung des Denkmals.«

»Ich wollte nicht von den anderen ablenken.« Autumn sah

Paul an in der Hoffnung, dass er sie retten würde. Dass er ihr einen Anker zuwarf. Etwas das sie – sie *alle* – in Sicherheit brachte. Aber er saß nur da und sie bemerkte, dass ein Muskel an seinem Unterkiefer zuckte. Anspannung lag in der Luft, die wie ein Herzschlag pochte.

Reese schien es nicht zu bemerken. Oder es war ihr einfach egal. Sie beugte sich vor und ihre Augen leuchteten, wie sie es getan hatten, als sie vorhin aus dem Haus gekommen war. »Wir könnten zusammen ein Video drehen und es auf YouTube stellen so wie Kay-C. Sparks. Ich wette, wir könnten es sogar auf diese Webseite stellen – die von der Gedenkkommission.«

»Reese.«

»Im Moment haben sie nur ein paar pixelige Bilder und ein langweiliges Video vom Bau des Brunnens. Wir könnten die Familien anrufen und –«

»Es reicht.«

»Aber Dad, willst du nicht …«

Pauls Augen blitzten auf. »Ich habe gesagt, *es reicht.*«

12. Kapitel

Donnerstag, 6. April 2017

Jeden Tag treffen Menschen Tausende kleine Entscheidungen, die man schnell wieder vergisst. Aber für eine Handvoll Menschen am 11. September 2001 bedeuteten diese scheinbar unwichtigen Entscheidungen den Unterschied zwischen Leben und Sterben.
(Madison Park, CNN)

Dass sie rauchte, hat Greer Epstein das Leben gerettet.

Rauchen.

Wäre sie an jenem schicksalhaften Dienstagmorgen nicht gegangen, um eine Zigarette zu rauchen, hätte sie in einem der Büros gesessen, die von einem Flugzeug durchbohrt wurden. Hätte sie an jenem schicksalhaften Dienstagmorgen keine Zigarettenpause gemacht, wäre Greer Epstein jetzt tot.

Das erfuhr ich aus einem Artikel mit der Überschrift »Kleine Entscheidungen retteten Leben: Menschen, die dem Unglück vom 11. September knapp entgingen«.

Bei jeder großen Tragödie gibt es solche Geschichten, nicht nur im Zusammenhang mit dem 11. September 2001. Die Schießerei an der Technischen Hochschule von Virginia. Die Anschläge in Paris. Flugzeugabstürze. Sogar der entsetzliche Amoklauf an der Sandy Hook Grundschule. Wer lebte und wer starb, hing von einer scheinbar unwichtigen Folge von Ereignissen ab, die zum Überleben oder zum Tod einer Person führten.

Ich verstehe nur nicht, ob es willkürlich ist oder geplant.

Wenn die Autobatterie den Geist aufgibt und die Person den Flug verpasst und das Flugzeug am Ende abstürzt, war es dann Gott, der die Batterie hat leer werden lassen, oder war es einfach nur Glück? Was ist, wenn ein Pendler den Platz auf der linken Seite nimmt anstatt den auf der rechten Seite und der linke Platz ist zufällig der einzige im Zug, auf dem man überleben kann?

Willkür? Oder Plan?

Diesen Gedanken kann ich nicht entfliehen.

Nachdem ich aufgewacht war und versuchte zu begreifen, was geschehen war, verbrachte ich unverhältnismäßig viel Zeit mit dem Versuch, mich zu erinnern. Damit, die Puzzleteile der Ereignisse an diesem Tag zusammenzusetzen, als würden all die kleinen Entscheidungen zusammenpassen wie das Puzzle auf meinem Couchtisch. Und vielleicht, wenn ich alle passenden Teile hatte, könnte es vielleicht endlich einen Sinn ergeben.

Aber jede Erinnerung an diesen Tag ist verloren.

Ich habe nur die Teile, die andere Personen mir gegeben haben.

Seth sagt, wir hätten einmal während seiner Mittagspause miteinander gesprochen und noch mal am Nachmittag. Kurze, unwichtige Dinge, zum Beispiel, was er Cal zu ihrem vierten Geburtstag schenken sollte. Die Kollegen sagen, ich hätte das Büro um fünf Uhr verlassen. Merkwürdig, weil ich montags fast immer lange gearbeitet habe. Aber meine Assistentin Charlene sagt, ich sei anders gewesen als sonst. Als sie mich fragte, ob alles in Ordnung sei, habe ich ihr gesagt, ich hätte Kopfschmerzen, vielleicht eine Erklärung dafür, dass ich früh gegangen bin. Aber dann kommen die fehlenden Stunden. Die Phantomstunden. Die, an die ich mich nicht erinnern kann und die niemand sonst mitbekommen hat. Ich habe um fünf Uhr Feierabend gemacht, bin aber erst um sieben in den Zug gestiegen und niemand hat eine Ahnung, was ich dazwischen gemacht habe.

Das sind die Informationen, die ich habe.

Als ich Claire fragte, ob sie etwas ergänzen könnte, sagte sie, sie hätte mir an dem Tag mehrere Textnachrichten geschickt, aber ich hätte keine davon beantwortet. Nicht ungewöhnlich an einem Montag. Dann hat sie mir erzählt, wie die Nacht aus ihrer Perspektive verlaufen war.

Den ganzen schrecklichen Ablauf.

Wie sie die Nachrichten gehört hat, während sie mit Trent einen Film sah. Das Chaos, die Verwirrung, die Panik, die folgten, als herauskam, dass ich in dem Zug gewesen war. Die eilige Fahrt zu Dads Haus, in dem die Familie zusammen gewartet hatte, bis der Anruf kam. Claire sagt, es sei der schlimmste Augenblick ihres Lebens gewesen. Es war auch der Augenblick, an dem ihr bewusst geworden war, dass sie Trent wahrscheinlich heiraten würde. Claire sagt, er habe sie in den Arm genommen, ein Fels in der Brandung, und sie getröstet wie eine Kuscheldecke. Claire sagt, Seth habe auf dem Sofa gesessen, so weiß wie eine Wand, den Kopf in den Händen, und habe kein Wort gesagt. Claire sagt, Dad habe geweint.

Ich habe meinen Vater noch nie weinen sehen.

Noch nicht mal, als meine Mom starb.

Und dann, Stunden später, während sie alle noch fest in Phase eins des Trauerprozesses steckten, kam noch ein Anruf.

Vivian Elliott war nicht die Überlebende.

Autumn Manning war es.

Wie sich herausgestellt hatte, war ich doch nicht tot, sondern lag in kritischem Zustand im Krankenhaus.

Claire sagt, sie habe noch nie so etwas empfunden – diese Welle der Emotionen, die über ihr zusammenschlug. Der Schock. Die Erleichterung. Die Freude. Claire sagt, es sei das erste Mal gewesen, das sie wirklich an Gott geglaubt habe.

Die ganze Zeit, während sie redete – die ganze Zeit, während sie all das loswurde –, hatte eine Stimme in meinem Kopf geschrien, sie solle aufhören, den Mund halten, nichts mehr sagen. Ich wollte die Worte nicht hören. Die ganze Zeit, während sie redete, dachte ich an die Familie Elliott.

Das Chaos. Die Verwirrung. Die Panik. Die Nachricht zu erhalten, dass Vivian lebte. Sie war die Überlebende, die man aus dem Wrack gerettet hatte. Die Erleichterung. Die Freude. Und dann die grausame Schicksalswendung. Die völlige Verzweiflung.

Viele verschiedene Krankenschwestern betreuten mich, nachdem ich aus dem Koma aufgewacht war. Eine von ihnen, Kelly, war mittleren Alters und sagte, während sie meinen Katheter wechselte, ganz beiläufig: »Gott muss große Dinge mit Ihnen vorhaben.«

Heute, als ich von der skurrilsten Mahlzeit meines Lebens nach Hause gegangen bin, ging ich vor einem Laster her, der Mulch geladen hatte. Er stand in einer Durchfahrt in Richtung Straße, und als ich vor dem Wagen herging, blieb ich stehen. Ich stand da und stellte mir vor, wie die Bremse versagte. Wie der Wagen einen Satz nach vorne machte und mich zu Boden stieß. Ich stellte mir die Schlagzeilen vor:

Ein Jahr danach:
einzige Überlebende bei kuriosem Unfall getötet

Was würde Schwester Kelly wohl dazu sagen?

Und was würde ein Mann wie Paul Elliott überhaupt von ihrer Bemerkung halten? Hatte Gott mit Vivian keine großen Dinge vorgehabt? Was ist mit den anderen einundzwanzig Menschen, die an dem Tag gestorben sind? Hatte Gott mit ihnen nichts vorgehabt?

Es ist alles so verwirrend, dass ich nicht mehr darüber nachdenken möchte. Ich brauche eine Ablenkung. Ich brauche einen Job. Ich muss meine Hausaufgabe für Jeannie True machen und nicht vor mir herschieben, wie ich es immer schon mit Dingen getan habe.

Spezialistin für Unternehmenskommunikation bei Exelon!!

Eine Stelle, die so genau mein Ding ist, dass sie zwei Ausrufezeichen verdient hat.

Nur dass sich bei dem Gedanken nichts in mir regt.

Das ist einer der Gründe, warum ich nie zu meinem alten Job bei Fishburn & Crandal zurückgegangen bin. Nachdem ich aufgewacht war, schien alles so sinnlos. Wie ein Hamster in seinem Rad. Feuer löschen. Skandale vertuschen. Eine Geschichte so drehen, dass sie gut aussieht. Elvis Costello hatte recht, wenn er in seinem Song fragt, wen überhaupt der gute Ruf interessiert, da die Nachrichten von gestern am nächsten Tag ohnehin nur noch das Papier sind, in das man Fish und Chips einwickelt …

Die Aufmerksamkeitsspanne des Menschen ist begrenzt.

Menschen vergessen.

Menschen blicken in die Zukunft.

Außer mir.

Und Reese Rosamund Elliott.

Ich muss immerzu an das YouTube-Video denken, das sie mir gezeigt hat. An die Fotos in ihrer Schublade. Daran, wie ihre Augen geleuchtet haben, als sie anfing, über das Erinnerungsvideo zu reden. Daran, wie das Licht in ihren Augen erloschen ist, als ihr Vater ihr den Mund verboten hat. In diesem Moment hat das Wesen, das sich bei Reese im Zimmer ein klein wenig in mir geregt hatte, sich gestreckt und die Augen aufgeschlagen.

Ein Andenken an die Opfer!

An diese Menschen, denen ich nicht entfliehen kann. Diese Menschen, die mich ewig verfolgen werden, wenn ich das nicht tue. Irgendwann werde ich neunzig sein, gekrümmt von Arthritis, und in meinem Ordner blättern. Denn egal, wie sehr ich mich auch bemühe, ich kann dieses Ereignis, diese Menschen einfach nicht loslassen.

Vielleicht kann ich sie nur zur Ruhe betten, indem ich mich erinnere.

Vielleicht ist Reese Rosamund Elliott da auf etwas gestoßen.

13. Kapitel

»Wo ist deine Schwester?«

Tate kam gerade die Treppe herunter und von Reese war nichts zu sehen. Bevor er antwortete, sprang er von der fünften Stufe, rollte sich auf dem Boden ab und endete auf den Knien. Paul hätte ihn am Freitag besser nicht den Ninja-Film gucken lassen sollen. Das ganze Wochenende war er hin und her gehechtet und gerollt. »Ich weiß nicht.« Er ging in die Hocke, als wollte er den Sessel überfallen, der gut zwei Meter entfernt stand.

»Hör mal, Kumpel, du musst aufhören, auf die Möbel zu springen. Und du hast dein T-Shirt falsch rum an.«

»Nein, hab ich nicht.«

Paul klappte den Kragen des Shirts nach außen und zeigte Tate das Schildchen.

Tate schlug sich mit einer übertriebenen Geste auf die Stirn, zog dann die Arme aus den Ärmeln und fing an, das Shirt zu drehen.

Paul ging nach oben, wo er einen Blick in das Zimmer von Reese warf. Es war dunkel und leer – ein Anblick, der seinen Blutdruck in die Höhe trieb. Ihr Ausflug vom Montag war ihm noch zu frisch in Erinnerung.

»Reese?«, rief er.

Es kam kein Laut außer dem Surren des Ventilators an Tates Zimmerdecke auf der anderen Seite des Flurs.

Paul sah schnell im Bad nach und dann in seinem Zimmer, nur für den Fall. Ein schwacher Lichtschein drang aus dem begehbaren Kleiderschrank. Dort fand er Reese, die im Schneidersitz auf dem Boden saß, eine geöffnete Schmuckschatulle vor sich.

Vivians Schmuck.

Wenn Reese ihn gehört hatte, ließ sie es sich nicht anmerken.

Sie drehte sich nicht um und sah nicht über ihre Schulter. Sie zuckte nicht einmal. Sie saß einfach nur da mit hängenden Schultern, den Ellbogen aufs Knie gestützt, die Wange auf der Faust abgelegt, während sie mit der anderen Hand gedankenverloren eine lange Perlenkette durch ihre Finger gleiten ließ, so wie sie sonst geistesabwesend Gippers Ohr rieb.

Sie hatte das ganze Wochenende nicht mit ihm gesprochen.

Genau genommen hatte sie seit dem Albtraum von Abendessen am Donnerstag kein Wort mehr mit ihm geredet. Er hatte gehofft, wenn er Autumn einlud, würde das irgendwie helfen. Diese Hoffnung hatte sich als Schuss in den Ofen entpuppt. Sobald die Tür hinter Autumn ins Schloss gefallen war, war Reese verstummt. Jedenfalls war sie stumm, sobald sie vor ihm stand. Dass ihre Stimme noch funktionierte, wusste er, weil er gehört hatte, wie sie mit Tate gesprochen hatte.

Paul sah auf seine Uhr.

In zwanzig Minuten fing der Gottesdienst an. Seine Kinder hatten bislang nicht gefrühstückt. Reese trug immer noch ihre Schlafanzughose. Wenn sie jetzt nicht schnell machten, würden sie viel zu spät kommen. Aber Paul setzte sich zu ihr auf den Boden.

Am Anfang, gleich nach Vivians Tod – als sein Gehirn völlig vernebelt gewesen war und er alle seine Energie dafür hatte aufbringen müssen, dass es den Kindern gut ging –, hatte er den Schmuck nicht behalten wollen. Zu viele Erinnerungen hingen daran und sie taten weh. Wenn es nur um ihn ginge, hätte er alles eingepackt und dem erstbesten Wohltätigkeitsverein gespendet. Aber es ging nicht nur um ihn. Er musste an Reese denken. Wahrscheinlich würde sie irgendwann den Schmuck ihrer Mutter haben wollen, dachte er. Er wäre allerdings nie auf den Gedanken gekommen, dass sie etwas davon an eine Fremde schicken würde.

Die Ohrringe? Ihr merkwürdiger Vorschlag mit dem Erinnerungsvideo? Vielleicht waren das alles Reaktionen. Vielleicht hatte das einjährige Jubiläum alles wieder an die Oberfläche gebracht und dies war ihr Versuch, die Dinge festzuhalten, die allmählich verblassten. Vielleicht würde Reese die anderen Dinge loslassen, wenn er über Vivian reden könnte. Paul nahm ein Tennisarmband mit Diamanten und drehte es in seiner Hand. »Deine Mom hat dieses Zeug geliebt.«

Sie sah nicht auf, aber es schien, als spitze sie die Ohren.

»Das hier habe ich ihr bei einer Wohltätigkeitsauktion ersteigert, bevor du geboren warst.« Als das Haus das nagelneue, viel zu teure Geschenk war, das ihn dazu gebracht hatte, wie ein Wilder an seiner Doktorarbeit zu schreiben, damit er endlich selbst verdienen konnte. Er hasste es, sich wie ein Schnorrer zu fühlen. »Die Firma, für die deine Mom damals gearbeitet hat, war einer der Sponsoren.«

Die Erinnerung saß ihm noch in den Fingern. Er konnte förmlich den weichen Stoff fühlen, als er den Reißverschluss an ihrem schwarzen Etuikleid hochgezogen hatte. Die Wärme ihrer Haut und das Kitzeln ihrer Haare, als er ihr das eng anliegende Collier umgelegt hatte. Genau hier, in diesem begehbaren Kleiderschrank. Während sie die Krawatte für ihn band, hatte er ein bisschen über den bevorstehenden Galaabend geklagt. *»Du weißt doch, dass ich mich bei all diesen reichen, biederen Leuten nicht wohlfühle.«*

»Du hast gerade meinen Vater beschrieben«, hatte sie lachend geantwortet.

Der Klang ihres Lachens drang durch Zeit und Raum, so hell und klar, dass er sicher war, Reese könne es auch hören.

Seine Tochter, die jetzt schon zwölf Jahre alt war.

Wie war das geschehen? Wie kam es, dass das kleine Mädchen – mit unordentlichen Zöpfen und klebrigen Fingern und völlig unrealistischen Ansichten – jetzt fast ein Teenager war? Er sah zu, wie sie die Perlen von einer Hand in die andere gleiten ließ. Hin und her. Hin und her. Es hypnotisierte sie beide.

»Mia war ganz wild auf Moms Schmuck«, sagte sie.

Paul richtete sich ein wenig auf, während sich Hoffnung in ihm regte.

Seine Tochter hatte gerade einen vollständigen Satz gesagt.

»Mrs Ryan trägt immer nur ihren Ehering.« Die Perlen glitten immer noch durch ihre Finger. »Du hast deinen abgenommen.«

Er beugte die Finger, plötzlich verlegen. Er wusste nicht mehr, wie lange es her war. Er wusste nur, dass er ihn aus irgendeinem Grund abgelegt hatte, und als er ihn wieder aufstecken wollte, konnte er es nicht.

»Wo hast du ihn hingetan?«, flüsterte sie.

Ein dumpfer Aufprall erschütterte die Wände.

Es folgte eine Schrecksekunde der Stille und dann zerriss ein schriller Schrei die Luft. Ein Schrei, bei dem Reese die Perlen fallen ließ. Vater und Tochter rannten aus dem Zimmer und ließen die Schmuckschatulle unbeachtet zurück.

Als Paul in Lou Malnatis Restaurant am Lincoln Square eintraf, war er fünf Minuten zu früh für seine Verabredung zum Mittagessen und ganz aufgekratzt von zu viel Koffein. Margo hatte ihn scharf angesehen, als er in die Praxis gekommen war, und ihn während der Sitzungen am Vormittag stetig mit Kaffee versorgt. Alle Termine waren gut verlaufen, aber Paul fiel es schwer, sich darüber zu freuen.

Er setzte sich an einen Tisch am Fenster und gab die Bestellung für sich selbst und für Mitch auf – die Pizza Malnati Chicago Classic mit Pilzen. Wahrscheinlich hätte er die Wartezeit nutzen sollen, um seinen Agenten anzurufen, der schon wieder eine Nachricht bei Pauls Assistentin hinterlassen hatte. Stattdessen verbrachte er die Zeit damit, aus dem Fenster zu sehen und die Passanten zu beobachten. Manche gingen langsam vorbei. Die meisten schnell. Einige lächelten. Die meisten hatten finstere Mienen. Manche waren zu zweit unterwegs, aber die meisten gingen allein und starrten auf ihre Smartphones. Jeder dieser Menschen hatte ein Leben und Ziele und Beziehungen und Stress und mit großer Wahrscheinlichkeit auch Probleme.

Es gab ihm zugleich das Gefühl, allein zu sein und doch weniger allein.

Um zehn nach zwölf kam Mitch.

Er schob sich auf die Bank gegenüber von Paul, die Augen müde und die Lippen verkniffener als sonst. »Tut mir leid, dass ich so spät dran bin. Was für ein Tag!«

»Kein Problem. Ich habe einfach schon mal für uns bestellt.«

Mitch nickte und nahm den Salzstreuer, den er über die Tischplatte von einer Hand in die andere gleiten ließ. So war Mitch. Er war jemand, der immer etwas in der Hand haben musste. Er drückte Stressbälle. Er jonglierte mit Orangen und Äpfeln. Aber heute wirkte seine Rastlosigkeit so, als beunruhige ihn etwas.

»Wie ist die Situation im Kirchenvorstand?«, fragte Paul.

Mitch schüttelte den Kopf.

Bill Meadows war seit fast zehn Jahren im Kirchenvorstand der Erlösergemeinde und offenbar gab es Ärger. Vor zwei Wochen hatte seine Frau Nancy ihre Stelle als Kommunikationsberaterin der Gemeinde fast ohne Vorwarnung aufgegeben, sodass die Gerüchteküche brodelte. Paul hielt nichts von Klatsch und Tratsch und Mitch sagte nichts Konkretes, um die Privatsphäre von Bill und Nancy zu respektieren. Aber er hatte Paul gebeten, für die Situation zu beten.

»Wir mussten Bill bitten, vom Kirchenvorstand zurückzutreten.«

Paul zog die Augenbrauen hoch. »War es so ernst?«

»Leider ja. Ich sag dir was: Wenn man hässliche Dinge versteckt, kommt nichts Gutes dabei heraus.«

Die Bedienung brachte ein Wasser für Mitch.

Mitch trank einen großen Schluck, so als hätte ihn die ganze unangenehme Sache ausgetrocknet. Als er das Glas abstellte, war es halb leer. »Ich will nicht mehr daran denken, Kumpel. Es ist zu deprimierend. Reden wir über dich.«

»Ich war gestern mit Tate in der Notaufnahme.«

»Was?«

»Er ist von der Sofalehne gesprungen und hat sich den Kopf aufgeschlagen.«

»Oh nein.«

»Neun Stiche. Zum Glück keine Gehirnerschütterung.« Und der Notfall hatte den Augenblick mit Reese im begehbaren Kleiderschrank völlig in den Hintergrund gedrängt. Tates akute körperliche Schmerzen hatten Vorrang gehabt. Als sie endlich wieder zu Hause gewesen waren, hatte Paul versucht, an die zaghafte Annäherung anzuknüpfen, aber es war hoffnungslos. Reese hatte sich wieder in ihre Höhle zurückgezogen. Spät am Abend, als sie schlief, hatte er Vivians Schmuckschatulle auf ihren Schreibtisch gestellt. Sie hatte an diesem Morgen kein Wort darüber verloren.

»Und was damit gar nichts zu tun hat: Reese hat Briefe an Autumn Manning geschrieben.«

Mitch hörte auf, den Salzstreuer zwischen den Fingern zu drehen. »Die Autumn Manning?«

Paul nickte. »Sie hat am Donnerstag mit uns zu Abend gegessen.«

»*Wie bitte?*«

»Offenbar hat meine Tochter ihr ein Paar von Vivians Ohrringen geschickt. Autumn kam, um sie zurückzugeben, und Reese hat sie eingeladen, mit uns Lasagne zu essen.«

»Und sie hat die Einladung angenommen?«

»Vielleicht habe ich sie ein bisschen genötigt.« Paul fuhr sich mit beiden Händen übers Gesicht. »Reese ignoriert mich. Sie schließt mich vollkommen aus. Ich dachte, wenn ich Autumn einlade, öffnet sie sich vielleicht.«

»Hat es funktioniert?«

»Nein.«

»Puh.« Mitch schüttelte den Kopf. »Ich kann nicht fassen, dass Reese ihr Briefe geschrieben hat.«

»Es scheint so, als wäre sie irgendwie fasziniert von dieser Frau.«

»Glaubst du, das liegt an der Verwechslung damals?«

»Wahrscheinlich. Ich weiß nicht, was es sonst sein sollte.« Paul kratzte sich am Kinn. »Findest du es verrückt, wenn ich sie frage, ob ich die Briefe lesen kann?«

»Wenn es meine Tochter wäre, würde ich nicht zögern.«

Der Kellner brachte ihre Pizza. Er legte Mitch und Paul jeweils ein Stück auf den Teller – es dampfte und zog Käsefäden – und überließ sie ihrem Essen. Pauls Magen knurrte hungrig. Kaum hatte Mitch das Tischgebet beendet, spießte Paul mit der Gabel ein Stück Pizza auf und schloss die Augen, um den köstlichen Geschmack ungestört zu genießen. Lou Malnatis Pizza ließ die meisten Dinge weniger schlimm erscheinen.

»Also«, sagte er, sobald er den Bissen heruntergeschluckt hatte, »worüber wolltest du mit mir reden?« Normalerweise trafen sie sich nicht montags zum Mittagessen.

»Der Ehekurs«, sagte Mitch.

Das hatte Paul erwartet.

Es war etwas, das schon seit Monaten in Vorbereitung war – eine Zusammenarbeit mehrerer Kirchen in und um Chicago. Natürlich war es Mitch, der die Idee gehabt hatte. Das war etwas, das Paul an ihm sehr schätzte. Mitch war die Kirche, der Leib Christi, als ganze wichtiger als die Zahlen in seiner konkreten Gemeinde in Lakeview.

Aus dieser Überzeugung heraus hatte Mitch auch unter den Pastoren der Gegend ein regelmäßiges Treffen ins Leben gerufen. Jeder Einzelne von ihnen machte sich Sorgen um die steigenden Scheidungsraten in ihren Gemeinden. So war die Idee einer stadtweiten Ehekampagne entstanden. Einer Kampagne, deren abschließende Tagung Paul Elliott leiten sollte.

Aber das war alles *vorher* gewesen.

Vor der Explosion im Zug, vor der Tragödie auf den Gleisen.

Bevor zweiundzwanzig Chicagoer ihr Leben verloren hatten.

Bevor die Kirchen in Chicago mit Krisenintervention beschäftigt gewesen waren und die Ehekampagne auf der Strecke geblieben war.

»Wir haben wieder angefangen, darüber zu reden. Die anderen Pastoren wollten wissen, ob …« Mitch wirkte peinlich berührt. Unsicher. So als wäre er Petrus, der aus dem Boot steigt, aber statt der Wellen war da nur ein Meer aus rohen Eiern.

»Ob ich es machen würde?«

»Du sollst dich auf keinen Fall gedrängt fühlen. Ich wollte dich eigentlich gar nicht fragen. Aber seit zwei Wochen habe ich jeden Morgen im Gebet das Gefühl, als würde Gott mich drängen, mit dir darüber zu reden.«

Paul schob sich den nächsten Bissen in den Mund.

»Ich wollte nicht nach jemand anderem Ausschau halten, ohne zuerst mit dir darüber zu reden. Nur für den Fall, dass Gott dich auch drängt, weiter am Ehekurs mitzuarbeiten.«

»Ich weiß nicht, Mitch. Ich bin ziemlich sicher, dass diese Arbeit für mich beendet ist.«

»Für immer?«

»Ich bin nicht mehr verheiratet.«

Mitch runzelte die Stirn, als müsste er über diese Äußerung nachdenken. »Ich bin Pastor.«

»Und zwar ein sehr guter.«

»Das ist eine Gabe – eine Leidenschaft –, die Gott in mein Herz gepflanzt hat.«

Paul wartete, weil er sicher war, dass die Lehre gleich folgen würde.

»Sollte etwas geschehen, was Gott verhüten möge, und ich plötzlich alle meine Schäfchen in der Gemeinde verlieren, wäre ich immer noch Pastor. All die Erfahrung, die ich habe, und die Weisheit, die Gott mir dazu geschenkt hat. Das würde nicht einfach verschwinden, nur weil meine Gemeinde nicht mehr da wäre.«

Mitch nahm sich noch ein Stück Pizza. »Weißt du, ich werde nicht so tun, als wüsste ich, wie es wäre, wenn ich Lisa verlieren würde. Ich weiß nur, dass du deinen Weg mit Mut und Integrität gegangen bist. Und ich habe miterlebt, was für eine Gabe du hast, Ehepaaren wichtige Wahrheiten zu vermitteln. Dass du Vivian verloren hast, bedeutet nicht, dass du auch deinen Dienst verlieren musst.«

Paul legte seine Gabel auf den Teller. Er hatte erst ein Stück gegessen und schon keinen Appetit mehr.

14. Kapitel

Kaum hatte Autumn ihr Journal zugeklappt, summte die Sprechanlage ihrer Wohnung. Rolands Beschwerden hatte sie es zu verdanken, dass der Vermieter die Anlage repariert hatte.

Wahrscheinlich war es Claire.

Sie kam immer unangemeldet vorbei. Schon bevor Autumn im Krankenhaus aufgewacht war, war sie einfach erschienen, ohne vorher anzurufen oder wenigstens eine Textnachricht zu schicken, und das hatte Seth wahnsinnig gemacht. »*Weiß sie nicht, dass man Leute nicht so überfällt?*«

Autumn hatte dann nur gelacht, denn damals war Claire nicht vorbeigekommen, um zu sehen, ob mit ihr alles in Ordnung war, und deshalb war es viel weniger nervig gewesen. Damals hatte Autumn die spontanen Besuche zwar lästig, aber irgendwie auch lieb gefunden. Damals war Claire diejenige gewesen, die einen Rat wollte, und Autumn hatte ihn gegeben.

Sie schälte sich aus dem Sessel im Wohnzimmer, um die Taste für die Sprechanlage zu drücken. »Hallo?«

»Hi.« Die tiefe Stimme, die durch den Lautsprecher drang, gehörte nicht Claire. »Ich bin's, Paul.«

Paul Elliott? Was in aller Welt machte er hier?

»Könnte ich vielleicht raufkommen?«

Raufkommen? Paul Elliott wollte *raufkommen?*

Autumn sah sich in ihrer Wohnung um, so als könnte sie vielleicht Reese entdecken, die sich unter dem Beistelltisch versteckt hatte. Nur war Reese nirgends zu sehen. Autumn sah nur ihr Notizbuch auf dem Sessel und das neue Puzzle auf dem Couchtisch und daneben einen Becher lauwarmen Zimttee. Und sie selbst in ihrem Schlafanzug und Pantoffeln. Um fünf Uhr nachmittags, was sich vielleicht nicht so schlimm ausnehmen würde, wäre sie nicht schon den ganzen Tag so herumgelaufen. Das war einer der vielen Vorteile, wenn man Online-Assistentin war. Es war vielleicht nicht so gut bezahlt wie die Stelle bei Exelon, aber dafür konnte sie wie ein Penner herumlaufen, ohne dass ihr Chef es wusste.

Die Sprechanlage knisterte. »Hallo?«

»Oh, sorry. Kommen Sie rauf.«

Sie drückte auf den Türöffner, um ihn hereinzulassen, und bereute es sofort. Sie fuhr sich mit den Fingern durch die Haare und band sie zu einem unordentlichen Knoten zusammen, dann lief sie in ihr Schlafzimmer, wo sie die Schlafanzughose auszog und eilig in eine Jeans schlüpfte, während sie überlegte, warum der Mann wohl gekommen war. Konnte es vielleicht das Erinnerungsvideo sein? Hatte er seine Meinung geändert?

Es klopfte an ihrer Wohnungstür.

Das war er.

Als sie öffnete, wirkte er ein wenig verlegen, aber nicht annähernd so durcheinander wie beim letzten Mal. Seine Haare waren vom Wind zerzaust, aber offensichtlich an diesem Morgen gewaschen und gekämmt worden. Er trug eine gebügelte Baumwollhose und eine schicke offene Jacke über einem Hemd mit Knopfkragen. Vor ihr stand ein Mann, der in der Welt lebte und arbeitete und mit echten Menschen interagierte.

»Tut mir leid, dass ich so unangemeldet hier auftauche«, sagte er. »Ich hätte vorher angerufen, aber ich habe Ihre Nummer nicht.«

»Kein Problem.«

Er zog die Hand aus der Hosentasche und kratzte sich am Nacken. »Ich habe mich gefragt, ob ich vielleicht die Briefe lesen darf.«

Die Bitte kam so unerwartet, dass Autumn sie im Geiste erst einmal wiederholen musste. Er wollte die Briefe lesen? Reese' Briefe? »Aber die waren an mich adressiert«, sagte sie mehr zu sich selbst als zu ihm.

»Ich weiß.«

»Und …?«

»Ich bin ihr Vater.«

Die Wut schlug zu, so unerwartet und plötzlich wie Pauls Besuch. Das Gefühl schnürte ihr die Kehle zu. Er hatte recht. Er war Reese' Vater und deshalb sollte es ihm wichtig sein. Es sollte ihm wichtig sein, dass Reese sich an ihre Mutter erinnern wollte. Es sollte ihm wichtig genug sein, um sich ihre Idee anzuhören, ein Erinnerungsvideo zu machen. Stattdessen gab seine Vaterschaft ihm offenbar das Recht, seiner Tochter beim Essen den Mund zu verbieten und ihre Privatsphäre zu verletzen.

»Normalerweise würde ich nicht darum bitten. Ich weiß, was Vertraulichkeit heißt. Sie ist in meinem Job sehr wichtig. Aber Reese' Verhalten ist in letzter Zeit sehr beunruhigend. Ich möchte wirklich gerne wissen, was in ihrem Kopf vorgeht.«

Die Worte schienen ihm körperliche Schmerzen zu bereiten.

Und mit einem Mal war Autumns Wut wie weggeblasen. Das Gefühl ließ sie ebenso schnell los, wie es sie gepackt hatte, und sie blieb schlaff und leicht fröstelnd zurück. Dies war der Mann, der ins Krankenhaus gelaufen war, weil er erwartet hatte, seine Frau vorzufinden, und dann stattdessen sie angetroffen hatte. Der Mann, der seinen Kindern erklären musste, dass ihre Mutter nicht mehr nach Hause kommen würde. Der ganze Grund, warum er sich jetzt Sorgen machte, hing mit Autumns Überleben zusammen.

»Ich hole sie.«

Seine Schultern sackten vor Erleichterung ein wenig nach unten. Sie hatte nicht bemerkt, wie angespannt sie gewesen waren, bis die Anspannung aus ihnen wich. »Danke.«

Mit einem schwachen Lächeln ging sie den kurzen Flur entlang, öffnete die Tür des Wandschranks und zog den Ordner vom obersten Regal. Mit merklich zitternden Fingern nahm sie die Briefe heraus. Langsam. Mit Mühe. Es fühlte sich wie Verrat an. Reese hatte sie Autumn anvertraut und jetzt gab sie die Briefe Reese' Vater. Sie musste sich daran erinnern, dass Reese minderjährig war und Paul ein besorgter Vater.

Sie tat das Richtige.

Aber dann faltete er den Stapel einmal und steckte ihn in seine Jackentasche und Autumn geriet in Panik. Er wollte sie nicht nur lesen; er nahm sie mit.

»Danke«, sagte er noch einmal. »Ich weiß das sehr zu schätzen.«

Und damit drehte Paul Elliott sich um.

Autumn machte einen Satz nach vorne, so wie man es macht, wenn einem etwas sehr Kostbares, sehr Wertvolles ohne Vorwarnung weggenommen wird. »Bekomme ich sie wieder?«

Er blieb stehen. Drehte sich um.

Ihre Wangen wurden heiß. Ein Stapel Briefe von einem Mädchen sollte ihr nicht so wichtig sein. Aber diese Briefe waren für sie so wertvoll wie die Nachrufe. Diese Briefe leisteten ihr nachts Gesellschaft, während die Geister Wache standen.

15. Kapitel

Autumn hatte einmal einen Dokumentarfilm über einen zwanghaften Patienten gesehen, der sich mit einem Kleinkaliber-Gewehr erschießen wollte. Er überlebte den Schuss, beschädigte jedoch sein Gehirn so, dass seine zwanghaften Symptome verschwanden. Es war eine wahre Geschichte.

Während sie in dem Büro von Jeannie True saß und zusah, wie der Kampffisch in seinem Glas hin und her zuckte, schien ihr der Schluss, dass auch genau das Gegenteil passieren konnte, durchaus plausibel. Als sie aus dem Zug geschleudert worden war, mussten ihre Basalganglien oder ihr Nucleus caudatus oder wie auch immer der Teil des Gehirns hieß, der für zwanghafte Verhaltensweisen zuständig war, dauerhaft geschädigt worden sein. Und nun konnte sie kein normaler Mensch mehr sein, der eine Weile über eine Sache nachdachte und sich dann anderen Dingen zuwandte.

Wenn ihr Gehirn erst einmal etwas Bestimmtes erfasst hatte, konnte – wollte – es nicht mehr loslassen. Ihr Gehirn hatte sich in Reese' Vorschlag am Esstisch der Elliotts festgekrallt und Pauls spontaner Besuch am Montag ließ den Griff nur noch fester werden. Wenn Autumn jetzt um drei Uhr morgens aufwachte, lenkte sie sich nicht mit Reese' Briefen ab, sondern ihre Gedanken kreisten um das YouTube-Video von Kay-C. Sparks und um die zweiundzwanzig Menschen, die so etwas nicht hatten.

»Wie ist die Hausaufgabe vom letzten Mal gelaufen?«, fragte Jeannie.

»Morgen Nachmittag habe ich ein Vorstellungsgespräch.«

»Ein Vorstellungsgespräch.« Jeannie lächelte. »Das ist fantastisch.«

»Finden Sie, dass ich eine Eisenmaske trage?«

Das Lächeln schwand. »Wie meinen Sie das?«

»Gestern Nacht habe ich einen Artikel von einem Arzt namens Alex Lickermann gelesen. Er sagte, dass ein Zwang oder eine Obsession im schlimmsten Fall eine eiserne Maske ist, die dafür sorgt, dass wir den Blick nur auf eine Sache richten können. Oder sie ist wie eine riesige Flutwelle, die über unseren Gedanken zusammenschlägt und alle anderen Sorgen wegschwemmt.«

Als Beweis könnte der kritische Zustand von Autumns Finanzen dienen.

Ihre Ersparnisse waren aufgebraucht. In einer Stadt wie Chicago konnte ein Mensch nicht unendlich lange vom Gehalt einer Online-Assistentin leben. Auch wenn ihr gar nicht danach zumute war, morgen ins Auto zu steigen und in die Innenstadt zu diesem Vorstellungsgespräch zu fahren, blieb ihr doch nichts anderes übrig. »Wenn ich diese Stelle nicht bekomme, kann ich mir im nächsten Monat die Miete nicht mehr leisten.«

So, sie hatte es ausgesprochen. Die ganze Welt konnte es hören.

Oder jedenfalls Jeannie True und ihr Kampffisch.

»Das ist eine ernste Lage. Ich sollte mir wirklich Sorgen machen. Ich sollte all meine mentale Energie auf das Gespräch morgen richten, damit ich die Stelle bekomme und nicht aus meiner Wohnung rausmuss, aber stattdessen denke ich an Reese.«

»Das Mädchen, das Ihnen Briefe schreibt.«

Autumn nickte und erzählte Jeannie dann von ihren zunehmend bizarren Begegnungen mit der Elliott-Familie. Dass sie die Ohrringe in der Post gefunden hatte, als sie nach der Sitzung in der letzten Woche nach Hause gekommen war. Dass es ihr nicht gelungen war, sie heimlich zurückzugeben. Reese' merkwürdige Einladung. Pauls noch merkwürdigere Einladung. Wie sie das Video von Kay-C. Sparks auf YouTube angesehen hatten. Reese' Idee bei Tisch und Pauls schroffe Reaktion darauf. War es diese Reaktion, die diese Besessenheit in ihr ausgelöst hatte? Wenn er Reese' Wunsch, die Opfer zu ehren und ihrer zu gedenken, unterstützt hätte, hätte sie dann einfach die Lasagne auf ihrem Teller gegessen und die Familie in Ruhe gelassen?

Jeannie hörte zu, ohne irgendeine Reaktion zu zeigen, während Autumn den leeren Raum mit mehr Worten füllte, als sie in sich vermutet hätte.

»Sollte er nicht würdigen, dass ihr das wichtig ist? Reese sucht einen Weg, ihrer Mutter ein Denkmal zu setzen. Sie will etwas machen, das Bedeutung für sie hat. Aber ihr Dad hat sie völlig ausgebremst. Ich verstehe, warum es ihm unangenehm ist.« Ihr Dad war auch so. Er sprach nie über Mom – nicht über ihr Leben und schon gar nicht über ihren Tod. Tränen brannten in Autumns Augen. Sie blinzelte sie schnell fort. »Aber sollte ihm das Wohlergehen seiner Tochter nicht wichtiger sein als sein eigenes Unbehagen?«

Jeannie zog die Augenbrauen hoch.

Autumn würde ihr das nicht durchgehen lassen. Sie wollte wirklich eine Antwort haben. Also zog sie ihrerseits die Augenbrauen hoch. »Und? Sollte es das nicht?«

»Ich finde entscheidend, dass es Ihnen wichtig ist.«

Das war es.

Sehr sogar.

»Autumn«, sagte Jeannie, »ist Ihnen dieses Erinnerungsvideo wichtig?«

Ja.

Das Gedenken *war* ihr wichtig. Vielleicht war es ihr immer wichtig gewesen – dieses Bedürfnis, das sie nicht richtig in Worte fassen konnte. Es reichte nicht, sich nachts zu den Toten zu gesellen. Sie wollte sie auch tagsüber begleiten. Sie wollte sie kennenlernen. Wirklich kennenlernen. Mehr als das, was man aus ein paar Zeilen Nachruf erfuhr. Sie musste sie wieder zum Leben erwecken. Aber bis Reese diesem Bedürfnis an Vivian Elliotts Esstisch Beine gemacht hatte, hatte Autumn nicht gewusst, wie.

»Ich glaube, dieses Erinnerungsvideo zu machen, wird mir dabei helfen, die Sache loszulassen.«

Sie wappnete sich für *den Blick*. Den trüben Blick, der immer von einem Stirnrunzeln begleitet wurde. Wenn jemand sich Sorgen machte oder anderer Meinung war als sie, es aber nicht offen aussprach, sondern herumdruckste und Dinge sagte wie: »Bist du sicher?« und: »Ich weiß nicht …«. Immer ganz leise, irgendwie gedehnt, sodass die Missbilligung laut und deutlich zu hören war. Leanne machte das. Claire auch. Wahrscheinlich hatte sie diese Angewohnheit von Leanne und das war vielleicht ein Grund, warum es Autumn wahnsinnig machte.

»Wenn Sie das glauben, klingt es nach einer wunderbaren Idee.«

Autumn blinzelte. »Im Ernst?«

»Im Ernst.«

»Sie meinen nicht, dass es für mich nur eine Ausrede ist?«

»Sie haben doch gerade gesagt, Sie seien der Meinung, es werde Ihnen helfen.«

Das war der Augenblick, in dem Autumn ihre Entscheidung traf. Sie mochte Jeannie True wirklich. Und es war an der Zeit, die Eisenmaske abzunehmen.

* Reese *

Samstag, den 7. Mai 2016

Liebe Autumn,
glauben Sie, dass Dinge aus einem Grund geschehen?

Das hat seit Moms Beerdigung bestimmt zehn Mal jemand zu mir gesagt. Zuerst dachte ich, es stammt aus der Bibel, aber dann habe ich es gegoogelt und es ist ein Zitat von Aristoteles.

Ich weiß nicht, ob die Leute es glauben oder ob sie nur etwas Tröstlichen sagen wollen und dann das nehmen. Aber wenn man darüber nachdenkt, ist es eigentlich gar nicht tröstlich. Der Holocaust ist geschehen, weil Hitler verrückt war und Juden gehasst hat. Wenn ich Jüdin wäre, fände ich das nicht sehr tröstlich.

Benjamin Havel hat eine Bombe in den Zug gelegt, weil er seinen Job verloren hat und es in seinem Gehirn ein chemisches Ungleichgewicht gab. Das ist auch nicht sehr tröstlich.

Vielleicht meinte Aristoteles, dass es einen Grund dafür gibt, dass Sie überlebt haben und meine Mom nicht. Vielleicht finden Sie ja irgendwann ein Mittel gegen Krebs, und deshalb hat Gott Sie gerettet und nicht meine Mom. Oder Sie und Seth Ryker haben irgendwann ein Baby, das groß wird und den Krebs besiegt. Das ist wenigstens ein bisschen tröstlich. Ich habe einen Artikel gelesen, in dem das von Ihrer Verlobung stand.

Meine Mom wollte nicht noch mehr Kinder.

Sie sagte, sie hätte eins von jeder Sorte – ein Mädchen und einen Jungen. Was könnte sie sich denn noch mehr wünschen?

Ich hätte gerne eine Schwester gehabt. Meine Freundin Mia hat zwei. Eine ältere Schwester, die Skye heißt, und eine jüngere, die Lily heißt. Sie sind alle jeweils achtzehn Monate auseinander und streiten sich TOTAL OFT, aber sie tauschen auch Kleider und Nagellack und machen schöne Sachen zusammen. Tate ist nicht nur ein Junge, er ist auch erst in der ersten Klasse. Mit Jungs aus der ersten Klasse abzuhängen, macht nicht so viel Spaß.

Von

Reese Rosamund Elliott

PS: Ist es okay, wenn ich Autumn sage? Mein Dad mag es nicht, wenn ich Erwachsene ohne Erlaubnis mit Vornamen anrede. Wenn Sie nicht wollen, dass ich Sie Autumn nenne, sagen Sie es jetzt oder schweigen Sie für immer.

16. Kapitel

Das Pochen fing hinten im Nacken an. Als Autumn schließlich auf den Parkplatz fuhr und den Motor ihres Wagens ausschaltete, hatte es sich systematisch um ihren ganzen Kopf verteilt. Sie lehnte sich zurück, während der Motor rauschte und tickte, um in den Ruhezustand zu schalten. Sie musste einen Moment lang durchatmen. Aber ihr Telefon klingelte. Es war der Standard-Klingelton, den beinahe jedes iPhone von sich gab, wenn ein Anruf einging.

Sie überlegte, ob sie die Mailbox anspringen lassen sollte, aber es war Chad und sie hatte ihn in letzter Zeit ständig auf die Mailbox sprechen lassen. Vielleicht hätte sie das Problem von vorhin nicht gehabt, wenn sie öfter an ihr Telefon gehen würde. Sie kniff die Augen zusammen und sagte Hallo.

»Hi.« Der Gruß am anderen Ende der Leitung klang freundlich. Er machte ihr nie ein schlechtes Gewissen, weil sie wie vom Erdboden verschwunden war. »Claire hat mir erzählt, dass du heute ein Vorstellungsgespräch hattest.«

»Hat sie dir auch erzählt, dass sie mittendrin angerufen hat?«

»Den Teil hat sie nicht erwähnt.«

Autumn nahm ihre Handtasche und stieg aus dem Wagen. »Ich Genie hatte vergessen, mein Telefon auszumachen, und mittendrin fing es an, ›*Pocketful of Sunshine*‹ zu plärren.«

»Was ist ›*Pocketful of Sunshine*‹?«

»Dieser schreckliche Song aus dem Film, den Claire so liebt. – *Einfach zu haben?* Sie hat ihn als ihren persönlichen Klingelton auf mein Handy heruntergeladen, und weil ich mein Telefon nicht finden konnte, hat es immer weitergeklingelt, während ich hektisch in meiner Tasche gewühlt habe.« Autumn verschloss den Wagen mit der Fernbedienung und wandte sich dem Eingang zu ihrem Mietshaus zu, während der Himmel über ihr in ein schweigsames Grau getaucht war, das ziemlich genau ihre Laune widerspiegelte. »Nach dem Anruf war ich so nervös, dass ich … also, der Mann, der das Gespräch geführt hat, hatte ein sehr auffälliges Muttermal auf der Wange … ich bin sicher, du hast schon mal von freudschen Versprechern gehört ...?«

Chad lachte.

»Das ist nicht witzig.« Sie überlegte, ob sie ihm von ihrer finanziellen Situation erzählen sollte, aber wenn sie es Chad sagte, würde er es Jane erzählen und dann würde sie wieder Broschüren bekommen. Vielleicht wieder eine Krisensitzung. Ihr finanzielles Problem würde also ein Geheimnis zwischen ihr und Jeannie und ihrem Kampffisch bleiben müssen. Jedenfalls, bis sie die fristlose Kündigung ihrer Wohnung bekam. Dann musste sie in den Keller ihrer besserwisserischen Schwägerin ziehen.

»Na, wenn aus diesem Job nichts wird, nimmst du halt den nächsten.«

Autumn gab ihm eine vage Antwort. Und dann kam Chad auf den Grund für seinen Anruf zu sprechen, der mit Ostern am nächsten Sonntag zu tun hatte. Normalerweise lud Jane alle zu ihnen nach Hause ein, wo die Mädchen mit Münzen gefüllte Plastikeier im Garten suchten. Aber da Jane hochschwanger war, verlagerten sie das Osterfest diesmal zu Dad und Leanne.

Sie verabschiedeten sich und Autumn schob ihren Schlüssel ins Schloss der Haustür.

»Hi.«

Sie schrie auf und das Telefon glitt ihr aus den Fingern.

Es war Reese.

Reese!

Sie war aus dem Schatten eines Fliederbuschs neben dem Eingang getreten.

»Tut mir leid«, sagte sie. »Ich wollte Sie nicht erschrecken.«

»Schon gut. Ich habe dich nur nicht gesehen.« Autumn hob ihr Handy auf und versuchte, ihr heftig hämmerndes Herz unter Kontrolle zu bringen. »W-was machst du denn hier?«

»Ich wollte Ihnen das hier geben.«

Bei diesen Worten zog Autumns Magen sich zusammen.

Aber diesmal gab Reese ihr keinen Schmuck. Mit leuchtenden Augen überreichte sie ein Blatt Papier – eine Tabelle mit E-Mail-Adressen und Namen. Viele von ihnen vertraut. Autumn blickte auf. »Woher hast du das?«

»Ich habe der Frau geschrieben, die für die Gedenkkommission zuständig ist. Ich habe ihr von dem Kay-C.-Sparks-Video und unserem Plan erzählt.«

Autumns Herz reagierte.

Die eiserne Maske.

Die Opfer wieder zum Leben zu erwecken.

»Sie findet, dass es eine richtig gute Idee ist«, sagte Reese.

Autumn lächelte sie an.

Aber dann ging die Haustür auf und Roland kam heraus, die Haare wild und die Brust nackt, eine Zigarette hinterm Ohr und einen vollen Müllsack über der Schulter. Er drängte sich zwischen ihnen hindurch und zerriss so das unsichtbare Band, das von Reese' Seele ausging und sich um Autumns Seele wickelte. Reese gehörte ihr nicht. Sie gehörte Paul und Vivian und die eine Hälfte dieses Paares würde mit dieser Liste nicht einverstanden sein.

»Weiß dein Dad, dass du hier bist?«

Reese hakte die Daumen unter die Riemen ihres Rucksacks und trat mit den Spitzen ihrer Chucks nach ein paar Kieseln.

So ungern Autumn es auch tat, aber sie gab das Blatt Papier zurück.

Reese' Wangen wurden so pink wie der Flieder hinter ihr.

»Ich finde, du solltest zuerst mit deinem Dad darüber reden«, sagte Autumn.

»Mein Dad versteht das nicht.«

»Vielleicht versteht er es, wenn du mit ihm darüber redest.«

»Er wird es nicht verstehen. Er hört mir nicht zu.« Sie trat gegen einen größeren Stein, sodass er in Richtung Haustür schlidderte, dann blickte sie zu Autumn auf. »Ihnen würde er aber zuhören.«

»Wie bitte?«

»Sie könnten mit ihm reden.«

»Reese.«

»Meine Mom ist gestorben. Ich muss irgendwas tun. Ich muss mich an sie erinnern.« Das Leuchten in ihren Augen wurde heller. Fieberhaft. »Können Sie mir bitte helfen?«

Gefrorener Regen hing an den Ästen der knospenden Bäume am Hafen von Belmont und lastete schwer auf ihnen. Die Oberfläche des Michigansees wogte und überschlug sich im Wind. Am Abend zuvor hatte das Wetter verrücktgespielt. Von Regen zu Schneeregen zu Schnee, dann wieder zu Schneeregen und Regen – und alles war gegen Autumns Fenster geklatscht, während sie frustriert wach gelegen hatte. Irgendwann hatte sie den Versuch zu schlafen aufgegeben und angefangen, online auf Jobsuche zu gehen. Bis sie eine so lächerlich ironische Stelle gefunden hatte, dass sie den Laptop beinahe ins Unwetter hinausgeworfen hätte.

Nun hatte das Wetter sich größtenteils beruhigt.

Jetzt war sie die Verrückte, die auf einen Mann wartete, der vielleicht nicht kommen würde. Aus Reese' Briefen wusste sie, dass Paul jeden Samstagmorgen am See joggte. Früher hatte er das zusammen mit seiner Frau getan. Dann waren sie gemeinsam gelaufen, während ihre Nachbarin Delilah Green auf Reese und Tate aufgepasst hatte. Jetzt waren Reese und Tate alt genug, um eine Stunde auf sich selbst aufzupassen, während Paul alleine joggen ging.

Autumn riss an ihrem Schnürsenkel, während Adele lautstark *»Rolling in the Deep«* sang. Sie setzte den linken Fuß auf und beugte sich vor, um das Bein zu dehnen. Ihr Kopf dröhnte. Ihr Magen drehte sich um. Der totale Schlafentzug machte sie ganz hibbelig, so als hätte sie eine ganze Kanne Kaffee getrunken. Ihre Gedanken überschlugen sich und jagten einander im Kreis. Wie ein psychotischer Hund, der versucht, seinen Schwanz zu fangen.

Reese, die vor dem Fliederbusch stand.

Reese, die ihr die Liste mit Namen gab und sie um Hilfe anflehte, als hätte sie selbst eine eiserne Maske auf.

Also hatte Autumn nach einer rastlosen Nacht und angsterfüllten Träumen die Füße in ein Paar Laufschuhe geschoben und war hierhergekommen, den Blick auf jeden Passanten geheftet.

Es begann zu nieseln – ein feiner, nebliger Regen, der langsam durch ihre Kleidung drang. Autumn verlagerte gerade ihr Gewicht auf das andere Bein, um das ebenfalls zu dehnen, als eine Person aus dem Nebel auftauchte.

Ein Mann. Mit braunen Haaren und selbstbewussten Schultern.

Paul Elliott, der alleine joggte. Er lief mit langen, selbstsicheren Schritten vorbei, ganz auf den Weg konzentriert, und merkte nicht, dass jemand ihn beobachtete.

Autumn zog die Ohrhörer heraus. »Hi!«

Er warf einen kurzen Blick über die Schulter und fuhr dann noch einmal herum. Er stoppte und kam mit völlig verwirrter Miene auf sie zu. Die Hände stemmte er in die Seiten und krallte die Finger in sein Shirt, während er tief einatmete und sich umsah, so als wäre dies vielleicht ein Scherz, den jemand mit versteckter Kamera filmte.

Autumn ging auf ihn zu, bevor Panik oder Vernunft sie in die Flucht schlagen konnte. »Hi«, sagte sie noch einmal und versuchte dabei entspannt und beiläufig zu klingen. Aber es nützte nichts. Wenn sie so nervös war – und so übermüdet vom Schlafmangel –, passte ihr Tonfall nur selten zu ihrer Absicht.

Er sah sie besorgt an, so als sähe sie so verrückt aus, wie sie sich fühlte. »Ist alles in Ordnung?«

»Ja. Ich, äh … Ich habe Sie zufällig vorbeilaufen sehen.«

»Sorry, dass ich die Briefe noch nicht zurückgebracht habe. Ich hatte noch nicht die Gelegenheit dazu gehabt.«

»Kein Problem. Deshalb bin ich nicht hier.«

Paul runzelte die Stirn.

Autumns Herz setzte ein paar Schläge aus, weil diese Worte

keinen Sinn ergaben. Nicht wenn sie ihn zufällig hatte vorbeilaufen sehen. »Ich meine, darüber wollte ich nicht mit Ihnen reden.«

Die Falte auf seiner Stirn wurde tiefer.

»Reese war wieder bei meiner Wohnung.«

»*Wie bitte?*« Paul wischte sich den Schweiß – oder vielleicht war es auch Regen – von der Stirn. »Wann?«

»Gestern nach der Schule.«

»Hatte sie Tate bei sich?«

»Nein, ich glaube nicht.« Hätte sie ihn dabeihaben sollen? Sollte Reese auf ihren kleinen Bruder aufpassen? Autumn wollte helfen, aber nicht das Mädchen noch zusätzlich in Schwierigkeiten bringen. Sie trat von einem Fuß auf den anderen und versuchte, sich auf ihre Aufgabe zu konzentrieren. Aber sie war abgelenkt. Wie konnte er so joggen gehen? Wie konnte er diese Dinge tun, die er *vorher* getan hatte, als wäre nichts geschehen? Ihr Kopf schmerzte von den Gedanken, die immer unzusammenhängender wurden. »Sie möchte dieses Erinnerungsvideo wirklich gerne machen.«

Ein Fahrradfahrer raste vorbei, während der Nieselregen kräftiger wurde.

»Ich habe übrigens mit meiner Therapeutin darüber geredet und sie hält es für eine gute Idee.«

Regentropfen fielen auf Pauls Wimpern. Sein Gesichtsausdruck hatte sich von *ungläubig* zu *empört* verwandelt. »Nichts für ungut«, sagte er, »aber es ist mir egal, was Ihre Therapeutin sagt.«

»Wenn Sie nur ...«

»Ich werde nicht zulassen, dass meine Tochter sich auf den Tod fixiert.«

Aber das hatte sie schon. Sie war auf den Tod fixiert, weil ihre Mutter gestorben war. Zusammen mit einundzwanzig anderen Menschen, die nichts getan hatten, außer in diesen Zug zu steigen. Vielleicht konnten Reese und sie endlich das tun, was Paul und Claire und alle anderen von ihnen verlangten, nämlich mit der Sache abschließen und nach vorne blicken, wenn sie diese Obsession, diesen Zwang zu Ende führten.

»Es ist für niemanden gesund und erst recht nicht für eine Zwölfjährige.«

»Aber ...«

»Nein.« Paul rieb sich die Schläfen und lachte freudlos. »Meine Antwort ist Nein.« Seine Stimme war bemüht geduldig. Übertrieben ruhig, während er langsam zurückwich. »Sie wird kein Erinnerungsvideo machen.«

»Aber ich werde es tun.«

Er blieb stehen.

»Ich habe heute Nacht allen eine E-Mail geschickt.« In ihrer Schlaflosigkeit. Reese hatte darauf bestanden, dass sie die Liste mit Namen und Adressen behielt, und in einem schwachen Moment, so ähnlich wie diesem, hatte Autumn eine E-Mail-Nachricht über ein Erinnerungsvideo verfasst und abgeschickt. »An die Familien der Opfer. Sie werden Ihre im Posteingang finden. Ich bin der Meinung, ihre Geschichte sollte erzählt werden. Ich finde, sie verdienen mehr als einen Stein im Lincoln Park.«

Sein Gesicht war blass geworden. Schmerzverzerrt. Ihre Worte waren heiße Kohlen, die über seine Haut fuhren. Er schloss die Augen, wahrscheinlich, weil er ihren Anblick nicht länger ertragen konnte – eine entsetzliche Erinnerung daran, dass es Vivian hätte sein sollen. Sie hätte überleben sollen. Dann würde er jetzt mit seiner Frau joggen und Reese würde niemandem Briefe schreiben. Sie hätte nicht das Bedürfnis, sich an ihre Mutter zu erinnern, weil ihre Mutter hier wäre. Lebendig, auf diesem Fahrradweg. Und Autumn wäre zwei Meter unter der Erde zusammen mit all den Menschen, mit denen sie ihre Nächte verbrachte.

Etwas löste sich mit einem Mal.

Es stieg aus der Tiefe ihrer Seele auf.

Ein Bedürfnis, das in ihrer Lunge brannte.

»Es tut mir leid«, platzte es aus ihr heraus.

»Dann lassen Sie es. Machen Sie diese Gedenksache nicht.«

»Nein, das ist es nicht, was mir leidtut.« Haarsträhnen klebten auf ihren Wangen. Ihre Lippen waren nass von dem feinen Regen. »Es tut mir leid, dass ich es war. Es tut mir leid, dass Sie mich in diesem Krankenhauszimmer gefunden haben. Ich kann mir nicht vorstellen, wie schrecklich es für Sie gewesen sein muss.«

Schmerz tobte in Pauls grünen Augen.

Sie rieb es ihm direkt unter die Nase. Damit machte sie alles nur noch schlimmer.

Aber sie musste wissen, dass er ihr nicht die Schuld gab.

Sie brauchte seine Absolution.

»Es tut mir schrecklich leid.«

Er schüttelte den Kopf und hob abwehrend die Hände wie ein Mann, der verhaftet werden soll. »Ich muss los.«

Dann ließ er sie dort stehen, ganz allein, während der Nieselregen sich in kalte, fette Tränen verwandelte, die vom Himmel fielen.

17. Kapitel

Ihre Kehle zog sich immer mehr zusammen. Es war ihr beinahe unmöglich zu atmen, während ihre Laufschuhe auf den Gehweg auftrafen und schmatzend Regenwasser aufspritzen ließen. Sie sehnte sich nach Sicherheit und Trost und Alleinsein. Sie wollte auf keinen Fall weinen, bevor sie ihre Wohnung erreichte. Sie biss sich auf die Innenseite ihrer Wange und machte größere Schritte, während sie die Stiche unter ihren Rippen ignorierte.

Die Fäuste geballt, so als wollte sie den Schmerz zusammenschlagen, bog sie in den Weg zu ihrem Haus ein und sah ihre Schwester unter dem Vordach kauern. Autumn unterdrückte ein Stöhnen. Was machte Claire um viertel nach acht am Samstagmorgen hier? Claire wachte samstags nie vor viertel nach acht auf. Sie war eine von diesen widerlichen Erwachsenen, die bis zwölf schlafen konnten, wenn der Tag es zuließ. Aber sie war hier mit leuchtenden Augen und gut ausgeruht, einen Stapel Zeitschriften unterm Arm.

»Was machst du hier?«, fragte Autumn keuchend, während sie aus dem Regen unter das Dach trat und den Schlüssel aus ihrem Schuh holte.

»Ich war zu aufgeregt, um zu schlafen, und ich wusste, du würdest wach sein.«

Autumn warf einen Blick auf die Zeitschriften, die Claire dabeihatte. Es waren nicht *irgendwelche* Zeitschriften. Es waren Hochzeitszeitschriften. Brautmoden. Ihr Blick wanderte zu Claires linker Hand. Zu den Armringen an ihrem Handgelenk. Den Fingernägeln, die in einem Lila lackiert waren, das fast schwarz war. Und da, in voller Pracht, erstrahlte ein antiker Ring.

Es war wieder wie damals, als sie mit Grandma Ally das Spiel des Lebens gespielt hatten. Autumn war immer in eine Sackgasse geraten und hatte nie die richtige Karte gezogen, um wieder herauszukommen. Obwohl sie zuerst immer einen Vorsprung hatte, zog Claire jedes Mal an ihr vorbei.

Die Welt drehte sich weiter. Von Natur aus blickten Menschen nach vorne. Außer ihr. Sie war eine Anomalie und saß für immer in der Sackgasse fest. Autumn schloss die Tür auf und ließ sie beide herein. »Trent hat dir einen Antrag gemacht?«

»Gestern Abend!«

»Herzlichen Glückwunsch.« Autumn wischte Regen und Schweiß von ihrer Stirn. Ihr Herz schlug immer noch zu schnell. Sie hatte immer noch einen Kloß in Hals. Sie blieb am Aufzug stehen und schluckte, um den Kloß loszuwerden.

»Du siehst aus, als müsstest du dich gleich übergeben.«

Autumn legte eine Hand auf ihre Stirn. Sie fühlte sich nicht gut. Genau genommen war ihr, als würde sie gleich ohnmächtig werden. Vielleicht war es der Schlafmangel. Oder dass sie nichts gegessen hatte. Vielleicht auch beides. »Ich glaube, ich muss mich hinlegen.«

Allein.

Aber Claire betrat mit ihr den Aufzug. Autumn war zu fertig, um zu protestieren. Sie ignorierte Claires prüfenden Blick, als der Aufzug sie im vierten Stock ablieferte. Autumn ging, so schnell sie konnte, zu ihrer Wohnung, während ihre Knie zitterten. Sobald sie in der Wohnung war, nahm sie eine Limonade aus dem Kühlschrank und trank ausgiebig davon, während sie sich an der Arbeitsplatte abstützte.

Claire warf die Zeitschriften auf den Tisch. »Was ist mit dir los?«

»Nichts.«

»Hast du geschlafen?«

»Zählt es, wenn man im Bett liegt und die Augen zumacht?«

»Autumn.«

»Reden wir über eure Hochzeit.«

»Autumn, im Ernst. Was ist los?«

Sie wollte nicht darüber reden. Sie wollte über nichts von alledem reden. Nicht mit Maud. Nicht mit Jeannie. Und schon gar nicht mit Claire.

»Ich verstehe das nicht. Dir schien es doch etwas besser zu gehen. Du bist öfter ans Telefon gegangen. Du hast meine Nachrichten beantwortet. Aber plötzlich bist du wieder total untergetaucht.«

Autumn trank noch einen Schluck direkt aus der Flasche. Die Limo war sauer und kalt, aber nicht erfrischend genug, um die Muskeln in ihrer Kehle zu lockern.

»War es die Krisensitzung?«

»Claire.«

»Ich weiß nicht, warum ich mich von Jane dazu habe überreden lassen. Sie war einfach so überzeugend.«

»Claire.«

»Sie hat angefangen, mir diese Broschüren zu zeigen und über Selbstmord zu reden, und ich weiß nicht, was noch alles. Da habe ich wohl Panik bekommen.«

»Claire!«

Claire verstummte.

»Es war nicht die Krisensitzung.«

»Was war es dann?«

»Paul Elliott!«

Einen Moment lang herrschte fassungsloses Schweigen. Ihre Schwester kannte den Namen. Natürlich kannte sie ihn. Dank des ganzen Fiaskos mit der Verwechslung hatte der Mann beinahe so viele Schlagzeilen gemacht wie Autumn. Die Medien hatten seinen furchtbaren Verlust wie ein Fernsehdrama behandelt.

Ein Anflug von Hysterie stieg in ihrer Kehle auf und nach einem zittrigen Atemzug sprudelten die Worte nur so aus ihr heraus. »Seine Tochter hat mir Briefe geschrieben. Vor zwei Wochen habe ich ihr endlich geantwortet und das war der größte Fehler meines Lebens, denn dann stand sie plötzlich auf der Matte. Hier! Vor meiner Wohnung. Ich musste Paul anrufen und dann kam er her und dann hat sie mir die Ohrringe ihrer Mutter geschickt, und als ich sie zurückgegeben habe, saß ich plötzlich mit ihnen am Tisch mit Lasagne auf dem Teller. Ich habe auf Vivians Stuhl gesessen. Reese will dieses Erinnerungsvideo machen und ich finde, das ist eine gute Idee, aber Paul tut so, als wollte ich ihm ein Messer in den Rücken jagen. Und dann habe ich ihn heute Morgen auf dem Fahrradweg abgefangen wie eine Irre.«

Autumn stellte die Flasche Limonade auf die Küchenzeile und rutschte dann mit ihrem Rücken an die Schränke gelehnt langsam auf den Linoleumfußboden hinunter. Sie holte tief Luft und ließ den Tränen freien Lauf, die zu fließen drohten, seit Paul ihre Entschuldigung abgewürgt hatte. »Ich habe seit Tagen nicht geschlafen. Und wenn ich dann doch einschlafe, träume ich von Seth oder Paul oder Benjamin Havel. Ich habe kein Geld mehr und in der großen Kirche zwei Blocks weiter ist eine Stelle ausgeschrieben, die wirklich *genau mein Ding* ist. Aber ich kann mich nicht darauf bewerben, weil Paul in diese Gemeinde geht und ich ihn nicht weiter stalken kann.«

Claire sagte nichts. Sie stand nur da und verdaute Autumns wilden Monolog. Dann nahm sie eine Box mit Taschentüchern, die neben dem Toaster stand, und setzte sich zu ihrer Schwester auf den Boden. Sie hielt Autumn ein Taschentuch hin.

Autumn trocknete sich damit die Augen.

»Du träumst von Seth?«, fragte Claire.

»Von all dem, was ich gerade gesagt habe, pickst du ausgerechnet das heraus?«

»Tut mir leid. Es ist nur so, dass Trent neulich gesagt hat, dass Seth immer noch nach dir fragt. Wenn du von ihm träumst, dann ...«

»Claire!«

Sie hob abwehrend die Hände.

Dann schwiegen sie.

»Okay«, sagte Claire schließlich. »Gehen wir einen Schritt zurück. Wer ist Reese?«

»Pauls Tochter.«

»Sie hat dir Briefe geschrieben?«

Autumn nickte und zog noch ein Taschentuch aus der Schachtel, um sich die Nase zu putzen. Ihr Weinen hatte das Dröhnen in ihrem Kopf zu wuchtigen Schlägen wie von Vorschlaghämmern verstärkt.

»Seit wann?«

»Seit ich aus dem Koma aufgewacht bin.«

Claire zog die Augenbrauen hoch.

Autumn wischte ihre Tränen fort und erzählte ihrer Schwester alles – jedes kleine Detail, von den Briefen bis zu den Diamantohrringen und allem anderen danach. Als sie fertig war, stieß Claire einen leisen Pfiff aus. »Findest du, dass es eine gute Idee ist, ein Erinnerungsvideo für die Menschen zu machen, die gestorben sind?«

»Meine Therapeutin hält es für eine gute Idee.«

»Echt?«

»Sie glaubt, dass es mir helfen wird, mit der Sache abzuschließen.« Das war eigentlich eine Lüge. Autumn hatte gesagt, es würde ihr helfen, die Sache loszulassen, und Jeannie hatte zugestimmt, dass es gut wäre, wenn sie loslassen könnte. Ob das Video dies tatsächlich bewirken konnte oder nicht, würde man sehen. »Das Problem ist, dass ich keinerlei Ahnung von Videomontage habe.«

»Wir kennen aber jemanden, der Ahnung hat.«

»Nein.«

»Warum nicht?«

»Weil ich nicht das Recht habe, ihn um irgendwas zu bitten.«

Claire spitzte die Lippen und schnipste dann einen Krümel weg, der in der Nähe lag. Er rutschte unter den Kühlschrank.

»Ich werde Seth nicht belästigen«, sagte Autumn.

»Ich glaube nicht, dass er es als Belästigung empfinden würde.«

Autumn schüttelte den Kopf. Als sie Seth das letzte Mal gesehen hatte, hatte sie ihm den Verlobungsring zurückgegeben – den er ihr damals an den Finger gesteckt hatte, zwei Tage, nachdem sie aus dem Koma erwacht war. Das war noch eine Geschichte gewesen, auf die die Medien sich gestürzt und die sie wie eine Kuh gemolken hatten, bis es nicht mehr ging.

Seth hatte ihr damals vorgeworfen, ihr Verhalten sei absurd und sie würde nur mit ihm Schluss machen, weil sie glaube, sie hätte kein Happy End verdient. »*Aber das hast du*«, hatte er gesagt und ihre Hände genommen. »*Du hast ein Happy End verdient.*«

Und dann hatte er geweint.

Autumn schloss die Augen, um die Erinnerung zu vertreiben. Schuldgefühle türmten sich über ihr auf. Stein um Stein. Sie schienen sie bei lebendigem Leibe zu begraben. Autumn fragte sich, ob sie jemals unter diesem Berg hervorkommen würde.

Paul saß in seinem Arbeitszimmer im Keller und starrte auf die Briefe, die Reese geschrieben hatte. Dann öffnete er die oberste Schublade seines Schreibtischs und tastete nach einem kleinen Beutel ganz hinten, hinter Bleistiften und Kugelschreibern und Heftklammern und Post-it-Zetteln.

Darin waren zwei Ringe.

Ein großer aus Titan. Und ein kleinerer Verlobungsring mit Prinzessschliff, auf einen mit Diamanten besetzten Ring gelötet. Der Gerichtsmediziner war davon ausgegangen, dass Vivian einen Ehering getragen hatte. Er hatte Paul erklärt, die Wucht der Explosion sei so heftig gewesen, dass sie den Ring von ihrem Finger gerissen haben musste.

Aber Paul kannte die Wahrheit.

»*Wenn man hässliche Dinge verbirgt, kommt nichts Gutes dabei heraus.*«

Er fuhr sich mit den Fingern durch die Haare und rieb sich den Nacken. Ein unverständliches Gebet entrang sich seiner Kehle – ein Stöhnen aus dem tiefsten Abgrund seiner Seele. Ein Stöhnen, das zu dem heulenden Wind draußen passte.

Mitch verstand das nicht. Manchmal hatte man gar nicht vor, etwas zu verbergen. Manchmal wuchsen die Mauern des Schweigens und der Scham so langsam, dass man sie erst bemerkte, wenn es zu spät war. Wenn das Hässliche so übel und verdorben war, dass die Mauern oben bleiben mussten.

Er presste die Handballen auf seine Augen, aber die Ereignisse jenes schrecklichen Wochenendes tauchten wieder auf als ungebetene, unliebsame Erinnerungen ... wie er die unangemessenen Textnachrichten gefunden hatte ... das Gefühl, betrogen worden zu sein ... die geflüsterten, hitzigen Auseinandersetzungen hinter verschlossenen Türen ... der Schmerz und die Wut. Und dann die Taubheit. Dieses Gefühl, emotional am Ende zu sein. Das Beten – nein, Flehen –, dass das alles einfach verschwand, als ob es nie stattgefunden hätte, obwohl er wusste, dass das nicht ging. Und die ganze Zeit über hatte er versucht, alles vor den Kindern zu verbergen.

Am Montag war er zur Arbeit gegangen.

Und am Abend hatte er dann ihre Nachricht gefunden. Sie hatte auf der Küchenzeile gestanden, wie ein Zelt in der Mitte gefaltet über etwas Glänzendem, Rundem. Das Blut war ihm aus dem Gesicht gewichen und in seine Finger geströmt. Dann hatte er wie erstarrt dort gestanden, weil er Angst gehabt hatte, näher zu treten. Als könnte die Nachricht sich aufbäumen und schreien. Die Kinder alarmieren. Die Medien. Seine Ängste wecken.

Paul, ich liebe ihn. – V.

Nach allem, was sie miteinander an Schönem erlebt hatten, war sie einfach gegangen. Sie war bereit gewesen, ihren Kindern dieselben Wunden zuzufügen, mit denen er aufgewachsen war. Nur konnte Paul diesmal etwas dagegen unternehmen. Diesmal stand zu viel auf dem Spiel. Er hatte die Notiz in der Faust zerknüllt und war ins Unwetter hinausgelaufen, ihr nach.

Eine Stunde später war ein Zug explodiert.

Die Rettungshelfer hatten nur eine Überlebende aus dem Wrack geborgen.

Eine Frau, die man für Vivian Elliott gehalten hatte.

Paul lehnte sich auf seinem Stuhl zurück und steckte den Diamantring an seinen kleinen Finger. Er dachte an Autumns Gesicht, als sie sich im Regen entschuldigt hatte. Die Qualen. Die Schuldgefühle. Er konnte sie nicht verkraften. Nicht, wenn er seine eigenen ertragen musste.

Er schloss die Augen und durchlebte in der Erinnerung den Moment, der ihm keine Ruhe ließ. Wie er einer Krankenschwester im blauen Kittel über den Gang gefolgt war. Wie er das sterile weiße Zimmer betreten hatte. Die piepsenden Monitore. Das gleichmäßig rhythmische Rauschen des Beatmungsgerätes. Sein Stuhl, der knarrte, als er sich an ihr Bett setzte. Die langsame und verwirrende Erkenntnis, dass etwas nicht stimmte.

Es war nicht Vivian.

Den Bruchteil einer Sekunde lang spürte er den Schlag dieser Entdeckung noch einmal. Er empfand ihn genauso heftig und stechend wie damals. Den Schock. Die Verwirrung. Den Verlust. Aber auch die Erleichterung.

Erdrückende, lähmende, schreckliche Erleichterung.

Vivian konnte keinen Schaden mehr anrichten.

Paul hasste sich dafür, dass er so gedacht hatte.

Und jetzt wollte Autumn sich erinnern.

Sie wollte ihre Geschichte erzählen.

Aber manche Geschichten vergaß man besser.

18. Kapitel

Paul zog seine Dame drei Felder weiter.

Pop betrachtete das Spielbrett und rieb sich das Kinn – eine Geste, die aufgrund seines kurzen grauen Bartes klang, als würde man einen Klettverschluss öffnen. In all den Jahren, in denen Paul jetzt schon gegen seinen Großvater Schach spielte, hatte er noch nicht einmal gewonnen. Er war ein paarmal dicht dran gewesen, aber er hatte noch nie das Wort *schachmatt* ausgesprochen. Das war in Ordnung. Er spielte nicht mit Pop Schach, um zu gewinnen – er spielte mit ihm, um zu reden.

So war es schon immer gewesen.

Wann immer Paul etwas auf dem Herzen hatte, baute Pop das Brett auf, und während sie die Bauern und Springer über das Brett schoben, fand das ganze Zeug, das er in sich hineingefressen hatte, irgendwie einen Weg nach draußen.

Diesmal hatte Paul eine Menge auf dem Herzen.

Mom musste es bemerkt haben, denn kaum waren sie zum Osterbrunch erschienen, schob sie Reese und Tate in die Küche, damit sie ihr beim Kochen halfen, und sagte zu Paul, er solle sich entspannen und das Schachspiel rausholen. Pop freue sich schon das ganze Wochenende auf eine Partie.

Er fragte sich, ob er wirklich so leicht zu durchschauen war. Ob die Ringe unter seinen Augen wirklich so dunkel waren.

Wenn Reese letzte Nacht unter Schlaflosigkeit gelitten hatte, dann war sie jedenfalls nicht in sein Zimmer gekommen, um Trost zu suchen. Vor dem Schlafengehen hatte er ihr klargemacht, dass sie nie wieder zu Autumns Wohnung gehen sollte. Dass sie auf ihren Bruder aufzupassen hatte. Sie war voller Wut auf ihn zu Bett gegangen.

Er hingegen hatte kaum geschlafen.

Seine Gedanken rasten in zu viele verschiedene Richtungen. Reese' Briefe. Seine Konfrontation mit Autumn Manning. Dieses dämliche Erinnerungsvideo. Seine verzweifelte Hoffnung, dass die Sache im Sande verlaufen würde – dass ihr unerwartetes Auftauchen im Leben seiner Familie sich möglichst bald erledigen würde. Und über all dem kreiste zu allem Überfluss noch wie ein opportunistischer Geier die Ehekampagne.

Er hatte zu Mitch gesagt, seine Arbeit in diesem Bereich sei zu Ende. Paul hatte sie abgelegt und mit einem großen roten Schild versehen, auf dem *Nicht anfassen!* stand.

Aber wie ein kleines Kind, das sich nicht beherrschen konnte, nahm Paul das Thema immer wieder in die Hand und drehte es neugierig in den Fingern. Was bedeutete es, dass Mitch sich jedes Mal, wenn er für die Kampagne betete, gedrängt fühlte, mit Paul zu sprechen?

»Dass du Vivian verloren hast, bedeutet nicht, dass du auch deinen Dienst verlieren musst.«

Würde Mitch das immer noch sagen, wenn er die Wahrheit wüsste?

Ein lautes Husten ertönte aus heiterem Himmel und erschütterte den Körper seines Großvaters. Er trug eine Baumwollhose mit Bügelfalte und ein sorgfältig gebügeltes kurzärmeliges weißes Hemd mit der üblichen Fliege. Pauls Mutter hatte gesagt, sie hatte Pop an diesem Tag zu Hause lassen wollen, aber Pop weigerte sich, den Gottesdienst zu verpassen, erst recht am Ostersonntag. Sie gingen zu einer kleinen Baptistengemeinde in Evanston. Dorthin hatte seine Mom Brandon und ihn mitgenommen, als sie noch wilde Jungs mit abgeschürften Ellbogen und Grasflecken an den Knien gewesen waren – bevor Dad sie verlassen und Großvater die Lücke gefüllt hatte.

»Alles in Ordnung?«, fragte Paul.

»Der Arzt hat mir ein Antibiotikum gegen die Bronchitis verordnet. Und deine Mutter hat mir ein probiotisches Mittel gegen das Antibiotikum verordnet.« Pop fuhr sich mit einem Papiertaschentuch über den Mund und schüttelte den Kopf, als wäre das alles Unsinn. Dann zog er mit einem Bauern ein Feld vor.

Paul hatte keine Ahnung, warum, aber sein Großvater hatte mit Sicherheit seine Gründe. Wenn es um Schach ging, sah Pop Dinge, die Paul nie sehen würde.

»Was hältst du von dem oberen da?«, fragte Pop und zeigte auf den Stapel Broschüren neben dem Schachbrett. Jede von ihnen warb für ein anderes Seniorenheim. Sehr zu Moms Kummer hatte Pop mehrere Organisationen in der Gegend angerufen und gefragt, ob sie ihm Informationen schicken könnten. »Ich finde, es sieht nett aus.«

»Das finde ich auch. Aber Mom wird nie einwilligen.«

»Sie ist stur wie ein Esel.«

»Du bist auch nicht gerade nachgiebig, oder?«

Pop lachte und krümmte sich dann, weil er wieder einen Hustenanfall bekam.

Es war schwer, mit anzusehen, wie ein so starker Mann wie sein Großvater alt und schwach wurde. Als Paul klein war, konnten Pops starke, geschickte Hände alles reparieren. Ein Waschbecken. Ein Auto. Einen Menschen. Während er auf der rechten Seite des Spielbretts eine Rochade ausführte, dachte er an seinen Bruder. Als ihr Dad sie verlassen hatte, waren zwei verletzte Jungen zurückgeblieben. Paul hatte seine Gebrochenheit in übertriebenen Ehrgeiz kanalisiert, während Brandon Zuflucht in Drogen und Alkohol gesucht hatte. Wenn Pop ihn nicht eigenhändig aus der Abwärtsspirale gezogen hätte, in die er geraten war, wäre Pauls Bruder jetzt tot und nicht Notarzt in Birmingham.

»Und, willst du mir erzählen, was die steile Falte auf deiner Stirn verursacht hat? Ich habe irgendwie den Eindruck, dass es nicht die Partie ist, auch wenn sie für dich schlecht läuft.« Pop zog seinen Springer. »Schach.«

»Mitch hat mich gefragt, ob ich im Sommer eine Tagung zum Thema *Ehe* leiten kann.« Paul zog seinen König ein Feld nach links und damit in Sicherheit. »Ich habe Nein gesagt.«

»Willst du nicht noch mal darüber nachdenken?«

Paul rutschte unbehaglich auf seinem Sitz herum. Als er seine Frau beerdigt hatte, hatte er geschworen, dass er ihr Geheimnis mit ihr begraben würde. Tief in der Erde, wo es niemandem wehtun konnte, vor allem nicht seinen Kindern. Es hatte keinen Sinn, es jetzt ans Tageslicht zu holen. Allerdings könnte er wirklich einen Rat gebrauchen, und den konnte Pop ihm nicht geben, wenn er den Kontext der Situation nicht kannte. Er blickte über die Schulter, um sich zu vergewissern, dass Reese und Tate und seine Mutter nicht in Sichtweite waren, dann drehte er sich um und senkte die Stimme, froh darüber, dass sein Großvater nicht schwerhörig war. »Um ehrlich zu sein, war meine Ehe nicht gerade glücklich, als Vivian starb.«

Nicht gerade glücklich war die Untertreibung des Jahrhunderts.

Trotzdem. Er hatte es ausgesprochen. Der Ehetherapeut hatte Eheprobleme.

Jetzt konnte Pop ihm einen guten Rat geben.

»Hast du deswegen gebetet?«

»Wie bitte?«

»Wegen dieser Ehetagung. Hast du darüber gebetet, bevor du Mitch eine Antwort gegeben hast?«

Paul klemmte die Hände zwischen seine Knie. Nein, hatte er nicht.

»Ist es nicht das, was man tun sollte, bevor man Antworten gibt?«

Paul lachte leise, dann schlug er einen Bauern seines Großvaters mit seinem eigenen. »Ich weiß nicht, Pop. Ich habe irgendwie das Gefühl, dass ich kein Recht mehr habe, über dieses Thema zu reden. Wer bin ich, dass ich mich vor ein großes Publikum stelle und Ehetipps gebe, wenn ich selbst Probleme hatte?«

Pop zog seinen Läufer. »Schachmatt.«

Und das war's.

Der König war gefangen.

»Weißt du, was ich glaube?«, sagte Pop und kratzte sich wieder am Bart. »Ich glaube, sobald wir uns ehrlich fragen: ›Wer bin ich?‹, wachsen wir in die Aufgabe hinein, die uns gestellt ist.«

Ostersonntag, 16. April 2017

Die beste Methode, eine Entscheidung zu treffen, ist eine Pro-und-Kontra-Liste.
(Jane)

Pro-und-Kontra-Liste: Kommunikationsreferentin für die Erlösergemeinde

Pro:

- Ich kann öffentliche Verkehrsmittel meiden.
- Ich bin für die Stelle qualifiziert, sie entspricht meiner Ausbildung.
- Ich werde mir meine Miete leisten können und das bedeutet, ich muss nicht bei irgendjemandem in den Keller ziehen.
- Wenn ich wieder jeden Tag in der Gesellschaft funktionieren muss, wäre das ein gesunder Schritt in die richtige Richtung.
- Die Erlösergemeinde ist so groß, dass ich Paul oder seinen Kindern wahrscheinlich nie begegnen werde.

Kontra:

- Es ist Vivians Gemeinde.

Meine Sanduhr ist allmählich abgelaufen. Claire findet, ich sollte mich für die Stelle bei der Erlösergemeinde bewerben. Sie findet, alles andere wäre idiotisch. Ja, auf dem Papier mag es so aussehen. Die Pros überwiegen eindeutig. Aber manchmal kann ein Kontra so groß sein, dass es alle Pro hinwegfegt.

Die Verwechslung im Krankenhaus hat die Menschen in zwei

getrennte Lager geteilt: diejenigen, die gefeiert haben, und diejenigen, die getrauert haben.

Die wenigen Besucher der presbyterianischen Christkönig-Gemeinde, zu der Autumn gehörte, haben gefeiert.

Die vielen Besucher der Erlösergemeinde haben getrauert.

Wer Sinn und Verstand hat, bewirbt sich doch nicht auf eine Stelle, auf der er nichts als eine ständige, greifbare Erinnerung daran ist, dass Gott Gebete manchmal nicht erhört. Und außerdem – sollte ich überhaupt für eine Kirche arbeiten, die so groß und laut und begeistert von Jesus ist wie die Erlösergemeinde, wenn mein eigener Glaube so blutleer geworden ist?

19. Kapitel

In dem Moment, als Cal Autumn mit einem begeisterten »Tante A., Tante A., guck mal, wer hier ist!« begrüßte, wusste sie Bescheid. Cal hatte Seth immer geliebt – ohne jede Logik, so wie Kinder sich manchmal ohne erkennbaren Grund zu bestimmten Menschen hingezogen fühlen. Autumn und Seth hatten sich vor sieben Monaten getrennt und erst letzten Monat hatte Cal aufgehört, nach ihm zu fragen. Sechs Monate lang an etwas festzuhalten, war für ein Kind in ihrem Alter eine lange Zeit.

Claire war zwei Jahre älter als Cal gewesen, als Mom gestorben war, und sie hatte überhaupt nicht festgehalten.

Und tatsächlich, da war er – in der Ecke des Wohnzimmers bei Chad und Jane und der kleinen Lulu, die sich in einem rosa Tutu im Kreis drehte.

Cal schlang die Arme um Seths Beine, als wäre er ihr Lieblingsonkel. In einem anderen Leben wäre er das auch gewesen. »Er hat mir einen Osterhasen aus Schokolade geschenkt!«

Ihre Blicke begegneten sich und hielten einander fest.

Autumns Magen drehte sich um.

»Frohe Ostern«, sagte er.

»Für dich auch«, erwiderte sie, während ihre Gedanken sich überschlugen. Was machte er hier? Sie verstand, dass das Oster-Familienessen sich nun in eine Feier verwandelt hatte, weil Claire und Trent sich verlobt hatten … aber waren Trent und Seth wirklich so gut befreundet, dass sie ihn deswegen einladen mussten?

Sie warf ihrer Schwester einen fragenden Blick zu. Claire ignorierte den Blick und kam auf sie zu, um sie energisch zu umarmen, was die übliche Umarmungsrunde auslöste. Seth wurde unweigerlich mit einbezogen, aber nach sieben Monaten Trennung waren sie nicht mehr aufeinander abgestimmt. Als er sich nach links beugte, tat Autumn es auch. Ihre Nasen stießen zusammen. Sie lachte unnatürlich hoch – ein Lachen, das überhaupt nicht nach ihr klang. Er versuchte, ihr einen Kuss auf die Wange zu geben, aber sie war zu schnell, sodass er versehentlich ihr Ohrläppchen mit den Lippen berührte.

Als sie sich voneinander lösten, raste ihr Herz.

»Deine Haare sind länger«, sagte er.

»Und deine sind kürzer.«

»Ich dachte, es ist Zeit, mich zu meinem schwindenden Haaransatz zu bekennen.« Er fuhr sich mit der Hand über den Kopf. »Ich wollte nicht einer von diesen alten Kerlen werden, die sich die Haare so peinlich über den Kopf kämmen.«

Das war typisch Seth.

Er beherrschte die Kunst der Selbstironie meisterhaft. Es war ein Grund, warum Autumn ihn gemocht hatte, damals, als sie noch zusammen gewesen waren.

Claire packte Seth am Arm und ihre Augen leuchteten wie die von Reese vor Autumns Wohnung, als sie ihr die Liste mit Namen und E-Mail-Adressen überreicht hatte. »Sieht er nicht toll aus?«

Autumn würde sie später erwürgen.

Im Moment zwang sie sich zu lächeln und nickte nur, während ihr Mund sich wie die Sahara anfühlte. Er sah toll aus. Die kurzen Haare standen ihm. Außerdem hatte er abgenommen. Während ihrer zweijährigen Beziehung war sein Bauch ein bisschen weich geworden – ein bisschen pummelig. Er musste die scharfen Pommes reduziert haben. Oder vielleicht war es das viele Squashspielen mit Trent.

Ihn hier zu sehen, brachte jeden Zweifel, jede Unsicherheit wieder an die Oberfläche.

In diesem Augenblick kam Dad mit einer großen Platte aufgeschnittenem Schinkenbraten aus der Küche.

Cal und Lulu jubelten. Sie liebten Schinkenbraten. Es war eines der wenigen Dinge, die sie aßen, ohne zu klagen.

Am Tisch wurden Autumn und Seth nebeneinandergesetzt.

Und während alle ihre Stühle gerade rückten, lehnte er sich zu ihr herüber und sagte leise, sodass nur sie es hören konnte: »Ich nehme an, deine Schwester hat dir nicht gesagt, dass ich komme.«

»Nein, hat sie nicht.«

»Tut mir leid.«

»Schon in Ordnung.«

»Claire und Trent haben mich gestern Abend eingeladen. Ich habe Nein gesagt, aber Claire hat erwähnt, dass du mich anrufen wolltest und das Gefühl hattest, das ginge nicht, also dachte ich …« Seth schüttelte den Kopf. »Tut mir leid, Autumn. Ich wollte dich nicht überrumpeln.«

»Es macht wirklich nichts.« Er musste aufhören, sich zu entschuldigen. Sie war diejenige gewesen, die den Ring zurückgegeben hatte. Sie war es, die keinen vernünftigen Grund dafür hatte nennen können. Sie entfaltete ihre Serviette und legte sie auf ihren Schoß, während sie wünschte, sie könnte Janes und Leannes begeisterte Kommentare über Claires Diamantring aussperren. Aus ihren und aus Seths Ohren.

Sie griff nach der Schüssel mit Mais im gleichen Moment, in dem er es tat. Ihre Hände berührten einander und sie zuckte so abrupt zurück, dass sie noch ein hysterisches Lachen ausstieß und ihre Wangen rot anliefen.

Seth entschuldigte sich wieder.

Ihr Dad sah zu ihr herüber und zwinkerte ihr Mut zu, während die Unterhaltung von Schmuck zu Hochzeitskleidern wechselte.

Leanne wollte am nächsten Wochenende shoppen gehen. Jane auch. Als Claire Cal und Lulu fragte, ob sie Blumenmädchen sein wollten, fing Lulu an, so begeistert in die dicken kleinen Händchen zu klatschen, dass sie ihre Milch umstieß. Chad fing das Glas blitzschnell auf – der Reflex eines Vaters, der es gewohnt war, dass Dinge umfielen – und Leanne wischte die kleine Pfütze mit ihrer Serviette und der von Dad auf.

Autumn behielt die Füße so weit unter ihrem Stuhl wie möglich, damit sie nicht versehentlich mit ihrem Nachbarn füßelte – und versuchte, nicht an Mom zu denken.

Sie hätte so gerne die Hochzeit ihrer jüngsten Tochter geplant.

Und ihr wäre bewusst gewesen, dass es nicht besonders nett war, das vor Autumns Ex-Verlobtem zu tun.

Bei diesem Gedanken zog sich ihre Kehle wieder einmal zusammen.

Es war schon komisch mit der Trauer.

Die Leute sagten gerne, die Zeit heile alle Wunden, aber es war nun schon zwanzig Jahre her. Zwanzig Jahre, seit Autumn das Lachen ihrer Mutter gehört oder den Duft ihres Lavendelshampoos eingeatmet oder die sanfte Berührung ihrer Hand gespürt hatte. Und trotzdem brauchte sie zwanzig Jahre später nur Lavendel zu riechen und die Wunde, die der Tod ihrer Mutter hinterlassen hatte, erwies sich als ebenso offen und wund und blutend wie an dem Tag, an dem man sie zu Grabe getragen hatte.

Während sie das Essen auf dem Teller herumschob, ertappte sie sich dabei, wie sie sich wieder einmal entschuldigte. Nur entschuldigte sie sich diesmal nicht bei einem Mann auf seiner Joggingrunde, der sie mit gequälten Blicken ansah. Stattdessen entschuldigte sie sich bei einem Geist – dem allerersten, der in ihrem Kopf gespukt hatte. Ihre Mutter sollte jetzt dabei sein.

»Autumn?«

Sie blickte auf.

Alle starrten sie an.

Jane hatte ihr eine Frage gestellt.

»Tut mir leid. Was hast du gesagt?«

»Chad hat mir erzählt, dass du ein Vorstellungsgespräch bei Exelon hattest.«

»Ach so.« Sie rührte etwas Mais unter ihre Kartoffeln. »Ist nicht so gut gelaufen.«

»Macht nichts«, sagte Claire. »Sie wird sich bei der Erlösergemeinde bewerben.«

»Das ist noch nicht sicher«, wandte Autumn ein und funkelte ihre Schwester warnend an.

»Das ist diese Megakirche in Lakeview, oder?« Jane setzte sich ein bisschen aufrechter hin. »Wir suchen schon länger nach einer guten Gemeinde für die Mädchen. Von ihrem Kinderprogramm haben wir viel Gutes gehört.«

»Ich habe einen Kumpel bei der Drogenfahndung, der zur Erlösergemeinde geht«, sagte Dad.

Beamte der Drogenfahndung hatten normalerweise Hunde, weshalb Autumn unwillkürlich an Tate denken musste.

»Also, Seth«, sagte Claire, während sie sich noch ein Stück Braten nahm, »was hast du denn in letzter Zeit so gemacht?«

Es war eine Frage, die Claire auch selbst hätte beantworten können.

»Nichts Aufregendes. Überwiegend Arbeit. Ich bin jetzt ganz Freiberufler.«

»Und nach allem, was Trent sagt, läuft es richtig gut.« Claire sah eher Autumn an als Seth, als sie das sagte, als wäre die Neuigkeit seiner erfolgreichen Freiberuflerkarriere Grund genug, sich am Esstisch auf ihn zu stürzen. »Weißt du, Autumn hat mir von diesem Erinnerungsvideo erzählt, das sie zusammenstellen will.«

Als Claire acht Jahre alt gewesen war, hatte sie einmal mit Edding Autumns Lieblings-T-Shirt bemalt. Autumn hatte vor Wut geheult. Grandma Ally hatte ihr gesagt, irgendwann würde sie froh darüber sein, eine Schwester zu haben. Grandma Ally – Gott hab sie selig – hätte keinem größeren Irrtum unterliegen können.

»Ein Erinnerungsvideo wofür?«, fragte Chad.

»Für die Opfer der Tragödie auf den Gleisen.« Claire musste die besorgten Blicke bemerkt haben, die sofort über den Tisch hin und her flogen, denn sie beeilte sich, die Sache zu erklären. »Autumns Therapeutin hält es für eine gute Idee. Eine Möglichkeit, um mit den schrecklichen Ereignissen abzuschließen.« »Du machst eine Therapie?« Die Frage kam von Seth. Sie klang hoffnungsvoll.

»Sie braucht auf jeden Fall jemanden, der ihr mit der Technik hilft«, sagte Claire.

Autumn ließ ihre Gabel auf den Teller fallen.

Es klirrte laut.

»Ich kann dir helfen«, sagte Seth.

»Nein, wirklich. Ich möchte dir nicht zur Last fallen.«

»Es wäre keine Last. Nicht wenn es etwas ist, das dir hilft.« In seinem Blick lag ebenso viel Hoffnung wie in seiner Stimme. Sie wusste, was er dachte. Sie suchte sich eine Arbeit. Sie machte eine Therapie. Vielleicht ging es ihr endlich wieder besser. Vielleicht bedeutete das, dass sie aus dem Nebel auftauchte, in dem sie das vergangene Jahr gelebt hatte, und er konnte ihr den Ring zurückgeben.

Alle starrten sie an. Warteten darauf, dass Autumn antwortete.

Sie konnte nicht Nein sagen. Sie konnte ihn nicht schon wieder zurückweisen, nicht vor der ganzen Familie. Und wenn sie ehrlich war, brauchte sie die Hilfe. Vier Personen hatten bereits auf ihre nächtliche E-Mail reagiert und alle vier fanden die Idee eines Erinnerungsvideos gut. Alleine würde sie das nicht schaffen und Seth war äußerst begabt. »Bist du sicher, dass es dir nichts ausmacht?«

»Überhaupt nichts.«

Leanne strahlte sie beide an. »Ich finde es wunderbar, dass du mit der Vergangenheit abschließen willst. Apropos: Tom will euch etwas sagen.«

Alle Blicke wanderten zu Autumns Vater.

Er sah blass aus.

Autumn wechselte einen besorgten Blick mit Chad. War ihr Vater krank?

Dad räusperte sich. »Ich gehe in Rente.«

Die Neuigkeit war so schockierend, dass Autumn ihre Verärgerung vergaß. Sie und Claire und Chad sahen einander mit unausgesprochener Besorgnis an – unsicher, was sie sagen sollten. Herzlichen Glückwunsch oder herzliches Beileid?

Sie versuchte, sich ihren Dad ohne Dienstmarke vorzustellen, aber es gelang ihr nicht. Seine Dienstmarke war so sehr Teil von ihm wie seine schwieligen Hände und seine tiefe und anhaltende Liebe zu den White Sox. Er hatte nie Urlaub genommen, nicht einmal nach Moms Tod. Offenbar hatte die Stadt ihn mehr gebraucht als seine trauernden Kinder. Seine Lösung dafür war

Leanne gewesen. Den leeren Platz, den ihre Mutter hinterlassen hatte, so schnell wie möglich zu füllen und dann so zu tun, als wäre nichts passiert.

»Das ist sehr gut«, sagte Leanne und legte eine Hand auf die von Dad. »Es wurde Zeit.«

Dad nickte und schien sich eine Sekunde lang in ihren Augen zu verlieren.

Autumn fragte sich, ob er Mom jemals so angesehen hatte. Wenn, dann konnte sie sich nicht daran erinnern.

20. Kapitel

Die Sonnenbrille verschluckte Autumns Gesicht, während sie mit dem Rücken zum Schaufenster der Brautmodenboutique auf einer Bank saß. Sie hatte die Arme verschränkt und die Beine übergeschlagen – so als wolle sie verhindern, dass sie auseinanderfiel. So diskret wie möglich beobachtete sie die Passanten, die einen Schaufensterbummel machten – lächelnd, lachend, Taschen in der Hand und ins Gespräch vertieft.

Niemand starrte sie an.

Niemand bemerkte sie auch nur.

Ein Beweis dafür, dass sie paranoid war.

Die Sonne lugte hinter einer Wolkenwand hervor und spiegelte sich in einer Pfütze, die sich nach dem kurzen Regen vor ein oder zwei Stunden gebildet hatte. Seth hatte angerufen, um mehr über das Erinnerungsvideo zu erfahren. Autumn konnte noch immer nicht fassen, dass sie diese Sache tatsächlich durchzog und sich sogar noch von Seth dabei helfen ließ. Sie hatte die Woche damit zugebracht, E-Mails von Angehörigen der Opfer zu beantworten, und bei jedem Wort, das sie tippte, zog sich ihr Magen ein Stück weiter zusammen. Bis jetzt hatte noch niemand gesagt, sie solle sich ihre Idee an den Hut stecken.

»Autumn!«

Claire winkte von einer nahe gelegenen Kreuzung, eine übergroße Handtasche über dem Arm, während die Sonne den unnatürlichen Mahagoniton ihrer Haare betonte. Leanne und sie kamen Arm in Arm näher und sahen sich dabei sehr ähnlich.

Autumn stand auf.

Schwarze Punkte tanzten am Rand ihres Blickfelds. Sie schloss die Augen und wartete darauf, dass das Schwindelgefühl sich legte.

»Alles in Ordnung?«, fragte Leanne und berührte ihren Ellbogen.

»Mir geht es gut. Ich bin nur zu schnell aufgestanden.«

»Isst du genug? Letzten Sonntag hast du kaum etwas gegessen.«

»Nur weil ich keinen Appetit hatte.« Autumn funkelte ihre Schwester an. Vielleicht hätte sie Claire inzwischen verziehen, wenn diese sich die Mühe gemacht hätte, sich zu entschuldigen.

Claire verdrehte die Augen. »Ich weiß, ich weiß. Es war schrecklich von mir, Seth einzuladen.«

»Mädchen«, warnte Leanne, als wären sie kleine Kinder, die sich um eine Barbiepuppe stritten.

Claire beachtete sie nicht. »Du hast doch gesagt, dass du Hilfe bei dem Video brauchst.«

»Ich habe aber auch gesagt, dass ich Seth nicht um Hilfe bitten wollte.«

»Deshalb habe ich ihn an deiner Stelle gebeten. Jetzt kannst du dein Video machen und die Ereignisse endgültig verarbeiten.«

Sie sagte es so beiläufig. So als wäre es mit ein paar einfachen Schritten getan. Als könnte ein Mensch mit einem traumatischen Erlebnis der Größenordnung, wie sie es durchlebt hatte, einfach abschließen. Es hatte keinen Sinn, mit Claire darüber zu reden, wenn sie das nicht verstand. Es hatte keinen Sinn, ihre Wut zu erklären, wenn ihre Schwester wirklich nicht glaubte, dass sie einen Fehler gemacht hatte. »Wo ist Jane?«

»Sie hat gesagt, dass sie sich den Magen verdorben hat«, sagte Leanne.

»Das Baby wird früher kommen«, fügte Claire hinzu.

»Ein Enkelsohn.« Leanne faltete die Hände unterm Kinn und ein verträumter Ausdruck legte sich auf ihr Gesicht.

»Den sie Mustafa nennen werden. Und dann Musty rufen.«

Autumn schnaubte.

Leanne machte ein tadelndes Geräusch mit der Zunge. »Ihr zwei seid unverbesserlich.«

Damit betraten sie die Boutique, in der ihnen Hunderte weißer Gewänder entgegenglitzerten. Leanne klatschte begeistert in die Hände und eilte zu dem nächsten Kleiderständer, als hätte sie bereits das perfekte Brautkleid gefunden. Autumn unterdrückte mühsam ein Stöhnen. Es gab nichts, wozu sie weniger Lust hatte als das hier.

»Komm schon«, sagte Claire und packte sie am Ellbogen. »Als meine Brautjungfer ist es deine Pflicht, dich in die Sache reinzuhängen.«

»Ich bin deine Brautjungfer?«

»Natürlich.«

Autumn fand es gar nicht natürlich. Claire hatte viele Freundinnen. Im Gegensatz zu Autumn war Claire ein sozialer Schmetterling.

»Du bist meine Schwester.« Sie sagte es so, als wäre sie nicht nur Claires Schwester, sondern ihre *unterbelichtete* Schwester.

»Du hast mich nicht gefragt.«

»Ich dachte, das müsste ich nicht.«

Autumn sah sie misstrauisch an. »Wer ist der Trauzeuge des Bräutigams?«

»Keine Sorge. Das ist Trents Bruder, nicht Seth. Aber er wird zur Hochzeit kommen. Ist das für dich in Ordnung?« Jedes ihrer Worte triefte nur so vor Sarkasmus.

Es war keine echte Frage, also sah Autumn sich nicht genötigt zu antworten.

Claire fuhr mit den Fingern über das Kleid, das im Schaufenster ausgestellt war. Dann tippte sie mit dem Fingernagel auf ihre Unterlippe und strich mit der Hand über den Rocksaum. Nach einer Weile drehte sie sich um. »Findest du, wir sollten eine Party für ihn veranstalten?«

»Für *Seth*?«

»Nein, nicht für Seth. Für Dad.«

Claire tat es schon wieder … Sie erwartete einfach, dass ihre Zuhörer automatisch wussten, wovon sie redete, obwohl das, was sie gerade gesagt hatte, nichts mit der aktuellen Unterhaltung zu tun hatte.

»Wegen seiner Pensionierung«, fügte sie hinzu.

»Ach, das.«

Claires Telefon klingelte in ihrer Handtasche. Sie kramte es hervor und sah auf das Display. »Oh, da muss ich rangehen. Meine Mitbewohnerin hat Liebeskummer.« Sie tippte auf den grünen Hörer und hielt sich das Telefon ans Ohr. »Hallo?«

Autumn stand dort, umgeben von weißem Tüll, und beobachtete ihre Schwester.

»Ist das dein Ernst?« Claire wandte sich ruckartig ab und machte buchstäblich auf dem Absatz kehrt. »Hast du nicht gesagt, du willst mit ihm Schluss machen?«

Als Claire den Laden verließ, fing Autumn über einen Kleiderständer hinweg Leannes Blick auf. Claire ging vor dem Schaufenster auf und ab und gestikulierte mit den Händen, während sie redete. Claire sprach immer mit den Händen, vor allem, wenn sie sich über irgendetwas aufregte. Was auch immer gerade los war, es war nicht gut.

»Was ist?«, fragte Leanne, als Claire in den Laden zurückgestapft kam.

»Rachels Freund zieht ein. Er zieht bei ihr ein!« Claire fuhr sich mit den Händen übers Gesicht und schüttelte den Kopf. »Ich kann nicht mit den beiden zusammenwohnen. Er ist ein schrecklicher Kerl. Ihr solltet hören, wie er mit ihr redet. Und wie er sie behandelt. Außerdem *macht* er nichts. Er hat keine Arbeit. Er sitzt den ganzen Tag herum wie ein Penner.«

Autumn spürte, dass ihre Wangen warm wurden. Sie tat auch nicht viel mehr.

»Er ist der faulste, gemeinste …« Claire knurrte frustriert. »Das Timing ist wirklich ganz daneben. Warum konnte sie nicht noch sechs Monate warten? Sechs Monate, dann bin ich verheiratet und ziehe zu Trent. Wo soll ich denn für sechs Monate eine Wohnung finden?«

Sobald die Frage heraus war, konnte Autumn die Glühbirne sehen, die im Kopf ihrer Schwester aufleuchtete. Es war, als wäre tatsächlich ein Licht angegangen, und sie wandte sich mit Hundeblick zu Autumn um.

Autumn hob die Hände. »Ich habe nur ein Schlafzimmer.«

»Wir haben uns früher immer ein Zimmer geteilt. Es wird wie damals sein.«

»Aber …« Aber was? Sie brauchte ihre Privatsphäre, damit sie ungestört ihrer Besessenheit frönen konnte, ohne ständig von Claire verurteilt zu werden? Das konnte Autumn schlecht sagen.

»Überleg doch mal, das ist die perfekte Lösung. Ich kann dir bei der Miete helfen. Dann hast du mehr Zeit, dir einen Job zu suchen und deine Finanzen zu regeln. Komm schon, Autumn. Es ist doch nur für sechs Monate.«

Sechs Monate.

Sie sah ihre kleine Schwester an. Ihre Schwester, die sie die Hälfte der Zeit in den Wahnsinn trieb. So sehr sie sich auch wehren und sagen wollte, dass Claire es einfach mit Rachel und ihrem faulen Freund aushalten musste, konnte sie es doch nicht. So wie sie Claire nie hatte sagen können, sie solle wieder gehen, wenn sie unangekündigt bei ihr und Seth erschienen war. Offensichtlich war ihr altes Ich noch gesund und munter.

Dienstag, den 25. April 2017

Heute ist Claire eingezogen. Gott steh mir bei.

Montag, den 1. Mai 2017

Es geschieht, weil unsere Überzeugungen
unser Handeln beeinflussen.
(Jeannie True, nachdem ich sie nach
»selbsterfüllenden Prophezeiungen« gefragt habe)

Ich dachte, die E-Mail, die ich mit Blick auf das Erinnerungsvideo geschickt hatte, würde unbeachtet bleiben.

Doch beinahe alle haben geantwortet.

Ich dachte, Claire und ich würden uns spätestens nach zwei Tagen in unserer neuen WG umbringen.

Doch bis jetzt ist es erstaunlich in Ordnung.

Ich dachte, irgendeine Sirene würde aufheulen, sobald ich meine Online-Bewerbung an die Erlösergemeinde abgeschickt hatte. Ich wartete auf eine vernichtende Antwort – etwas wie: »Wie können ausgerechnet Sie es wagen, eine Bewerbung an diese Kirche zu schicken, wo wir doch alle noch um Vivian Elliott trauern.«

Stattdessen bekam ich eine Einladung zum Vorstellungsgespräch.

Ich dachte, es würde so schlecht laufen wie bei Exelon.

Aber es lief erstaunlich gut.

Ich saß Mitch – dem leitenden Pastor – und einem weißhaarigen großväterlichen Mann namens Ferguson gegenüber. Sie begannen mit einem Gebet, ganz anders als meine Erfahrung bei Exelon. Ganz anders als meine Erfahrung bei irgendeinem Job. Auch wenn ich definitiv nervös war, klingelte mein Telefon kein einziges Mal. Und es gab keine peinlichen freudschen Versprecher.

Ich glaube nicht, dass ich an selbsterfüllende Prophezeiungen glaube.

Kaum war ich in die Nachmittagssonne hinausgetreten, meine Schritte begleitet von einem Gefühl des inneren Friedens, hatte Dad angerufen. Jane hatte ihr Baby bekommen. Zwei Wochen vor dem Termin, wie Claire es vorhergesagt hatte. Einen völlig gesunden kleinen Jungen, der 3.300 Gramm wog und 48 Zentimeter lang war. Den Namen wollten sie erst verraten, wenn wir dort waren.

Wir fuhren alle zum Krankenhaus, um unser jüngstes Familienmitglied kennenzulernen.

Er hatte dichte schwarze Haare und ein zerknautschtes rotes Gesicht und sah genauso aus, wie Cal und Lulu als Neugeborene ausgesehen hatten.

»Und …«, sagte Claire, als sie den winzigen Säugling auf den Arm nahm. »Wie heißt er?«

Ich wartete auf etwas, das genauso merkwürdig klang, wie die Namen *Calliope* und *Talulah* es beim ersten Mal getan hatten.

Jane strahlte, die perfekte Bilderbuchmama. »Isaac.«

Ich will nicht lügen, Maud. Es war eine ziemliche Enttäuschung.

21. kapitel

Paul nahm zwei Scheiben Vollkornbrot aus der Tüte, wobei er jede Menge Krümel auf der Arbeitsplatte verteilte, und packte dann ein Stück Käse aus, um das Mittagessen für Tate fertig zu machen. Er wollte nichts Warmes und war eindeutig nicht alt genug, um sein eigenes Lunchpaket zu packen. Eine Lektion, die Paul am Montag gelernt hatte, als Tate zwei Packungen gefüllte Aufbackkekse in einen Beutel getan hatte. Paul wusste davon nichts, bis er Tates Schultasche ausräumte und die Verpackungen nebst einem zerdrückten Kakao und einem Rechtschreibtest mit unterirdisch schlechten Ergebnissen fand. Diesmal hatte Mrs Cranswick keine Aufkleber – Star Wars oder irgendetwas anderes – oben auf das Blatt geklebt. Aber sie hatte eine Nachricht geschrieben, in der sie Paul bat, sie zum nächstmöglichen Zeitpunkt anzurufen.

Und zu allem Überfluss ließ es Tate an diesem Nachmittag richtig krachen.

Vielleicht war der Zeitpunkt Zufall. Oder vielleicht hatte Tates Verhalten unmittelbar mit der Tatsache zu tun, dass er zu Mittag nichts außer Zucker und Weißmehl zu sich genommen hatte.

So oder so würde Paul dafür sorgen, dass es nicht wieder vorkam.

Er nahm den Putenaufschnitt aus der Dose und schüttelte die Senfflasche kräftig. »Tate? Mach bitte den Fernseher aus und geh Zähne putzen«, rief er ins Wohnzimmer.

»Ich gucke meine Lieblingssendung!«

»Das ist mir egal. Wir sind spät dran!« Er wartete mit gespitzten Ohren, bis der Zeichentrickfilm verstummte.

Reese saß am Esstisch, aß eine Schüssel Rice Krispies mit einer frischen Banane darin und las Zeitung. Das war etwas Neues, ausgelöst durch ein Projekt zu tagesaktuellen Ereignissen, das sie für den Gemeinschaftskundeunterricht durchführen musste. Endlich wurde das Abo für die *Tribune* mal genutzt.

»Hey«, sagte sie.

Paul hörte auf, Senf aus der Flasche zu drücken, und streckte den Kopf ins Esszimmer, wo seine Tochter die Zeitung in die Höhe hielt.

»Was gibt's?«, fragte er.

»Sie macht es.«

»Wer macht was?«

Reese tippte mit dem Finger auf die Seite. Nicht auf einen der Hauptartikel, sondern auf einen kleineren Bericht im Lokalteil, den die meisten Menschen gar nicht sehen würden. »Autumn macht das Erinnerungsvideo.«

Pauls Magen zog sich zusammen.

Genau wie in dem Moment, als Mitch angerufen und ihm gesagt hatte, dass sie Autumn zu einem Bewerbungsgespräch für die freie Stelle bei der Erlösergemeinde eingeladen hatten. Das war wie ein Schlag in die Magengrube gewesen. Er wollte, dass sie aus seinem Leben verschwand, und jetzt bewarb sie sich um einen Job bei *seiner* Gemeinde? Mitch hatte sich entschuldigt und zugegeben, dass es merkwürdig war, aber er wollte die Lücke, die Bills Frau hinterlassen hatte, möglichst bald schließen – und Autumn war die erste vielversprechende Kandidatin.

Die ganze letzte Woche hatten die Kinder Frühjahrsferien gehabt und Paul hatte sich schon gewappnet, weil er damit rechnete, dass sie wieder in ihrem Leben auftauchen würde. Er war sicher gewesen, dass Reese eine Möglichkeit finden würde, Autumn wieder in ihre Familie zu lotsen, weil sie jede Menge freie Zeit hatte, um Pläne zu schmieden. Aber Mom hatte ganz viele Unternehmungen mit den Kindern geplant und Reese war sehr mit ihrer aktuellen Geschichte beschäftigt gewesen, an der sie gerade schrieb. Und jetzt, wo sie wieder zur Schule ging, hatte sie sich ebenso engagiert in ihr Gemeinschaftskundeprojekt gestürzt.

Paul war so naiv gewesen zu glauben, dass er mit einem blauen Auge davongekommen war.

Zum Jahrestag hatten sie Probleme gehabt, aber das war zu erwarten gewesen. Jetzt konnten sie endlich nach vorne blicken.

Und dann das.

Reese biss auf ihren Daumennagel und las den Artikel mit einer Intensität, die ihm den Brustkorb zusammenschnürte.

Er sah auf die Uhr. Wenn sie nicht in den nächsten fünf Minuten das Haus verließen, würde er zu spät zu seinem ersten Termin kommen. »Du, Reese, nimm bitte deinen Rucksack und dann sieh nach Tate. Damit er sich auch wirklich die Zähne putzt.«

»Ich lese Zeitung.«

»Die muss bis nach der Schule warten, Kleines.«

Er wartete darauf, dass Reese protestierte. Jammerte.

Beides tat sie in letzter Zeit ziemlich oft.

Stattdessen seufzte sie theatralisch, schob dann ihren Stuhl zurück und ging nach oben.

Eine Sekunde lang starrte Paul auf die Zeitung.

Und dann riss er, ohne länger darüber nachzudenken, den Lokalteil heraus, zerknüllte ihn und stopfte ihn in den Mülleimer. Aus den Augen, aus dem Sinn. Wahrscheinlich würde es nicht funktionieren, aber trotz der geringen Chance musste er es versuchen. Er wollte nicht, dass Reese sich mit diesem Erinnerungsvideo befasste oder mit der Frau, die dafür zuständig war. Abgesehen von Tates Zuckerschock und der beunruhigenden Nachricht in Bezug auf Autumns Vorstellungsgespräch waren die letzten beiden Wochen zum Glück ereignislos gewesen.

Natürlich nur, wenn man die Schlaflosigkeit nicht zählte, die nachts zuschlug.

Bei Reese.

Und bei ihm selbst.

Meist lag er im Bett und dachte an Mitchs Frage, Pops Rat und daran, ob sie jemand anderen für die Ehetagung gefunden hatten oder nicht. Bis jetzt hatte Paul nicht gefragt. Er hoffte insgeheim, dass sein Freund das Thema wieder ansprechen und erklären würde, Gott habe aufgehört, ihn zu drängen. Paul wollte ein deutliches, nicht zu leugnendes Zeichen, das ihn in die richtige

Richtung wies. Stattdessen hatte er nur ein verwirrendes, schuldbewusstes Gefühl der Sehnsucht, das er nicht loswurde. Er vermisste seine Tätigkeit als Referent bei Tagungen. Er vermisste es, am Rednerpult zu stehen. Aber war das ein Zeichen?

Er packte Tates Butterbrot zusammen und fügte schnell einen ungesüßten Saft, ein paar Salzbrezeln und Karotten hinzu.

Reese steckte den Kopf zur Tür herein. »Ich brauche eine Dokumentenklammer.«

»Putzt Tate sich die Zähne?«

»Ja. Haben wir eine?«

»Sie müssten in einer Schale auf meinem Schreibtisch liegen.«

Reese lief die Treppe hinunter, während Tate in die Küche kam. Die Schnürsenkel seiner Schuhe waren offen und die Haare standen ihm in allen Himmelsrichtungen vom Kopf ab. Wahrscheinlich sollte Paul sie nass machen. Oder wenigstens versuchen, sie zu bändigen. Aber dazu war keine Zeit. Denn obwohl die Fäden an der Kopfwunde gezogen waren und Tate längst wieder herumsprang, als wäre nichts gewesen, war die Narbe immer noch berührungsempfindlich.

»Mach deine Schuhe zu, Kumpel.«

»Ich weiß nicht, wie das geht.«

»Natürlich weißt du, wie man Schuhe zubindet, Tate.«

»Nein, weiß ich nicht.« Um das zu beweisen, ging er in die Hocke und versuchte vergeblich, die Schnürsenkel zu einer Schleife zu binden, während sein ganzer Körper sich frustriert anspannte. Seine Schnürsenkel zu binden, das hasste er beinahe so sehr wie die Schule.

»Reese!«, rief Paul die Treppe hinunter, während er sich bückte, um seinem siebenjährigen Sohn die Schuhe zuzubinden. Gute Pädagogik war das nicht. Er sollte Tate das Angeln beibringen, anstatt ihm Fische zu geben. Aber im Moment hatte er keine Zeit zum Angeln. Irgendwie schien es, als hätte er nie Zeit für *irgendetwas*. »Reese, wir müssen los!«

Nichts.

Er zog den Doppelknoten fest und klopfte dann auf Tates Bein.

»Geh und hol deine Jacke. Heute Morgen ist es kalt draußen. Reese, komm!«

»Vielleicht ist sie wieder weggelaufen«, sagte Tate.

Paul wartete eine Sekunde, dann noch eine.

Es kam keine Antwort von seiner Tochter.

Mit zunehmender Gereiztheit, weil die fünf Minuten verstrichen waren und er es hasste, zu spät zu Terminen mit seinen Klienten zu erscheinen, eilte Paul die Treppe hinunter. »Was machst du denn so lange hier unten? Wir sind spät dran.«

Im Türrahmen zu seinem Arbeitszimmer blieb er stehen.

Reese saß an seinem Schreibtisch. Und sie hatte einen Stapel Briefe in den Händen.

Ihre Briefe.

Die Briefe, die sie Autumn geschickt hatte. Die dafür gesorgt hatten, dass sein Magen vor Sorge ständig wehtat. Er hatte sie in die oberste Schublade seines Schreibtischs geschoben. Die Dokumentenklammern waren nicht in dieser Schublade. »Was machst du da?«

Sie blickte zu ihm auf und ihr Gesicht war weiß. Nicht kränklich-weiß, sondern wütend-weiß. Sie hielt den Stapel hoch und in ihren Augen loderte die Wut. »Warum hast du die?«

Paul wusste nicht, was er sagen sollte.

»Sie waren nicht für dich«, sagte sie.

»Ich weiß.«

»Warum sind sie dann hier?«

Er trat einen Schritt in den Raum hinein und hob beschwichtigend die Hände, so wie jemand einem Wahnsinnigen mit einer Waffe in der Hand entgegentreten würde. »Ich bin zu ihrer Wohnung gegangen und habe sie gebeten, sie mir zu geben.«

Reese' Wut wuchs. »Wann?«

»Ich weiß nicht. Vor ein paar Wochen.«

»Warum hast du das gemacht?«

Paul machte noch einen Schritt und hob die Hände etwas höher.

»Die gehen dich gar nichts an! Ich habe *ihr* die Briefe geschrieben!« Sie riss sie einmal durch, dann ein zweites Mal. Als sie fertig war, schleuderte sie die Schnipsel in die Luft wie Konfetti und versuchte, aus dem Zimmer zu rennen.

Paul versperrte ihr den Weg.

Sie stemmte sich gegen ihn.

Er fasste sie ganz ruhig am Handgelenk. »Reese.«

»Du hattest kein Recht, sie zu lesen!« Sie riss sich los und versuchte wieder, ihn wegzustoßen, während die Tränen sich in ihren Augen sammelten.

Paul zog seine Tochter näher.

Sie wand sich und schlug um sich, aber er schlang die Arme um sie.

»Lass mich los!«, kreischte sie.

Aber das tat er nicht. Er hielt sie fest, während Reese mit den Fäusten auf seine Arme trommelte. Er hielt sie fest, bis seine Tochter aufhörte zu schreien. Bis sie in seinen Armen schlaff wie eine Puppe wurde und ihre Schultern vom Weinen und der Wut bebten.

Pauls Kehle war ebenso zugeschnürt vor Emotionen.

Er schluckte sie hinunter. »Du hast allen Grund, wütend zu sein. Aber ich liebe dich. Und ich mache mir Sorgen um dich. Du redest kaum mit mir. Du willst mir nicht sagen, was los ist. Ich bin dein Vater.« Er legte eine Hand auf seine Brust, wo ihre Tränen sein Hemd durchnässt hatten. »Es ist meine Aufgabe, Dinge zu wissen. Und ich werde nicht zulassen, dass du mich aus deinem Leben ausschließt.«

»Wenn du mich lieben würdest«, sagte sie mit einem unsicheren Flüstern, »wenn ich dir wirklich wichtig wäre, würdest du mich das Erinnerungsvideo mit Autumn machen lassen.«

»Reese.«

»Es war *meine* Idee. Ich bin diejenige, der das eingefallen ist.« Sie schniefte und wischte sich dann mit der Hand übers Gesicht. »*Bitte*, Dad, ich möchte ihr helfen.«

Als sie ihren Namen in der Zeitung sah, fingen ihre Hände sofort an zu zittern. Sie überflog die Worte, erfasste aber nur ein paar ausgewählte Formulierungen.

Tragödie auf den Gleisen … Einzige Überlebende … der Toten gedenken.

Sie griff zum Telefon und wählte Seths Nummer.

Er ging beim zweiten Klingeln dran.

»Du hast versprochen, den Medien nichts zu sagen.«

»Ich wünsche dir auch einen guten Morgen«, sagte er.

Autumn presste die Lippen aufeinander. Aufgrund früherer Tätigkeiten war Seth mit einer Handvoll Journalisten in Chicago und Umgebung befreundet. »Hast du die Zeitung von heute Morgen gesehen?«

»Ja, ich lese gerade darin.«

»Hast du den Artikel über das Erinnerungsvideo gesehen?« Autumn nahm Claires Schüssel mit Milch und ein paar übrig gebliebenen Cheerios vom Tisch.

»Ja, habe ich.«

Sie stellte die Schüssel in die Spüle. »Ich habe dich extra gebeten, nichts zu sagen.«

»Und ich habe extra zugehört. Eine Menge Leute wissen von dem Video. Wahrscheinlich war es ein Angehöriger, der von dem Projekt begeistert ist.« Am anderen Ende der Leitung war ein langer Seufzer zu hören. »Hast du den Bericht gelesen, Autumn?«

»Ja!«

»Gründlich?«

Sie zog eine Grimasse.

»Der Artikel ist gut geschrieben.«

Sie knibbelte an der Nagelhaut ihres Daumens und fing an, den Artikel noch einmal zu überfliegen. Auf den zweiten Blick konnte sie Seths Standpunkt nachvollziehen. Es war kein Medienzirkus, sondern ein ernst zu nehmendes Exposé über ein Projekt, das nicht nur ihr wichtig war, sondern zunehmend auch anderen wichtig wurde.

»Wir wollen doch, dass die Menschen davon erfahren, oder?« Seths Stimme war geduldig und freundlich. Das hatte sie nicht verdient. »Wir wollen, dass sie das Video ansehen. Warum sonst sollten wir es machen?«

Sie ließ die Schultern sacken. »Tut mir leid«, sagte sie.

»Ist schon okay.«

Nein, war es nicht.

Seth war so nett, ihr unentgeltlich zu helfen. Und sie machte ihn zur Schnecke. Es war offenbar wieder ein Trauma-Auslöser, ihren Namen in der Zeitung zu sehen. Sie hatte vor ein paar Monaten einen Artikel darüber gelesen.

Sobald sie ihren Namen sah, fing ihr Herz an zu rasen, von null auf hundert in wenigen Sekunden. Und bevor sie den Text gründlich gelesen hatte, bevor der vernunftorientierte Teil ihres Gehirns die Gelegenheit hatte zu registrieren, dass der Artikel sie zwar *erwähnte*, sich aber keinesfalls auf sie *konzentrierte*, rief sie ihren Exverlobten an und warf mit Anschuldigungen um sich.

»Vielleicht sollte ich eine Valiumtablette einwerfen, bevor ich die Tageszeitung lese.«

Seth lachte.

Es war kein Witz.

»Wir sehen uns morgen«, sagte er.

Zu ihrem ersten Interview. Mit Ina May Huett.

Und dann, am Montagmorgen, sollte sie ein zweites Interview bei der Erlösergemeinde haben, diesmal mit dem gesamten Vorstand.

Sie konnte sich nicht entscheiden, welches der beiden Gespräche sie nervöser machte.

22. Kapitel

Ina May Huett war eine ältere schwarze Frau mit gebeugtem Rücken und weißen Haaren. Sie lebte in einer kleinen Doppelhaushälfte. Die Farbe an der Fassade blätterte bereits ab und Unkraut eroberte die Blumenbeete. Auch alle anderen Häuser im Viertel boten diesen Eindruck.

Drinnen saß Autumn Manning steif auf einem durchgesessenen karierten Sessel, während Ina May in der Küche Tee zubereitete. Das kleine Wohnzimmer war ausgestattet mit einem abgenutzten Teppich, einer geblümten Tapete und einer Vitrine, in der allerlei verschiedene Katzenfiguren ausgestellt waren. Die Luft roch etwas abgestanden, so als wären die Fenster seit Jahren nicht mehr geöffnet worden, und auf einem abgestoßenen Beistelltisch stand eine gerahmte Fotografie von ihrem Mann, der bei dem Bombenattentat im Zug ums Leben gekommen war. Autumn kannte sein Bild vom Nachruf, der in der Zeitung abgedruckt gewesen war. Lazarus Huett, mit einem sabbernden Baby auf dem Knie. Und mit einer grünen Schirmmütze mit John-Deere-Logo auf dem Kopf. Für den Bruchteil einer Sekunde löste der Anblick dieser Kappe in Autumn den Wunsch aus zu fliehen.

Ein Vogel sprang aus einer Kuckucksuhr an der Wand.

Sie fuhr zusammen, als der mechanische Kopf des Vogels sich drehte. Seth hätte eigentlich schon mit seiner Kameraausrüstung hier sein und die Leere mit Small Talk füllen sollen. Seth war der König des Small Talks. Er konnte stundenlang mit jemandem sprechen, ohne wirklich über irgendetwas zu reden. Es war eine beeindruckende Fähigkeit. Eine, die Autumn nicht besaß.

Vor allem nicht, wenn ihre Gedanken so abgelenkt waren.

Als sie in Jeannie Trues Praxis gesessen und über dieses Projekt geredet hatte, war ihr nicht klar gewesen, wie es tatsächlich sein würde. In einem Haus zu sitzen, dass einem der Opfer gehört hatte, und das Gefühl zu haben, dass der Verstorbene wie ein Geist hinter ihr stand. Sie hatte gesagt, es würde ihr helfen, aber im Moment wurde ihr davon nur schwindelig.

Ina May kam durch die Schwingtür, ein silbernes Tablett in den Händen. Darauf standen eine Teekanne aus Porzellan, drei Tassen mit Untertassen und passend dazu Milchkännchen und Zuckerdose. Die Untertassen klirrten, als die alte Frau mit langsamen, vorsichtigen Schritten zum Couchtisch ging. Autumn stand auf und nahm ihr das Tablett ab, das sie dann behutsam auf die Glasplatte des Tisches stellte.

»Nehmen Sie Sahne und Zucker?«

»Weder noch, danke«, erwiderte Autumn.

Die alte Frau ließ sich auf einem ebenfalls karierten – und ebenfalls durchgesessenen – Sofa nieder und machte sich daran, die drei Tassen zu verteilen und den dampfenden Tee einzuschenken, wobei jede Bewegung förmlich vor Alter und Langsamkeit zu knarren schien.

Autumn lehnte sich in ihrem Sessel zurück. Ihre Unterarme fühlten sich verschwitzt an. Sie kratzte sich an der Schulter. Dann an der Wange. Dann am Hals. Nicht nur, dass der Raum muffig roch, er roch auch nach Katzen. Autumn war allergisch gegen Katzen. Das war etwas, das Claire ihr vorwarf, seit Leanne Dad geheiratet hatte und ihr Perserfellknäuel den Nachbarn hatte überlassen müssen. War es die Katzenallergie, die ihr das Atmen schwer machte?

»Ich finde, dieses Video ist eine wundervolle Idee«, sagte Ina May.

»Danke. Es tut mir leid, dass mein … der Kameramann noch nicht hier ist.«

»Oh, das macht nichts. Es ist schön, Gesellschaft zu haben.«

Hinter Autumn knarrte eine Fußbodendiele.

Sie sah sich um, während ihr Herz schneller schlug, als die Situation es rechtfertigte.

»Werden wir ihn ansehen können?«, fragte Ina May.

»Wie bitte?«

»Wenn er fertig ist. Dann werden Sie den Film doch sicher irgendwo zeigen.«

»Oh.« Autumn wischte ihre Hände an den Armlehnen ab. »Ich habe vor, ihn auf YouTube hochzuladen.«

»Ju-was?«

»YouTube. Das ist eine Videoseite im Internet.«

Auf Ina Mays ohnehin schon faltiger Stirn erschien eine v-förmige Falte.

»Es wird auch auf der Homepage zu sehen sein.«

»Finden Sie nicht, dass es schön wäre, wenn wir den Film alle zusammen ansehen könnten? Wir könnten Kaffee und Tee und Kuchen anbieten.«

»Das wäre schön.«

Die alte Frau nickte ganz sachlich und reichte Autumn dann eine Tasse.

Autumn nahm sie verwirrt entgegen. Sie hatte nicht vor, eine Vorführung zu organisieren. Daran hatte sie gar nicht gedacht. Sie wandte ihre Aufmerksamkeit wieder dem gerahmten Foto zu und studierte eingehend die lustigen Augen des alten Mannes. Und diese Kappe ... Warum fuhr ihr bei dem Anblick ein Schauer über den Rücken?

»Laz hat Babys geliebt.«

»Ist das Ihr Enkelkind?«

»Du lieber Himmel, nein. Der Herr hat uns keine eigenen Kinder geschenkt.« Ina ließ einen Würfel Zucker in ihre Tasse fallen, den sie mit einer kleinen Metallzange genommen hatte. »Das ist Cora Browns Enkelin. Cora und ich haben zusammen im Chor gesungen.«

»Ach so.«

Ina May rührte ihren Tee um, während feine Dampffäden in die Luft aufstiegen. »Mein Mann hat seinen Tee geliebt. Nachdem er in Rente gegangen ist, haben wir jeden Morgen zusammen eine Tasse getrunken. Das war eine meiner Lieblingszeiten am Tag.«

Autumn presste die Untertasse auf ihre Knie. »Sie waren fünfundsechzig Jahre lang verheiratet.«

Die Augen der alten Frau leuchteten auf. »Er hat zwei Monate nach meinem fünfzehnten Geburtstag angefangen, mir den Hof zu machen. Drei Tage, nachdem die USA eine Atombombe auf Nagasaki abgeworfen hatten. Es scheint dumm, sich in einer so hässlichen Zeit zu verlieben, aber so ist die Liebe nun mal. Sie kommt fast nie zur rechten Zeit.«

Autumn nickte, als verstünde sie.

»Mein Daddy war ein ernsthafter Mann. Er hat sich den armen Lazarus bei unserer ersten Verabredung vorgeknöpft und gesagt: ›Was für Absichten hast du meiner Tochter gegenüber?‹ Und Laz sah meinem Vater in die Augen und sagte: ›Ich habe vor, sie zu heiraten, Sir.‹ Oh, Mann, wir waren noch Babys. Natürlich fanden wir selbst das überhaupt nicht.« Sie grinste. Dann zog sie ein Papiertaschentuch aus einer Schachtel neben ihr und tupfte sich die Augen. »Man weiß gar nicht, wie jung man ist, bis man alt wird.«

Autumn rutschte unbehaglich auf ihrem Platz herum.

»Wenn Laz hier wäre, würde er mit erhobenem Zeigefinger sagen: ›Ina, Mädchen, ich lebe hier bei meinem König. Also hör auf zu heulen und freu dich für mich, ja?‹« Sie zerknüllte das Taschentuch und presste die Hände auf ihrem Schoß zusammen. »Selbst nach all dieser Zeit kommt es mir immer noch vor, als fehlte mir die Hälfte meiner Gedanken.«

»Es tut mir leid.«

Ina May machte eine wegwerfende Handbewegung mit dem Taschentuch, so als müsste Autumn sich nicht entschuldigen. Aber das musste sie. Sie musste sich entschuldigen, weil sie hier in diesem durchgesessenen Sessel saß, während Lazarus Huett tot in der Erde lag.

»Das Sterben gehört nun mal zum Leben dazu«, sagte Ina.

»Aber wie er gestorben ist, sollte nicht zum Leben dazugehören.«

Sie gab Autumn mit einem Nicken recht und trank dann einen

Schluck Tee. »Wir sehen jetzt wie durch einen Spiegel in einem dunklen Bild.«

»Entschuldigung?«

»Das ist ein Bibelvers. Aus dem ersten Korintherbrief. Das Leben ist hart und fast immer verwirrend. Aber irgendwann sehen wir deutlich. Irgendwann wird alles einen Sinn ergeben.«

Autumn wollte Ina Mays Worte glauben. Sie wollte sie so gerne glauben. Aber was, wenn sie nicht wahr waren? Was, wenn Ina Mays Worte nichts als die Hoffnung einer einsamen alten Frau waren, die einen Sinn in all dem Leid finden wollte? Was, wenn die Puzzleteile am Ende gar nicht zusammenpassten?

Ina May stellte die Tasse auf den Tisch. »Erinnern Sie sich an ihn?«

Die Frage war wie eine unerwartete Ohrfeige.

»Haben Sie ihn an diesem Tag im Zug gesehen?«

»Es tut mir leid«, sagte sie. »Ich erinnere mich überhaupt nicht an diesen Tag.«

Es war nicht fair.

Nicht nur dass Autumn überlebt hatte, sie konnte den Hinterbliebenen nicht einmal einen letzten Augenblick schenken. Sie konnte keine tröstlichen Worte sagen wie: »Er hat mit jemandem gelacht« oder: »Er hat gelächelt, als er den Schnee gesehen hat«. Autumn wusste es nicht, weil sie sich nicht erinnern konnte.

Vielleicht war es ja besser so.

In Wirklichkeit war es unwahrscheinlich, dass jemand gelacht hatte. In Wirklichkeit hatten die meisten Leute wahrscheinlich über den Blizzard im März geklagt oder auf ihr Handy gestarrt – denn wer hatte schon Zeit, sich mit einem Mitmenschen zu unterhalten, wenn es Nachrichten gab, die man lesen musste?

So fuhr Autumn mit dem Zug – oder hatte es getan, als sie noch mit dem Zug gefahren war.

»Das dachte ich mir schon.« Ina May machte wieder die wegwerfende Handbewegung. »Aber jetzt haben wir genug von mir geredet. Erzählen Sie mir, was Sie machen.«

»Nichts.«

Die Antwort platzte in all ihrer belastenden Wahrheit heraus.

Autumn Manning – die einzige Überlebende – machte gar nichts.

Ihr Blick wanderte wieder zu dem Bild von Lazarus mit der Mütze und eine tiefe und anhaltende Schamesröte stieg in ihre Wangen.

23. kapitel

Irgendwann an diesem Wochenende war die Stelle bei der Erlösergemeinde wahnsinnig wichtig geworden. Wenn sie die Stelle bekam, konnte sie beim nächsten Mal, wenn sie mit einem Ehepartner oder Kind oder Elternteil oder Freund eines Opfers des Zuganschlages sprach und nach ihrer Tätigkeit gefragt wurde, eine bessere Antwort geben.

Und deshalb schluckte sie all ihre Nervosität herunter, als sie den Raum betrat, in dem Pastor Mitch und der gesamte Kirchenvorstand auf sie warteten, gab jedem der Männer energisch die Hand und veranstaltete die Show ihres Lebens.

Als das Gespräch vorbei war und sie den Flur entlang in Richtung Ausgang lief, spürte sie etwas, das sie schon lange nicht mehr empfunden hatte – das Gefühl, etwas geleistet zu haben.

Ein mädchenhaftes Lachen begrüßte sie, als sie den Empfangsbereich des Bürotrakts betrat. Es gehörte derselben Frau, die Autumn bei ihrer Ankunft begrüßt hatte – ein blondes sportliches Mädchen mit leuchtenden Augen, das kaum alt genug aussah, um in die Oberstufe zu gehen, aber offensichtlich schon College-Studentin war. Autumn wusste das von dem Becher mit dem Aufdruck der Moody-Bibelschule. Der Becher hatte auf dem Tresen in Reichweite des Mädchens gestanden, und als Autumn gefragt hatte, ob sie dorthin gehen wolle, hatte das Mädchen gelacht und gesagt, sie habe bereits das dritte Jahr hinter sich.

Jetzt lehnte ein Mann an dem Tresen, den Ellbogen aufgestützt und ein Bein über das andere geschlagen, und dem verträumten Blick der jungen Frau nach zu urteilen, als sie zu dem Mann aufsah, musste er attraktiv sein.

Autumn hob die Hand in einer höflichen, unaufdringlichen Geste und wollte gerade sagen, dass sie jetzt gehen würde, als etwas in ihrem Blickwinkel sie zögern ließ. Etwas an den Schultern des Mannes kam ihr bekannt vor. Denn sie hatte diese Schultern vor drei Wochen auf dem Radweg am See gesehen.

Die junge, verliebte Rezeptionistin plauderte mit Paul Elliott.

Autumn stockte der Atem. Er durfte sie nicht sehen. Sonst würde er denken, dass sie ihn verfolgte. Schnell wandte sie sich der Tür zu, aber bevor sie unbemerkt hinausschlüpfen konnte, winkte die Rezeptionistin zurück und Paul drehte sich um.

Sie zog eine Grimasse und erwartete einen entsetzten Blick von ihm. Eine finstere Miene.

Aber Paul wirkte gar nicht überrascht.

Grüblerisch? Ja.

Schockiert? Nein.

»Hi«, sagte er.

»Was machen Sie denn hier?«, erwiderte sie und zog innerlich noch eine Grimasse, weil es wie eine Anschuldigung klang. Dies war schließlich Pauls Gemeinde. Sie war der Eindringling.

»Ich musste mit Mitch reden. Er hat erwähnt, dass Sie zu einem zweiten Gespräch kommen würden.« Paul nahm eine Plastiktüte vom Tresen und hielt sie in der Hand. »Können wir kurz reden?«

Autumns Verwirrung steigerte sich um ein Vielfaches. »Äh … klar.«

Er verabschiedete sich von der jungen Frau und ging voran aus dem Bürobereich in den größeren Vorraum der Kirche – dort, wo sich alle vor und nach den Gottesdiensten am Wochenende versammelten.

Paul blickte über die Schulter zurück, so als wollte er sich vergewissern, dass niemand sie beobachtete oder ihnen folgte. Sein Blick war müde. Die Muskeln um seinen Mund waren – angespannt. Eine unwirkliche Sekunde lang stellte sie sich vor, wie er eine Waffe zog. Eine unwirkliche Sekunde lang sah sie die Schlagzeile vor sich.

Witwer der Tragödie auf den Gleisen dreht durch: einzige Überlebende erschossen

»Es tut mir leid«, sagte sie. »Ich habe die Stellenanzeige gesehen und es ist so nah bei meiner Wohnung. Ich wollte mich nicht bewerben, aber … Meine Schwester hat mich überredet, dass ich es wenigstens versuchen sollte. Es tut mir wirklich leid.« Ihr Gesicht war jetzt mit Sicherheit leuchtend rot. Und sie musste aufhören, sich bei diesem Mann zu entschuldigen. Offensichtlich wollte er ihre Entschuldigungen nicht hören. Das hatte er auf dem Radweg mehr als deutlich gemacht.

»Autumn, das ist in Ordnung. Ich bin nicht hergekommen, um Ihnen das Leben schwer zu machen.« Er zog ein Päckchen Lollis aus seiner Tüte und gab sie ihr. »Zur Erholung.«

Autumn nahm sie. »Wovon?«

»Von dem Bewerbungsgespräch. So was kann ziemlich nervenaufreibend sein.«

Sie drehte die Packung in der Hand, über die Maßen gerührt von der Geste. Er hatte sich an ihre beiläufige Bemerkung über die Süßigkeiten erinnert.

»Reese hat Ihre Briefe gefunden.«

»*Was?*«

»Ich wollte sie zurückgeben, aber sie hat sie zerrissen.«

Autumn wurde blass, als sie sich die Szene ausmalte. Reese Rosamund Elliott, der das vertraute linierte Papier in die Hände fiel und die ihre eigene Handschrift erkannte. Die Verwirrung, die sie empfunden haben musste, als sie darin blätterte, und dann das zunehmende Gefühl des Verrats.

»Sie haben richtig gehandelt«, sagte er, als könnte er ihre Gedanken lesen. »Ich musste wissen, was sie geschrieben hat.«

»Jetzt hasst sie mich bestimmt.«

»Nein, das tut sie nicht.« Er rieb sich das Kinn, als versuchte er, die angespannten Muskeln zu lockern. Es war ein attraktives Kinn. Stark und symmetrisch. »Sie hat den Artikel in der Zeitung gelesen – über das Erinnerungsvideo.«

Autumn hielt den Atem an. Gleich würde er sie in der Luft zerreißen.

»Sie will Ihnen unbedingt helfen.«

»Oh.«

»Es ist nicht gut für ein Kind in ihrem Alter, wenn es auf den Tod fixiert ist.«

»Aber es geht uns doch gar nicht um den Tod der Menschen.« Genau das war ja der Grund. Diese Menschen waren mehr als Opfer einer sinnlosen Tragödie. Sie hatten vorher ein echtes Leben geführt und dieses Leben war abrupt beendet worden. Dieses Leben sollte bekannt gemacht werden. »Wir konzentrieren uns auf ihr Leben.«

»Okay.« Paul sah nicht besonders beruhigt aus. Im Gegenteil – er wirkte regelrecht gequält. Wie jemand, der gezwungen wird, gegen seinen Willen eine Handvoll Reißzwecken zu schlucken. Er rieb sich das Gesicht und fuhr dann mit der Hand durch seine Haare. Die waren auch attraktiv. Paul Elliott war ein gut aussehender Mann. Vivian Elliott war eine schöne Frau gewesen. Zusammen sahen sie aus wie ein Paar, das in einer Promi-Zeitschrift erscheinen könnte. »Gibt es eine Möglichkeit, wie Reese dabei mitmachen kann?«

Sie blinzelte, einen Moment lang fassungslos. Hatte er wirklich gerade gesagt, was sie gehört hatte?

Er zog die Augenbrauen hoch.

»Natürlich. Es wäre toll, wenn Reese mitmacht.« Das erste Interview war ein Reinfall gewesen. Nicht nur, dass Autumn völlig erstarrt war, nachdem Ina May ihr ein paar ganz einfache Fragen gestellt hatte, sondern Seth war von einem Kunden aufgehalten worden. Als er dann endlich den Verkehr hinter sich gebracht hatte, war Autumns allergische Reaktion auf die unsichtbaren Katzen mit voller Wucht ausgebrochen und Ina May musste zu einem Termin beim Friseur. Sie war nicht verwirrt oder verärgert oder ungehalten, weil sie einen neuen Termin vereinbaren mussten. Eigentlich schien es ihr ganz recht gewesen zu sein. »Dann hole ich die Fotoalben raus«, hatte sie gesagt und Autumns Arm getätschelt.

»Wir haben für morgen Abend ein Interview verabredet. Die Frau heißt Anna Montgomery. Sie hat zwei kleine Kinder und sie konnte niemanden finden, der auf die beiden aufpassen kann. Es wäre super, wenn Reese mit ihnen spielen könnte.«

»So wie ein Babysitter?«

»Wenn sie lieber etwas anderes machen will, ist das auch in Ordnung. Ich dachte nur ...«

»Nein, das ist gut. Genau genommen ist es ideal.«

»Gut.« Autumns Gefühl, etwas erreicht zu haben, wuchs. Er wollte Autumn erlauben, seiner Tochter zu helfen. Vielleicht konnten Reese und sie am Ende ja etwas verstehen, was unverständlich schien. »Ich sollte mir wahrscheinlich Ihre Nummer aufschreiben.«

»Stimmt.«

Sie zog ihr Telefon heraus und gab seine Kontaktdaten ein, wobei sie nur einmal kurz zögerte, als sie seinen Namen tippte. Paul Elliott. Sie gab Paul Elliotts Telefonnummer in ihr Handy ein. In der Eingangshalle zu Vivians Gemeinde. Sie schüttelte den Kopf. Das war alles völlig bizarr.

»Alles in Ordnung?«

»J-ja. Alles gut.« Autumn zwang ihre Daumen, sich zu bewegen.

»Wir könnten Kaffee und Tee und Kuchen anbieten.«

Autumn ertappte sich dabei, wie sie den großen Raum inspizierte. Vielleicht lohnte es sich, Ina Mays Idee näher in Erwägung zu ziehen. Vielleicht war Pastor Mitch damit einverstanden, die Türen der Erlösergemeinde für eine solche Veranstaltung zu öffnen.

Paul befand sich im freien Fall. Und schlimmer noch: seine Tochter ebenso. Er ging den Bürokorridor entlang und brütete über seiner Entscheidung, während er auf Mitchs langjährige Assistentin Penny zuging, die an ihrem Schreibtisch saß.

Sie rückte gerade einen Stapel Gottesdiensthefte zurecht, einen großen, mit gelben Federn versehenen Stift hinterm Ohr. Als

Tate ihr das erste Mal begegnet war, hatte er sie für Bibo aus der Sesamstraße gehalten und das auch laut kundgetan. Er war drei Jahre alt gewesen und Penny hatte ein kanariengelbes Kleid getragen. Paul hatte peinlich berührt die Augen zugedrückt, aber Penny hatte nur gelacht und dann eine ziemlich beeindruckende Bibo-Imitation hingelegt.

»Hallo«, sagte sie jetzt und die Feder an ihrem Stift flatterte wie riesige Wimpern. »Was führt *dich* denn an einem Montagmorgen her?«

»Ich hatte gehofft, ich könnte Mitch erwischen, bevor er fährt.« Normalerweise arbeitete sein Freund am Montag nicht. Wie die meisten Pastoren. Es sei denn, es gab eine Krise bei den Ältesten, die es zu bewältigen galt, oder eine Stelle, die besetzt werden musste. »Bin ich noch rechtzeitig?«

»Als ich das letzte Mal nachgesehen habe, war er noch da drin.«

»Danke, Pen.«

Sie zwinkerte ihm zu.

Paul klopfte an die halb offen stehende Tür zu Mitchs Büro und steckte den Kopf hinein. Der Pastor war am Telefon und knetete einen Antistressball. Bevor Paul sich zurückziehen konnte, winkte Mitch ihn herein und formulierte lautlos die Worte: *Dauert nicht lange.*

Paul setzte sich auf einen der Sessel und stützte die Ellbogen auf die Armlehnen, während er im Geiste wieder das Gesicht seiner Tochter vor sich sah, als sie die Briefe zerrissen hatte. Er wurde diesen Anblick einfach nicht los.

Zehn Jahre lang beriet er jetzt andere Menschen, aber was bedeutete das schon, wenn es um das eigene Kind ging? Er wusste, dass Depressionen, Angstzustände und andere psychische Erkrankungen in ihren Genen liegen konnten. Was war, wenn das bei Reese erst der Anfang war – die Spitze einer Abwärtsspirale, wie bei seinem Bruder? Er fragte sich, ob er mit all seiner Ausbildung die gleichen Fähigkeiten hatte wie Pop – jemanden vom Rand des Abgrunds zurückzuholen. Aber Reese war nicht nur irgendein Mensch, sie war *sein* Mensch. Sein Baby. Es machte ihm schreckliche Angst zu wissen, dass die Verzweiflung sie verschlingen konnte und dass er vielleicht nichts dagegen machen konnte.

So wie er bei Vivian nichts hatte tun können.

Mitch legte auf und warf den Ball von einer Hand in die andere. »Hallo, Kumpel.«

»Hi.«

Wieder wechselte der Ball die Hand. »Was machst du denn hier?«

Paul rieb unsicher über den Stoff der Armlehne. Trotz Pops Rat war er noch genauso hin- und hergerissen wie zuvor, was die Ehekampagne betraf. Er hatte schon vor langer Zeit zugesagt, die Tagung zu leiten. Eine Stimme in seinem Inneren drängte ihn, zu seinem Wort zu stehen. Doch eine andere Stimme schrie ihm immer wieder das Wort *Heuchler* ins Ohr. So viel er auch betete, er konnte beim besten Willen nicht erkennen, auf welche von beiden Stimmen er hören sollte. »Ich habe noch mal über die Tagung zu unserer Ehekampagne nachgedacht.«

»Ich auch.«

»Wie laufen denn die Planungen?«

Mitchs gute Stimmung schien sich etwas zu trüben, als hätte Paul ihn gerade daran erinnert, dass er den Antistressball drücken und nicht hin und her werfen sollte. »Wir haben ein paar Referenten angefragt, aber die Honorare sind ziemlich heftig.«

Und da hatte Paul seine Antwort.

Er war die Verwirrung leid, war es leid, darauf zu warten, dass Mitch das Thema ansprach. Deshalb hatte er beschlossen, heute herzukommen und zwei Fliegen mit einer Klappe zu schlagen. Er wollte mit Autumn über das Erinnerungsvideo reden und mit Mitch über die Kampagne. Wenn er schon jemanden gefunden hatte, der einspringen konnte, super. Das wäre seine Antwort. Wenn nicht, war das auch eine Antwort. »Ich würde es machen.«

»Im Ernst?«

»Ich habe über das nachgedacht, was du gesagt hast, und deswegen gebetet und ich habe auch das Gefühl, dass Gott mich drängt.«

So war es doch, oder?

Deshalb konnte er nicht aufhören, daran zu denken, nicht wahr?

»Bist du sicher?«

»Ja.«

Paul hatte gedacht, Mitch würde erleichtert sein. Stattdessen schien er zu zögern.

»Es sei denn, du willst nicht …«

»Nein, das ist es nicht.« Er legte den Ball weg und nahm einen Stift in die Hand, den er zwischen zwei Fingern hin und her bewegte. »Wir werden Autumn die Stelle in der Kommunikationsabteilung anbieten. Wenn sie zusagt, wird sie an der Kampagne beteiligt sein. Und wenn du für die Tagung zuständig bist, bedeutet das, dass ihr beide teilweise zusammenarbeiten werdet.«

Paul lehnte sich in seinem Sessel zurück.

»Du, wenn das zu schwierig ist, habe ich vollstes Verständnis.«

»Das dürfte kein Problem sein.«

Mitch wirkte nicht überzeugt. Wäre er an Pauls Stelle gewesen, dann wäre es offensichtlich für Mitch ein Problem, so eng mit der Frau zusammenzuarbeiten, die er in einem Krankenhausbett gesehen hatte, in dem seine Frau hätte liegen sollen. Aber andererseits war Pauls Ehe mit Vivian auch nicht so gewesen wie die von Mitch und Lisa.

Nicht einmal annähernd.

24. kapitel

Das Haus der Elliotts sah in der Sonne anders aus. Irgendwie freundlicher. Mit dem kleinen Baum auf dem ebenso kleinen Rasen im Vorgarten. Beim ersten Mal hatte Autumn den Baum gar nicht bemerkt. Wahrscheinlich, weil sie zu sehr darauf konzentriert gewesen war, ein Paar Diamantohrringe in einen Briefkasten zu stecken, bevor sie erwischt wurde.

Die Sonne, die auf das Haus herunterschien, ergoss sich vom Himmel auf ihre Haut wie ein warmes Getränk. Sie legte den Ellbogen in das offene Fenster ihres Wagens und hoffte, dass die zusätzliche Dosis Vitamin D ihre Nerven beruhigen würde.

In wenigen Minuten würde Paul Elliott wahrscheinlich seine Tochter hinausbegleiten. Reese würde einsteigen und dann würden sie zusammen zum Haus von Anna Montgomery in Wilmette fahren. Sie würden über Annas verstorbenen Mann, Daniel Montgomery III., sprechen, den vierten Nachruf in Autumns Ordner. Den einzigen jungen, erfolgreichen Geschäftsführer im Zug.

Autumn stieg in der späten Nachmittagsluft aus und betätigte die Sprechanlage am Tor. Dann eilte sie um ihren Wagen herum, um wieder einzusteigen. Sie hatte keine Ahnung, warum, aber sie wollte am Steuer sitzen, wenn Paul mit Reese herauskam. Sie wollte nicht dort stehen, im Freien, und nichts haben, woran ihre Hände sich festhalten konnten.

Die Haustür ging auf.

Reese erschien in rosafarbenen Chucks, enger Jeans und einem karierten Hemd. Ihre dichten Haare hatte sie zu einem lockeren seitlichen Zopf zusammengebunden. In der Hand hielt sie ein Buch. Vielleicht wollte sie auf der Fahrt lesen.

Drei Schritte später folgte Paul.

Autumn umklammerte das Lenkrad. Er hatte sie gestern abgefangen. Es war Wochen her, dass sie ihm am Radweg aufgelauert hatte. Sie hatte seine Wünsche respektiert. Bei all ihren Planungen für das Erinnerungsvideo hatte sie weder ihn noch seine Tochter angerufen. Er war es, der gefragt hatte, ob Reese helfen konnte.

Reese öffnete die Beifahrertür des Honda Civic und stieg ein.

Paul schloss die Tür und stützte den Ellbogen auf den Rahmen des offenen Fensters auf der Beifahrerseite. »Anschnallen«, sagte er.

Reese zog den Sicherheitsgurt über ihre Brust und ließ ihn einrasten, während Paul Autumn ansah. »Hi.«

»Hi«, erwiderte sie.

Der Begrüßung folgte ein kurzes, unbehagliches Schweigen, wie ein falsch gesetztes Komma mitten in einem Satz.

Autumn überlegte krampfhaft, was sie Beiläufiges sagen könnte.

Lollis!

Alles, was ihr einfiel, waren die Lollis.

»Ich habe gehört, dass die Gemeinde Ihnen den Job angeboten hat«, sagte er.

»Oh. Ja, das hat sie.«

»Herzlichen Glückwunsch.«

»Danke.«

»Ich nehme an, wir werden dann zusammenarbeiten.«

»Wie bitte?«

»Bei der Ehekampagne. Die hat Mitch doch sicher erwähnt.«

Die Ehekampagne, ja. Der Vorstand hatte mehr getan, als sie nur zu erwähnen. Sie würde ihre erste große Aktion als Kommunikationsreferentin für die Erlösergemeinde sein. Dass Paul ebenfalls bei der Kampagne mitmachen würde, hatten sie allerdings nicht erwähnt. Autumn war sich sogar relativ sicher, dass Mitch davon gesprochen hatte, Mr Soundso, ein beliebter Referent aus Oklahoma, wäre eine Möglichkeit. Sie erinnerte sich genau daran, weil Autumn sofort an Paul hatte denken müssen, als der Pastor anfing, über eine Ehekampagne zu reden. Sie war zugleich überrascht und erleichtert gewesen, als Pauls Name nicht gefallen war. Und dann hatte sie sich für die Überraschung geschämt, weil Paul natürlich so kurz nach dem Tod seiner Frau keine Tagung zum Thema *Ehe* leiten würde, falls überhaupt jemals wieder.

»Ich wusste nicht, dass Sie dabei mitmachen«, sagte sie.

»Das hatte ich schon vor langer Zeit zugesagt.«

Vorher.

Als seine Frau noch am Leben gewesen war.

Autumn räusperte sich. »Anna Montgomery lebt in Wilmette. Wir sollten besser fahren.«

»Sie haben ja meine Nummer, falls irgendwas ist.«

»Dad!« Reese zog das Wort in die Länge.

Paul ließ sich nicht beirren. »Ich hoffe, du benimmst dich.«

Sie warf ihm einen Blick zu, der sagte: *Musstest du das jetzt wirklich sagen?* Und sein Blick sagte: *Natürlich. Ich bin dein Vater.* Dann sagte er ihr, dass er sie liebte, worauf er keine Antwort erhielt, trat vom Wagen zurück und schob die Hände in die Taschen seiner Jeans.

Paul Elliott war ein guter Vater.

Autumn fragte sich, ob Reese das eigentlich bewusst war.

Sie legte den ersten Gang ein und winkte kurz, als sie abfuhr. Im Rückspiegel sah sie ihn immer kleiner werden.

Autumns Hände umklammerten das Lenkrad noch ein wenig fester. Sie war noch nie mit einer Zwölfjährigen allein im Auto gewesen, jedenfalls nicht als Erwachsene. Sie warf dem Mädchen einen verstohlenen Blick zu. Warme Luft wehte durch die offenen Fenster herein und ließ Reese' Pony tanzen. Paul hatte gesagt, seine Tochter hasse sie nicht, aber bis jetzt hatte Reese Autumn weder angelächelt noch etwas zu ihr gesagt. »Dein Dad hat mir erzählt, dass du die Briefe gefunden hast.«

Reese befingerte die gebogene Ecke am Einband ihres Taschenbuchs.

»Es tut mir leid, dass ich sie ihm gegeben habe.«

»Und mir tut es leid, dass ich sie zerrissen habe.«

»Es waren *deine* Briefe.«

Sie blickte von ihrem Buch auf. »Nein, waren sie nicht. Sie haben *Ihnen* gehört.«

Autumn bremste, als sie sich einer Ampel näherten.

»Hat mein Dad irgendwas darüber gesagt?«

»Über die Briefe?«

Reese nickte.

»Nur, dass er sie lesen wollte.«

»Ich meine nachher.«

»Oh.« Autumn fädelte sich in den Verkehr auf dem Lake Shore Drive ein. »Nein. Hat er nicht.«

Die Antwort schien etwas von dem Druck wegzunehmen, unter dem das Mädchen stand. Reese entspannte sich ein wenig.

»Ich bin froh, dass er dir erlaubt hat zu helfen. Es hat sich nicht richtig angefühlt, das Videoprojekt ohne dich zu machen.«

»Ich kann immer noch nicht glauben, dass er seine Meinung geändert hat. Er ändert *nie* seine Meinung.«

»Nie?«

»Zu Tate und mir sagt er immer, dass ein Ja ein Ja ist und ein Nein ein Nein.« Bei den letzten Worten senkte sie die Stimme und ahmte ihren Vater ziemlich treffend nach. »Ich glaube, das hier ist bei ihm das erste Mal, dass aus einem Nein ein Ja geworden ist.«

»Wow.«

Reese knickte die Ecke des Buchumschlags um. Vor und zurück, vor und zurück, bis sie ganz labberig war.

Autumn las den Titel: *Freak*.

»Worum geht es in dem Buch?«, fragte sie.

»Um zwei Jungen. Max und Freak. Eigentlich heißt er Kevin, aber er nennt sich selbst Freak, weil er total klein ist und einen Geburtsfehler hat. Aber er ist auch ein Genie. Max ist das Gegenteil – ganz groß und stark und nicht besonders schlau. Es geht um ihre Freundschaft.«

»Klingt interessant.«

»Es ist eins meiner Lieblingsbücher.« Reese schlug eine Seite mit Eselsohr auf und fuhr mit den Fingern über den Knick. Dann knickte sie die Ecke wieder um und klappte das Buch zu. »Glauben Sie, ein Mensch kann seine Erinnerungen ändern?«

»Wie meinst du das?«

»Freak sagt, dass die Erinnerung eine geniale Erfindung des Gehirns ist. Er sagt, ein Mensch kann sich an alles erinnern, an das er sich erinnern will. Egal, ob es geschehen ist oder nicht. Meinen Sie, das ist möglich?«

»Ich bin nicht sicher.«

Reese blickte aus dem Fenster und dabei zuckte der gleiche Muskel, der bei ihrem Vater zuckte, wenn er intensiv über etwas nachdachte. Autumn fragte sich, was wohl gerade in ihr vorging. Welche Erinnerungen wollte Reese gerne ändern?

25. Kapitel

Als Autumn vor Anna Montgomerys sehr großem Haus in Wilmette hielt, stand Seths Wagen schon da. Er stieg aus, als Autumn den Motor ausstellte.

»Wer ist das?«, fragte Reese.

Die Sonne schien so hell hinter ihm, dass Autumn ihn nicht erkannt hätte, wenn sie nicht mit dem Auto vertraut gewesen wäre.

»Oh. Das ist … Er heißt Seth.«

»Seth Ryker?«

Es war beunruhigend zu hören, wie Reese seinen Nachnamen sagte. Aber natürlich kannte sie den Namen. Nach dem Medienzirkus rund um Seths Heiratsantrag und dank der Besessenheit, mit der Reese Autumns Schicksal verfolgt hatte, wusste sie alles über Seth Ryker.

»Wollen Sie nicht heiraten?«

»Nein. Nicht mehr.« Ihr Blick huschte zu dem besagten Mann, der gerade seine Kameraausrüstung aus dem Kofferraum holte. Sie hatte ihm nicht nur das Herz gebrochen, sie hatte ihn auch der Demütigung ausgesetzt, die jedes Mal zuschlagen würde, wenn jemand ihm auf die Schulter klopfte und ihn nach dem großen Ereignis fragte. »Er wird unser Kameramann sein. Und er kümmert sich um das Video und die Produktion.«

»Er hat für den Fernsehsender WMAQ gearbeitet.«

Autumn neigte den Kopf ein wenig zur Seite. »Woher weißt du das?«

»Habe ich in dem Artikel gelesen.«

Ach ja.

Dieser Artikel.

Da die Journalisten nicht an sie herankamen, hatten sie angefangen, Seth zu verfolgen. Und Seth hatte reagiert. Er lieferte den Nachrichten genügend Stoff, damit sie Ruhe gaben. Sie war damals sehr wütend auf ihn gewesen – wahrscheinlich hatte sie übertrieben reagiert.

»Kann ich ihn kennenlernen?«, fragte Reese.

»Natürlich.«

Sie legte ihr Buch auf das Armaturenbrett und stieg aus.

Seth schloss gerade seinen Kofferraum.

»Die Taschen sehen schwer aus«, sagte Reese.

Er drehte den Oberkörper, um über seine Schulter zu sehen, und richtete sich sofort auf. Autumn hatte nicht erwähnt, dass sich jemand zu ihnen gesellen würde. Vielleicht musste sie an ihren kommunikativen Fähigkeiten arbeiten.

Eigentlich absurd, wenn man ihre neue Stelle bei der Erlösergemeinde bedachte.

»Das ist meine Freundin Reese.« Der Nachname blieb ihr im Hals stecken. Sie konnte ihn nicht aussprechen. Sie wollte Seths Blick nicht sehen, wenn sie den Namen sagte. Er würde es unweigerlich erfahren. Reese war nicht einfach nur Reese, sondern Reese Elliott, die Tochter von Vivian, der Frau, die auf dem Thron von Autumns fixer Idee saß. In diesem Augenblick, bevor sie Anna Montgomery trafen und Seth bereitstand, um ihnen zu helfen, würde sie jedoch einfach Reese sein. »Sie hilft uns mit den Kindern, während wir das Interview machen.«

Seth gab Reese die Hand.

»Letzte Woche war eine Reporterin bei uns in der Schule, weil wir ein Projekt über aktuelle Nachrichten machen. Sie war von WMAQ.«

Er wippte auf den Fersen und warf Autumn einen fragenden Blick zu. *Woher weiß diese Reese von meiner Verbindung zu WMAQ?* Autumn merkte, dass Seth den Artikel, der Reese diese Information geliefert hatte, gar nicht mehr auf dem Schirm hatte. Und in seinem Blick sah sie, zu welchem Schluss Seth kam. Er dachte, Autumn hätte auf dem Weg hierher über ihn geredet.

»Sie hat mir ihre Visitenkarte gegeben«, sagte Reese. »Sie heißt Mandy Prescott.«

»Ich habe ein paar Stories mit Mandy zusammen gemacht. Autumn hat auch mit ihr gearbeitet.«

»Echt?«

Autumn nickte. Damals, als zu ihrem Leben noch Pressekonferenzen gehört hatten, war sie mehrmals beruflich mit Mandy zusammengetroffen. Sie war eine regelrechte Bulldogge, wenn es um eine Story ging. Autumn wusste das aus eigener Erfahrung, weil Mandy sich auf sie gestürzt hatte, kaum dass Autumn aus dem Koma erwacht war.

»Wenn ich groß bin, möchte ich Nachrichtensprecherin bei *Good Morning America* werden.«

»Ich dachte, du willst Schriftstellerin werden.«

»Ich kann Schriftstellerin *und* Nachrichtensprecherin sein.« Reese wandte ihre Aufmerksamkeit wieder Seth zu. »Glauben Sie, die könnten unser Video in den Nachrichten zeigen?«

»Wir können es versuchen. Wenn Mandy dir ihre Visitenkarte gegeben hat, hast du bestimmt auch ihre E-Mail-Adresse. Sie ist immer an einer guten Story interessiert.«

Es schien beinahe so, als würde Reese diese Information in ihrer Hosentasche verstauen, während sie zu dritt zum Haus gingen.

»Ist alles in Ordnung?«, fragte Seth Autumn.

»Ja. Warum?«

»Du fröstelst.«

Autumn rieb sich die Arme.

Sie hatten die Hälfte des Weges zum Haus zurückgelegt, als die Eingangstür sich öffnete.

Anna Montgomery trat auf die Veranda hinaus. Sie sah kleiner aus, als ihre Facebook-Bilder vermuten ließen. Im wahren Leben war sie eine zerbrechliche, zierliche Frau mit dunklen Ringen unter den schokoladenbraunen Augen und einem rotwangigen Baby auf der Hüfte. Die Kleine hieß Lilian Grace und würde ohne jede Erinnerung an ihren Vater aufwachsen. Anna war schwanger gewesen, als Daniel ums Leben gekommen war. Angesichts dieser Ungerechtigkeit hatte sich in Autumn alles zusammengekrümmt, als sie zum ersten Mal davon gelesen hatte.

Diese Ungerechtigkeit hatte dazu geführt, dass Autumn Annas Schwangerschaft verfolgt und die Tage gezählt hatte. Als der Geburtstermin näher kam, hatte sie jede Nacht in einem imaginären Kreißsaal verbracht. Sie hatte sich selbst dort gesehen, gleich neben Daniel, zwei Phantome in der Ecke, während Anna ganz allein ein gesundes Baby zur Welt brachte.

»Danke, dass Sie gekommen sind«, sagte Anna und gab erst Autumn die Hand und dann Seth. Als sie zu Reese kam, wurde ihr Blick weicher. Kannten die beiden einander, so wie Autumn sie kannte? War Anna bewusst, dass Reese eine Mitreisende auf dieser schmerzhaften Reise war, oder war es einfach Reese' Alter, das Anna so reagieren ließ? »Das ist Lily und das hier ist Sam.«

Ein kleiner Junge mit Brille und feinen weißblonden Haaren lugte zwischen den Beinen seiner Mutter hindurch. Sein Name war Samuel John und Anna versuchte verzweifelt, ihm das Daumenlutschen abzugewöhnen. Autumn wusste das, weil Anna diesbezüglich in einem Facebook-Post vor drei Monaten um Rat gebeten hatte. Offenbar hatte nichts geholfen, denn Samuel blickte mit Augen, die durch die verschmierten Brillengläser vergrößert wirkten, zu Autumn auf, den Daumen fest im Mund.

Autumn bemühte sich, ihn anzulächeln. Sie versuchte krampfhaft, sich an dem neuen Gefühl von Lebenssinn festzuhalten, das im Laufe des Wochenendes in ihr aufgestiegen war. Aber der Sinn ließ sich nicht festhalten. Sie konnte einfach keinen Sinn darin sehen – nicht in dem zu frühen Tod von Daniel Montgomery, nicht in Annas Witwendasein, nicht darin, dass diese kleinen Kinder ohne einen Vater aufwuchsen.

Das Haus roch innen ebenso schön, wie es aussah – nach frischer Wäsche mit einem Hauch Zitrone.

Anna führte sie durch das weite, offene Foyer in den großen Raum dahinter, während das Baby an ihrer Halskette nuckelte und ihr Sohn ihr auf dem Fuß folgte und dabei Autumn und Seth misstrauische Blicke zuwarf.

»Ich dachte, wir unterhalten uns hier drinnen, weil es hier viel natürliches Licht gibt.«

»Das ist perfekt«, nickte Seth und sah zu den Oberlichtern hinauf.

Anna legte das Baby bäuchlings mitten auf den Boden. Das kleine Mädchen drückte sich auf Hände und Knie hoch und wiegte sich hin und her, so als wollte es sich fürs Krabbeln aufwärmen, für das sie noch nicht ganz bereit war. Der Junge hockte sich vor seine Schwester, legte den Kopf schief und machte ein Geräusch wie ein Affe.

Das Baby fing an zu kichern.

Autumn konnte den Blick nicht abwenden. Diese Begegnung war beunruhigend anders als ihr Treffen mit Ina May, einer Frau, die vom Alter gebeugt und am Ende ihres Lebens angekommen war. Anna stand mit beiden Beinen mitten im Leben, mit zwei Kindern, die gerade erst die Startlinie des Lebens hinter sich gelassen hatten. Autumn warf Reese einen verstohlenen Blick zu.

»Kann ich Ihnen etwas zu trinken anbieten?«, fragte Anna. »Wasser oder Saft? Limonade?«

Autumn und Seth lehnten dankend ab.

Und dann, ohne dass sie dazu hätte aufgefordert werden müssen, setzte Reese sich im Schneidersitz auf den Boden und fing an, mit dem Baby *Backe, backe Kuchen* zu spielen.

Autumn atmete erleichtert aus. Erst da wurde ihr bewusst, dass sie die Luft überhaupt angehalten hatte. Sie nahm an einem Ende des Sofas Platz. Ihre Füße fühlten sich kalt an.

»Ich bin noch nie gefilmt worden.« Anna fingerte an dem Saum ihrer Bluse herum. »Ich bin ein bisschen nervös.«

»Sie machen das schon«, sagte Seth mit seinem freundlichsten, Mut machendsten Lächeln. »Sie sprechen einfach mit Autumn. Ignorieren Sie die Kameras. Wenn Sie sich verzetteln, fangen wir einfach noch mal an.«

»Das klingt gar nicht so schwierig.«

Seth drückte Autumns Schulter und baute eine zweite Kamera auf, um einen anderen Blickwinkel zu haben, während Reese mit den Kindern in einen offenen Spielbereich ging – weit genug entfernt vom Mikrofon, aber nahe genug, damit Sam seine Mutter sehen konnte.

Reese zog das Baby auf ihren Schoß und klopfte auf die Stelle neben sich. Der Junge kroch näher, in der Hand ein großes Papp-Bilderbuch, und dabei rutschte die Brille ein Stück seine Nase hinunter. Als Reese die erste Seite aufschlug, schob er die Brille wieder nach oben.

Seth bildete über Annas Kopf hinweg lautlos die Worte *Es kann losgehen.*

Autumn klemmte die feuchten Hände zwischen ihre Knie. »Erzählen Sie mir doch erst einmal ein bisschen von sich.«

»Ich heiße Anna Montgomery. Ich bin achtunddreißig Jahre alt.« Sie sah zu ihren Kindern hinüber und ein Lächeln huschte über ihr Gesicht – ein Lächeln, das wahrscheinlich immer einen Anflug von Traurigkeit enthalten würde. »Ich habe zwei Kinder. Sammy ist zweieinhalb und Lilian ist letzte Woche acht Monate geworden.«

»Sie sind total süß«, sagte Autumn.

»Sam sieht genauso aus wie sein Dad.«

Autumn schluckte. »Wollen Sie mir ein wenig über Ihren Mann erzählen?«

»Wo soll ich da anfangen?«

»Sie könnten mit seinen Namen anfangen. Und wie Sie beide sich kennengelernt haben.«

»Er hieß Daniel. Wir sind uns im College begegnet. Ich war im ersten Studienjahr, er hatte schon seine Zwischenprüfung hinter sich.« Ihre Stimme brach. »Es tut mir leid. Ich bin heute ein bisschen emotional. Wahrscheinlich, weil ich nervös bin.«

»Das ist in Ordnung.«

Anna hatte allen Grund, emotional zu sein.

Sam kletterte zu seiner Schwester auf Reese' Schoß, gefesselt von etwas auf der Buchseite, worauf sie zeigte.

»Wir haben in dem Sommer nach seinem Abschluss geheiratet. Mit den Kindern haben wir uns Zeit gelassen. Erst wollten wir eigentlich gar keine Kinder haben. Aber dann haben wir unsere Reisen gemacht und Daniel hatte sich in seinem Job eingerichtet und wir fanden beide die Kinder seiner Schwester so süß, also dachten wir, warum versuchen wir es nicht auch? Aber es funktionierte nicht. Und je länger wir nicht schwanger wurden, desto mehr wollten wir es. Nach zwei IVF-Behandlungen wurde Sammy geboren und dann war Daniel nicht mehr zu halten. Er wollte noch mindestens vier weitere Kinder. Lilian war ein eingefrorener Embryo. Ein weiteres befruchtetes Ei ist noch eingelagert.«

Autumn blinzelte und versuchte, ein Pokerface aufzusetzen wie Jeannie True.

Das war etwas, das sie auf Facebook nicht erfahren hatte. Es war zu merkwürdig, als dass es in Daniels Nachruf gestanden hätte.

»Er war Geschäftsführer von Montgomery Enterprise. Ich bin nicht sicher, ob Sie davon gehört haben. Es ist eine ziemlich große Firma, die sein Großvater gegründet hat. Sein Dad wollte den Job nie, also war es Daniel, der die Rolle übernahm. Mein Mann war ein sehr guter Geschäftsmann. In seinem Büro hängen mehrere Auszeichnungen, wenn Sie die sehen wollen.«

Autumn warf Seth einen Blick zu, und als er nickte und eine der Kameras auf seiner Schulter platzierte, stand sie auf. Sie folgten Anna den Flur hinunter in das Arbeitszimmer von Mr Montgomery.

Gerahmte Urkunden und Plaketten hingen an einer der Wände. Eine andere war mit Fotografien geschmückt. Daniel und Anna, die taten, als würden sie den schiefen Turm von Pisa abstützen. Daniel und Anna vor diesem Haus, sein Arm um ihre Taille gelegt. Daniel und Anna mit einem Baby im Arm, das in eine hellblaue Decke gewickelt war. Daniel bei einem Spiel der Cubs mit einem kleinen Jungen auf den Schultern. Und dann Anna mit Samuel und seiner neuen kleinen Schwester in einem Krankenhausbett.

Auf dem Bild war Daniel nicht.

Autumn fühlte sich unwiderstehlich angezogen. Sie stand vor

dem Foto und konnte den Blick nicht abwenden. »Wie haben Sie das geschafft?« Die Worte waren beinahe geflüstert und schwebten im Raum.

Wie hatte diese Frau nach so viel Tod ein neues Menschenleben in die Welt setzen können? Wie konnte sie das Krankenhaus verlassen und ihre Kinder versorgen? Wie setzte sie jeden Tag wieder einen Fuß vor den anderen? Autumn wandte sich um, händeringend auf der Suche nach einer Antwort. »Wie haben Sie es geschafft weiterzumachen?«

Seth trat verlegen von einem Fuß auf den anderen.

Anna berührte ihre Halskette.

»Eine Zeit lang konnte ich es nicht«, sagte sie schließlich. »Meine Eltern mussten sich um die Kinder kümmern. Jeder Tag war dunkel. Und dann, eines Tages ... da ist Sammy in mein Bett geklettert und hat etwas Lustiges gesagt und gelacht. Ich weiß nicht. Da ist wohl irgendwie das Licht wieder angegangen.«

Es war still.

Nichts war zu hören außer Reese, die am anderen Ende des Ganges den Kindern vorlas. Ihre Stimme drang zu ihnen herüber, das einzige Geräusch im Raum.

»Als wir geheiratet haben, hatten wir kaum Geld. Daniels Familie war sehr wohlhabend, aber sie hielten nichts von Almosen. Wir beide wohnten in einem winzigen Apartment.« Anna lachte leise. »Bei unserer allerersten Verabredung hatte er zwei kitschige Messingkerzenständer bei einem Gebrauchtwarenladen erstanden. Er hatte Brote mit Erdnussbutter und Marmelade gemacht und ist mit mir zu einem Picknick in den Park gegangen. Aber er hatte nicht den Wetterbericht gelesen. Am Ende haben wir bei strömendem Regen und Kerzenschein unter einer Brücke gegessen.«

Es war eine schöne Erinnerung.

Eine, die Autumn das Herz zusammenzog. Seth war bisher ihr einziger richtiger Freund gewesen und er war jemand, der alles genau plante. Sie wären nie vom Regen überrascht worden, weil Seth auf seinem Smartphone eine Regenradar-App hatte. Bei den ersten Hinweisen auf einen Schauer hätte er einen Regenschirm eingepackt.

»Ich habe überlegt, von welchen Erinnerungen ich erzählen möchte. Zum Beispiel von dem Tag, als er mir den Heiratsantrag gemacht hat, oder von dem Tag, an dem Samuel geboren wurde. Aber am meisten denke ich an die kleinen Augenblicke. Wie er Sam am Bauch gekitzelt und mit dem Mund Geräusche gemacht hat.

Einmal, nachdem Sam seine erste Mittelohrentzündung einigermaßen überstanden hatte, musste Daniel fast jeden Abend in der Woche lange arbeiten und wir haben uns gegenseitig angegiftet. Am Samstagmorgen hatten wir einen schlimmen Streit. Ich weiß nicht einmal mehr, worum es ging; ich weiß nur, dass es so ein Streit war, der sich immer im Kreis dreht und kein Ende findet. Irgendwann hat Daniel mir unseren Sohn aus dem Arm genommen, sein Hemdchen hochgeschoben und ihm auf den Bauch gepustet. Du liebe Güte, Sam hat so sehr gelacht, dass wir uns irgendwann alle vor Lachen gekugelt haben.«

Anna hob eine Hand an ihre Lippen, so als wären die Erinnerung und das Lächeln, das sie hervorrief, etwas sehr Persönliches. Etwas zu Kostbares, um es mit anderen zu teilen.

»Aber das ist das Leben, nicht wahr? Eine ganze Menge kleiner Augenblicke, die in sich kaum bedeutsam oder lebensverändernd erscheinen, aber wenn man zurückblickt …« Sie schüttelte den Kopf. »Ich weiß nicht ... dann werden sie zutiefst wundervoll.«

26. Kapitel

Dienstag, 9. Mai 2017

Entscheidend ist eigentlich nicht, den »Grund« zu finden, warum einem Menschen ein Unglück widerfährt. Das »Warum«, das eine Antwort verlangt, ist der Grund weiterzuleben und weiterzuwachsen, obwohl sich eine Krise ereignet hat.
(Suzanne Deggs-White, aus einem Online-Artikel über Schuldgefühle von Überlebenden)

Für Anna Montgomery waren ihre Kinder dieser Grund.

Das Baby in ihrem Bauch war einfach weitergewachsen ... bis sich Lilian Grace irgendwann einen Weg herausgebahnt hatte – ob Anna dafür bereit gewesen war oder nicht. Ein Menschenleben, das in eine Zeit der Trauer hineingeboren wurde. Aber der kleine Mensch musste gefüttert und angezogen und gewiegt und versorgt werden genau wie der große Bruder Sam.

Früher habe ich von Geschäftigkeit gelebt. Ich hatte während des Tages mit vielen anderen Menschen zu tun und habe abends noch die Geschäftsessen genossen. Ich hatte eine lange Liste beeindruckender Klienten und diesen Klienten stand ich zur Verfügung, wann immer sie meine Hilfe brauchten. Ich war die Königin im Feuerlöschen. Ich war sozusagen die Schadensbegrenzung in Person.

»Es ist, als hättest du einen Motor auf dem Rücken«, sagte meine Assistentin immer.

Und dann war ich ganz stolz gewesen, so als hätte Charlene mir ein Kompliment gemacht.

Ich glaube, Seth war auch stolz darauf.

Dann explodierte der Zug und mein Motor war kaputt.

Ich verwandelte mich in Annas eingefrorenen Embryo.

Ich verwandelte mich in die Leuchtreklame, an der ich vorbeikam, während ich Reese an dem Abend nach Hause fuhr. Anstatt für billige Versicherungen oder Reifen zum Sonderpreis zu werben, blinkte sie in den Worten: Keinen Plan gefunden!

Keinen Plan gefunden!

Inklusive Ausrufezeichen.

Wer auch immer für diese Reklame zuständig war, hatte nicht programmiert, was es zu bewerben galt, und deshalb hatte die leuchtende Anzeige sich in ein langweiliges Weißgelb mit langweiligen schwarzen Buchstaben verwandelt, die besagten: Keine Daten gefunden!

Das bin ich. Ich bin diese Leuchtanzeige.

Nur habe ich jetzt einen Plan.

Morgen muss ich wie meine Schwester früh aufstehen, duschen, etwas anderes als Jogginghosen anziehen und zu meinem ersten Arbeitstag in der Erlösergemeinde gehen. Als ich Reese zu Hause abgesetzt habe, hat Paul mir viel Glück gewünscht. Ich habe ihn gefragt, wann wir sein Interview machen können.

»Was für ein Interview?«, hat er gefragt.

»Für das Erinnerungsvideo«, habe ich geantwortet. »Für Vivian.«

Einen kurzen Augenblick lang sah er völlig entsetzt aus.

Ich habe daraufhin nur gestammelt, ich sei davon ausgegangen, dass er auch ein Interview machen würde, weil er Reese erlaubt hatte, bei dem Video zu helfen, und dass es mir leidtue, wenn ich da etwas Falsches angenommen habe.

Mein Gesicht hat so geglüht, dass ich darauf hätte Wachs schmelzen können. Irgendwann unterbrach er mich dann mit einem sehr knappen, sehr unterkühlten: »Am Samstag habe ich Zeit.«

Maud? Ich glaube, ich kriege ein Magengeschwür ...

Vierundfünfzig Minuten. Das war nach Pauls Uhr die Zeit, die er noch hatte, um neue Fußballschuhe für Tate zu kaufen, ein paar Lebensmittel und eine Karte zum Muttertag zu besorgen und nach Hause zu fahren, bevor das Interview stattfand – das Interview, über das er sich seit Dienstag den Kopf zerbrach. Mindestens hundert Mal hatte er Autumns Nummer auf seinem Telefon aufgerufen, um den Termin abzusagen. Aber er hatte es nie getan. Wie konnte er auch?

Welche Ausrede hatte er, sich nicht an einem Erinnerungsvideo zu beteiligen, das seine verstorbene Frau ehrte, erst recht, wo Reese jetzt dabei half? Wenn er Autumn anrief und absagte, würde sie fragen, wann er stattdessen Zeit hatte, und wenn er »Nie« sagte, würden bei ihr die Alarmglocken läuten. Besser war es, die Sache hinter sich zu bringen und nach vorne zu blicken.

Nach vorne blicken.

Etwas, das er unbedingt wollte. Aber jedes Mal, wenn sie einen Schritt nach vorne machten – jedes Mal, wenn ein Sonnenstrahl durch die Wolken lugte –, geschah etwas, das sie in die Vergangenheit zurückriss. Die Wolken verdichteten sich und die Sonne verschwand und dann wälzte er sich nachts wieder schlaflos umher oder träumte von seiner Frau.

»Die mag ich!«, verkündete Tate.

Paul schob seine düsteren Gedanken beiseite. »Hast du vorne noch Platz, damit die Füße wachsen können?«

Tate zog eine Grimasse, während er augenscheinlich mit den Zehen wackelte. »Ja.«

»Gut. Zieh deine Schuhe wieder an, dann können wir gehen.«

Auf halbem Weg zur Kasse sagte Tate, er müsse auf die Toilette. Als er kleiner war, hatte er dann immer den »Töpfchentanz« vollführt, wobei er von einem Bein aufs andere gesprungen war und sich ohne Scham in den Schritt gefasst hatte. Jetzt war er zu alt für den Töpfchentanz, aber wenn er aufs Klo musste, dann sofort.

Sie eilten zur Kasse, während Tate über seine volle Blase jammerte. Die Fußballstollen waren eigentlich viel zu teuer, aber Paul konnte sich den Luxus, nach einem Schnäppchen zu suchen, nicht leisten, deshalb bezahlte er und lenkte seinen Sohn in Richtung Toilette.

Jetzt hatten sie noch neununddreißig Minuten, um die Milch und die Erdnussbutter und die Muttertagskarte zu kaufen, nach Hause zu fahren und sich mit Autumn zu treffen.

Er trieb Tate an.

Als sie gerade bei der Herrentoilette angekommen waren, schwang die Tür auf. Ein Mann kam so schnell heraus, dass Tate mit ihm zusammenstieß.

»Hoppla, Vorsicht …« Die Stimme des Mannes verstummte.

Und eine Millisekunde lang stockte auch Pauls Herz.

Dem Blick des Mannes nach zu urteilen erkannte er Paul genau in dem Moment, in dem Paul ihn erkannte. Sie starrten einander an, fassungslos, als hätten sie beide vergessen, dass der andere existierte – dass sie beide nach Vivians Tod weitergelebt hatten.

Paul hatte ihn seit der Beerdigung nicht mehr gesehen.

Ein Jahr später und der Schock durchfuhr ihn noch genauso wie damals – heiß und heftig. Ihn dort unter den Trauergästen zu sehen, als gehörte er dorthin, am Boden zerstört, hatte Paul beinahe völlig aus der Fassung gebracht. Am liebsten hätte er den Mann an jenem Tag aus dem Saal gezerrt und ihn bedroht, damit er schwor, sich Pauls Familie nie mehr zu nähern. Aber das konnte er nicht. Nicht während Tate an der unbequemen Krawatte zog und Reese blass und stumm dort stand und ein nicht enden wollender Strom namenloser, gesichtsloser Menschen ihr Beileid bekundeten.

Und hier war er wieder. Derselbe Mann, dessen Blick jetzt dieselbe Feindseligkeit zeigte. Als wäre Paul derjenige gewesen, der Vivian getötet hatte, und nicht Benjamin Havels Bombe.

»Kennt ihr euch oder was?«

Tates Stimme holte Paul in die Gegenwart zurück.

Der Kopf seines Sohnes drehte sich von rechts nach links und wieder zurück, immer zwischen Paul und dem Mann hin und her.

Paul legte eine Hand auf den Rücken seines Sohnes. »Nein, tun wir nicht.«

»Ach, komm. Jetzt lüg deinen Jungen nicht an.«

Sein Herzschlag raste. Er sah seinen Sohn an und deutete mit dem Kinn in Richtung Toilette. »Geh schon mal rein, Kumpel.«

Zum Glück war der Druck auf die Blase größer als Tates Neugier. Er stieß die Tür auf und verschwand im Waschraum.

Einige Herzschläge lang standen die beiden Männer einander gegenüber. Eine wortlose Herausforderung, wie es schien. Eine, die Paul nicht annehmen würde. Er trat zur Seite, um dem anderen aus dem Weg zu gehen.

»Süßer Junge«, sagte der Mann. »Bist du sicher, dass er von dir ist?«

Paul Elliott sah rot.

Bis zu diesem Augenblick war es nur eine Redensart gewesen. Ein schlauer Ausdruck, um die Wut eines Menschen zu beschreiben. Aber jetzt traf es buchstäblich zu. Paul sah tatsächlich rot.

Er wurde zum Bullen, den der Instinkt antrieb.

Bevor er nachdenken oder sich beherrschen konnte, holte er mit der Faust aus und schlug dem Mann ins Gesicht.

Autumn drehte ihren Claddagh-Ring um den Finger und versuchte, nicht in Panik auszubrechen, als sie sah, wie Seths Wagen hinter ihr hielt. Bei dem Gedanken an die folgende Vorstellungsrunde brach ihr schon jetzt der kalte Schweiß aus.

Seth, das ist Paul, Vivian Elliotts Mann.

Paul, das ist Seth. Mein Happy End.

Nein, wir sind nicht verheiratet.

Nein, wir werden auch nicht heiraten.

Komisch, wie das Leben so spielt, oder?

Mit einem tiefen, rasselnden Atemzug lockerte sie ihre Schultern und Arme und stieg aus dem Wagen. Seth war bereits ausgestiegen und starrte das Haus an – was er dachte, konnte sie beim besten Willen nicht sagen. Er wusste, wessen Haus es war. Er wusste, wen sie interviewen würden. Sie hatte nur noch nicht erklärt, dass Reese die Tochter von Paul und Vivian Elliott war und drinnen auf sie warten würde.

»Hi«, sagte er.

»Hi«, erwiderte sie.

Dann standen sie dort, unsicher. Es schien unvorstellbar, dass es einmal das Normalste der Welt gewesen war, mit Seth zusammen zu sein. Ihr Schweigen hatte sie früher nicht nervös gemacht. Seths Blicke waren nicht so besorgt gewesen.

»Wie ist der Job?«, fragte er.

»Ein bisschen viel auf einmal.«

Seth lachte. »So ist das bei neuen Jobs meistens.«

Nur dass »ein bisschen« in ihrem Fall untertrieben war. Ihr Büro war der reinste Bienenstock gewesen. Alle möglichen Leute hatten sich ihr vorgestellt und sie hatte gemerkt, dass sie völlig aus der Übung war. Kaum hatte sie versucht, sich mit der Internetseite oder den sozialen Medien der Gemeinde vertraut zu machen oder sich ein gutes E-Mail-Passwort zu überlegen, streckte schon der nächste Besucher den Kopf zur Tür herein.

Eine stämmige Dame mit quietschgelber Bluse, die ihr einen kleinen Topf mit Osterglocken gab. Eine überschwängliche Frau, die für die Frauenarbeit zuständig war. Ein Pastor für Diakonie und Evangelisation, der Birkenstock-Sandalen trug, aus denen haarige Zehen hervorlugten. Ein Schuldirektor, dessen Worte von Sarkasmus trieften und der meckernd lachte. Ein nicht enden wollender Strom von Assistenten und Praktikanten.

»Mir kommt es vor, als könnte ich mich an keinen der Namen erinnern.«

»Das wird sich schnell ändern.« Seth lächelte. »Du kannst so was gut.«

Autumn rieb sich die Hände, weil sie nicht sicher war, was sie mit dem Kompliment anfangen sollte.

Er zog an seinem Ohrläppchen. »Also, die Sache heute wird ein bisschen unangenehm, oder?«

»Stimmt.« Sie wandte sich ihm zu und ihr Herz setzte ein paar Schläge aus. »Du, ich sollte dir besser sagen, dass …«

Die Haustür ging auf, bevor sie ihm etwas sagen konnte.

Reese kam heraus, die Haare ebenso zu einem Pferdeschwanz gebunden wie am Dienstag. »Mein Dad ist noch nicht da«, sagte sie, als sie das Tor öffnete.

»Dein Dad?«, fragte Seth.

Autumn schluckte und presste die Hände fest zusammen. »Reese ist Pauls Tochter.«

Sie beobachtete, wie er die Neuigkeit verdaute. Reese Elliott. Autumn hatte eine Beziehung zu Reese Elliott. Sie konnte förmlich sehen, wie die Fragen sich hinter seiner Stirn bildeten. Wie war es dazu gekommen? Woher kannte sie Vivians Tochter so gut?

»Er ist vor einer Weile mit Tate einkaufen gefahren.« Eine besorgte Falte erschien auf Reese' Stirn und Autumn sah, dass sie Lidschatten trug. Ein mutiges Rauchgrau, das nicht sehr subtil oder geschickt aufgetragen war, aber trotzdem irgendwie funktionierte. Reese hatte unglaublich ausdrucksstarke Augen. »Ich habe versucht, ihn anzurufen, aber er geht nicht ans Telefon.«

Claire hatte Autumn vor mehreren Monaten einmal erzählt, dass sie jedes Mal, wenn Dads Nummer auf dem Display erschien, einen Anflug von Panik empfand. Das war Claires Trauma-Auslöser. Ein Mädchen wie Reese hatte mit Sicherheit auch welche.

»Er kommt bestimmt bald«, sagte Autumn in einem schwachen Versuch, Reese zu beruhigen. »Wir können doch schon mal reingehen und aufbauen, während wir warten, oder?«

Seth sagte nichts, während er im Wohnzimmer seine Ausrüstung auspackte.

Er war verstummt, nachdenklich geworden.

Autumn versuchte, seine grüblerische Miene zu ignorieren. Stattdessen fragte sie Reese nach der Schule und ihren Freundinnen und dem Buch, das sie gerade las, und der Geschichte, die sie schrieb, um sie und sich selbst abzulenken.

Endlich, um viertel nach elf, flog die Gartentür auf und Tate kam hereingerannt. Seine Augen glitzerten vor Aufregung.

»Dad hat jemanden ins Gesicht gehauen!«, verkündete er.

»*Was?*« Reese und Autumn sagten es gleichzeitig.

»Vor der Toilette!« Tate holte aus und boxte in die Luft wie ein kleiner blonder Rocky Balboa, als Paul ins Wohnzimmer geschlurft kam, die Haare völlig zerzaust. Sein Gesicht war blass und angespannt. Die Wut strömte ihm förmlich aus allen Poren.

Reese starrte ihren Vater mit großen Augen an.

Autumn starrte mit großen Augen auf seine roten geschwollenen Handknöchel.

Tate machte keine Witze.

Paul hatte tatsächlich jemanden geschlagen.

Und ein lange verschollener Instinkt sprang an – der früher ganz vertraute Drang, sich nützlich zu machen. Autumn lief in die Küche, als gehörte ihr dieses Haus, öffnete die Tür zum Tiefkühlschrank und zog eine Tüte mit Mais heraus.

»Hier«, sagte sie. »Sie sollten das kühlen.«

Aber Paul nahm den Beutel nicht.

Und Seth hatte er bislang überhaupt nicht beachtet.

»Dad.« Reese' Stimme klang leise und unsicher. »Hast du wirklich jemanden gehauen?«

»Ja, echt!«, rief Tate, ohne zu merken, dass niemand sonst diese Nachricht so cool fand.

Paul wirkte normalerweise ziemlich ausgeglichen. Wenn er einen Mann geschlagen hatte, musste etwas Schreckliches geschehen sein. Jemand hatte eine Frau angegriffen oder versucht, Tate zu entführen. Oder ein psychopathischer Terrorist wie Benjamin Havel hatte eine Waffe gezogen. Autumn stand da mit der Tüte gefrorener Maiskörner in der Hand und spielte in Gedanken all die verschiedenen Szenarien durch, als Paul sich schließlich räusperte.

Er sah von der Kameraausrüstung zu seinen Kindern, die Lippen fest zusammengepresst. »Wir fahren zu Oma.«

»Was?«, rief Reese.

»Ich dachte, wir machen das Interview«, wandte Autumn ein.

»Das kann ich jetzt nicht.« Seine Stimme klang scharf. Seine Worte waren knapp. »Es tut mir leid, aber wir müssen einen neuen Termin machen.«

27. kapitel

»Schlechte Dinge passieren immer am Dreizehnten.«

»Nee.« Tate versuchte, nicht so leichtgläubig zu sein, weil Reese ihn gnadenlos damit aufzog. »Ich bin am Dreizehnten geboren. Das ist nicht schlecht.«

»Kommt drauf an, wen man fragt«, erwiderte Reese.

Paul warf ihr einen düsteren Blick zu, eine deutliche Warnung.

Sie drehte sich auf dem Vordersitz zu ihrem Bruder um. »Erinnerst du dich daran, wann Edward gestorben ist?«

»Er hieß Luigi.«

Luigi war Tates erstes Haustier gewesen. Ein braun-weißer Hamster. Eine Woche, nachdem sie ihn aus dem Zoogeschäft abgeholt hatten, hatte Luigi Tate in den Daumen gebissen und Reese hatte angefangen, ihn Edward zu nennen nach dem beliebtesten Vampir in der Twilight-Serie. Jedes Mal verteidigte Tate den kleinen Nager, obwohl der Biss eine blutende Wunde verursacht hatte.

»Also gut. Luigi. Weißt du noch, wann er gestorben ist?«

Paul blickte in den Rückspiegel und sah, wie Tate langsam und misstrauisch den Kopf schüttelte.

»Am dreizehnten Dezember. Und weißt du noch, wann unser Direktor seinen Herzinfarkt hatte?«

Einen *leichten* Herzinfarkt. Der Direktor hatte einen leichten Herzinfarkt gehabt.

»Am dreizehnten Oktober. Und jetzt rate mal, was heute für ein Tag ist.«

»Der dreizehnte?«, fragte Tate.

Reese nickte heftig. »Und Dad hat Autumn den Kopf abgerissen.«

»Ich habe ihr nicht den Kopf abgerissen.«

»Hast du wohl.« Reese drehte sich wieder nach vorne, die Arme verschränkt, die Augenbrauen hochgezogen. »Wenn ich jemanden so behandelt hätte, dann würde ich Hausarrest bekommen.«

»Wenn ich jemand ins Gesicht boxen würde«, fragte Tate von hinten, »würdest du mir dann auch Hausarrest geben?«

»Dann wäre er aber ein Heuchler.«

»Reese, es reicht.«

Sie zuckte mit den Schultern, so als müsste sie auch gar nichts mehr sagen – sie hatte ihre Ansicht ja schon zur Genüge kundgetan –, und verbrachte dann den Rest der Fahrt damit, ihm aus dem Augenwinkel verstohlene Blicke zuzuwerfen. Paul hätte ihr am liebsten ein Taschentuch gegeben und ihr gesagt, dass sie das graue Zeug von ihren Augenlidern wischen sollte. Wo hatte sie das überhaupt her?

Wahrscheinlich geklaut.

Pauls Knöchel pochten vor Schmerzen.

Er hatte keine Ahnung, was in ihn gefahren war. Wie hatte er einfach ausholen und jemanden schlagen können? Und auch nicht leicht, sondern ganz plötzlich und hart und aus heiterem Himmel, sodass er den Mann zu Boden gestreckt hatte.

Sorge und Reue ballten sich in seinem Magen, als er daran dachte, wie der Typ sich mit der Hand das Kinn gerieben und Paul mit einer Mischung aus Schock und Hass angesehen hatte. Dieser Mann, der die Macht hatte, Pauls Karriere zu ruinieren, die Macht, seinen Kindern wehzutun. Bevor er die Chance gehabt hatte aufzustehen und zurückzuschlagen, hatte Paul seinen Sohn gepackt – der mit offenem Mund dagestanden hatte, das Hemd nur halb in die Hose gesteckt – und aus dem Laden gezogen. Es war ihm egal gewesen, dass Tate seine neuen, teuren Fußballschuhe auf der Toilette hatte liegen lassen.

Was war, wenn der Typ die Polizei rief?

Was, wenn Paul wegen eines tätlichen Angriffs verhaftet wurde?

Was wäre, wenn die Wahrheit, die er so krampfhaft zu verbergen versucht hatte, jetzt ans Tageslicht käme – zusammen mit einem polizeilichen Erkennungsfoto von ihm in der Zeitung? Wurden diese Bilder überhaupt an die Zeitung gegeben? Es kam ihm so vor ...

Die ganze Situation schrie förmlich nach einem Beruhigungsmittel.

Paul fuhr in die Einfahrt zum Haus seiner Mutter und legte die Parkposition ein. Am liebsten hätte er den Kopf aufs Lenkrad gelegt und sich in Luft aufgelöst. Er wünschte sich sehnlichst, dieser ganze Vormittag wäre nur ein schrecklicher Albtraum und er würde bald daraus erwachen. Aber Tate sprang aus dem Wagen und rannte zur Haustür und Reese seufzte laut, als wollte sie sagen: »Dann wollen wir mal«, und stieg dann ebenfalls aus. Er hatte keine Wahl. Er zwang sich, den beiden zu folgen, wobei er sich vorwärtsschleppte wie ein Mann ohne jede Kraft. Er hatte sein ganzes Adrenalin im Sportgeschäft verströmt.

Tate klopfte kurz und riss dann die Tür auf.

»Halt, Tate! Deine Großmutter erwartet uns nicht.«

Aber es war zu spät.

Tate war bereits im Haus verschwunden und Reese folgte ihm. Paul eilte den Weg hinauf.

Drinnen saß Pop in seinem Sessel, seinen Rollator in der Nähe, und massierte seine Knie mit altersfleckigen Händen. Als Kind hatte Paul gedacht, diese Hände wären groß genug, um die ganze Welt zusammenzuhalten. Jetzt waren sie knorrig und arthritisch.

Mom kam aus der Küche, einen Teller mit Essen in der Hand, und ihre Augen weiteten sich erfreut, als sie sah, dass sie in dem schmalen Flur standen. »Was für eine schöne Überraschung! Ist das mein Muttertagsgeschenk, nur einen Tag früher?«

»Dad hat einen Typen ins Gesicht geschlagen!«

Paul schloss die Augen.

Warum war er nur hierhergekommen? Vorhin war es sein oberstes Ziel gewesen zu fliehen. Vor den Kameras in seinem Wohnzimmer. Vor der Frau mit dem gefrorenen Mais und dem Mann, der ihn neugierig beobachtete. Aber hierherzukommen, war wahrscheinlich nicht der klügste Schachzug gewesen.

»Paul?«

Er öffnete die Augen.

Mom stand dicht vor ihm, den Kopf ein wenig zur Seite geneigt.

»Es war nichts«, sagte er.

Aber das stimmte nicht. Es war eine große Sache. *Einfach stehen lassen.* Warum war er nicht einfach gegangen? Hatte Pop ihm das als Kind nicht beigebracht? »*Wenn dich jemand provoziert, sei ein Mann und lass ihn einfach stehen. Man schlägt niemanden, wenn der andere nicht zuerst zuschlägt.*«

Warum hatte er Pops Rat nicht befolgt?

Reese streifte ihre Schuhe ab und setzte sich aufs Sofa. »Wir sollten das Interview für unser Erinnerungsvideo machen. Die Kameras waren aufgebaut und alles. Aber Dad hat Autumn den Kopf abgerissen.«

»Ich habe niemandem den Kopf abgerissen.«

Mom stellte den Teller auf einen Servierwagen und schob ihn vor Pops Sessel, ohne ihren besorgten Blick von Paul abzuwenden.

»Geht doch nach draußen, Linda«, sagte Pop und scheuchte sie fort. »Rede mit meinem Enkel, während ich mich mit den beiden kleinen Gaunern hier amüsiere.«

»Nicht nötig, Pop. Mir geht es gut.«

»Du glaubst, ich mache das für dich?«, knurrte er.

Paul warf seiner Mutter einen Blick zu. Sie war blass geworden.

»Es ist schön draußen, genieß das Wetter, Junge. Und lass uns in Ruhe Baseball gucken.« Die Chicago White Sox spielten gerade gegen die Houston Astros. Pop zog den Servierwagen näher und gab Tate eine Fritte, sodass Paul nichts anderes übrig blieb, als zu gehorchen.

Er öffnete die Tür und wartete, bis seine Mutter hinausgetreten war, dann setzte er sich auf die Veranda vor dem Haus, die Ellbogen auf die Knie gestützt.

Mom nahm vorsichtig seine verletzte Hand. »Du brauchst Eis.«

Nein, brauchte er nicht.

Er brauchte seinen eigenen Therapeuten. Er brauchte Gott, der die Erinnerungen an Vivian – die guten und die schlechten – einfach wegwischte. Wenn der Typ sich doch nur mit einem Schlag an den Kopf revanchiert hätte! Paul wäre über eine Amnesie froh gewesen.

»Ich verstehe das nicht«, sagte Mom. »Du hast noch nie gegen jemanden die Hand erhoben. Du tust doch eigentlich keiner Fliege etwas zuleide.«

»Du vergisst den Zwischenfall mit den Weberknechten.« Bei dem sein großer Bruder Brandon ihn herausgefordert hatte, einer Spinne die Beine auszureißen. Als Paul Nein gesagt hatte, hatte Brandon ihn einen Feigling genannt. Er hatte sich überwunden, dem Tier ein Bein auszureißen, und war dann nach oben gerannt und hatte seine Zimmertür zugeknallt.

»Du hattest wochenlang ein schlechtes Gewissen«, sagte Mom.

Paul vergrub die Finger seiner unverletzten Hand in seinen Haaren.

»Willst du mir nicht erzählen, was passiert ist?«

»Lieber nicht.«

»Paulie.«

»Ich weiß nicht, Ma. Der Typ war …« Der Liebhaber meiner Frau, bevor sie starb. Wie konnte er diese Worte aussprechen? Er presste die Handballen auf seine Augen. »Er hat Tate angepöbelt.«

Die Notlüge kam so mühelos über seine Lippen, dass es beunruhigend war.

»Tate angepöbelt? Warum sollte ein Fremder Tate angreifen?«

»Glaub mir, ich fand es auch nicht lustig.«

»Wenn ein erwachsener Mann einen kleinen Jungen anpöbelt, finde ich, solltest du die Polizei rufen.«

»Und mich selbst anzeigen wegen Körperverletzung?«

»Erzähl ihnen, was passiert ist. Sie werden auf deiner Seite sein.«

»Schon gut. Wir brauchen nicht die Polizei zu rufen.«

Es sei denn, die Polizei war schon gerufen worden. Was sollte er machen, wenn er nach Hause fuhr und ein Streifenwagen vor dem Haus parkte und auf ihn wartete? Was würden seine Kinder tun, wenn der Polizeibeamte anfing, ihm seine Rechte vorzulesen? Bei seinem Pech war es wahrscheinlich Autumns Dad und Tate würde ihm Löcher über seine Arbeit in den Bauch fragen.

»Ich weiß nicht, was mit mir los ist. Ich weiß nicht, warum ich so wütend wurde.« Es war, als wäre diese Wut immer da gewesen, gleich unter der Oberfläche, und hätte auf die geringste Gelegenheit gelauert auszubrechen. »Ich glaube, ich verliere den Verstand.«

»Wut gehört zum Trauerprozess dazu, Liebling.«

Ihre Worte krochen unter seine Haut und hinterließen hässliche Kratzer. Seine Situation war viel komplizierter als einfache Trauer.

»Zusätzlich bist du ein berufstätiger alleinerziehender Vater mit einer Tochter, die am Anfang der Pubertät steht, und einem Sohn, der viel Energie hat. Kein Wunder, dass du da verrückt wirst. Du arbeitest so fleißig. Du willst für alle da sein. Jede Verletzung heilen. Aber du kannst dich nicht in Stücke reißen.«

»Reden wir gerade von mir oder von dir?«

Mom lächelte mütterlich. »Du warst schon immer so besessen. Sogar als Junge warst du so. Du brauchst eine Auszeit. Du musst dich erholen. Du musst dich entspannen und etwas nur zum Spaß machen.«

Er lachte. Sich entspannen und etwas nur zum Spaß machen? Er wusste gar nicht mehr, wie das ging.

»Warum lässt du die Kinder heute Nacht nicht hier schlafen?«

»Auf keinen Fall.«

»Warum nicht?«

»Morgen ist Muttertag.«

»Noch ein Grund mehr. Wie könnte ich besser feiern, als morgens als Erstes meine wunderbaren Enkel zu sehen?«

»Ich lade nicht am Vorabend zum Muttertag meine Kinder bei dir ab. Erst recht nicht, wenn du mit Pop schon alle Hände voll zu tun hast.«

»Paulie, meine Enkel sind mir keine Last. Hör auf, es so darzustellen. Sie halten mich jung. Sie halten Pop jung. Wir würden sie wirklich gerne nehmen. Wir machen Popcorn und gucken einen Film. Und morgen früh mache ich Zimtschnecken. Dann kommst du nach dem Gottesdienst rüber, so wie du es sowieso vorhattest – gut ausgeruht und in bester Laune, um mich zu verwöhnen. Es wird für uns alle ein Gewinn sein.«

Er holte tief Luft und atmete dann hörbar aus. »Ich weiß nicht. Vielleicht hast du recht.«

»Natürlich habe ich recht.« Mom schob ihren Arm durch seinen und lehnte den Kopf an seine Schulter. »Ich bin deine Mutter.«

28. kapitel

In der dunklen Stille stützte Paul die Ellbogen auf seine Knie und vergrub das Gesicht in den Händen. Als er nach Hause gefahren war, um eine Übernachtungstasche für Reese und Tate zu holen, hatte kein Streifenwagen auf ihn gewartet. Aber das bedeutete nicht, dass er frei atmen konnte. Es bedeutete nicht, dass der Typ sich nicht an die Medien wandte oder etwas über ihre Begegnung auf Twitter verbreitete.

Seine Mutter hatte ihn ermahnt, sich zu entspannen und das Leben zu genießen.

Stattdessen war Paul ins Büro gefahren – in der Hoffnung, die seltene freie Zeit nutzen zu können, um E-Mails zu beantworten und Papierkram zu erledigen. Aber die vielen Worte verschwammen vor seinen Augen, seine Gedanken rasten im Kreis und so sehr er sich auch bemühte, konnte er doch nicht aufhören, auf Twitter nachzusehen und sich für all die verschiedenen Möglichkeiten zu wappnen, wie die Nachricht in 140 oder weniger Zeichen öffentlich gemacht werden könnte.

Irgendwann hatte er aufgegeben. Er hatte sein Handy im Wagen gelassen und war hierhergekommen – in den dunklen, leeren Kirchenraum. Verzweifelt auf der Suche nach einem bisschen innerem Frieden, aber den fand er nicht. Jedes Mal, wenn er die Augen schloss, sah er Vivian vor sich, die ihn auf dieselbe Weise zu sich lockte, wie sie es in seinen Träumen immer tat, in denen er nie zu ihr gelangen konnte. Die Sehnsucht. Die Verzweiflung. Die Wut und die Schuldgefühle. Das alles dehnte sich jetzt in ihm aus und machte eine Flucht unmöglich.

Er rieb sich die Augen mit den Handballen. Seine Knöchel schmerzten. Er hatte sie immer noch nicht mit Eis gekühlt trotz

Moms Rat. Und dem von Autumn – der Frau, der er den Kopf abgerissen hatte, so sehr er sich auch weigerte, es zuzugeben.

Autumn war in ein Unwetter geraten und hatte nichts getan, außer pünktlich zu erscheinen, und er hatte sie angeknurrt wie ein tollwütiger Hund. Er hatte sich nicht einmal die Mühe gemacht, den Kameramann zu begrüßen, der in seinem Wohnzimmer stand. Er war ausgesprochen unhöflich gewesen.

Vielleicht war das das Problem. Der Vers aus dem Matthäusevangelium wurde in seinem Leben Wirklichkeit – der, in dem stand, dass man sich erst mit seinem Bruder versöhnen soll, bevor man in Gottes Gegenwart kommt. Autumn hatte eine Entschuldigung verdient und er musste diesen schrecklichen Tag damit beenden, dass er wenigstens eine richtige Entscheidung traf.

Paul trat in die laue Nacht hinaus.

Die Luft war feucht und roch nach Petrichor.

Er hatte von diesem Phänomen einmal in einer naturwissenschaftlichen Zeitschrift gelesen. So hieß der Duft, den die warme trockene Erde verströmte, wenn der Sommerregen darauffiel, oder auch kurz davor.

Zum Glück gelangte er zu Autumns Wohnung, bevor der Regen tatsächlich einsetzte. Und als er ankam, verließ gerade jemand das Haus, sodass er zur Haupteingangstür hineinschlüpfen konnte. Er betrat das Treppenhaus, fuhr mit dem Aufzug in den vierten Stock und klopfte an ihre Tür.

Wenige Sekunden später öffnete sie sich.

Doch anstatt einer zierlichen Frau mit rotbraunen Haaren stand auf der anderen Seite ein großer, stämmiger Kerl mit kräftigen Oberarmen und einer Dose Bier in der Hand.

Paul trat zurück und sein Blick huschte zu der Wohnungsnummer an ihrer Tür. »Tut mir leid, ich habe wohl die falsche –«

»Wollen Sie zu Autumn?«

»Ja.« Er zog das Wort in die Länge, weil er unsicher war.

Der große Mann rief ihren Namen über die Schulter und öffnete dann die Tür ein Stück weiter. »Wollen Sie reinkommen?«

»Ist schon gut.«

Autumn erschien unter seinem Arm im Türrahmen, einen Laufschuh in einer Hand. Als sie ihn sah, erstarrte sie. »Was machen Sie denn hier?«

»Ich wollte nur … äh.« Paul stotterte für gewöhnlich nicht. Und er war auch nicht zu stolz, um sich vor Publikum zu entschuldigen. Aber er fühlte sich irgendwie vorgeführt. Woher sollte er wissen, ob Autumn ihrem Freund nicht gerade erzählt hatte, was für ein Schuft Paul Elliott war?

»Wer ist es denn?«, rief eine andere Stimme.

Eine weibliche Stimme.

Und dann erschien die Stimme. Sie gehörte einer jungen Frau, die Autumn in Wuchs und Statur gleich war, nur dass sie braune Haare hatte und keine roten.

Autumn schob schnell den Fuß in ihren Schuh. »Ich wollte gerade los. Wir können draußen reden.«

Bevor die Frau mit den großen Augen oder der ungewöhnlich große Mann noch mehr Fragen stellen konnte, trat sie auf den Korridor hinaus und zog die Tür vor der Nase der beiden zu.

Draußen vor dem Haus fuhr ein starker Wund durch seine Haare. »Es tut mir leid, dass ich unangemeldet vorbeikomme. Ich wollte Sie nicht stören.«

»Sie haben mich nicht gestört.« Autumn ging in die Hocke, um die Schnürung ihres Laufschuhs zu justieren. Als sie sich aufrichtete, waren ihre Wangen gerötet und ihre Augen groß. Wahrscheinlich wegen seines plötzlichen Erscheinens. »Ich habe nur eine Ausrede gesucht, um rauszukommen. Meine Schwester und ihr frisch Verlobter können echt widerlich sein.«

Ah. Der große, stämmige Mann war also Autumns zukünftiger Schwager. »Wohnen die beiden bei Ihnen?«

»Claire schon. Trent nicht. Er hat seine eigene Wohnung, aber das vergessen sie gerne.« Sie blickte zum Fenster ihrer Wohnung hinauf und die Röte in ihren Wangen nahm zu. »Sollen wir spazieren gehen? Meine Schwester beobachtet uns wahrscheinlich gerade.«

»Gerne.«

Sie setzten sich in Bewegung, während schwarze Wolken über den Himmel zogen und die dunkle Weite noch dunkler machten. Ein warmer Windstoß schob Paul von hinten an und eine angespannte Stille hing zwischen ihnen. Spürte sie es auch? Oder ging es nur ihm so? »Ich wollte mich wegen vorhin entschuldigen. Dafür, dass ich so unhöflich zu Ihnen und Ihrem Freund war.«

»Oh.«

»Reese sagt, ich hätte Ihnen den Kopf abgerissen.«

»Ist schon in Ordnung.«

»Nein, ist es nicht«, erwiderte er. »Es tut mir leid, dass ich Sie so behandelt habe und dass ich in letzter Sekunde abgesagt habe.«

Sie gingen um eine Straßenecke und dann immer weiter. Autos fuhren vorbei, aber die Gehwege waren menschenleer. Was immer sich auf dem Wetterradar zusammenbraute, musste alle in ihre Häuser gescheucht haben.

»Wie geht es Ihrer Hand?«, fragte sie.

Paul schüttelte sie aus und machte dann eine Faust. Auf der Highschool hatte er eine Freundin gehabt, die einmal einen Knutschfleck auf seinem Hals hinterlassen hatte. Es war ihm unendlich peinlich gewesen, seiner Mutter unter die Augen zu treten, so wie es ihm unendlich peinlich sein würde, seine Familie morgen zu sehen mit Blutergüssen an seinen Fingerknöcheln. »Einigermaßen.«

Er wartete darauf, dass sie weitere Fragen stellte. Zum Beispiel, warum er in dem Sportgeschäft einen Mann niedergeschlagen hatte. Es wäre eine verständliche Frage, aber Autumn stellte sie nicht.

Er schob die Hände in die Hosentaschen. »Wie läuft es bei der Erlösergemeinde?«

»Gut. Alle sind sehr nett.«

»Mitch stellt nur nette Leute ein.«

»Sobald ich mich einigermaßen zurechtgefunden habe, können wir anfangen, an der Kampagne zu arbeiten.«

»Oh. Klar.« Seine Antwort kam mit Verzögerung nach einer steifen Pause.

»Mitch hat erlaubt, dass wir das Erinnerungsvideo in der Kirche zeigen. Diese Frau, Ina May Huett, hat vorgeschlagen, dass wir es alle gemeinsam anschauen.« Selbst im Dunkeln konnte er sehen, dass sich ihre Wangen immer mehr röteten, so als fände sie jedes Wort peinlicher als das letzte. »Sie sollten sich Freitag, den dreiundzwanzigsten Juni, im Kalender eintragen.«

»Das mache ich.«

»Wo sind eigentlich Ihre Kinder?«, sagte sie plötzlich, als wollte sie das Thema wechseln.

»Bei meiner Mom.« Paul rieb sich den Nacken. »Morgen ist Muttertag und aus irgendeinem Grund tut sie mir einen Gefallen.«

Sie gingen schweigend die nächsten ein, zwei Häuserblocks entlang.

Paul überlegte, wie er ihr am besten zu verstehen geben konnte, dass sie ruhig mit ihrer Joggingtour anfangen konnte. Sie brauchte ihm keine Gesellschaft zu leisten.

Aber dann sagte sie: »Das muss schwer sein.«

»Was?«

»Muttertag.«

Paul dachte an die unförmige Tonschüssel, die er gestern Abend aus Tates Rucksack gezogen hatte. Das Muttertagsprojekt seiner Klasse. Mrs Cranswick hatte ihn nicht einmal gewarnt. »Zum Glück haben sie eine tolle Großmutter, die sie feiern können.«

Autumn lächelte, und obwohl es ein trauriges Thema war, legte sich die Anspannung zwischen ihnen ein wenig.

»Leider hat dieselbe Großmutter zwei Wochen später Geburtstag und ich weiß nie, was ich ihr schenken soll. Geschenke machen war noch nie meine Stärke.«

»Das stimmt nicht«, sagte sie.

Er zog eine Augenbraue hoch – ein höfliches, nonverbales *Woher wollen Sie das wissen?*

»Sie haben mir die Lollis geschenkt.«

»Das war doch kein besonderes Geschenk.«

»Für mich schon.«

Etwas Warmes schmiegte sich an sein Herz. Wie eine Katze, die um die Beine ihrer Besitzer streicht. Es war ein schönes, schuldfreies Gefühl. Ein Gefühl, das ihn den Blick senken ließ. »Man kann einem Menschen auch nicht unendlich viele selbst gebastelte Fotokalender schenken.«

»So was haben wir früher für Grandma Ally gemacht. Jedes Jahr zu ihrem Geburtstag. Und Gemälde zu Weihnachten.«

»Gemälde?«

»Jedes Jahr am Freitag nach Thanksgiving hat meine Mom den Keller mit Plane ausgelegt, drei frische Leinwände geholt, neue Farben aufgemacht und uns gesagt, wir sollten uns vergnügen.« Ein Lächeln huschte über ihr Gesicht. »Meine Großmutter hat sie jedes Jahr ausgetauscht, die alten abgenommen und die neuen aufgehängt.«

»Das klingt nach einer Tradition, die Spaß macht.«

»Das war es auch.«

Sie hatten einen Park erreicht. Die Schaukeln bewegten sich in der Brise hin und her, als säßen kleine Geisterkinder darauf, die mit ihren kleinen Geisterbeinen vor- und zurückschwangen. Es gab einen Pavillon und ein Basketballfeld. Ein einsamer Ball lag unter einem der Körbe. Plötzlich hatte Paul eine Idee. Eine impulsive, leicht verrückte Idee.

»Du musst dich entspannen und etwas nur zum Spaß machen.«

Er hob den Ball auf, angenehm überrascht, weil er gut mit Luft gefüllt schien, und ließ ihn ein paarmal aufprallen, um zu sehen, ob er so prall war, wie er aussah.

Autumn blieb stehen und sah ihn einigermaßen verständnislos an.

»Sind Sie eine gute Spielerin?«, fragte er.

»Ich habe auf der Highschool gespielt«, sagte sie, aber der zweifelnde Tonfall ihrer Stimme stellte ihre Antwort infrage, so als wäre sie nicht sicher, dass sie wirklich in ihrer Jugend so einen Sport getrieben hatte.

»Haben Sie Lust zu spielen?«

»Basketball?«

Er dribbelte noch ein wenig. »Wer gewinnt, darf dem Verlierer ein Eis spendieren.«

»Muss normalerweise nicht der Verlierer zahlen?«

»Na ja, wenn Sie mir unbedingt ein Eis spendieren wollen …«

Ihre Kinnlade fiel herunter, so als hätte er sie nicht spielerisch zu einem sportlichen Duell eingeladen, sondern sich in ein Warzenschwein verwandelt. Sie blickte über ihre Schulter, als hielte sie nach Zeugen Ausschau.

»Sie haben doch gesagt, sie hätten eine Ausrede gesucht, um ihrer widerlichen Schwester und ihrem Verlobten zu entfliehen.«

Sie warf einen kurzen Blick zum wolkenverhangenen Himmel hinauf. »Ich glaube, es fängt gleich an zu regnen.«

Paul dribbelte ein bisschen schneller. Ein bisschen näher am Boden. Dabei ließ er den Ball von einer Hand in die andere springen. »Das klingt so, als hätten Sie Angst.«

»Ich habe keine Angst.«

Er lachte, hielt dann den Ball fest und ließ ihn auf seiner Fingerspitze kreisen.

Der Geruch von Petrichor wurde noch stärker und die Wolken sahen aus, als würden sie sich gleich öffnen. Die Spontaneität dieses Augenblicks fühlte sich erfrischend gut an. In der Kirche hatte seine eigene Erbärmlichkeit ihn niedergedrückt. Seine Mutter hatte ihm die Erlaubnis gegeben, sich gehen zu lassen, Spaß zu haben, aber Paul war im Büro gelandet. Früher hatte er gewusst, wie man sich vergnügt. Er hatte es nur so lange nicht mehr ausprobiert.

Sie schnappte ihm den Ball vom Finger weg und ging damit zur Dreipunktelinie. »Werfen wir um den Ballbesitz?«

»Sie können anfangen.«

Sie spielte ihm den Ball mit einem Aufpraller zu. »Fertig.«

Er gab den Ball auf die gleiche Weise zurück und musterte sie. Sie war winzig und hatte deshalb einen deutlichen Nachteil. Er beschloss, ihr den ersten Punkt zu schenken, doch in diesem Augenblick täuschte Autumn rechts an, schlug dann einen Haken auf die andere Seite, lief an ihm vorbei und vollführte einen lockeren Korbleger. Der Ball schlug gegen die Metallmaschen. Sie fing ihn auf und warf ihm den Ball zu. »Eins zu null.«

»Linkshänderin, was?«

»Vielleicht.«

Er lächelte, dribbelte zum Bogen und ließ den Ball in ihre Richtung aufsetzen. »Fertig.«

Ihr Pass traf ihn an der Brust.

»Sind Sie sicher, dass Sie mich nicht ein bisschen besser bewachen sollten?«

»Sie sind hinter der Dreierlinie.«

»Ich bin ein ziemlich guter Werfer.«

Sie verdrehte die Augen. »Das Risiko gehe ich ein.«

Ohne den Blick von ihrem Gesicht abzuwenden, ließ er den Ball in Richtung Korb segeln. Er fiel locker durch das Netz. Paul hielt den Arm mit dem angewinkelten Handgelenk in die Luft gereckt. »Das ist wie Fahrradfahren.«

In ihrer rechten Wange blitzte ein Grübchen auf.

»Zwei zu eins. Sie sind dran«, sagte er.

Diesmal bückte er sich, um ihren Lauf abzufangen. Der Gentleman in ihm ließ sie ihren Punkt machen. Der Macho in ihm verlangte, dass er nicht gegen ein Mädchen verlor. Erst recht nicht gegen ein so kleines.

Sie dribbelte näher, ihre Miene ganz konzentriert, dann startete sie ihren Angriff, aber er wich nicht von ihrer Seite. Sie nahm den Ball und drehte sich um die eigene Achse.

Paul stand vor ihr, so nah, dass er eine feine weiße Narbe an ihrer rechten Schläfe sehen konnte. Autumn saß in der Klemme. Sie war außer Atem.

»Und was machen Sie jetzt?«

Ein leises Donnergrollen ertönte am Himmel, gefolgt von einem schwachen Blitz in der Ferne. Paul blickte nach oben. Autumn machte ihren Wurf. Der Ball traf auf die Platte und fiel dann durch den Ring. Sie lachte. »Das mache ich.«

Ein Regentropfen fiel auf seine Nase. Ein zweiter auf sein Ohr.

Die vereinzelten Tropfen wurden zu einem stetigen Regen, der auf den Asphalt trommelte. Noch ein Donner. Noch ein Blitz. Er sah Autumn an, die den Kopf ein wenig zur Seite neigte, als wartete sie darauf, dass er das Spiel abbrach.

Aber wenn sie nicht aufhören wollte, würde er es auch nicht tun.

Er sagte »Fertig«, seine Haare schon nass vom Regen, während sie auf ihn zukam und die Knie beugte. »Sie wollen mir den Wurf nicht überlassen?«, fragte er.

»Ich lerne schnell«, erwiderte sie.

Paul tat so, als wollte er angreifen, und sie hatte recht. Sie war schnell und sie berührte ihn. Es lenkte ihn ab, weil er es nicht gewohnt war, von einer Frau berührt zu werden. Er zog sich zurück und dribbelte weiter. Er versuchte anzugreifen. Sie hielt ihn auf. Er schlug einen Haken. Täuschte an. Hob den Ball. Vollführte einen Sprungwurf.

Der Ball prallte am Ring ab.

Lachend fing Autumn ihn auf und dribbelte damit zur Dreierlinie. Er holte sie ein, als der Ball gerade durch die Luft segelte. Er versank im Netz und der Himmel öffnete alle Schleusen. Ein Sturzregen ergoss sich aus den Wolken.

Autumn reckte die Arme in die Luft. »Vier zu zwei!«

Paul holte sich den Ball. Als er dribbelte, platschte und spritzte es auf dem Asphalt, sodass noch mehr Tropfen durch die Luft flogen. Das Spiel wurde wild. Abgedreht. Sie rannten über das Spielfeld. Bewachten einander. Täuschten. Drängten und schoben. Autumn verfehlte keinen Wurf. Es war beeindruckend zu sehen, wie sehr sie sich reinhängte.

»Das ist doch Wahnsinn!«, rief er durch den strömenden Regen, Gesicht und Haare und Kleidung und Schuhe triefnass.

Sie stürmte an ihm vorbei und ihre Füße ließen das Wasser in den Pfützen aufspritzen.

Und irgendwie, mitten im Regen, voller Spaß, gewann Autumn. Zehn zu acht. Sie warf den Kopf in den Nacken, das Gesicht zum weinenden Himmel gewandt, und stieß einen Juchzer aus. Dann vollführte sie lachend einen Siegestanz.

Paul hatte verloren, aber er lachte trotzdem. Und er war glücklich. So richtig glücklich. Die Art wunderbarer Befreiung, nach der er sich im Gottesdienstraum seiner Gemeinde gesehnt hatte.

Er wusste, dass das Gefühl nicht anhalten würde. Gefühle hielten nie an.

Vielleicht war diese Sorte Gefühl deshalb so fantastisch.

Gerade ihre Flüchtigkeit ließ ihn den Augenblick auswringen und jeden Tropfen genießen.

29. Kapitel

Paul und Autumn betraten Camerons Café wie eine Explosion aus Bewegung und Lärm. Sie lachte über etwas, das er gesagt hatte, und als seine nassen Schuhe auf das Linoleum trafen, rutschte er aus. Sie packte seinen Ellbogen. Die Tür schlug gegen seinen Rücken. Er sagte etwas Lustiges und sie brach erneut in Gelächter aus.

Ein Teenager stand hinter der langen Theke und starrte sie an, als wären sie betrunken.

Wahrscheinlich sahen sie auch so aus, wie sie da mit ihren klatschnassen Schuhen und dem dämlichen Grinsen im Gesicht hereingestolpert kamen.

Autumn ließ Pauls Arm los und unterdrückte ihr Lachen in dem Versuch, weniger … beschwipst zu wirken. Trotzdem blieb das leichte, etwas schwindelige Gefühl, das so ungewohnt war, dass es sich wie ein Fremdkörper anfühlte. Etwas, das man mit kritischem Blick und einer Pinzette untersuchen musste. Etwas so merkwürdig Entzückendes wie das *Quitsch-quitsch-quitsch* ihrer Laufschuhe, als sie zu der langen Vitrine ging.

Paul gesellte sich zu ihr.

Camerons Café war ein kleines Bistro in Lakeview, in dem es Eiscreme und die berühmten Käse-Steak-Sandwiches aus Philadelphia gab. Die Wände des Lokals waren sonnengelb gestrichen und mit kleinen Tischen mit Steinplatten möbliert, die kaum groß genug für zwei Personen waren. Das Mädchen hinter der Theke griff schnell zu einem Eiskugelportionierer und hielt ihn wie ein Revolverheld. Ein Revolverheld, der beim Nickerchen ertappt worden war.

Ein Schauer fuhr Autumns Rückgrat hinauf, aber es war kein nervöses Frösteln. Von dem plötzlichen Schwall kalter Luft auf ihrer nassen Haut bekam sie eine richtige Gänsehaut. Sie rieb sich mit den Händen über die Oberarme. »Ich nehme einen Eisbecher mit heißem Schoko-Karamell, bitte mit doppelter Menge Soße.«

»Und ich nehme zwei Kugeln Blue Moon.« Paul zog das Portemonnaie aus seiner Gesäßtasche.

»Was machst du da?«

»Ich bestelle mein Eis.«

»Ich rede nicht von deiner merkwürdigen Bestellung.«

»Blue Moon ist nicht merkwürdig.«

»Es ist hellblau.«

»Hast du es schon mal probiert?«

Autumn machte eine wegwerfende Handbewegung, dann warf sie einen betont kritischen Blick auf sein Portemonnaie. Das Ding, das ihre Frage überhaupt erst ausgelöst hatte. Es war genauso nass wie seine Jeans. »Ich habe gewonnen, weißt du noch?«

»Die Tatsache ist unauslöschlich in mein Hirn eingebrannt.«

»Warum holst *du* dann dein Geld raus?«

»Weil ich den Deal vorgeschlagen habe, als ich sicher war, *ich* würde gewinnen.«

»Das ist ausgesprochen sexistisch von dir.«

»Es hat eher was mit meiner Größe zu tun als mit deinem Geschlecht.« Er musterte sie von oben bis unten. »Außerdem, womit willst du denn bitteschön bezahlen?«

Darauf hatte Autumn keine Antwort.

Sie hatte ihr Portemonnaie in der Wohnung gelassen. Schließlich hätte sie nie gedacht, dass sie es brauchen könnte. Hier mit Paul Elliott in Camerons Café zu stehen, kam ihr irgendwie unwirklich vor. Sie hob den Zeigefinger. »Also gut. Aber ich zahle das zurück.«

»Wenn du dann nachts besser schlafen kannst.« Paul legte einen nassen 10-Dollar-Schein auf den Tresen. Und zum ersten Mal, seit ihre Wege sich gekreuzt hatten, bemerkte Autumn, dass die steile Falte zwischen seinen Augenbrauen weg war. Ganz und gar verschwunden.

»Ich dachte das übrigens auch immer«, sagte er.

»Was?«

»Das mit Blue Moon. Aber Reese und Tate bestellen es immer, also habe ich es irgendwann probiert und es war so lecker, dass mir die giftige Farbe gar nicht mehr aufgefallen ist.«

Autumn rümpfte die Nase.

»Es schmeckt nach Froot Loops.«

»Entschuldigung.« Das Mädchen hinter dem Tresen hatte endlich seine Stimme wiedergefunden. Die Arme hatte dort gestanden und zwischen ihnen hin- und hergeguckt, vor und zurück, wie ein Pendel. Jetzt lag ihr Blick auf Autumn. »Sind Sie nicht die Frau? Die die Explosion überlebt hat?«

Und schon war der Fremdkörper entfernt.

»Ja«, murmelte sie.

»Wow. Sie sind eine richtige Superheldin oder so.«

Die Aussage erschreckte sie so, als hätte das Mädchen ihr den Behälter mit Oreo-Eiscreme ins Gesicht gedrückt. Sie erinnerte Autumn an damals, als Christopher Fry ihrer besten Freundin Paige Stoltz das Herz gebrochen hatte. Der Typ war ein Idiot, aber auch total süß und charmant und ultraschlecht in Mathe. Und er wohnte nebenan. Als er also zwei Tage nach der Trennung kam und Hilfe in Algebra wollte, ganz entspannt und freundlich, konnte Autumn nicht Nein sagen. Sie wusste nicht, dass Paige eine Stunde später vorbeikommen und sie beide lachend auf dem Sofa sitzend antreffen würde.

Autumn hatte sofort ein schlechtes Gewissen gehabt.

So wie jetzt.

Was würde Reese sagen? Wie würde sie reagieren, wenn sie sähe, wie Autumn mit ihrem Vater flirtete, wo sie doch Reese helfen sollte, sich an ihre Mutter zu erinnern?

Das Mädchen, das offensichtlich etwas begriffsstutzig war, wenn es um zwischenmenschliche Signale ging, führte ihre Bestellung aus und plapperte über die Tragödie auf den Gleisen. Ihr Onkel hatte für die Chicagoer Verkehrsbetriebe gearbeitet und alle hatten sich Sorgen gemacht, dass er in dem Zug gewesen sein könnte, weil er sein Handy verloren hatte und niemand ihn erreichen konnte.

Als sie ihnen mit einem fröhlichen Lächeln ihr Eis reichte und guten Appetit wünschte, fühlte Autumn sich, als hätte ihr jemand Steine in den Magen gepumpt.

»Sollen wir uns setzen?«, fragte Paul.

»Okay.«

Er zeigte auf einen Tisch in der Ecke am Fenster, dann nahm er eine Handvoll Servietten, bevor er sich setzte. Das Unwetter hatte sich weitestgehend verzogen, aber die letzten Regentropfen rannen noch die Scheibe hinunter, teilten sich und kamen wieder zusammen in einer Vielzahl von Wegen.

Autumn stieß ihren Löffel in die Karamellsoße.

»Also«, sagte Paul. »Deine Schwester Claire. Ist sie jünger oder älter?«

Autumn warf ihm einen spöttischen Blick zu. »Sehr charmant.«

»Warum?«

»Sie ist fünf Jahre jünger.«

»Wirklich?«

»Sie ist sechsundzwanzig. Ich bin einunddreißig.«

Paul machte ein Geräusch, eine Mischung aus Schnauben und Summen, dann aß er einen Bissen von seinem Blue Moon. »Hast du noch andere Geschwister?«

»Einen älteren Bruder, Chad. Er ist mit Jane verheiratet und sie haben drei total süße Kinder. Calliope ist vier. Talulah ist zwei. Und Isaac ist ganz frisch.«

Normalerweise genoss Autumn es, wie andere reagierten, wenn sie die Namen ihrer Nichten nannte. An diesem Abend ratterte sie die Namen einfach nur herunter, sorgfältig darauf bedacht, jegliche Flirterei oder alles, was dafür gehalten werden könnte, aus ihrer Stimme zu verbannen.

»Isaac passt nicht so richtig, oder?«

»Sie nennen ihn Ike.«

»Ah.« Paul fuhr mit dem Löffel über die Eiskugel. »Und deine Eltern?«

»Was ist mit denen?«

»Ich weiß nicht. Habt ihr ein gutes Verhältnis?«

»Meine Mom und ich hatten eins, aber sie ist gestorben.«

Er errötete. »Oh, ach so. Tut mir leid. Reese hat das bei ...« Die Röte nahm zu. »Tut mir leid wegen deiner Mutter.«

Autumn zuckte mit den Schultern. »Es ist lange her.«

Sie hasste sich selbst für diese Worte. Das war immer so und trotzdem sagte sie es. Wahrscheinlich, damit es demjenigen, der sein Beileid bekundete, weniger unangenehm war. Nur dass sie sich anschließend schlecht fühlte. So als könnte genügend Zeit einen Menschen auslöschen. Ihn unwichtig machen.

»Dann muss Muttertag für dich auch schwierig sein.«

Dass ihm das bewusst war, berührte sie. Sie tauschten einen Blick, der Autumn sofort den Kopf senken ließ. »Was ist mit deinen Eltern? Du scheinst dich mit deiner Mom gut zu verstehen. Was ist mit deinem Dad?«

»Er kommt in meinem Leben nicht vor.«

»Oh.«

Er zuckte die Schultern, als spielte es keine Rolle.

»Lebt er noch?«

»Irgendwo in Nashville, glaube ich. Das war jedenfalls der Absender der letzten Geburtstagskarte, die er geschickt hat. Er hat uns verlassen, als ich zehn war.«

Autumn runzelte die Stirn. In diesem Alter ein Elternteil zu verlieren, war schwierig genug. Aber zu wissen, dass er freiwillig gegangen war? Das musste besonders schlimm sein. »Hat deine Mom nicht wieder geheiratet?«

Paul schüttelte den Kopf. »Und dein Dad?«

»Oh ja.« Sie vergrub ihren Löffel in der dicken Schokoladenschicht und ließ dann die Wärme auf ihrer Zunge zergehen. Als sie von der weiß-braunen Mischung aufblickte, sah sie, dass Paul sie beobachtete. Den Bruchteil einer Sekunde lang war sie sicher, dass sie Karamellsoße am Kinn hatte, und fuhr schnell mit der Hand darüber. »Was ist?«

»Ich spüre einen Unterton.«

Die Bemerkung erinnerte Autumn daran, dass er ausgebildeter Psychologe war – eine männliche Version von Jeannie True, und das bedeutete, dass er bestimmte Anzeichen bemerkte, zum Beispiel Intonation.

»Keine Sorge«, sagte er. »Ich werde dich nicht analysieren.«

Autumn seufzte. Wenn Claire hier wäre und hören könnte, was sie zu sagen gedachte, würde sie die Augen verdrehen. »Es ist nicht die Tatsache, dass er wieder geheiratet hat, sondern wie schnell.«

»Wie schnell war es denn?«

»Zehn Monate nach dem Tod meiner Mutter.«

Paul stieß einen leisen Pfiff aus.

Siehst du, hätte sie am liebsten zu ihrer Schwester gesagt. *Die meisten normalen Menschen verstehen, wie unglaublich schnell und unsensibel das war. Ja,* würde Claire sagen. *Und die meisten normalen Menschen hätten es inzwischen verarbeitet.*

»Sie starb bei einem Autounfall, als ich elf war.«

Das Geständnis kam heraus, ohne dass sie darüber nachgedacht hatte. Es rutschte ihr einfach heraus, aus heiterem Himmel, so blau wie Pauls Eiscreme. Und gleichzeitig bildete sich ein peinlicher Kloß in ihrer Kehle. Sie schob sich noch einen Löffel Karamelleis in den Mund, aber es war zu spät. Die Worte waren heraus und Paul starrte sie auf diese intensive, beharrliche Weise an, die sie zugleich beruhigte und verunsicherte.

»Das tut mir leid«, sagte er schließlich.

»Es war ja nicht *deine* Schuld.«

»Deine auch nicht.«

Eine therapeutisch angemessene Antwort, aber aus Unwissenheit geboren. Sie rührte weiter in ihrem Becher, während sich ihr der Magen umdrehte. Die Karamellsoße hatte den größten Teil der Eiscreme mittlerweile in eine dicke cremige Suppe verwandelt. »Sie hat mich zu meinem ersten Turnwettkampf gefahren. Eigentlich war ich gar nicht so scharf aufs Turnen. Aber meine beste Freundin damals war völlig besessen davon, also habe ich gejammert und gejammert, bis ich meinen Willen hatte, und dann …«

Sie verstummte, weil sie nicht weitersprechen wollte.

»Autumn?« Pauls Augen waren voller Mitgefühl. »Wir glauben an einen großen Gott.«

Sie blickte auf ihr geschmolzenes Eis hinunter.

»Das Schicksal deiner Mutter hat nicht auf den Schultern eines elfjährigen Mädchens gelastet, das einfach nur bei seinem ersten Turnwettkampf mitmachen wollte.«

Es war lieb von ihm, das zu sagen.

Aber er kannte nicht die Wahrheit – nicht die ganze Wahrheit.

Die kannte niemand außer Autumn und ihrem Vater.

30. Kapitel

»Wer war der Typ?«, fragte Claire, sobald Autumn zur Tür hereinkam.

Es war spät. Trent war gegangen. Abgesehen von dem flackernden Licht des Fernsehbildschirms war es dunkel in der Wohnung. Und Claire schälte sich in ihrem rosa gestreiften Schlafanzug und Plüschpantoffeln vom Sofa. »War das der, für den ich ihn halte?«

»Für wen hältst du ihn denn?«

»Für den Ehedoktor.«

Autumns Kleider waren fast trocken, aber ihre Haare waren noch nass. Und wahrscheinlich völlig zerzaust. »Er heißt Paul Elliott.«

»Was wollte er hier?«

»Wir sollten heute sein Interview für das Erinnerungsvideo machen. Aber dann ging etwas schief und er wollte sich entschuldigen.« Autumn streifte ihre Schuhe ab und stellte sie ordentlich unter den kleinen Tisch im Flur. Sie brauchte eine heiße Dusche und ihr Kopfkissen. Und Zeit zum Nachdenken.

Aber Claire folgte ihr den Gang hinunter. »Und was dann?«

»Nichts dann.« Autumn ging ins Bad und machte sich daran, das Haarband aus ihren Haaren zu operieren. Alles war völlig verknotet.

»Und was habt ihr die ganze Zeit gemacht? Draußen hat es geschüttet.«

Autumn riss an ihrem Haargummi. Die Haare fielen ihr über die Schultern.

Claire verschränkte die Arme und lehnte sich an den Türrahmen. »Sag nicht, du hast dich wieder auf Friedhöfen herumgetrieben.«

Das war ein Schock.

Einerseits, weil Autumn nicht geahnt hatte, dass Claire von ihren Friedhofsbesuchen wusste. Vor allem aber, weil es Mitte Mai war und sie noch nicht dort gewesen war. Das monatliche Ritual war einfach ausgefallen – eine Erkenntnis, die sich irgendwie schwerwiegend anfühlte. Irgendwie bedeutsam. Aber Claire gab ihr nicht die Gelegenheit, das alles zu verdauen.

»Und?«

»Nein, ich habe ...« Mit Paul im Regen Basketball gespielt und anschließend Eis gegessen. Autumn konnte diese Worte nicht aussprechen. Nicht laut. Sie waren zu absurd. Und doch hatte sie genau das getan.

Nach der ernsthaften Phase, in der sie ihm von dem Turnwettkampf und ihrer Mutter erzählt hatte, war ihre Unterhaltung zu leichteren Dingen gewandert. Sicheren Dingen. Unwichtigen, netten Dingen. Zum Beispiel Büchern und Hobbys, ihrer gemeinsamen unerschütterlichen Liebe zu den White Sox und Dingen, die sie hassten.

Offenbar konnte Paul den Geruch von Senf nicht ausstehen.

Jedes Mal, wenn Senf in der Nähe war, reagierte er so heftig darauf, dass er sich sogar weigerte, ihn zu kaufen, obwohl sein Sohn Senf liebte. Autumn erzählte ihm, dass sie wahnsinnig wurde, wenn jemand Kaugummiblasen platzen ließ. Es war dann, als würden alle anderen Geräusche außer diesem einen aufhören. Einmal hatte sie im College für eine wichtige Prüfung gelernt und das Mädchen in der Bibliothek hatte so laut und oft ihr Kaugummi platzen lassen, dass Autumn am Ende aufgesprungen war und gebrüllt hatte: »Spuck's aus! Um Himmels willen, spuck das dämliche Kaugummi aus!«

Paul fand diese Anekdote ausgesprochen lustig.

Ein paar herrliche Stunden lang hatte sie vergessen, wer sie war und wer er war. Sie hatten so lange geredet, dass das Mädchen irgendwann angefangen hatte, um ihre Füße herum den Boden zu wischen. Sie hatten den Wink mit dem Zaunpfahl verstanden und Paul hatte sie nach Hause begleitet.

»Ihr habt *was*?«, fragte Claire und ihre Worte klangen gereizt.

»Wir haben abgehangen.«

Sie riss die Augen auf. »Du und Paul?«

»Ja.«

»Das war eine lange Entschuldigung.«

Autumn setzte sich auf den Toilettendeckel und machte sich daran, ihre Socken auszuziehen, während sie versuchte, den prüfenden Blick ihrer Schwester zu ignorieren.

»Seid ihr zwei …?«

Die Anspielung in Claires Stimme ließ Autumn vehement protestieren.

»Es sind schon merkwürdigere Dinge passiert. Und ich würde es dir nicht übel nehmen. So ein grüblerischer Typ ist ziemlich sexy.«

»Er hat seine Frau verloren.«

»Vor einem Jahr.«

»Und? Ist die Trauerzeit jetzt rum? Soll er sie einfach vergessen?«

»Komm schon, Autumn. Ein Mann wie er wird nicht ewig Single bleiben. Ich bin sicher, das hätte seine Frau auch nicht gewollt.«

Autumn funkelte ihre Schwester an. Wie konnte sie es wagen, für Vivian Elliott zu sprechen? Claire kannte Vivian doch gar nicht. Sie wusste überhaupt nichts von ihr. »Ich helfe ihm und seiner Tochter, seiner verstorbenen Frau zu gedenken. Das ist alles.« Ihre Worte waren leise, aber deutlich. »Und jetzt würde ich gerne duschen, wenn du nichts dagegen hast.«

* Reese *

Donnerstag, 1. September 2016

Liebe Autumn,
haben Sie schon mal etwas von Scotomaphobie gehört? Das ist die Angst, blind zu sein. Ich glaube, ich habe das, weil ich heute in der Schule eine Panikattacke hatte.

Mrs Hayes hat uns gesagt, dass wir Paare bilden sollen, und dann hat sie jedem Paar einen Schal gegeben. Ich weiß nicht, ob das alles ihre eigenen Schals waren oder ob sie welche von anderen Lehrerinnen geliehen hat. Jedenfalls hatte sie genug für alle und sogar noch ein paar übrig.

Einer in jedem Paar sollte den Schal wie eine Augenbinde tragen, während der andere ihn durch die Schule lotsen sollte, ohne ihn zu berühren. Mrs Hayes hat extra betont, dass wir den anderen nicht anfassen dürfen, um ihn in die richtige Richtung zu lenken. Wir mussten sagen, was der andere tun soll, und wir durften nicht einfach stehen bleiben. Wir mussten uns bewegen. Wir waren alle ziemlich begeistert, weil wir aus dem Klassenzimmer rauskamen.

Mia und ich waren ein Paar und sie hat angefangen. Ich habe ihr mit diesem blaugrünen Schal die Augen zugebunden und mit den Händen gewedelt, um mich davon zu überzeugen, dass sie nichts sehen konnte, und dann habe ich sie herumlaufen und alle möglichen Dinge tun lassen. Ich habe ihr gesagt, dass sie über Gegenstände steigen oder um Sachen herumgehen soll, die gar nicht da waren. Einen Flur habe ich sie drei Mal rauf- und runtergeschickt.

Als ihre Zeit um war, habe ich sie raten lassen, wo wir waren, bevor ich die Binde abgenommen habe. Sie dachte, wir wären bei der Cafeteria, aber in Wirklichkeit waren wir im Treppenhaus neben unserem Klassenzimmer. Darüber mussten wir lachen.

Dann kam ich an die Reihe.

Mia hat mir den Schal um den Kopf gebunden, und als sie mir sagte, dass ich drei riesige Schritte machen soll, fing mein Herz an, so schnell zu schlagen, dass ich dachte, ich würde ohnmächtig werden. Mir war ganz heiß und schwindelig und ich musste mich auf die Treppe setzen.

Ich fand es total schlimm, dass ich nichts sehen konnte. Ich musste die Augenbinde abnehmen und Mia musste Mrs Hayes holen und die hat mich zum Sanitätsraum geschickt, wo die Krankenschwester meine Temperatur gemessen hat und wissen wollte, ob ich Diabetikerin bin, aber das bin ich nicht. Ich glaube, ich habe Scotomaphobie.

Ist Ihnen schon mal so was passiert?

Von

Reese Rosamund Elliott

PS: Meine Mom hat Tate zu seinem sechsten Geburtstag eine Pappmaschee-Figur gekauft. Sie hat ganz viele Kaubonbons reingetan, die Tate besonders gern mag. Ich frage mich, ob ich bei seiner Geburtstagsfeier Panik bekommen hätte, wenn Mom mir die Augen zugebunden hätte.

31. Kapitel

Ein Yorkshireterrier kläffte zu Mr Collins' Füßen, als er die Tür öffnete. Er war eine ältere, männliche Fassung seiner Tochter – Chloe, die Künstlerin. Eine College-Studentin an der Universität von Chicago, die von Galerie zu Galerie unterwegs gewesen war, in der Hoffnung, dass wenigstens eine von ihnen ihre Arbeiten ausstellen würde.

Mr Collins nahm den Hund auf den Arm und bat sie herein, wobei sein Blick auf Autumn länger liegen blieb als auf Seth. Es war ein unangenehmer Blick, beinahe anklagend. Als verstände er das ganze Ausmaß der Situation auf eine Weise, wie Ina May Huett und Anna Montgomery es nicht verstanden hatten.

Sie berührte unwillkürlich ihre Narbe – die schwache an ihrem Unterkiefer. Sie wischte darüber, als wäre es ein Essensrest in ihrem Gesicht, und ertappte sich bei dem Wunsch, sie wäre furchtbar entstellt. Oder vom Hals abwärts gelähmt. Irgendetwas Tragisches, das der Trauer von Mr Collins den Stachel ziehen könnte. Denn seine Chloe hatte nicht leiden müssen – wenigstens das.

Aber stattdessen stand sie jetzt in seinem Haus, gesund und unversehrt. Ganz und gar intakt.

»Meine Frau kommt gleich«, sagte er mit schroffer Stimme. »Kelsey müsste auch jeden Augenblick nach Hause kommen.«

Kelsey war Chloes jüngere Schwester.

Die Mädchen waren fünf Jahre auseinander, so wie Autumn und Claire.

Mr Collins führte Seth ins Wohnzimmer, wo er seine Kameraausrüstung aufbauen konnte. Autumn streifte ihre Schuhe ab und sah sich in dem kleinen, aufgeräumten Stadthaus um. Ein gerahmtes Kunstwerk, das an einer der Wände hing, fiel ihr besonders auf.

Leuchtende Farben. Flüssige Pinselstriche. Das Bild zog sie an – so nah, dass sie die kleine Signatur in der rechten unteren Ecke sehen konnte. Autumn konnte den Blick nicht abwenden. Selbst als Mr Collins neben sie trat.

»Ihre Tochter hat das gemalt«, sagte sie.

Er nickte.

Es war fantastisch. Ein Kunstwerk, das an die Großen erinnerte – Monet, Cézanne. Es strotzte nur so vor unerschlossenem Potenzial. »Sie war sehr begabt.«

Mr Collins nickte wieder.

»Haben Sie schon mal überlegt, es in einer Galerie auszustellen?«

»Das würden wir, wenn eine Kunstgalerie es wollte.«

Eine Idee, die begonnen hatte, Gestalt anzunehmen, seit Autumn Daniel Montgomerys Wand mit beruflichen Auszeichnungen gesehen hatte, wurde allmählich konkreter. Wie wäre es, wenn sie ihre eigene Galerie schufen? Eine Tragödie-auf-den-Gleisen-Galerie. Bei der Vorführung des Erinnerungsvideos könnten sie Chloes Kunst im Foyer der Erlösergemeinde ausstellen. Zusammen mit Vivians Fotografien. Und allem anderen, das Angehörige zeigen wollten.

»Ich erinnere mich an sie«, sagte Autumn.

Da sah er sie an und etwas von seiner Schroffheit schmolz, während der kleine Hund eifrig seinen Arm abschleckte. »Wirklich?«

»Ich habe sie ein paarmal im Zug gesehen.«

Mr Collins verwandelte sich mit einem Mal in einen hungrigen Bettler. Einen Vater, der nichts als Erinnerungen hatte und alles tun würde, um mehr davon zu bekommen.

»Einmal wollte einer der anderen Leute im Zug sehen, was in ihrer Mappe war.« Der Mann hatte schleimig gewirkt und viel zu alt ausgesehen, um mit einem Mädchen in Chloes Alter zu flirten, aber diesen Teil ließ Autumn aus. »Er hat von ihren Arbeiten geschwärmt. Er war gar nicht zu bremsen, bis Chloe irgendwann scherzhaft sagte, er könne die Bilder gerne kaufen.«

Mr Collins wartete, als müsste noch etwas kommen. Aber das war alles. Mehr konnte sie ihm nicht geben. Sie hatte ihm einen Kiesel gegeben, wo er sich einen Diamanten erhofft hatte.

Die Haustür ging auf.

Und dann kam Kelsey herein und Autumn verschlug es den Atem.

Siebzehn. Musikliebhaberin. Ein Mädchen, das davon träumte, in New York das Juilliard-Konservatorium zu besuchen, und das bei der Trauerfeier ein herzzerreißendes Solo gespielt hatte. Und Chloes Doppelgängerin. Kelsey sah ihrer Schwester so ähnlich, dass sie eineiige Zwillinge hätten sein können.

»Tut mir leid, dass ich zu spät bin.« Sie hatte einen Geigenkasten in der Hand und ihre Wangen waren gerötet, so als wäre sie gerade gerannt. »Ich habe den Zug verpasst und musste auf den nächsten warten.«

Den Zug.

Kelsey Collins fuhr mit dem Zug.

Sie stellte die Geige neben der Fußmatte im Flur ab und nahm ihrem Vater den strampelnden, aufgeregten Hund ab. »Wo ist Mom?«

»Ich hole sie«, sagte Mr Collins.

Er ging nach oben und ließ Kelsey und Autumn allein.

Kelsey ließ sich von dem Hund mehrmals auf die Lippen küssen.

Autumn sah fasziniert zu und versuchte zu fassen, dass Kelsey – Chloes Klon – mit dem Zug zu ihren Geigenstunden fuhr. »Wie machst du das?«

»Entschuldigung?«

Autumn trat ein wenig näher, hungrig nach einer Antwort. So sehr, dass das Herz in ihrer Brust schneller schlug. Wenn sie das Mädchen in der U-Bahn sähe, würde sie denken, sie hätte einen Geist gesehen. Sie würde denken, es sei Chloe, die von den Toten zurückgekehrt war und ihr Schicksal herausforderte. »Wie kannst du mit dem Zug fahren?«

Kelsey sah sie merkwürdig an und setzte den Hund auf den Boden. »Ich weiß nicht. Ich mach es einfach.«

»Aber wie? Nach dem, was passiert ist, wie?«

»Zuerst konnte ich es nicht«, antwortete Kelsey langsam und machte einen kleinen Schritt zurück, fort von Autumns Intensität. »Aber ich habe es immer wieder versucht. Und dann, irgendwann … Ich weiß nicht. Da konnte ich es.«

Autumn starrte sie unverwandt an.

Bis Mr Collins zurückkam. Er war blass und seine Frau war nicht bei ihm. »Sie hat gesagt, wir können ohne sie anfangen. Es geht ihr heute Abend nicht so gut.«

Autumn ließ sich nicht täuschen.

Es war deutlich zu sehen in dem Blick, den Mr Collins und Kelsey wechselten.

Mrs Collins war nicht krank. Sie war zerbrochen, unwiderruflich verletzt. Und etwas so Armseliges wie ein Erinnerungsvideo würde daran nichts ändern.

Anderthalb Wochen nachdem sie ihre neue Stelle angetreten hatte, fing Autumn an, zwei ganz unterschiedliche Leben zu führen. Das eine nach der Arbeit, bei dem sie die Objekte ihrer Obsession traf. Ihre Häuser besuchte. Angehörige interviewte. Über ihren Notizen brütete. Geister wieder zum Leben erweckte. Irgendwie schien ihr diese Welt wirklicher als das andere Leben, das sie tagsüber in der Erlösergemeinde führte.

Dort benahm sie sich wie ein ausgeglichenes Mitglied der Gesellschaft. Jemand, der zur Arbeit ging und Aufgaben erledigte und mit anderen sprach wie ein normaler Mensch. Allmählich konnte sie sich die Namen ihrer Kollegen und Kolleginnen merken und hatte sich in Bezug auf die sozialen Medien der Gemeinde schlaugemacht. Und in Bezug auf ihr erstes großes Projekt.

Ein Projekt, das mit Paul Elliott zu tun hatte.

Einem Mann, der in beiden Leben auftauchte.

Sie hatte ihn seit fast einer Woche nicht gesehen. Jetzt ganz professionell mit ihm und Mitch in einem kleinen Besprechungsraum zu sitzen und die Pläne für die Kampagne durchzugehen, war ein beunruhigendes Gefühl. So als wäre ihr merkwürdiger Abend im Regen nie geschehen.

Es fühlte sich ein bisschen so an, als wären sie heimliche Freunde. Aber eigentlich waren sie keine Freunde – weder heimlich noch sonst wie. Sie waren … Bekannte. Die einander fremd waren, aber einen gemeinsamen Augenblick erlebt hatten. Einen Augenblick, den Autumn vor ihrem geistigen Auge oft ablaufen ließ, gerade jetzt. Äußerlich machte sie sich mit den Zielen der Kampagne vertraut. Innerlich dachte sie an die Information über ihre Mutter, die sie preisgegeben hatte. Vielleicht war es das. Sie hatte etwas Persönliches erzählt und fühlte sich jetzt angreifbar.

Nachdem sie über die Ziele der Aktion gesprochen hatten, gingen sie die Möglichkeiten durch, die Paul durch seinen Bekanntheitsgrad nutzen konnte – der stetig wuchs, weil sein Buch so erfolgreich war –, um diese Ziele besser zu erreichen.

Als sie fertig waren, sagte Mitch, wie begeistert er sei, und gratulierte Autumn zu ihrer guten Arbeit. Dann gab er Paul die Hand und verabschiedete sich, weil er zu einer anderen Besprechung musste, genau in dem Augenblick, als eine Textnachricht für Autumn einging. Sie war von Seth. Er fragte nach der Adresse für das Interview an diesem Abend – das dritte in dieser Woche.

»Reese hat nach dir gefragt«, sagte Paul.

Autumn blickte von ihrem Telefon auf. »Hat sie?«

»Sie will wissen, wann sie dir wieder helfen kann.«

»Oh. Wenn sie Zeit hat, könnte ich ihre Hilfe nächsten Mittwoch gebrauchen.« Dann wollten sie sich mit Mary Welling treffen, einer geschiedenen Mutter von zwei Kindern, die bei der Explosion ihren Vater verloren hatte. Ihre älteste Tochter war in Tates Alter.

»Das müsste gehen«, nickte er.

»Wir sollten auch einen neuen Termin für dein Interview machen.«

Seine Miene verdüsterte sich. »Ja. Ich muss in meinem Kalender nachsehen.«

Wieder ertönte der Signalton einer eingehenden Nachricht bei Autumns Handy.

Sie stellte den Ton aus und schob das Telefon in ihre Handtasche, unsicher, was sie als Nächstes sagen sollte. »Weißt du inzwischen, was du deiner Mom zum Geburtstag schenken kannst?«

Paul stöhnte.

Es war ein freundlicher Laut – er durchbrach die steife Etikette und versetzte sie wieder auf das Basketballfeld.

»Keine Ahnung«, sagte er.

»Was machst du morgen Vormittag?«

Er legte den Kopf schief. »Warum?«

»Weil ich eine Idee habe. Ich glaube, deine Mom wird begeistert sein.«

32. Kapitel

»Wer ist Paul Elliott?«

Autumn wandte sich vom Fenster ab, als sie Dads Frage hörte. Die Jalousien schwangen vor und zurück und zerhackten die Sonnenstrahlen. Als sie klein gewesen waren, hatten Chad und sie die Jalousien am Samstagmorgen immer zumachen müssen. Die Sonne hatte die nervige Angewohnheit, genau auf den Fernsehbildschirm zu scheinen, sodass von ihren Lieblingstrickfilmfiguren nichts mehr zu sehen gewesen war.

Leanne machte noch einige letzte Besorgungen für Dads Überraschungsparty zum Ruhestand, sodass sie und Dad allein waren. Er stand im Wohnzimmer, die Fernbedienung in der Hand. Autumn verstand nicht, wie das sein konnte. Wie konnte ihr Vater einen Namen vergessen, mit dem so viel verbunden war? Und was sollte sie ihm sagen?

»Er … äh … macht bei dem Erinnerungsvideo mit.«

Es dämmerte ihm langsam, das konnte sie daran sehen, wie er den Blick senkte und die Lippen zusammenpresste. Die Elliotts waren nicht irgendeine Familie, die an dem schrecklichen Tag einen Angehörigen verloren hatte. Ihr Vater hatte sich vielleicht nicht sofort an den Namen erinnert, aber er war immer noch da und lauerte unter den unangenehmen Erinnerungen, unter Verzweiflung und Erleichterung.

Dad kratzte sich an seinem Kopf, der fast kahl war. Die wenigen Haare, die er noch hatte, waren mit einem Rasierer kurz geschoren. »Bringt er die Kinder mit?«

»Es ist keine große Sache. Ich helfe ihm bei etwas und wir brauchen dafür den Keller. Wir werden euch nicht im Weg sein.«

Autumn fragte sich, ob er nachhaken würde, um Einzelheiten zu erfahren. Mehr Fragen stellen. Zum Beispiel, warum. Warum sie Paul Elliott und seine Kinder für irgendeine Aktivität in sein Haus eingeladen hatte. Warum sie den Drang hatte, ihm zu helfen.

Claire würde fragen.

Leanne auch.

Wahrscheinlich sogar Chad.

Aber Dad saß nur in seinem Fernsehsessel und schaltete seinen Sportsender ein. »Wie viele Leute sind denn zu dem Umtrunk heute Abend eingeladen?«

»Wie bitte?«

»Deine Schwester und Leanne sind viele.« Er zog wissend die Augenbrauen hoch. Missbilligend. »Aber nicht diskret.«

Autumn hob die Hände. »Du brauchst mich gar nicht so anzugucken. Ich habe ihnen gesagt, dass du keine Party willst. Aber du weißt ja, wie Claire ist. Wenn sie sich einmal etwas in den Kopf gesetzt hat …«

»… lässt sie nicht davon ab.«

»Jedenfalls nicht so leicht.«

Dad stieß einen langen, schweren Seufzer aus, dann nahm er eine Packung mit Rennie-Kautabletten vom Beistelltisch und drückte zwei Tabletten in seine Hand. Solange Autumn denken konnte, litt er an Magenübersäuerung. »Was soll ich bloß machen?«

»Überrascht tun?«

»Ich meine nicht bei der Party. Ich meine danach.« Er lehnte sich in seinem Sessel zurück und in seinen Augen glänzte so etwas wie Bedauern. »Ich weiß nicht, Autumn. Ich bin schon so lange Polizist und jetzt soll ich meine Dienstmarke abgeben und meinen Tag mit Golfspielen verbringen?«

Autumn wand sich.

Dad und sie sprachen nicht über tief gehende Dinge. Sie blieben an der Oberfläche, wo es angenehm und sicher war. Als Autumn aus dem Koma erwacht war und ihr Vater sie zum ersten Mal besucht hatte, hatte er Witze darüber gemacht, dass sie die Eröffnung der Sportsaison verpasst hatte. Die White Sox hatten gewonnen. Chris Sale hatte ein super Spiel gemacht. Und jetzt saß er hier und tastete sich in tiefere Gewässer vor, wo doch Paul jeden Augenblick mit Reese und Tate auf der Bildfläche erscheinen konnte.

»Ich weiß nicht, Dad. Das Leben genießen.«

Ihr Vater schnaubte nur.

Sie war nicht sicher, was das bedeutete. Hatte er etwas dagegen, das Leben zu genießen? Oder war er der Meinung, dass das Leben als berufstätiger Mensch ausreichend genussvoll war?

Autumn wischte sich die Handflächen an ihrer alten Jeans ab und blickte wieder aus dem Fenster. Paul hatte gerade am Bordstein gehalten. Ihr Herz machte einen merkwürdigen Satz, als Tate vom Rücksitz kletterte. Und dann lächelte sie, weil Tate ein Cubs-T-Shirt trug, auf dem »Meisterschafts-Champions« stand. Sie hatte Paul nicht gesagt, was sie vorhatte. Aber gestern Abend hatte sie ihm eine Nachricht geschickt. Er solle die Kinder in Kleider stecken, die er gegebenenfalls auch wegwerfen könnte, wenn sie fertig waren.

Paul hatte Tate ein Cubs-Shirt angezogen.

Autumn öffnete die Tür und ließ die Morgenluft herein, als Tate hereingehüpft kam, ohne auf eine Einladung zu warten.

»Mein Dad sagt, du hast eine Überraschung für uns!« Er strotzte nur so vor unverbrauchter Energie. Es war, als hätte der Junge zum Frühstück einen Riesenbecher Kaffee getrunken.

»Das stimmt«, sagte sie.

»Er hat gesagt, er weiß nicht, was die Überraschung ist, aber wir sollten diese T-Shirts tragen. Die hat meine Grandma uns letztes Jahr zu Weihnachten geschenkt. Nicht meine Grandma-Grandma, sondern Grandma Regina. Die Mom von meiner Mom. Dad hat gesagt, es wäre lustig.«

»Ich muss sagen, Officer Tate, dein Dad hat recht. Es ist lustig.«

Reese und Paul traten ebenfalls ein. Sie trugen das gleiche Hemd wie Tate, nur in einer anderen Größe.

Paul sah Autumn an und zwinkerte ihr fast unmerklich zu.

»Cubs-Fans, was?«, fragte Dad, während er sich von seinem

Sessel erhob. »Ich bin nicht sicher, ob ich Sie überhaupt ins Haus lassen sollte.« Trotzdem gab er Paul die Hand.

»Ich kann Ihnen versichern, dass wir alles andere als das sind, Sir.«

»Genau! Wir lieben die White Sox und nur die White Sox«, sagte Tate. »Mein Pop war Platzwart im Comiskey Park Stadion.«

»Wirklich?«

Tate nickte zu Autumns Vater hinauf, die braunen Augen voller Ehrfurcht. »Sind Sie Autumns Dad?«

Er lächelte belustigt, weil er es nicht gewohnt war, so bestaunt zu werden. Männer über sechzig mit schütterem Haar lösten in Siebenjährigen für gewöhnlich keine Bewunderung aus. Sie lösten eigentlich bei niemandem Bewunderung aus.

»Wow!«

Dad lachte und wandte sich dann verwirrt an Autumn.

»Officer Tate, darf ich dir meinen Dad vorstellen: Officer Tom.«

Tate warf sich in die Brust und schüttelte Autumns Vater begeistert die Hand. »Ich werde Polizist, wenn ich groß bin.«

»Ja?«

»Ja. Man muss nicht gut Rechtschreibung können, um Polizist zu sein. Man muss nur tapfer sein.«

»Tapferkeit ist auf jeden Fall eine Voraussetzung.«

Autumn war zu nervös, um herumzustehen und Small-Talk zu machen. Sie schaltete sich ein, stellte ihrem Vater schnell Reese vor und scheuchte Paul und die Kinder dann die Treppe hinunter in den noch unvollendeten Keller, in dem sie bereits den kalten harten Boden mit Folie ausgelegt hatte.

Kaum hatte Paul die beiden neuen Leinwände gesehen, die neben mehreren geöffneten Farbdosen und Pinseln an der Betonwand lehnten, ging ihm ein Licht auf.

»Das Geburtstagsgeschenk für deine Mom«, sagte Autumn, während ihr Magen nervös zuckte. Sie zog zwei Tücher aus ihrer Gesäßtasche und gab das lilafarbene Reese und das rote Tate.

»Das verstehe ich nicht«, sagte Reese.

»Dein Dad war nicht sicher, was ihr eurer Großmutter zum

Geburtstag schenken könnt. Das hier ist etwas, das meine Mom mit mir und meinen Geschwistern für meine Grandma gemacht hat, als wir in eurem Alter waren.« Sie warf Paul einen Blick zu.

Sie hatte gehofft, dass er lächeln würde, und das tat er auch. Was sie nicht erwartet hatte, war das Glänzen in seinen Augen, so als hätte Autumns Geste ihn zutiefst berührt. So als hätte ihm noch nie jemand eine solche Freundlichkeit erwiesen

»Was sollen wir denn jetzt machen?«, fragte Tate.

»Ihr malt. Was ihr wollt. Die Leinwände gehören euch.« Sie nahm Tates Tuch und band es ihm um den Kopf. Dann half sie Reese mit ihrer Kopfbedeckung.

Beide Kinder standen unsicher und zögernd da.

»Ich kann nicht besonders gut malen«, sagte Reese schließlich.

»Das ist ja das Gute an dieser Art Kunst. Man braucht kein künstlerisches Talent.« Um das zu beweisen, tauchte Autumn einen Pinsel in die gelbe Farbe und ließ ihn vorwärtsschnellen, wie ihre Mutter es ihr als Kind beigebracht hatte. Gelbe Tropfen spritzten auf die Leinwand und die Wand dahinter. Eine Wand, an der mehrere Lagen ähnlicher Spritzmuster getrocknet waren, jede eine schöne, bunte Erinnerung.

Autumn gab Tate den Pinsel.

Er starrte ihn an, als hätte sie ihm gerade eine goldene Eintrittskarte zu Willy Wonkas Schokoladenfabrik gegeben. »Das darf ich hier unten machen?«

»Das wurde hier schon ganz oft gemacht«, sagte sie. »Je wilder ihr mit der Farbe seid, desto besser wird das Gemälde.«

Tate fuhr herum und sah seinen Dad an. Es war offensichtlich, dass er für eine so verrückte Idee seine Bestätigung brauchte. Schließlich war Paul der Boss. Als Paul nur mit der Schulter zuckte, brauchte Tate keine weitere Ermutigung mehr.

Er tauchte den Pinsel in die grüne Farbe und schleuderte den Arm nach vorne. Ein dicker Farbklecks erschien neben dem gelben. Tate hielt sich die Seite und lachte wie irre. Wie ein Kookaburra, ein Lachender Hans. Es war ein so ansteckender Klang, dass Autumn auch lachen musste. Und Paul.

Tate machte weiter, diesmal mit Blau.

Reese starrte ihn an und nahm dann ganz vorsichtig einen unbenutzten Pinsel. Sie tauchte ihn in die Farbe Lila und bewegte ihn dann so zaghaft, dass die Farbe kaum die Borsten verließ, geschweige denn auf der Leinwand landete.

Autumn verschränkte die Arme. Sie wünschte sich sehnlichst, Reese könnte für einen Moment lang alle Gedanken an den Tod ihrer Mutter und der vielen anderen Menschen beiseiteschieben und stattdessen lachen und tanzen wie ihr kleiner Bruder.

»Du musst die Farbe richtig wegschleudern«, sagte sie.

Reese versuchte es noch einmal, aber nur mit unwesentlich größerem Erfolg.

»Hier.« Autumn hob einen dritten Pinsel vom Boden auf. »So.« Sie machte es noch einmal vor, jetzt mit roter Farbe. Nur übertrieb sie diesmal die Bewegung.

Reese sah hoch konzentriert zu, die Stirn gerunzelt wie die ihres Vaters. Dann tauchte sie ihren Pinsel noch einmal in die lila Farbe und versuchte es erneut.

»Super!«, rief Autumn. »Siehst du, wie cool das aussieht?«

Und es sah wirklich cool aus.

Tropfen in leuchtendem Lila bildeten einen farbigen Bogen auf der Leinwand. Sie ermutigte Reese, das noch einmal zu machen. Und noch einmal. Und noch einmal. Mit jeder Pinselbewegung schwanden ihre Hemmungen etwas mehr und ihre Bewegungen wurden selbstbewusster. Freier. Die Leinwand wurde bunter. Rot mischte sich mit Lila und mit einem goldenen Beige.

In der Zwischenzeit war auf Tates Leinwand kaum noch ein weißer Fleck zu sehen.

Er tauchte den Pinsel so tief in den schwarzen Eimer, dass er ganz mit Farbe bedeckt war, und als er ausholte, um die Farbe auf sein Kunstwerk zu schleudern, löste sich ein riesiger Tropfen und traf Reese im Gesicht.

Sie kreischte.

Tate hielt inne.

Eine Sekunde lang hing eine angespannte Stille zwischen ihnen, wie wenn man eine Münze wirft und es so oder so ausgehen kann. Bevor Reese sich für Empörung entscheiden konnte und die ganze Aktion durch einen Streit zwischen den Geschwistern ruiniert wurde, schleuderte Autumn einige rote Spritzer in Tates Richtung.

Sie landeten auf seiner Wange.

Alle vier sahen einander mit großen Augen und wie erstarrt an.

Dann stieß Tate wieder sein eigentümliches Lachen aus und übte Rache. Er ließ seinen schwarzen Pinsel wieder vorschnellen, diesmal in Autumns Richtung. Und Autumn schleuderte etwas Farbe zu Reese. Und Reese kreischte wieder, diesmal aber vor Vergnügen, und zielte auf ihren Vater, der bis zu diesem Zeitpunkt nichts als ein unschuldiger Zuschauer gewesen war.

Chaos brach aus.

Farbe flog in alle Richtungen. Es war ein Regenbogen aus nasser, spritzender Farbe, der die beiden Leinwände bekleckerte, die Plane auf dem Boden und die Betonwände um sie herum. Sie lachten und rutschten in der Farbe aus und kreischten und glitten – ein riesiges, herrliches Durcheinander.

Autumn hatte Farbe im Haar und etwas lief ihren Rücken hinunter. Tate hatte seinen Pinsel weggeworfen und nahm das Zeug jetzt mit beiden Händen und schmierte jeden ein, den er erwischte. Reese lachte und Paul lachte und Autumn lachte.

Sie alle lachten.

So sehr, dass ihnen die Tränen über die farbverschmierten Gesichter liefen.

33. Kapitel

Alle riefen laut »Überraschung!«, als Dad und Leanne das Haus betraten. Es schien niemanden zu stören, dass Dads Schock ganz offensichtlich gespielt war und dass er mit dieser mageren Vorstellung sicher keinen Oscar gewinnen würde. Die Gäste stürzten sich auf ihn, um ihm die Hand zu schütteln und auf den Rücken zu klopfen und ihm herzlich zu seinem langjährigen treuen Dienst zu gratulieren.

All das war ganz und gar verdient.

Auch wenn Autumns Vater nicht der engagierteste Dad der Welt gewesen sein mochte, war er doch ein loyaler, fleißiger, engagierter Polizist gewesen und die Polizei würde ihn vermissen.

Autumn stand in der Nähe des Buffets mit ihrer Stiefcousine Veronica, die sie mit einer solchen Begeisterung begrüßt hatte, dass man denken könnte, Autumn hätte das vergangene Jahr auf einer gefährlichen Missionsreise in Pakistan verbracht, anstatt sich in ihrer Wohnung zu vergraben. Veronica war extra für diesen Anlass aus Rockford gekommen. Sie war drei Jahre jünger als Autumn und sehr gesprächig. Die letzten zehn Minuten hatte Autumn nur in regelmäßigen Abständen genickt, während Veronica ohne Unterbrechung von ihrem Freund geredet hatte und davon, ob sie in die richtige Richtung gingen oder nicht.

Autumn machte das nichts aus. Sie fühlte sich merkwürdig leicht. So als könnte nichts sie verärgern, noch nicht einmal ihre Stiefmutter.

»Er ist ein toller Schlagzeuger«, fuhr Veronica fort.

Autumn nickte, froh darüber, dass sie eine Ausrede hatte, um sich nicht mit einem Haufen Leute zu unterhalten, die sie kaum kannte. Kollegen und Bürokräfte von der Polizei – manche mit Partner, andere allein. Leannes Kolleginnen. Mehrere Bekannte von der presbyterianischen Christkönig-Gemeinde. Dads Partner Nick, der noch etliche Jahre bis zur Rente hatte, seine Frau Violet und ihre beiden eineiigen Zwillingsjungen, die in Cals Alter waren. Jedes Mal, wenn jemand sie begrüßte, fauchten sie wie Jaguare.

Cal stand stoisch und voller Verachtung neben ihrer Mutter, so als stände sie über solchem Unsinn, während Jane den quengelnden Ike auf dem Arm hatte und Lulu mit den Jaguar-Jungs spielte. Sie und die Zwillinge hatten eine ganze Unterhaltung, die aus nichts als Knurren und Fauchen bestand, und jetzt schlugen die drei Purzelbäume. Na ja, die Jungen schlugen Purzelbäume. Lulu legte den Kopf auf den Boden und fiel seitwärts, während Leannes Eltern und Tante Kathy klatschten.

Kathy war Dads einzige Schwester.

Sie war aus Milwaukee hergekommen und hatte ihren Hund George mitgebracht, einen English Springer Spaniel, der gerade im Garten herumtobte.

»Ist das Blut?«, fragte Veronica und musterte prüfend Autumns Ohr.

»Wie bitte?« Autumn rieb über die Stelle, plötzlich verlegen.

Veronica sah genauer hin. »Nein, das ist kein Blut. Es sieht aus wie … wie Farbe.«

»Hi, ihr zwei.« Das kam von Jane.

Chad und sie waren auf dem Weg zum Essen. Jane tätschelte Ikes Po, während er wie eine Katze jaulte. Das tat er, egal, wie sehr man ihn wiegte, tätschelte, stillte, Bäuerchen machen ließ oder herumtrug. Der Junge hatte in seinen ersten beiden Wochen mehr geweint als Cal und Lulu zusammen.

Jetzt war Veronica richtig abgelenkt. Sie vergaß die rote Farbe hinter Autumns Ohr und ihren Schlagzeugerfreund und fing an, mit dem Baby zu schäkern. »Er sieht genau wie der Papa aus.«

»Nicht wahr?«, nickte Jane.

»Der Arme«, murmelte Chad und nahm sich einen Teller, den er anschließend mit Tacos und Guacamole belud. Das ganze Haus roch nach Mexiko.

Lachend nahm Veronica Ikes kleine Faust und bewegte sie hin und her. »Ich will ein Dutzend Babys wie dich, wenn ich verheiratet bin. Ja, die will ich! Ja, die will ich!« Sie hörte mit der Babysprache auf. »Er ist so süß, dass ich ihn geradewegs fressen könnte.«

»Ich könnte dieses Buffet hier fressen«, gab Jane zurück. »Chad, Liebling, für mich bitte keine Bohnen. Wenn ich die esse, wird Ikey heute Nacht überhaupt nicht schlafen. Aber von dem Reis nehme ich was. Viel davon. Und noch einen Taco.« Sie wandte sich an Veronica. »Dieses Kind will ständig gestillt werden, sodass ich immer Hunger habe. Die Pfunde purzeln nur so. Bei Cal und Lulu war das ganz anders. Nach deren Geburt hatte ich echt Probleme.«

Nein, hatte sie nicht.

Jane hatte bei beiden Mädchen zehn Kilo zugenommen und einen Monat später wieder in ihre normalen Trainingsklamotten gepasst.

Das wusste sie, weil Leanne es immer wieder erwähnte.

»Durch diesen Jungen verwandele ich mich in eine dieser abscheulichen Frauen, die essen können, was immer sie wollen. Wäre nicht der ständige Schlafmangel, wäre es traumhaft. Du siehst aber heute sehr zufrieden aus, Autumn.«

Autumn erstarrte, vor den Kopf gestoßen von Janes plötzlichem Themenwechsel. Sie hatte versucht, die getrocknete Farbe hinter ihrem Ohr wegzureiben.

»Stimmt«, nickte Chad, während er noch einen Löffel Reis auf den Teller seiner Frau häufte. »Was gibt es denn zu lächeln?«

Sie verbarg ihr Lächeln und wurde rot, so als hätte man sie dabei erwischt, dass sie etwas tat, das auf Partys nicht angemessen war.

»Du strahlst ja förmlich!« Janes Tonfall klang regelrecht entrüstet. Und erfreut.

»Ich freue mich für Dad«, log sie.

Alle drei sahen sie an, als hätte sie Chilisoße im Gesicht. Oder vielleicht Farbtupfer. Sie hatte eine halbe Stunde geduscht, aber trotzdem nicht alles wegbekommen.

»Darf ich mich nicht für Dad freuen?«

»Natürlich darfst du. Es ist …« Jane dachte wahrscheinlich an die Broschüren und die Krisensitzung und Jeannie True. Dann wanderte ihr Blick zu Seth hinüber, so als hätte Autumns Fröhlichkeit etwas mit ihm zu tun. »Es ist schön, dass es dir gut geht.«

Bevor Autumn mit einem verlegenen Danke antworten konnte, unterbrach ein lauter Aufprall ihre Unterhaltung. Lulu war auf der Jagd nach einem der Jaguar-Jungen frontal gegen eine Wand gelaufen. Jane erschrak, reichte Ike dann schnell an Chad weiter und eilte zu ihrem mittleren Kind, um es zu trösten. Das Gesicht der Kleinen war zu diesem typischen dramatischen Schrei verzerrt, der so intensiv war, dass kein Laut dabei herauskam. Zumindest einige Sekunden lang. Erst, als Jane ihren Rücken rieb und die kleine Lulu wieder Luft holen konnte. Dann war das Geheul so durchdringend, dass alle im Raum verstummten, um sich davon zu überzeugen, dass ihr nichts passiert war.

Ihr war nichts passiert.

Lulu passierte nie etwas.

Chad stand mit dem verstörten Ike und einem sehr vollen Teller da. Autumn nahm ihm ihren Neffen ab. In der Vergangenheit hatte sie ihre Nichten immer beruhigen können, sodass Jane sie scherzhaft als »Babyflüsterer« bezeichnet hatte. Aber Ike ließ sich nicht beruhigen, egal, wie sehr sie säuselte. Als Lulu endlich aufgehört hatte zu weinen und klar war, dass sie sich nicht verletzt hatte, war Ike es, der lautstark heulte. Jane kam, um ihn zu retten. Autumn füllte einen kleinen Teller am Buffet und flüchtete nach draußen, um den Lärm hinter sich zu lassen.

George, der Springer Spaniel, gesellte sich auf der Veranda zu ihr und schnupperte an ihrem Teller, während Ikes Geschrei sich mit der lärmenden Unterhaltung mischte, die von drinnen herausdrang.

Sie setzte sich und fuhr George mit der Hand über den Kopf. Dann gab sie ihm eine Fritte.

»Das habe ich gesehen.«

Sie fuhr herum.

Seth stand auf der anderen Seite der Fliegengittertür, in der Hand einen Teller mit Pommes frites und Salsa, ein freundliches Lächeln auf den Lippen. Gestern Abend hatte er Autumn gefragt, ob es okay sei, wenn er zu der Party käme. Claire hatte ihn eingeladen. Sie hatte ihm versichert, dass es völlig in Ordnung sei. Seth hatte sich immer sehr gut mit ihrem Dad verstanden.

Die Türangeln knarrten, als er die Gittertür aufstieß. Dann fiel sie hinter ihm zu, als er sich neben Autumn setzte. »Jetzt, wo dein Dad in Rente ist, kann er endlich alle quietschenden Dinge mit WD-40 einsprühen.«

»Und danach wird er alles reparieren, was leckt. Und danach wird er Leanne wahrscheinlich in den Wahnsinn treiben.«

Seth lachte.

George stupste mit seiner feuchten Nase ihren Arm an und wedelte mit dem Schwanz, während sein Blick sie um noch eine Fritte anflehte. Autumn warf eine ins Gras und der Hund machte sich auf die Suche, während eine warme Brise in den Blättern der Büsche raschelte.

»Du scheinst gut drauf zu sein«, sagte er und stieß sie mit dem Ellbogen ein wenig an.

Ihre Gedanken wanderten zu diesem Vormittag und zu Dads verwirrtem Blick zurück, als er ihr Handtücher gereicht hatte, während sie auf der obersten Stufe der Kellertreppe wartete, über und über mit Farbe bedeckt. So sehr hatte sie lange nicht mehr gelacht. Und es fühlte sich gut an – den Elliotts zu helfen. »Stimmt, bin ich.«

»Steht dir gut.«

Sie merkte, wie ihre Wangen warm wurden. Ein Gefühl der Zuneigung stieg in ihr auf. Mit einem Mal hatte sie das starke Bedürfnis, den Kopf an Seths Schulter zu lehnen. Die Interviews beanspruchten viel von seiner Zeit und er wurde nicht dafür bezahlt. Und sie hatte seine Hilfe nicht verdient. Nicht einmal ansatzweise.

Er aß von seinen Pommes.

Sie biss in ihre Enchilada.

George kam angelaufen, um weitere Leckerbissen zu erbetteln.

»Wir sollten uns irgendwann mal zum Abendessen verabreden.«

»Was?«

»Wir sollten uns irgendwann mal zum Abendessen verabreden«, wiederholte er.

»Klar.« Die Antwort kam völlig reflexartig heraus.

Seth lud sie zum Essen ein und sie sagte Ja. So war es immer gewesen. Zwei Jahre lang vor der Explosion.

»Ich verspreche, dass ich keine Erwartungen haben werde«, sagte er.

»Ich weiß.«

»Warum guckst du dann wie ein Kaninchen im Scheinwerferlicht?«

»Du hast mich nur überrumpelt.«

Seth lächelte sie an. Sein Gesicht war von der Sonne leicht gerötet, so als hätte er den Tag draußen verbracht. »Willst du deine Antwort ändern?«

Sie sah ihn an – diesen Mann, der immer so verlässlich und stark gewesen war. Vielleicht war es die Leichtigkeit, die noch vom Lachen heute Vormittag herrührte. Oder vielleicht waren es alte Gefühle, die wieder zum Leben erwachten. Sie wusste nur, dass es in diesem Moment, während George im Gras schnüffelte, merkwürdig beruhigend war, mit Seth zu essen – so, wie wenn sie am ersten Herbsttag ihren Lieblingspullover anzog.

»Du hast ein Date mit Seth?«

Claire stellte die Frage, kaum dass sie Autumns Wohnung betreten hatte. Sie war nach der Party noch dageblieben, um beim Aufräumen zu helfen. Autumn hatte das auch vorgehabt, aber die Gäste waren lange geblieben und Leanne hatte ihr versichert, dass es in Ordnung sei, wenn sie nach Hause ging.

Jetzt richtete sie sich mit einem Puzzleteil in der Hand auf.

Bevor die Tür aufgeschlossen und geöffnet worden war, hatte sie über dem Couchtisch gehangen und versucht, ihren jüngsten Einkauf zu vollenden – Mona Lisa als Puzzle.

Claire stellte ihre Handtasche auf den kleinen Tisch neben der Tür. In der anderen Hand hielt sie einen großen Teller mit Resten vom Buffet. Tacos und Enchiladas und Guacamole, die morgen braun sein würde. Sie sah Autumn mit hochgezogenen Augenbrauen an und wartete auf eine Antwort.

»Er hat mich gefragt, ob wir irgendwann zusammen essen gehen wollen.«

»Und du hast *Ja* gesagt?«

»Es ist nur ein Abendessen.«

Claire neigte den Kopf und sah sie an, als würde sie sich absichtlich dumm stellen. »Es kann nicht *nur ein Abendessen* sein. Nicht bei Seth.«

»Er hat mir gesagt, dass er keine Erwartungen hat.«

»Und das glaubst du?« Sie streifte ihre Schuhe ab und machte sich nicht die Mühe, sie im Schrank zu verstauen. Das ging Autumn allmählich auf die Nerven. War es wirklich so schwer, die Schuhe an ihren Platz zu räumen? Und benutztes Geschirr in die Spüle zu stellen? Und Socken in den Wäschekorb zu tun?

»Warum können wir nicht als Kumpels essen gehen?«

»Weil Seth nicht dein Kumpel sein will.«

»Hat er dir das gesagt?«

Claire ging in die Küche und stellte die Reste in den Kühlschrank. »Was glaubst du denn, warum er dir bei dem Erinnerungsvideo hilft?«

»Weil er ein netter Kerl ist?«

»Komm schon, Autumn. Du bist ihm wenigstens Ehrlichkeit schuldig.«

»Vielleicht weiß ich ja nicht, was ehrlich ist!« Und das wusste sie wirklich nicht. Was Seth betraf, waren ihre Gefühle so verwirrend, dass sie nicht daraus schlau wurde. Als er ihr einen Heiratsantrag gemacht hatte, hatte sie Ja gesagt, weil sie immer vorgehabt hatte, Ja zu sagen. Aber aus irgendeinem Grund hatte sie mit Groll zu kämpfen gehabt. Dann hatte sie mit ihm Schluss gemacht und ihn vermisst. Monatelang hatte sie ihn vermisst und jetzt war er wieder da und ein Teil von ihr fand das schön.

Autumn lehnte sich auf dem Sofa zurück und schloss die Augen.

»Empfindest du noch etwas für ihn?«

»Natürlich *empfinde* ich noch etwas für ihn. Wir waren zwei Jahre zusammen.«

Claire setzte sich neben sie aufs Sofa. Sie zog die Knie an und kreuzte die Beine. »Er ist ein guter Mann, Autumn. Er hat es nicht verdient, dass du mit seinem Herzen spielst.«

»Ich weiß.«

Dass Seth so lieb war, machte alles noch viel verwirrender.

34. Kapitel

Dienstag, den 30. Mai 2017

Gottes Wege sind unergründlich.
(Mrs Fayevilles Standardantwort, wann immer Tommy Bennett in der Sonntagsschule eine Frage gestellt hat)

Tommy Bennett hat viele Fragen gestellt.

Wir waren erst acht, also nicht viel älter, als Tate jetzt ist. Ich vermute, die meisten Achtjährigen – vor allem Achtjährige, deren Eltern jeden Sonntag in die Kirche gehen – würden ihre Sonntagsschullehrerin nicht mit solch theologisch verwirrenden Fragen ärgern. Kindlicher Glaube und so.

Bei Tommy Bennett war das anders.

Ich bin sicher, dass sein einziges Ziel in diesem Unterricht war, Mrs Fayeville in die Enge zu treiben. Man konnte die Nervosität in ihrem Blick sehen, sobald Tommy auch nur die Hand hob.

An einem Sonntag, als sie uns ein Lied beibrachte, dass alle sechsundsechzig Bücher der Bibel mit einer eingängigen Melodie verband, schoss Tommys Arm in die Höhe. Wir waren gerade bei dem Teil angekommen, in dem es hieß: »Esther, Hiob, Psalmen, Sprüche«, und Tommy hatte eine Frage. Sie betraf das Buch Hiob. Genauer gesagt: Wie konnte Gott zulassen, dass einem Mann, der nichts Böses getan hatte, so etwas Schlimmes passierte?

Mrs Fayeville wurde ein wenig blass um die Nase.

Sie unterbrach ihr Singen und schlug die Bibel auf, um das letzte Kapitel des Buches vorzulesen. Dann klatschte sie vor ihrer üppigen Brust in die Hände und sagte: »Seht ihr? Hiob hat seine

Lektion gelernt und Gott hat ihm mehr Kinder und Vieh gegeben. Am Ende wurde alles gut.«

Tommy sagte: »Erzählen Sie das mal den Kindern und den Ziegen, die tot sind.«

Ich weiß noch, wie ich dort im Schneidersitz auf einem kratzigen Teppich saß, der die Form von Noahs Arche hatte, und dachte: *Tommy hat recht. Was ist mit den toten Kindern und Ziegen? Waren die Gott egal?*

Neulich habe ich gehört, dass Tommy Pastor in Houston ist.

Vielleicht ist es doch Mrs Fayeville, die zuletzt lacht.

Ich weiß nicht, Maud.

Heute hatte ich ein Interview mit Jordan Brokaw.

Er wohnt in einem schäbigen Wohnblock in Englewood. Sein eigenes Apartment war alt, aber sauber, und in einer Ecke stand ein klappriges Kinderbett. Im Zimmer roch es nach Zigaretten. Nicht der überwältigende Gestank eines aktiven Rauchers, sondern der hartnäckige, schwache Geruch eines Ex-Rauchers. Jordan saß auf einem durchgesessenen Sofa, die Haare ordentlich geschnitten, Tätowierungen auf beiden Armen und ein anderthalbjähriges Mädchen namens Linaya auf dem Schoß.

Reese war nicht dabei.

Seit der Malaktion für ihre Großmutter habe ich sie nicht mehr gesehen. Letzte Woche sollte sie bei einem Interview helfen, aber sie wurde krank. Mitch sagte, es sei ein Erkältungsvirus, das bei den Elliotts die Runde machte. Es war von Reese zu Tate, dann zu Paul und wieder zurück zu der armen Reese gewandert.

Aber das Interview war okay. Ich bin nicht sicher, ob Paul es gut gefunden hätte, wenn Reese in diesen Stadtteil mitgekommen wäre. Ich bin auch nicht sicher, ob Jordan seine Tochter Reese überlassen hätte, wenn sie dabei gewesen wäre.

Er weinte, als er über seine Freundin und seinen Sohn sprach. Angela und Vincent. Sie war zweiundzwanzig gewesen. Der Junge hatte gerade seinen vierten Geburtstag gefeiert.

Nach Jordans eigener Schilderung war er ein Tunichtgut von einem Vater, der die Schule abgebrochen hatte, sein Geld mit Drogenhandel verdient hatte und dieses Geld dann sofort selbst für Drogen ausgegeben hatte. Als seine Tochter geboren wurde, war er high gewesen. Und an dem schrecklichen Tag, als Angela und Vincent starben und Autumn nicht, war er auch high gewesen.

Zum Glück, sagte Jordan unter Tränen, war Linaya nicht bei ihrer Mom gewesen.

Sie hatte die Nacht bei ihren Großeltern verbracht.

Jordan erzählte, die Tatsache, dass er seinen Sohn und die Mutter seiner Kinder beerdigen musste, hätte ihn wachgerüttelt wie sonst nichts im Leben. Er wurde clean. Er fand Jesus. Er holte seinen Schulabschluss nach. Und vor Kurzem hat der Richter ihm das gemeinsame Sorgerecht für Linaya zugesprochen, das er sich mit Angelas Eltern teilt. Sie haben ihm geholfen, von den Drogen wegzukommen und ihm von Jesus erzählt. Sie erwarten, dass er etwas aus seinem Leben macht.

Seiner Tochter zuliebe und um das Andenken an Angela zu ehren.

Jordan sagt, Angela und Vincent hätten ihm das Leben gerettet.

Wenn sie nicht wären, säße er jetzt hinter Gittern.

Oder läge tot in der Gosse.

Er verdanke ihnen alles, sagte er, und wischte sich über die Augen.

Wohl wahr.

Gottes Wege sind unergründlich.

☙

»Mia mag überhaupt kein Baseball«, sagte Tate.

»Mag sie wohl.«

»Nein, mag sie nicht. Ich habe sie mal gefragt und sie hat gesagt, es ist langweilig.«

Reese funkelte ihren Bruder an, als wäre er die größte Plage der Menschheit. »Ich bin älter als du, deshalb darf ich aussuchen.«

»Das ist nicht fair. Ich kann doch nichts dafür, wann ich geboren wurde.«

»Doch, kannst du wohl.«

Tate sah sie misstrauisch an.

»Ich habe dafür gesorgt, dass ich 2005 geboren wurde, im selben Jahr, als sie YouTube erfunden haben.«

»Das glaube ich nicht.«

Sie warf Tate einen überheblichen, gelangweilten Blick zu. »Weißt du überhaupt, wie Babys geboren werden?«

»Reese, das reicht jetzt.« Paul fächerte die vier Eintrittskarten in seiner Hand auf wie Spielkarten. Pop teilte sich eine Dauerkarte mit zwei anderen ehemaligen Platzwarten. Ein Dankeschön für ihre fleißige Arbeit in all den Jahren. Und es waren gute Sitze. Gleich hinter dem Schlagmal. Früher war Pop mit Paul und den Kindern gegangen. Jetzt war Pops Gesundheitszustand zu schlecht, um ein ganzes Spiel durchzuhalten, und Mom weigerte sich, Pop so lange allein zu lassen.

Er rief Mitch an, um zu sehen, ob er mitkommen konnte, aber Mitchs ältester Sohn hatte ein Fußballturnier. Es gab noch andere Freunde, die Paul einladen könnte, aber keinen, den er im Moment einladen wollte. Und das bedeutete, dass sie eine vierte Karte übrig hatten, über die sich die Kinder jetzt lautstark stritten.

Tate wollte seinen Schulfreund Owen einladen.

Reese wollte Mia mitnehmen.

»Wir können *Schnick, Schnack, Schnuck* spielen.«

»Auf keinen Fall«, schnaubte Reese.

»Warum nicht?«

»Du schummelst dabei immer.«

»Tu ich nicht!«

Tates vehementer Widerspruch war berechtigt, denn er schummelte wirklich nicht bei diesem Spiel. Er gewann immer, aber er schummelte nicht. Paul wusste das, weil er ihn beobachtete, und zwar sehr genau. Es schien unmöglich, dass Tate bei einem Spiel, das überwiegend Glückssache war, immer gewann, aber irgendwie gelang es ihm.

»Wie wäre es mit Autumn?« Der Vorschlag war heraus, bevor

er sich auf die Zunge beißen konnte. Aber selbst wenn er es gekonnt hätte, er hätte es wohl nicht getan.

Er hatte sie nicht mehr gesehen, seit die Farbenschlacht in Mr Mannings Keller ausgebrochen war. Paul war sicher gewesen, dass die Gemälde ruiniert sein würden. Aber nachdem sie die Leinwände aus dem Chaos entfernt hatten, sahen sie ganz anders aus. Abstrakt und bunt. Seine Mutter hatte letzten Sonntag Geburtstag gehabt und sie war von den Gemälden völlig begeistert gewesen.

Autumn und er hatten ein paar kurze E-Mails in Sachen Ehekampagne hin und her geschickt, aber er war mit der Grippewelle so beschäftigt gewesen, dass er kaum zu etwas gekommen war. Er hatte zu viel damit zu tun gehabt, nicht unterzugehen und jede Oberfläche im Haus zu desinfizieren. Jetzt ging es allen endlich wieder besser. Um zu feiern, würden sie dieses Wochenende zum Baseball gehen. Er wollte nicht, dass seine Kinder sich die ganze Zeit stritten. Und so seltsam das auch sein mochte, er genoss Autumns Gesellschaft.

»Wirklich?«, fragte Reese.

Paul zuckte mit den Schultern. »Sie mag die White Sox.«

Reese sah gespannt ihren Bruder an, der die Idee abzuwägen schien.

Autumn Manning oder sein Kumpel Owen.

Owen mochte Lichtschwerter und Wasserpistolen, aber beides war im Baseball-Stadion nicht erlaubt. Autumn ließ Tate mit Farbe herumschmieren und nannte ihn Officer Tate. Wie es schien, gab Letzteres den Ausschlag.

Paul rief ihren Namen in seiner Kontaktliste auf und betete, dass sie Ja sagen würde.

35. Kapitel

Eine Hitzewelle war über den mittleren Westen gerollt und hatte die letzten Frühlingstage in Chicago in einen launischen Gast mit heftigen Stimmungsschwankungen verwandelt. Gestern hatten angenehme dreiundzwanzig Grad geherrscht. Heute war die Temperatur auf dreißig Grad geklettert. Und Autumn, Seth und Reese hockten in einer winzigen Wohnung mit kaputter Klimaanlage, die sich wie ein Ofen anfühlte. Sie interviewten Sandra Reid, deren fünfjähriger Sohn ein kleiner Tyrann war, von seiner Mutter aber nicht zurechtgewiesen wurde. Stattdessen seufzte Sandra immer wieder demonstrativ in Reese' Richtung, die sich redliche Mühe gab, den Kleinen zu bändigen und zu unterhalten.

Außerdem sah Sandra die ganze Zeit wütend aus.

Sie blickte wütend drein, als Autumn ihr die Hand gab. Sie warf wütende Blicke zu Seth hinüber, als der seine Kameras aufbaute. Sie sah sich mit wütendem Gesichtsausdruck die Bilder auf dem Laptop an und ihr Blick war wütend, als sie über ihre Schwester Ashley sprach, die an jenem Tag im Zug gewesen war.

Sandra redete ohne Punkt und Komma – darüber, dass Ashley ihren Abschluss mit *magna cum laude* gemacht hatte, dass sie ein aufsteigender Stern am Himmel der medizinischen Forschung gewesen war – und mit jedem Wort wurde ihre Stimme angestrengter und gereizter.

Autumn sah zu Reese hinüber, die versuchte, den Jungen daran zu hindern, dass er auf die Küchenzeile kletterte.

»Vielleicht findest du ja irgendwann ein Mittel gegen Krebs.«

Reese' optimistische Worte, voller bitterer Ironie.

Wenn irgendjemand in dem Zug damals auch nur die Chance gehabt hätte, Krebs zu heilen, dann war es Ashley. Aber Ashley war tot.

»Sie war in der Stadt sehr angesehen. Alle haben sie geschätzt. Sie können fragen, wen sie wollen.« Sandras Schultern wurden starr. »Sie hätte noch so viel geben können.«

»Ja, das klingt so«, antwortete Autumn.

Sandra schnaubte. »Was haben Sie denn zu geben?«

Seth rührte sich verlegen hinter der Kamera.

Sandra reckte das Kinn vor und funkelte noch wütender, als erwarte sie tatsächlich eine Antwort von Autumn. Als wollte sie eine Liste mit Leistungen und Zeugnissen haben. Als müsse Autumn sich bemühen, ihren Erwartungen gerecht zu werden.

»Ich finde, das ist nicht fair«, sagte Seth.

»Ich bitte Sie. Wollen Sie mir etwa erzählen, was fair ist?«

Autumns Magen zog sich zusammen.

Seth schaltete die Kamera aus. »Wir haben genug Material. Ich denke, wir sollten jetzt gehen.«

»Seth ...«, wollte Autumn protestieren.

»Zeit zu gehen, Autumn.«

»Ja.« Sandra erhob sich aus ihrem Sessel, Tränen in den Augen, und verschränkte die Arme. »Es wird Zeit, dass Sie gehen.«

Als sie kurz darauf in den Aufzug trat, war Autumn verschwitzt und völlig fertig. Sie fühlte sich launischer als das Wetter, wie ein Hamster in einem Rad, der unbedingt ans Ziel kommen will. Unbedingt etwas tun will. *Dreh, dreh, dreh. Immer im Kreis.* Wo genau wollte sie eigentlich hin? Ihr Kopf hämmerte. Sie sehnte sich nach einer Dusche und der kühlen Stille ihrer Wohnung.

Aber das ging nicht.

Sie hatte Seths Einladung zum Essen angenommen. Eigentlich hatte sie sich darauf gefreut, als sie Ja gesagt hatte. Aber das war gewesen, bevor Claire ihr deswegen ein schlechtes Gewissen gemacht hatte. Und vor Sandra Reid und ihrer messerscharfen Frage: Was haben Sie zu geben? *Das Erinnerungsvideo!,* wollte sie sagen. Dies war ihre Gabe. Aber irgendwie glaubte sie nicht, dass das reichen würde.

Während sie mit dem Aufzug ins Erdgeschoss fuhren, beobachtete Seth sie ganz besorgt, so als würde sie jeden Augenblick auseinanderbrechen und es wäre seine Aufgabe, sie wieder zusammenzusetzen.

»Alles in Ordnung?«, fragte er leise und legte eine Hand auf ihren Rücken.

Autumn nickte, aber sie war nicht sicher, ob es stimmte.

Draußen wartete Reese' Großmutter in einem hellgrauen Ford Escape, der am Straßenrand parkte. Sie lächelte freundlich und stellte sich als Linda vor – erst Autumn, dann Seth. Es war merkwürdig, bei einer grauhaarigen Frau Pauls Augen zu sehen. Sie hatten genau die gleiche Form und Farbe, waren aber weniger durchdringend. Als wären sie mit der Zeit und zunehmender Weisheit milder geworden.

»Danke für das herrliche Geburtstagsgeschenk«, sagte Linda.

Autumn konnte förmlich sehen, wie Seth die Ohren spitzte.

»Sie hat richtig geheult«, sagte Reese, während sie auf den Rücksitz kletterte.

»Freudentränen«, erklärte Linda. »Das waren Freudentränen.«

Seth hatte angefangen, seine Ausrüstung im Kofferraum seines Autos zu verstauen. Aber er war nahe genug, um ihrer Unterhaltung zu lauschen. Und als Reese sich anschnallte und »Bis morgen beim Spiel!« rief, bevor sie losfuhren, klappte Seth den Kofferraum zu und fragte: »Was für ein Spiel?«

Autumn konnte sich nicht überwinden, ihm in die Augen zu sehen, selbst als er ihr die Wagentür aufhielt. »Die White Sox.«

»Du gehst mit Reese zu einem Spiel der White Sox?«

»Ja.«

Seth ging um seinen Wagen herum und setzte sich ans Steuer, offensichtlich verwirrt. »Ich verstehe nicht, wie ihr beide euch kennengelernt habt.«

Also erzählte sie ihm auf dem Weg zu dem Restaurant, in dem sie früher oft gewesen waren, von den Briefen und den Diamantohrringen und davon, dass die Idee mit dem Video ursprünglich von Reese stammte.

Als sie schließlich an ihrem Tisch saßen, war Seth verstummt und Autumn zunehmend nervös. Als die Bedienung fragte, ob sie

Wein zum Essen wollten, sagte Seth Ja und Autumn gleichzeitig Nein.

Sie überließ ihm die Entscheidung.

Vielleicht würde der Wein ihr helfen, sich zu entspannen.

»Und wie hat sie dich dazu gekriegt, mit ihnen zu einem Spiel zu gehen?«, fragte Seth, während er sich am Kinn kratzte.

Und da sah sie es.

Eifersucht.

Seth hatte schon immer zur Eifersucht geneigt. Früher hatte Autumn das schmeichelhaft gefunden und seinen Besitzerstolz romantisch. Bis Melanie Holloway auf der Bildfläche erschienen war.

Melanie Holloway.

Autumn setzte sich etwas aufrechter hin. Melanie flirtete gerne, hatte Beine bis zum Hals und war kurz vor der Explosion aufgetaucht, zu einer Zeit, an die Autumns Gedächtnis sich nur vage erinnerte. Bis zu diesem Augenblick hatte sie Melanie ganz vergessen gehabt. Diese Frau hatte mit Seth zusammengearbeitet und Autumn hatte das Gefühl beschlichen, dass ihre Eifersucht berechtigt war. Wenn sie eine geschäftliche Beziehung zu einem muskulösen, charmanten Mann gehabt hätte, wäre Seth ausgerastet. Aber Seth hatte ihre Eifersucht geärgert.

»Meinst du nicht, dass du es etwas übertreibst?«

»Wie meinst du das?«

»Diese fixe Idee von dir.«

»Das hat überhaupt nichts mit irgendeiner fixen Idee zu tun«, sagte Autumn. »Reese wollte, dass ich mitkomme. Da sage ich doch nicht Nein. Sie hat es schwer genug. Und sie trauert immer noch um ihre Mutter.«

»Also … willst du diese Lücke füllen?«

Er hätte sie genauso gut ohrfeigen können.

Wie konnte Seth so etwas sagen? Wenn irgendjemand verstehen müsste, warum diese Anschuldigung so schmerzte, dann er! Autumn war nicht wie Leanne, die ihre eigene Mutter so schnell ersetzt hatte. Und sie würde niemals Leanne sein. »Ich würde nie versuchen, Reese' Mutter zu ersetzen.«

»Das hätte ich nicht sagen dürfen.« Seth seufzte. »Es tut mir leid, Autumn. Aber es ist einfach seltsam. Und ich will nicht, dass du verletzt wirst.«

»Verletzt von wem?«

»Von diesem Paul.«

Bevor sie ihrer Fassungslosigkeit Ausdruck verleihen konnte, kam die Bedienung und schenkte ihnen Wein ein.

Seth nickte zum Dank, dann stützte er die Ellbogen auf den Tisch und beugte sich vor. »Er scheint mir ziemlich arrogant zu sein.«

Seine Bemerkung ärgerte sie. »Er ist nicht arrogant.«

»Er war total unhöflich zu dir, Autumn. Und zu mir.«

»Er hatte einen schlechten Tag.«

»Schlägt er auch immer Leute, wenn er einen schlechten Tag hat?«

Allmählich hatte sie genug. Seth irrte sich. Er stellte Pauls Charakter ein schlechtes Zeugnis aus nach nur einer unglücklichen Begegnung. Paul war ein trauernder Witwer und ein toller Vater und ein ziemlich guter Basketballer. Und arrogant war er auch nicht. Seth war nur eifersüchtig. Und ohne jeden Grund. »Du hast mir versprochen, dass du keine Erwartungen hast.«

»Und du hast mir versprochen, dass es für immer ist.«

Was von ihrem Appetit noch übrig gewesen war, hatte sich jetzt auch erledigt.

Sie hatte dafür keine Kraft.

Nicht heute Abend. Erst recht nicht nach diesem Interview.

Sie schüttelte den Kopf, schob ihren Stuhl zurück und ging zur Tür.

Seth holte sie ein, als sie gerade auf die Michigan Avenue hinaustreten wollte. »Warte, Autumn. Es tut mir leid.«

»Das war unfair.«

»Ich weiß. Ich hätte das nicht sagen dürfen. Es ist nur …« Er fuhr sich mit der Hand übers Gesicht. »Ich mache mir Sorgen um dich.«

Mehrere Leute sahen zu ihnen hinüber. Autumn war sicher,

dass eine Person sie erkannt hatte. »Willkommen im Klub. Jane ist die Vorsitzende, Claire die Schatzmeisterin. Ich bin ziemlich sicher, dass sie dich aufnehmen werden.«

»Autumn.«

»Was?«

»Glaubst du wirklich, dass diese Interviews hilfreich sind? Bewirken sie das, was du erwartet hast? Denn heute Abend hat es sich nicht danach angefühlt, dass du mit der Vergangenheit abgeschlossen hast.«

Autumn schüttelte nur den Kopf.

»Und ein Baseballspiel mit den Elliotts?«

»Seth.«

»Lass mich bitte ausreden, okay? Was geschehen ist, war ein traumatisches Erlebnis. Für dich. Für ihn. Das leugne ich gar nicht. Ich kann mir nicht vorstellen, wie schrecklich es gewesen sein muss zu denken, dass seine Frau lebt, und dann festzustellen, dass es nicht so ist. Statt seiner Frau dich im Krankenhaus vorzufinden. Ich kann verstehen, dass das sehr verwirrend ist. Ich kann verstehen, dass deine Gefühle da ungeordnet sind.«

»Es gibt keine ungeordneten Gefühle.« Seth tat so, als versuchte sie absichtlich, ihr Leben mit dem von Vivian zu tauschen. Aber sie gingen nur zu einem Baseballspiel.

»Es war furchtbar. Das verstehe ich. Aber Autumn, ich verstehe nicht, warum unsere Beziehung zu Ende ist. Ich verstehe nicht, warum wir uns getrennt haben.« Er stand da und sah sie flehend an. So als wären sie auf dem Mars und sie hätte den letzten Sauerstofftank. »Ich liebe dich immer noch.«

»Seth.«

»Wenn du sagst, du willst wieder mit mir zusammen sein, bin ich sofort dabei. Ich würde morgen mit dir vor den Altar treten.«

Ein dicker Kloß bildete sich in ihrer Kehle.

»Hilf mir, es zu verstehen. Was ist passiert? Wie sind wir von Verliebtheit und dem Wunsch, den Rest unseres Lebens zusammen zu verbringen, an diesen Punkt gekommen?«

Alle ihre Wut war auf einmal wie weggeblasen.

Wie gut sie den Frust nachvollziehen konnte, etwas nicht zu verstehen. Sie suchte auch händeringend nach Antworten. Aber sie hatte keine. Jedenfalls keine, die einen Sinn ergaben. Als sie in dem Krankenhauszimmer aufgewacht war, waren ihre Emotionen durcheinander gewesen. Die Ärzte hatten ihr versichert, das sei normal. Seth wollte eine Erklärung, aber sie konnte ihm keine geben. »Ich weiß es nicht. Es tut mir leid, aber ich weiß es einfach nicht.«

Er sackte in sich zusammen wie ein alter Luftballon.

Und sie konnte nichts dagegen unternehmen.

Die Frau, die man aus den Trümmern gezogen hatte, war nicht dieselbe Frau, die in den Zug gestiegen war. Und die Tragödie auf den Gleisen war nicht einfach nur ein *traumatisches Ereignis*. Sie hatte ihr Leben verändert. Die alte Autumn – die Frau, in die Seth sich verliebt hatte – war zusammen mit all den anderen gestorben.

36. Kapitel

Entgegen aller Vernunft ging Autumn hin. Jedes Mal, wenn sie ihr Telefon in die Hand genommen hatte, um Paul anzurufen und mit irgendeiner Ausrede abzusagen, dachte sie an Tates ansteckendes Lachen, als er seine Schwester mit Farbe bespritzt hatte, oder an die Vorfreude, mit der Reese aus dem Wagenfenster ihrer Großmutter gerufen hatte: »Bis morgen beim Spiel!«

Also erschien sie in ihrem T-Shirt mit dem Logo der White Sox und der passenden Baseballkappe, entschlossen zu beweisen, dass Seth sich irrte. Niemand hatte ungeordnete Gefühle. Niemand versuchte, Vivian zu ersetzen.

Außerdem waren die Plätze direkt hinter dem Schlagmal. Ihr Vater würde ihr bei lebendigem Leibe das Fell über die Ohren ziehen, wenn sie Nein sagte.

Als sie aus ihrem Auto stieg und ihr Herz beim Anblick der Elliott-Kinder, die auf der Veranda warteten, schneller schlug, sagte sie sich, dass das völlig normal war. Reese und Tate waren richtig nette Kinder. Da würde jedem das Herz aufgehen. Auch sie trugen Hemden und Kappen der White Sox und auch Paul, der gerade aus dem Haus kam.

Sie hatten alle vier das gleiche Outfit.

Paul lächelte, als fände er das lustig. »Wer hat Lust auf Baseball?«

»Ich!« Tate reckte die Faust in die Luft und hüpfte auf der Stelle. Dann rannte er zum Tor.

»Das perfekte Wetter für ein Abendspiel«, sagte Paul.

»Stimmt«, antwortete Autumn und es klang irgendwie merkwürdig. Vielleicht zu hoch? Sie war nervös und war sich nicht sicher.

Tate rannte voraus und lief den Gehweg hinunter. Autumn

blieb stehen. Es dauerte einen Moment, bis ihr Verstand registrierte, was los war. Tate und die anderen gingen die Straße hinunter. In Richtung Diversey.

In Richtung Zughaltestelle.

Diese banale Erkenntnis traf sie wie ein Schlag. Warum hatte sie daran nicht gedacht? Es war ein Spiel der White Sox. Natürlich würden sie öffentliche Verkehrsmittel nehmen. Sie würden am Diversey Parkway die rote Linie nehmen und nach Süden fahren bis zur 35. Straße. Es ergab keinen Sinn, mit dem Auto zu fahren.

»Alles in Ordnung?«, fragte Paul.

»Ich, äh …« Autumn zwang sich zu schlucken. Luft zu holen und sich zu entspannen.

Tate – der inzwischen gemerkt hatte, dass die anderen ihm nicht folgten – blieb stehen und kam zurück. Dabei lief er rückwärts, so als würde jemand das Band zurückspulen. »Was ist los?«

Autumn suchte krampfhaft nach einem logischen Grund, warum sie sich alle in ihre Rostlaube von Auto zwängen und den Straßenverkehr von Chicago über sich ergehen lassen sollten, wenn sie doch einen schönen Spaziergang machen und dann in die Hochbahn steigen konnten. »Ich habe meine Dauerkarte vergessen.«

»Kein Problem«, sagte Tate und nahm ihre Hand. »Dad hat Geld. Er kann für deine Fahrkarte bezahlen. Es kostet nicht viel.«

Er versuchte, sie hinter sich herzuziehen, aber Autumns Füße klebten an dem Asphalt fest. Und dann sah sie, dass Paul plötzlich verstand. Natürlich verstand er, was los war. Der Umgang mit Angst war sein tägliches Brot. Die Angst war wahrscheinlich der Hauptgrund, warum der Job von jemandem wie Paul Elliott so sicher war.

»Du bist nicht gefahren seit …?«

Sie schüttelte einmal kurz den Kopf.

Nein. War sie nicht.

Die Scham kam wie eine Nachwehe. Plötzliche, heiße Scham. Es war vierzehn Monate her. Autumn lebte in einer Großstadt, in der der öffentliche Personennahverkehr zum Alltag gehörte. Chicagoer mieden die Bahn nicht. Sie benutzten sie.

Aber Autumn nicht.

Nicht nur dass sie diese Transportmittel gemieden hatte, sie hatte es auch teuer bezahlt. Das Geld für Benzin und astronomische Versicherungsprämien, obwohl sie sich beides nicht leisten konnte. Im Stau zu stehen, wann immer sie irgendwohin musste. Die endlose Suche nach einem Parkplatz. Und wofür das alles? Glaubte sie wirklich, dass Benjamin Havel irgendwo lauerte und darauf wartete, noch eine Bombe zu legen?

Autumn schüttelte noch einmal den Kopf, diesmal langsamer, und ermahnte sich, nicht albern zu sein. Tausende, wenn nicht gar Millionen Menschen fuhren jeden Tag mit dem Zug zur Arbeit. Vor dem schlimmen Tag hatte sie es selbst Hunderte, wenn nicht gar Tausende Mal getan.

»Wir können mit dem Auto fahren«, sagte Paul.

»Nein. Ist schon gut.« Autumn zwang sich, einen Fuß vor den anderen zu setzen. Sie konnte das schaffen. Sie *würde* es schaffen.

»Das ist nicht nötig, Autumn. Wir können meinen Wagen nehmen.«

Es war nötig. Nach der schrecklichen Verabredung mit Seth gestern Abend, bei der sie in der gleichen Situation gewesen war wie vor Monaten, als sie ihm den Ring zurückgegeben hatte, war sie überzeugt, dass der Zug sehr wohl nötig war. Sie machte noch einen Schritt. Und noch einen. Sie lief weiter, bis es sich nicht mehr so unnatürlich und mechanisch anfühlte. Sie stellte sich vor, wie stolz Jeannie sein würde. Sie hatte am Montagnachmittag einen Termin. Dann würde sie in dem Ledersessel sitzen und ihr davon erzählen. Von dem Augenblick, in dem sie ihre Angst überwunden hatte, wieder in einen Zug gestiegen war und überlebt hatte.

Noch einmal.

Autumn verdrängte den Gedanken.

Tate sprang vor ihnen her und schwenkte seine Kappe durch die Luft. Seine blonden Locken hüpften im Sonnenlicht auf und ab. Reese und Paul warfen Autumn immer wieder nervöse Blicke zu, so als hätte sie – mit einem grünen Gesicht – gesagt, dass ihr schlecht sei.

Paul beharrte noch ein paarmal darauf, dass sie den Wagen nehmen sollten. Niemandem machte das etwas aus. Es war kein Umstand.

Aber Autumn hatte auf stur geschaltet. Sie würde diese Angst überwinden. Sie würde sich diesen Teil ihres Lebens zurückholen.

Mit zitternden Fingern bediente sie den Fahrkartenautomaten, der schließlich eine Fahrkarte ausspuckte. Sie hielt die Karte vor den roten Scanner und ging durch das Drehkreuz. Das alles war so schrecklich vertraut. Der Lärm von den Schienen der Hochbahn. Der schwache Uringeruch, als sie die Betonstufen hinaufgingen.

Wie merkwürdig, dass sie das vor vierzehn Monaten getan hatte. Hatte sie an jenem Tag etwas gespürt? Konnte es wirklich sein, dass man in eine so lebensverändernde Situation einfach hineinging, ohne zu ahnen, was kam?

Ein junger Mann, der ihnen entgegenkam, machte eine spöttische Bemerkung über ihre Klamotten und darüber, dass sie auf dem Gebiet der Cubs waren. Autumn versuchte zu schlucken, aber ihr Mund war so trocken, als wäre er mit Watte gefüllt. Ihr Herz begann laut zu hämmern, als sie den Bahnsteig betraten. Der Zug hielt gerade und die Türen glitten auf.

Leute stiegen ein.

Steig ein, sagte Autumn sich. *Steig ein.*

Sie sollte das tun können.

Doch alles begann sich zu drehen.

Das Blut pochte in ihren Ohren.

Und sie bekam keine Luft.

Sie stellte sich die Schlagzeile am nächsten Tag vor:

Einzige Überlebende erstickt in Hochbahn

Alle würden sich verwundert am Kopf kratzen.

Was hatte das für einen Sinn? Warum hatte sie überhaupt überlebt?

»Warum steigen wir nicht ein?«, fragte Tate.

Sie zwang sich, einen Schritt näher zu treten, bevor die Türen sich schlossen. Aber dann stieg etwas Animalisches in ihr auf. Etwas, das kratzte und trat und sich mit Zähnen und Klauen einen Weg nach draußen bahnte. Ihr Herz würde zerspringen. Sie würde ersticken. Sie würde vor Paul und Reese und Tate ohnmächtig werden.

Sie ... würde ... *sterben.*

Die kalten, klammen Finger um ihren Nacken gelegt, drehte Autumn sich um und floh.

Sie saß auf dem Bordstein vor einem Imbiss, den Kopf in die Hände gestützt. Leute gingen vorbei. Bestimmt starrten sie Autumn verwundert an. Wahrscheinlich fragten sie sich, ob sie wohl betrunken war oder high. Aber es war ihr egal. Sie blickte stur auf den Asphalt zwischen ihren Schuhen und versuchte, Luft zu holen. Ihr ganzer Körper war klamm und zittrig. Weil sie unnormal war. Total unnormal. Eine erwachsene Frau, die nicht in einen Zug steigen konnte.

Ein Paar Männerlaufschuhe blieben vor ihr stehen.

Sie gehörten Paul.

»Bist du in Ordnung?«, fragte er.

Sie schüttelte den Kopf. »Ich wollte nur diese eine Sache machen. Das kann doch nicht so schwer sein. Ich sollte nicht so schwach sein.«

»Du bist nicht schwach.«

Sie schnaubte. Wenn er fühlen könnte, wie ihre Beine zitterten, würde er anders reden.

»Du hast etwas unglaublich Traumatisches erlebt.«

»Du auch. Und deine Kinder. Und Kelsey Collins. Aber ihr

könnt es. Ihr bekommt keine Panikattacken, wenn ihr vor einem Zug steht.«

»Wir haben nicht durchgemacht, was du durchgemacht hast.«

Nein. Sie hatten etwas Schlimmeres durchgemacht. Sie hatten Angehörige verloren. Autumn hingegen hatte keine dieser Personen gekannt. Jedenfalls damals nicht. Damals waren sie nur Fremde gewesen. Sie blickte von ihren Händen auf.

Reese und Tate standen ein Stückchen entfernt und scharrten unsicher mit den Füßen.

Jetzt schämte sie sich noch mehr. Die Kinder hatten das nicht verdient. Sie hätte ihnen nicht den Tag verderben dürfen. Sie hätte Pauls Einladung niemals annehmen dürfen. Aber er stand vor ihr, die Abendsonne im Rücken – ein Muster an Geduld.

»Es tut mir leid«, sagte sie.

»Du musst dich nicht entschuldigen.«

»Doch, das muss ich. Das hier sollte ein Vergnügen werden.«

»Und das wird es auch. Sobald wir im Stadion sind. Zum Glück gibt es viele Methoden, dorthin zu gelangen, nicht nur mit dem Zug.« Er hielt ihr die Hand hin.

Autumn atmete langsam aus und ergriff dann seine Hand.

Paul Elliott zog sie auf die Beine.

Und mitten in dieser Bewegung blitzte eine Erinnerung auf. Wirbelnder Schnee. Ein stechender Schmerz. Derselbe Mann, der ihr die Hand hinstreckte. Das alles war auf einmal so deutlich da, dass Autumn noch einmal der Atem stockte. »Hat … Ist das schon mal passiert?«

Er runzelte die Stirn. »Ist was schon mal passiert?«

»Das hier.« Autumn legte eine Hand auf ihre Stirn, weil sie sich schwindelig fühlte. »Dass du mir aufgeholfen hast. An dem Tag damals.«

»Du erinnerst dich nicht daran?«

Jeder Tropfen Wärme wich aus ihren Wangen. Sie erinnerte sich an gar nichts. Sie hatte keinerlei Erinnerung an diesen Tag. Bis dieser eine Augenblick zurückgekehrt war. Ein Augenblick, der vierzehn Monate lang verloren gewesen war. Ein Augenblick, der – *ausgerechnet* – mit Paul Elliott zu tun hatte. »Du hast mir geholfen aufzustehen? Aber warum?«

Er kratzte sich am Hinterkopf. »Wir sind zusammengestoßen und du bist hingefallen.«

»Wann?«

»Auf dem Bahnsteig, kurz bevor …«

Autumn schüttelte entgeistert den Kopf. Sie hatte jemanden gefunden, der etwas von diesen zwei rätselhaften Stunden wusste. Paul Elliott!

»Du kamst die Treppe hinaufgerannt und ich … ich hatte mich gerade umgedreht.«

»Ich hatte es eilig?«

»Sah so aus.«

»Habe ich irgendwas gesagt? Haben wir miteinander gesprochen? Erinnerst du dich an Einzelheiten?« Die Fragen überschlugen sich. Sie kamen voller Verzweiflung heraus, gierig, ängstlich, als wäre sie am Verhungern und jede Einzelheit ein Brocken zu essen.

»Eigentlich nicht. Du hattest einen *Karton* dabei. Ich habe dir aufgeholfen ...«

»Ich hatte einen Karton dabei?«

»Ja.«

»Was für einen Karton?«

»Einen ganz normalen Karton. Pappe. Nicht sehr groß.«

»Hast du gesehen, was drin war?«

»Da war ein Bilderrahmen, der beim Herunterfallen kaputtgegangen ist.« Paul schien zu überlegen, aber dann zuckte er entschuldigend mit den Schultern. »Tut mir leid. An mehr erinnere ich mich nicht.«

37. Kapitel

Die Leute drängten sich vor dem Stadion und genossen die Sonne und die Restwärme des Tages. Autumn starrte auf ihr Handy, weil sie auf eine Antwort von ihrer Schwester wartete. Sie hatte versucht, sie anzurufen, aber Claire war nicht drangegangen. Also hatte sie vom Rücksitz eines Taxis während der langen Fahrt hierher eine Textnachricht geschickt.

Weißt du, warum ich an dem Tag einen Karton dabeigehabt haben könnte?

Bis jetzt war die Nachricht gesendet, aber noch nicht gelesen worden.

Sie schoben sich durch das Tor, während Autumn krampfhaft versuchte, sich zu erinnern. Aber so sehr sie sich auch bemühte, ihr fiel sonst nichts mehr ein. Alles, was sie hatte, war ein einsames Puzzleteil inmitten von zwei Stunden unbekannten Inhalts.

Tate griff nach der Hand seines Vaters. »Es gibt nichts Besseres als Baseball an einem schönen Tag.«

Paul lachte.

Es war eine komische Bemerkung für einen Siebenjährigen.

Dann nahm Tate auch Autumns Hand. Und sie fühlte Reese' Blick auf ihrem Rücken wie einen heißen Sonnenstrahl.

Ihr Telefon vibrierte.

An welchem Tag?

Sie ließ Tates Hand los und tippte schnell eine Antwort.

Der Zuganschlag. Ich hatte einen Karton dabei.

Das weißt du noch?

Ich habe mich an etwas erinnert.

»Keine Handys im Stadion!«, verkündete Tate. »Stimmt's, Dad?«

Autumn blickte von ihrem Display auf.

»Bei einem Baseballspiel darfst du nicht auf dein Handy gucken. Das ist eine Familienregel bei den Elliotts. Pop sagt, das ist Plasfamie.«

»Blasphemie«, murmelte Reese mit einem genervten Augenrollen.

Paul gab einem rundlichen Mann, der vor einem der Drehkreuze auf einem Hocker saß, die Eintrittskarten.

Wieder vibrierte Autumns Telefon.

Keine Ahnung, dass du einen Karton dabeihattest. Sorry.

Sie atmete frustriert aus und schob das Handy in ihre Handtasche. Dann folgte sie Paul und seinen Kindern zum nächsten Imbissstand. Paul kaufte Nachos, einen Hotdog, Zuckerwatte, eine Tüte Erdnüsse und drei Flaschen Wasser, bevor er sich an Autumn wandte. »Was möchtest du? Popcorn? Bonbons? Speck am Stiel?«

»Ich habe keinen Hunger, danke.«

»Du willst gar nichts? Nicht mal eine Tüte Karamell-Popcorn?«

»Dad hat letztes Jahr Rippchen bestellt«, ertönte Tates hohe Stimme. »Er hat gesagt, er hätte sie mit meinem College-Geld bezahlt.«

»Sie haben ein kleines Vermögen gekostet.«

Letztes Jahr?

Sie waren letztes Jahr zu einem Baseballspiel gegangen – nur wenige Monate, nachdem Vivian gestorben war?

Sie sah Reese an, die bisher kaum mehr als ein paar Worte gesagt hatte. Sie wirkte launisch und wortkarg, so wie Autumn sich am Abend zuvor gefühlt hatte.

»Du willst also wirklich nichts?«, fragte Paul.

»Ich habe schon gegessen.«

Er zuckte mit den Schultern und wandte sich dann an die Verkäuferin, während er zwei Zwanzigdollarscheine aus seinem Portemonnaie holte. »Können Sie noch ein Wasser dazutun?«

Die Frau nahm das Geld und schob ihm die Sachen über den Tresen zu.

Paul gab Reese die Nachos und Autumn eine Wasserflasche.

»Das kann ich doch selbst bezahlen«, wandte sie ein.

»Ist kein großes Ding.«

»Ich schulde dir aber noch Geld für das Eis.«

Reese' Blick fuhr von ihren Nachos hoch.

Tate nahm seinen Hotdog und rannte zu dem Tisch mit Soßen. Er betrachtete glücklich den überdimensionalen Senfspender, so wie die meisten Jungen in seinem Alter ein Glas mit Bonbons anstarrten. Paul nahm die restlichen Wasserflaschen und die Erdnüsse und die Tüte mit der Zuckerwatte, während Tate seinen Hotdog in Senf ertränkte.

»Das ist eklig«, sagte Reese.

»Senf ist nicht eklig. Es ist mein Lieblingslebensmittel.«

»Senf ist kein Lebensmittel, und wenn du nicht aufpasst, werden deine Zähne davon grün.«

Tate hörte auf, den Spender zu betätigen. »Senf ist gelb, nicht grün.«

»Prima erkannt«, sagte sie sarkastisch. »Aber es sind Enzyme drin, die mit deinem Zahnschmelz reagieren. Wenn du zu viel davon isst, werden deine Zähne neongrün.«

Tate starrte seine Schwester an. »Das glaub ich dir nicht.«

Sie zuckte mit den Schultern, als wäre ihr das egal. Sie hatte nichts zu verlieren.

Paul fuhr mit der Hand über Tates Kappe. »Sie nimmt dich auf den Arm, Kumpel. Ich werde zwar nicht durch die Nase atmen können, bis du das Ding aufgegessen hast, aber ich verspreche dir, dass deine Zähne nicht grün werden.«

Auf dem Weg zu ihren Plätzen kamen sie an einem Stand vorbei, der vor Fanartikeln nur so überfloss. Als sie klein war, hatte Autumn immer mit diesen Dingen geliebäugelt. Dann hatte sie gebettelt, um irgendein kleines Teil zu bekommen, aber Dad hatte nur selten nachgegeben, denn wer brauchte schon einen Schlüsselanhänger für zwanzig Dollar, erst recht, wenn man zum Autofahren noch zu jung war?

»Kann ich eine Baseballkappe haben?«, fragte Tate.

»Du hast doch schon eine.«

»Zum Geburtstag?«

»Dein Geburtstag ist erst im Juli.«

Tate legte seinen Hotdog auf den Tisch und fing an, seine Baseballkarten durchzugehen. »Ich verspreche, dass ich dann auch nichts anderes mehr will.«

Reese schnaubte verächtlich, so als wüsste sie es besser. Dann nahm sie eine große Hand aus Schaumstoff. »So eine wollte ich immer schon mal haben.«

Autumn trat neben sie. »Wie, du hast noch keine?«

Reese schüttelte den Kopf.

Paul nahm sie seiner Tochter weg. »Wir brauchen keine Requisiten, um zu jubeln.«

»Schaumstoffhände sind keine Requisiten. Sie sind ein wesentlicher Bestandteil der Baseballkultur.« Autumn kramte in ihrer Handtasche und wandte sich an den grimmig dreinschauenden Mann hinter dem Verkaufsstand, der misstrauisch zusah, wie Tate alles anfasste, was er sah. »Ich hätte gerne zwei Schaumstoffhände.«

»Das übernehme ich«, sagte Paul und griff nach seinem Portemonnaie.

Autumn schüttelte den Kopf. Auf keinen Fall. Er würde diese Schaumstoffhände nicht bezahlen. Ja, sie würden sündhaft teuer sein, aber sie hatte jetzt einen gut bezahlten Job. Und eine Mitbewohnerin. Dafür lohnte es sich, Claire zu ertragen. Außerdem wollte sie Reese wirklich gerne etwas schenken. Sie wollte dieses Mädchen glücklich machen.

»Dich bezahlen zu lassen, widerspricht allem, was mein Großvater mir beigebracht hat«, schnaubte Paul.

»Sag deinem Großvater, dass wir uns im einundzwanzigsten Jahrhundert befinden. Außerdem wirst du kein Geld mehr für Schaumstoffhände haben, wenn Tate hier fertig ist.«

Er hatte einen kleinen Baseballschläger unterm Arm, einen Handschuh in einer Hand und einen Kaffeebecher mit White-Sox-Motiv in der anderen.

»Tate!«, schnauzte Paul. »Leg das Zeug wieder hin.«

Tate fing an zu jammern.

Autumn bezahlte schnell die Hände und gab eine davon Reese.

Zehn Minuten später erreichten sie ihre Sitzplätze, gleich hinter dem Schlagmal. Das makellos gepflegte Spielfeld erstreckte sich vor ihnen, die Erde ordentlich geharkt, der Wurfhügel perfekt angehäuft, der Rasen sorgfältig gemäht, sodass er ein Muster aus hellgrünen und dunkelgrünen Streifen bildete, das sich bis an den Zaun erstreckte. Die Flutlichter waren bereits an, obwohl es bis zur Dämmerung noch zwei Stunden dauern würde.

Autumn atmete tief durch ihre Nase ein. Sie liebte Baseball. Sie vermisste Baseball. Und das letzte Jahr war eine spannende Saison gewesen. Vielleicht nicht für die Mannschaft, aber eindeutig für Chicago. Aber all das war an ihr vorbeigegangen. Dass die Cubs Geschichte geschrieben und damit einen jahrhundertealten Fluch durchbrochen hatten. Dass die Bewohner der Stadt nach der Tragödie verzweifelt nach etwas Gutem gesucht hatten, das sie feiern konnten. Selbst ihre Familie – allesamt Fans der White Sox – hatte die Gelegenheit genutzt und gelacht und sich gegenseitig abgeklatscht. Als die Cubs das Finale der Meisterschaft gewonnen hatten, war ihre Heimatstadt vereint gewesen – nicht unter dem Banner der Trauer, sondern unter dem Banner des Baseballsports. Und die ganze Zeit über hatte Autumn im Bett gelegen und dem gedämpften Jubel vor ihrem Fenster gelauscht, weit entfernt von all dem.

Tate setzte sich neben sie.

Reese setzte sich neben Tate, die Schaumstoffhand auf dem Schoß, so als wäre sie nicht sicher, was sie damit anfangen sollte, jetzt, wo sie endlich eine hatte. Sie sah blass aus und hatte den spitzen Gesichtsausdruck eines Menschen, der tief in Gedanken ist. Dasselbe Gefühl, das Autumn im Keller ihres Vaters überfallen hatte, überkam sie jetzt wieder. Sie war entschlossen, Reese lächeln zu sehen.

»Es macht Spaß, sie zu schwenken«, sagte Autumn und zog ihre eigene Schaumstoffhand an, um damit zu winken. Die andere Hand formte sie zu einem Trichter um ihren Mund und stieß einen Schrei aus.

»Kann ich es mal versuchen?«, fragte Tate.

Autumn gab ihm den Fanartikel.

Es war keine Überraschung, dass Tate ein Naturtalent war. Er johlte und winkte – so ausgelassen sogar, dass er die Frau vor ihm anstieß. Paul entschuldigte sich und sagte Tate dann, er solle sich beruhigen, als alle für die Nationalhymne aufstanden. Autumn nahm ihre Kappe ab und legte sie auf ihr Herz. Paul und Reese und Tate machten es ihr nach. Wahrscheinlich sahen sie aus wie eine typische amerikanische Mittelstandsfamilie.

Als die Hymne zu Ende war, jubelten alle.

Und Paul tat etwas Hinterhältiges. Er schob sich an seinen Kindern vorbei und setzte sich neben Autumn, sodass Tate und Reese einen Stuhl weiterrücken mussten. Er stützte den Ellbogen auf ihre gemeinsame Armlehne und hielt ihr die Tüte mit den Nüssen hin. »Magst du?«

»Nein, danke.« Sie rückte fort – von der Tüte und von seinem Arm –, während ihr Blick immer noch auf Reese lag, die lustlos in ihren Nachos stocherte.

Das Spiel begann mit dem ersten Schlag.

Ein langer Ball ins Mittelfeld. Jackson holte ihn aus der Luft. Tate sprang von seinem Sitz auf, sodass der Rest seines Hotdogs auf dem Boden landete, und seine Schaumstoffhand flatterte hin und her wie eine Luftschlange im Sturm.

Den ersten Durchgang verbrachte Autumn damit, den Claddagh-Ring an ihrem Finger zu drehen und an ihren Nagelbetten zu knibbeln. Aber dann schlug Cabrera im zweiten Durchgang einen Homerun und sie ließ sich endlich vom Spiel absorbieren. Mitten im vierten Inning musste Tate auf die Toilette. Paul gab Autumn seine Erdnüsse und ließ sie mit Reese zurück.

Sie sahen einander an.

»Wann habt ihr Eis gegessen, mein Dad und du?«, fragte Reese.

Autumns Wangen wurden warm.

Sie kam sich wie eine Hochstaplerin vor. Ein Eindringling. Seth hatte recht. Sie hatte ihre fixe Idee zu weit getrieben.

»Äh … vor ein paar Wochen.«

»Wann genau?«

An dem Tag, an dem ihr Vater einen Mann ins Gesicht geschlagen hatte. Autumn kratzte sich am Ohr. »Ich glaube, du und Tate habt bei eurer Großmutter übernachtet.«

Sie konnte sich nicht überwinden, Reese in die Augen zu sehen.

Sie wollte nicht die Missbilligung darin sehen.

Also richtete sie ihren Blick starr auf das Baseballspiel, bis die Jungs zurückkamen.

Paul hatte eine riesige Cola in der Hand. »Was haben wir verpasst?«

»Sale hat Morales mit einem Wurf getroffen und Morales ist auf den Hügel losgegangen. Der Schiedsrichter hat gerade alle wieder beruhigt.«

»Lustig.«

Autumn hielt ihm die Erdnüsse hin.

Anstatt sie zu nehmen, tauchte er die Hand in die Tüte. Das Einzige, was ihre Hände dabei voneinander trennte, war eine dünne Plastiktüte.

Sie wollte ihn nach der Erinnerung fragen. Nach ihrer Begegnung auf dem Bahnsteig. Aber er hatte ihr erzählt, was er wusste, und es war offensichtlich, dass es ihm unangenehm war, über diesen Tag zu reden. Es war offensichtlich, dass er vergessen wollte, was sie sich unbedingt in Erinnerung rufen wollte.

Die wenigen Fakten, die sie hatte, ging sie immer wieder in Gedanken durch: Sie hatte um fünf Uhr das Büro verlassen. Sie hatte Kopfschmerzen gehabt. Sie war zwei Stunden lang verschwunden gewesen. Und jetzt war da der Karton. Ein Karton mit einem Bilderrahmen. Ihre Finger zuckten in Richtung Handtasche. Sie wollte Seth anrufen. Und wenn er nichts wusste, dann vielleicht ihre ehemalige Assistentin Charlene.

»Ich freue mich, dass du heute mitkommen konntest«, sagte Paul.

Autumns Wangen wurden warm.

Zwei Plätze weiter zog Reese etwas Zuckerwatte aus ihrer Tüte und schob sie sich in den Mund.

»Es hat so geklungen, als wollte Reese unbedingt, dass ich mitkomme.«

»Das wollte sie auch.« Paul beugte sich näher und senkte die Stimme. »Sie ist schon den ganzen Tag so schlecht drauf. Ich war nicht sicher, ob es etwas mit dem Interview gestern Abend zu tun hatte.«

Das Interview war schrecklich gewesen, aber Reese hatte den größten Teil davon gar nicht mitbekommen. Sie war zu sehr damit beschäftigt gewesen, den Fünfjährigen daran zu hindern, die überheizte Wohnung zu demolieren. Und anschließend hatte sie nicht den Eindruck gemacht, als hätte sie ein Problem damit gehabt. Im Gegenteil. Sie war ganz aufgeregt gewesen wegen des Spiels heute.

»Ich glaube nicht«, erwiderte Autumn. »Sie hatte alle Hände voll zu tun mit einem kleinen Jungen, der sehr … viel Energie hat.«

»Klingt wie Tate.«

»Im Vergleich zu diesem Kind ist Tate das reinste Faultier.«

»Wow.«

Autumn blickte wieder zu Reese hinüber. »Wir sollten wahrscheinlich einen neuen Termin für Vivians Interview machen.«

Paul schälte noch eine Erdnuss.

»Ich wollte auch nach Vivians Familie fragen.«

»Was ist mit der?«

»Ich war nicht sicher, ob sie vielleicht mitmachen wollen.«

Etwas in Pauls Miene schloss sich. Wie Jalousien, die heruntergelassen werden. »Ich bezweifle, dass ihre Eltern für das Erinnerungsvideo nach Chicago fliegen werden.«

Die Menge brach in Jubel aus.

Autumn sah sich um, als hätte sie einen Siegpunkt verpasst. Aber es war nur die Kuss-Kamera – ein beliebter Pausenspaß, bei dem die Kamera ein Pärchen einfing, das sich dann küssen musste. Die große Leinwand im Mittelfeld zeigte ein junges Paar und malte ein Herz um die beiden. Der Junge grinste und holte alles aus dem Kuss heraus. Es war fast schon obszön.

Die Menge tobte vor Begeisterung.

Tate hielt sich seine Kappe vors Gesicht, damit er das Schauspiel nicht mit ansehen musste.

Autumns Wangen waren jetzt nicht nur warm, sondern glühend heiß.

Sie wollte jetzt nicht dabei zusehen, wie Leute sich küssten. Nicht, wenn sie so dicht neben Paul saß. Sie wühlte in der Tüte nach einer Erdnuss und im selben Moment stieß Reese einen Schrei aus.

Ein Mann hinter ihnen tippte Paul auf die Schulter und seine Worte waren etwas undeutlich, so als hätte er zu viel Bier getrunken. *»Dann küsst du deine Frau wohl besser mal, Kumpel.«*

Zu ihrem Entsetzen hatte das Teleobjektiv auf Paul und sie scharf gestellt. Von allen Personen im Stadion ausgerechnet Paul und sie! Sie sah wie alle anderen auch, dass ihre Wangen hektische rote Flecken bekamen und Paul erschrocken die Augen aufriss.

Sie schlang die Finger um die Armlehnen und drückte sich in den Sitz, während ihr Herz so wild hämmerte, dass sie sicher war, die ganze Welt könnte es hören. Jeden Augenblick würde ein Raunen durchs Publikum gehen, weil sie sie erkannten. Und dann würden sie ihn erkennen. Autumn Manning, einzige Überlebende. Paul Elliott, der Ehedoktor, der seine Frau verloren hatte.

Sie konnte die Schlagzeilen schon vor sich sehen:

Neues Happy End für die einzige Überlebende?

Paul rieb verlegen eine Stelle hinter seinem Ohr. Und bevor sie protestieren konnte, küsste er sie sanft auf die Wange und ihr Magen zog sich auf Rosinengröße zusammen.

Die Menge war nicht beeindruckt.

Autumn dachte, sie würde in Flammen aufgehen wie ein Phönix. Paul würde blinzeln und dann wäre sie verschwunden. Ein Haufen Asche auf dem klebrigen Stadionboden.

»Dann küsst du deine Frau wohl besser mal, Kumpel.«

Die Kamera schwenkte weiter auf der Suche nach einem weniger zurückhaltenden Paar. Einem Paar, das der Menge mehr Unterhaltung bot als einen keuschen Kuss auf die Wange.

38. Kapitel

Auf der Taxifahrt nach Hause schlief Tate an Autumns Schulter ein. Reese hatte die Arme verschränkt und starrte aus dem Fenster, ihre Miene grimmig in der spiegelnden Scheibe. Autumn hätte alles gegeben, um Reese' Gedanken lesen zu können – um zu wissen, was der Grund für ihren völligen Rückzug war. War es die Tatsache, dass Tate sie vor dem Stadion an die Hand genommen hatte? Hatte es mit Autumns Panikattacke auf dem Bahnsteig angefangen? Pauls Kuss auf der Leinwand konnte es nicht sein, obwohl der wahrscheinlich auch nicht sehr zuträglich gewesen war.

Reese sollte wissen, dass Autumn auf ihrer Seite war, auch wenn es an diesem Abend vielleicht nicht so ausgesehen hatte. Sie versuchte nicht, jemanden zu ersetzen. »Habe ich dir von meiner Idee für den Eingangsbereich der Erlösergemeinde erzählt?«

Reese drehte sich zu ihr um. Ihr Gesicht wirkte im Mondschein noch blasser.

»Ich dachte, es wäre eine gute Idee, für den Abend der Vorführung eine Galerie zusammenzustellen. Wir könnten die Fotografien deiner Mutter ausstellen. Und Bilder von ihr und den anderen aufhängen. Ich würde gerne so viele wie möglich sammeln. Je mehr, desto besser.«

Reese nickte beinahe unmerklich, während der Taxifahrer vor Pauls Haus hinter Autumns Wagen hielt.

Sie griff in ihre Handtasche, um zu bezahlen, aber Paul saß vorne und war schneller. Obwohl sie die Kosten der Taxifahrt zu verantworten hatte, war sie zu abgelenkt, um zu protestieren. Sie brauchte zu dringend frische Luft. Also schob sie sich den Riemen ihrer Handtasche über ihre Schulter und stieg aus dem Wagen, hinein in die kühle Nacht.

»Dad, ich brauche den Schlüssel«, sagte Reese.

Es waren die ersten Worte, die sie seit der Sache mit der Kuss-Kamera gesprochen hatte.

»Tate, beweg dich! Mach Platz!« Ihre Stimme hatte einen hysterischen Unterton, den Autumn bei ihr noch nie gehört hatte.

Tate kroch vom Rücksitz, die Augen klein vom Schlaf.

Reese kletterte beinahe über ihn drüber und rannte dann ohne ein Wort zum Haus, schloss die Tür auf und verschwand im Innern.

Paul stieg aus dem Taxi. »Reese?«

Das Taxi fuhr ab.

Paul warf Autumn einen besorgten Blick zu, dann lief er hinter seiner Tochter die Auffahrt hinauf, während Tate halb wach auf dem Rasen stand und zum Zirpen der Grillen auf den Beinen schwankte. Autumn stand einen Augenblick da und wusste nicht, was sie tun sollte. Dann legte sie die Hände auf Tates Schultern, schob ihn ins Haus und führte ihn zum Sofa, wo er sich auf der Seite zusammenrollte.

»Reese?« Paul stand vor dem Bad im Erdgeschoss und klopfte leise an die Tür.

»Mir geht es gut!«, brüllte sie von drinnen.

Er fuhr sich mit der Hand übers Gesicht. Verwirrt. Erschöpft.

»Meinst du, sie ist krank?«, fragte Autumn.

»Sie kann nicht krank sein. Nicht schon wieder.«

Das Schloss klickte.

Paul trat einen Schritt zurück.

Reese steckte den Kopf zur Tür heraus, ihre Wangen rot gefleckt, und ihr Blick huschte zwischen Autumn und ihrem Vater hin und her.

»Reese, Liebling, was ist los?«

»Ich, äh …« Sie blickte zu Boden und schloss sich dann wieder ein.

Der Wasserhahn wurde aufgedreht.

Dann war die Klospülung zu hören.

Autumn starrte auf den dünnen Lichtstreifen unter der Tür und allmählich dämmerte es ihr. Und dann machte es *klick*, genau in dem Augenblick, in dem Reese in den Flur schlüpfte.

»Ich gehe schlafen«, murmelte sie. Und mit diesen Worten ging sie an ihnen vorbei und eilte die Treppe hinauf.

Paul starrte sie an, völlig perplex. »Ich habe keine Ahnung, was los ist.«

Autumn zeigte die Treppe hinauf. »Ich glaube, ich weiß es.«

»Wirklich?«

Sie trat verlegen von einem Fuß auf den anderen und überlegte, wie sie ihn am schmerzlosesten einweihen konnte. »Du hast nicht zufällig Damenbinden im Haus, oder?«

Paul blinzelte – erschrocken – wie ein Elternteil, dem plötzlich bewusst wird, dass er nicht mehr damit durchkommt, Wörter zu buchstabieren, damit das Kind sie nicht verstand. »Glaubst du?«

»Sie ist in dem Alter.«

»Ich habe nichts.« Paul schüttelte entsetzt den Kopf. »Sie ist zwölf. Wie kann es sein, dass ich nicht daran gedacht habe?«

»Macht nichts. Ich habe was im Auto.« Sie ließ ihn stehen, damit er die Neuigkeit verdauen konnte. Dann holte sie schnell ein paar Dinge aus ihrem Handschuhfach. Als sie wieder ins Haus kam, hatte Paul sich nicht von der Stelle gerührt.

Tate auch nicht.

Sie wollte ihre Grenzen nicht überschreiten. Aber sie wusste, dass sie in Reese' Alter lieber gestorben wäre, als mit ihrem Dad über ihre Menstruation zu reden. Und die Vorstellung, Paul die Binden zu geben und ihm viel Erfolg zu wünschen, gefiel ihr nicht. »Hast du was dagegen, wenn ich raufgehe und nach ihr sehe?«

»Überhaupt nicht.« Seine Worte trieften förmlich vor Dankbarkeit.

Autumn lächelte, um ihm Mut zu machen, dann ging sie die Treppe hinauf und klopfte an Reese' offene Tür.

»Was ist?«, sagte sie bissig. Aber dann drehte sie sich im Bett um und sah, dass es nicht ihr Vater war. Sie setzte sich auf. »Oh. Sorry.«

Autumn trat ein und legte die Binden auf Reese' Nachttisch. »Ich war nicht sicher, ob du vielleicht so was brauchst.«

»Danke«, sagte sie leise.

Es hätte Vivian sein sollen.

Vivian hätte in diesem Augenblick hier sein sollen. In diesem Zimmer, um ihr die Sachen zu geben. Aber Vivian war nicht hier. Sondern Autumn war hier. Und ein Mädchen sollte so etwas nicht alleine durchmachen. Zögernd setzte Autumn sich zu Reese aufs Bett. »Hast du irgendwelche Fragen oder so?«

Reese fingerte an ihrer Bettdecke herum. »Wie alt warst du, als du deine Tage bekommen hast?«

»Vierzehn.«

»Wirklich?«

»Ich war die Letzte von allen meinen Freundinnen.« Autumn lächelte. »Mit zehn hatte ich diesen schrecklichen Film über ein Mädchen gesehen, das ohne Gebärmutter geboren worden war. Sie hatte eine Schwangerschaft vorgetäuscht und dann ein Baby entführt.«

»Das ist ja furchtbar.«

»Die ganze achte Klasse über hatte ich Panik, dass es bei mir auch so sein würde.«

Als sie ihre Tage endlich bekommen hatte, war sie vor Erleichterung fast zerflossen und hatte es niemandem erzählt. Nicht ihrem Dad. Nicht der neunjährigen Claire. Und ganz bestimmt nicht Leanne.

Paul hob Tate hoch und war überrascht, wie schwer der Junge war. Wie groß. Es war immer so, wenn er Tate hochhob – was er nicht mehr oft tat –, dass er erschrak. So, als hätte er etwas Wichtiges verpasst, etwas, das er nicht festhalten konnte, weil es ihm aus der Hand glitt.

Er trug seinen Sohn in sein Zimmer hinauf. Dort zog er ihm die Schuhe, das verschwitzte T-Shirt und seine Shorts aus, deckte ihn dann in seiner Batman-Unterwäsche zu und gab ihm einen Kuss auf die Stirn.

Die Stimmen von Autumn und Reese drangen durch die Wand – leise und gedämpft.

Paul löschte Tates Lampe, atmete erleichtert aus und überquerte den Flur.

Was er sah, schnürte ihm beinahe die Kehle zu. Er sog den Anblick in sich auf wie ein ausgetrockneter Mann in der Wüste – Autumn saß auf der Bettkante seiner Tochter und murmelte Worte, die er nicht verstehen konnte. Worte einer jungen Frau an ein junges Mädchen, das seine ersten zaghaften Schritte ins Frausein machte.

Die beiden lachten.

Pauls Herz zog sich zusammen.

Es gab Augenblicke, in denen Reese noch so jung und unschuldig schien, aber noch mehr Augenblicke wie der, den er gerade bei Tate erlebt hatte. Nur dass es nicht ihr Gewicht oder ihre Größe war, die ihm plötzlich überraschend bewusst wurde, sondern ihre … Distanziertheit. Es gab immer mehr Aspekte an seiner Tochter, die ihm ein Rätsel waren. Und das füllte Paul mit dem gleichen Schrecken, den er bei Tate empfunden hatte. Es war das Gefühl, dass ein wichtiger Teil ihres Lebens ihm entgleiten würde, wenn er ihn nicht schnell genug festhielt.

Die Fußbodendielen knarrten unter seinen Füßen.

Autumn sah ihn in der Tür stehen und stand so schnell auf, als hätte er sie dabei ertappt, wie sie Reese eine Zigarette anbot statt Trost. Sie verabschiedete sich von seiner Tochter und warf ihm dann ein ganz kleines Lächeln zu, als sie sich im Türrahmen an ihm vorbeischob.

»Bis morgen ist sie versorgt«, sagte Autumn. »Ich gehe jetzt besser.«

Er hatte nicht das Recht, darum zu bitten, dass sie blieb.

Und eigentlich auch keinen Grund.

Aber Paul hatte gerade gesehen, wie sie seiner Tochter die Haare aus der Stirn gestrichen hatte. Er hatte keine Ahnung, warum, aber er wollte, dass sie hierblieb. Er suchte krampfhaft nach einer Ausrede. »Ich habe ein paar Bilder von Vivian in meinem Büro.

Unterste Schublade in meinem Schreibtisch. Sie wären gut für die Ausstellung, von der du vorhin gesprochen hast.«

»Es ist schon ziemlich spät.«

»Ich weiß.« Die Straßenlaterne leuchtete durch Reese' Zimmerfenster herein und erhellte Autumns Gesicht. Er konnte die schwache weiße Narbe rechts neben ihrem Kinn sehen. »Es wird nicht lange dauern. Versprochen.«

39. Kapitel

Autumn fuhr mit der Hand über Pauls sauberen, aufgeräumten Schreibtisch. Ihr Schreibtisch in der Erlösergemeinde hingegen verwandelte sich allmählich in einen Berg von Geschäftigkeit, so wie es auch an ihrem letzten Arbeitsplatz der Fall gewesen war. Pauls Schreibtisch war ganz anders. Alles war ordentlich und hatte seinen festen Platz.

Es gab zwei gerahmte Fotos. Eins von einer jüngeren Reese, die ein eingewickeltes Baby auf dem Schoß hielt. Schon damals hatte Tate dichte blonde Locken gehabt. Das andere Bild erinnerte Autumn an das Zitat, das Mitch in der Teambesprechung der vergangenen Woche angebracht hatte: »*Wenn wir versuchen, Gott zu verstehen, ist das so, als wollten wir einen Fisch im Pazifik mit fünf Zentimetern Zahnseide fangen.*« Das Foto zeigte Paul und einen älteren Mann mit silbernem Haar. Beide trugen Anglerwesten und Angelruten über der Schulter.

Autumn fuhr mit dem Finger über den Rahmen und ihr Blick fiel auf ein Gitarrenplektrum. Es lag in einem Behälter mit Büroklammern, der an der Schreibtischlampe befestigt war. Sie holte es heraus und schloss die Finger darum.

Sie sah keine gerahmten Fotos von Vivian.

Die waren weggeräumt worden. Sie fragte sich, wann Paul das getan hatte. Und warum. War es zu schmerzlich für ihn, sie jeden Tag zu sehen? Oder versuchte er einfach, die Frau hinter sich zu lassen, der er dreizehn Jahre Ehe und zwei tolle Kinder verdankte?

Autumn zog die unterste Schreibtischschublade auf.

Obenauf lag ein Notizbuch, dessen Einband umgeschlagen war.

Sie nahm es heraus, um darunter nachzusehen, aber dann fielen ihr zwei Wörter oben auf der Seite auf.

Wie lange

Ein Gedicht?

Sie drehte das Plektrum in den Fingern um.

Nein, das war kein Gedicht. Es war ein Lied.

Autumn konnte nicht widerstehen. Sie beugte sich über das Notizbuch, las den bewegenden Text und ließ sich von den Emotionen darin mitreißen. Einsamkeit und Schmerz und Trauer, gesäumt von einer Schönheit, die die Seele eines Menschen berührte.

»Du bist geblieben.«

Sie schrie auf und ließ das Notizbuch auf den Schreibtisch fallen.

»Sorry«, sagte er und hob die Hände. »Ich wollte dich nicht erschrecken.«

Ein Lachen entwich in die Luft und es klang so irre, dass Autumns Ohren ganz heiß wurden. »Ich bin ziemlich schreckhaft.«

»Das muss ich mir merken.«

Autumn kratzte sich am Ellbogen, während ihr Herz unregelmäßig hämmerte.

»Ich glaube, ich bin dir ein riesiges Dankeschön schuldig.«

Sie machte eine wegwerfende Handbewegung.

»Nein, wirklich. Ich bin froh, dass Reese jemanden hatte, als es … passiert ist.« Er zog eine Grimasse. »Das klang jetzt so, als wäre ihre Periode etwas aus einem Horrorfilm, oder?«

»Ein bisschen.«

»Jedenfalls bin ich froh, dass du da warst. Mir hätte sie es niemals erzählt.«

Autumn trat verlegen von einem Fuß auf den anderen. Sie schämte sich, weil sie neugierig gewesen war. Warum hatte sie den Text gelesen? Und warum musste das Notizbuch offen auf den Tisch fallen? Ein sichtbarer Beweis dafür, dass sie Dinge gelesen hatte, die nicht für sie bestimmt gewesen waren.

»Hast du sie gefunden?«, fragte er.

»Was gefunden?«

»Die Bilder.«

»Oh. Nein, habe ich nicht.«

Er kam um den Schreibtisch herum zu der offenen Schublade. Jetzt, wo das Notizbuch nicht mehr darin lag, waren die Fotos gut zu sehen. Eines von ihm und Vivian an einem weißen Sandstrand lag obenauf. Sie hatte das Gesicht der Sonne zugewandt. Die Person, die das Foto gemacht hatte, hatte ihr Lachen festgehalten.

»Das war in der Dominikanischen Republik«, sagte Paul. »Auf unserer Hochzeitsreise.«

»Sie ist sehr schön.«

Er nickte. »Wir haben uns im letzten Jahr unserer College-Zeit kennengelernt. Wir haben beide in einem Bistro namens *Coffee Art* als Barista gearbeitet. Sie brauchte den Job eigentlich nicht, weil ihr Dad ihr das Studium finanziert hat, aber sie hatte Langeweile und wollte irgendwas machen, also hat sie in dem Café angefangen.« Etwas Trauriges und Unerreichbares huschte über sein Gesicht. »Fünf Monate später waren wir verlobt.«

»Das ist schnell.«

»Ich war wie verzaubert.«

Autumns Herz zog sich zusammen.

Eine Kaffeehaus-Liebe.

Eine stürmische Romanze.

Sie wünschte, Seth wäre hier, um die Geschichte einzufangen.

»Meine Mom hat sie immer die lebensfrohe Vivian genannt.«

»Sie sieht auch sehr lebensfroh aus«, nickte Autumn, während sie das Foto betrachtete. Sie konnte das Lachen seiner Frau förmlich hören.

Paul schob das Flitterwochenfoto in dem kleinen Stapel nach hinten. Das nächste Bild war an den Ecken geknickt und hatte links einen kleinen Riss. Vivian war darauf gar nicht zu sehen, sondern Tate, als er noch viel kleiner war, der eine Schildkröte hochhielt. Im Gegensatz zu dem vorigen Bild musste Paul bei diesem lächeln. »Tapper, die Schildkröte. Mann. Es kommt mir vor, als wäre das eine Ewigkeit her.«

»Wie alt ist Tate da?«

»Drei, glaube ich. Vielleicht vier.« Paul fuhr mit dem Daumen über Tates Zahnlückengrinsen, dann sah er auf und sein Blick wanderte zu ihrer Hand. »Willst du was spielen?«

»Wie bitte?«

Paul deutete mit dem Kinn auf das Plektrum.

»Oh, tut mir leid. Ich habe ganz vergessen, dass ich es noch in der Hand halte.« Sie legte es in den Behälter zurück, in dem sie es gefunden hatte. »Gut, dass du es gesehen hast. Ich hätte es wahrscheinlich versehentlich eingesteckt. Mit Kugelschreibern mache ich das ständig. Inzwischen habe ich schon fünf von der Erlösergemeinde zu Hause. Nicht dass ich Kugelschreiber klaue. Ich verspreche, dass ich sie zurückgebe.«

»Keine Angst, ich werde Mitch nichts verraten.«

Die Hitze in ihren Ohren wanderte in ihre Wangen.

»Das Plektrum gehört mir gar nicht«, sagte er dann, nahm es und drehte es um. »Es hat meinem Dad gehört. An dem Tag, an dem er gegangen ist, hat er es auf dem Couchtisch liegen lassen. Es dient mir als Erinnerung.« Er schüttelte den Kopf. »Ziemlich makaber, oder?«

Autumn zuckte mit den Schultern. Es war auch nicht makabrer als die Nachrufe, die sie in ihrem Wandschrank aufbewahrte. »Er ist dein Dad. Natürlich willst du dich an *ihn* erinnern.«

»Ich will mich nicht an ihn erinnern. Es soll mich daran erinnern, dass ich nie so sein will wie er.«

»Das könntest du gar nicht.«

Die Worte schienen eine Wunde zu schlagen, Selbstzweifel heraufzubeschwören, die er nicht zu haben brauchte. Sie verstand nicht, warum er an sich zweifeln sollte – jedenfalls, was sein Vatersein betraf. Er würde seine Kinder niemals verlassen. Er war ein Vater, der die Ärmel aufkrempelte. Der nicht aufgab und den Widrigkeiten trotzte, ohne loszulassen.

»Reese und Tate haben einen tollen Dad. Das weißt du doch, oder?«

Ihre Worte waren einfach und gar nicht tiefschürfend. Aber die Falte zwischen seinen Augenbrauen ließ etwas nach. Er warf das Plektrum auf den Schreibtisch und da sah er es. Das Notizbuch. Aufgeschlagen gab es preis, was sie getan hatte. Er sah sie an und seine Pupillen weiteten sich. »Hast du das gelesen?«

Sie wollte lügen.

Sie wollte Nein sagen. Sagen, dass sie nichts gelesen hatte. Aber es war offensichtlich. Wie sonst war das Buch dorthin gekommen? »Ich wollte es nicht. Es lag aufgeschlagen in der Schublade. Und der Titel ist mir aufgefallen.«

Er legte die Hand auf die Worte, so als schäme er sich dafür.

Sie verstand nicht, warum. Trauer war kein Grund, sich zu schämen. »Hast du das geschrieben?«

Er nickte.

»Ich finde es sehr schön.«

»Nein, ist es nicht.«

»Doch, ist es.«

Er schüttelte den Kopf.

Sie beugte sich vor. »Das sind die Worte eines Mannes, der den Tod seiner Frau verarbeitet.«

Paul blickte auf und sah ihr direkt in die Augen. Seine waren grün wie Blätter im Schatten und so aufgewühlt wie eine stürmische See. »Ich habe sie vorher geschrieben.«

Vorher?

»Was meinst du damit?«

Paul hatte keine Gelegenheit zu antworten.

Autumns Handy klingelte plötzlich so laut, dass sie schon wieder zusammenfuhr. Sie ging mit einem knappen »Hallo« dran – wie eine Frau, die sich belästigt fühlt.

»Was ist denn mit dir los?«, fragte Claire am anderen Ende der Leitung.

Paul trat einen Schritt zurück und fuhr sich mit den Fingern durchs Haar.

»Nichts.« Autumn schluckte in dem Versuch, ihre Stimme normaler klingen zu lassen. Aber das war schwierig, nachdem sie Pauls Augen gesehen hatte. Und den Liedtext. Er hatte ihn *vorher* geschrieben?

»Ich bin bei Trent«, sagte Claire.

Paul wandte sich ab und klappte das Notizbuch zu.

Autumn biss sich auf die Unterlippe.

»Seth war vorhin hier. Er hat etwas wegen dem Karton gefragt und sich merkwürdig benommen.«

Der Karton.

Sie hatte den Karton doch glatt vergessen.

»Warte einen Moment.« Sie legte die Hand über das Mikrofon ihres Handys. »Du, Paul, ich sollte besser ...«

»Schon gut. Wir sehen uns ein anderes Mal.«

»Oh.« Sie wollte sagen, dass sie den Anruf annehmen musste. Nicht dass sie besser gehen sollte.

»Ich hätte dich nicht so lange aufhalten sollen.« Paul drehte sich wieder zu ihr um und gab ihr das Flitterwochenfoto. »Wenn ich noch mehr finde, lasse ich sie dir zukommen.«

»Gut.« Sie wartete darauf, dass er sie ansah, aber er wich ihrem Blick aus und widmete sich einer Aktenmappe auf seinem Schreibtisch, als wäre sie plötzlich besonders wichtig.

Unsicher dankte sie ihm für das Baseballspiel und ging hinaus in die Nacht.

Die Grillen zirpten.

Nebenan bewegten sich Gardinen hinter einem Fenster. Autumn meinte eine alte Frau zu sehen, die sie beobachtete.

»Bist du noch bei Paul?«, fragte Claire.

»Ich gehe gerade.«

»Langes Spiel.«

»Ja.« Autumn kramte in ihrer Handtasche nach dem Schlüssel. »Was meinst du damit, dass Seth sich merkwürdig benommen hat?«

»Ich weiß nicht. Er war ganz wortkarg.«

Wenn Seth wortkarg war, dann wahrscheinlich wegen ihrer schrecklichen Verabredung am Abend zuvor. »Bevor du den Karton erwähnt hast oder danach?«

»Danach. Er wollte wissen, was du gesagt hast.«

Autumn schloss ihren Wagen auf und stieg ein. »Worüber?«

»Über den Karton.«

»Was hast du ihm erzählt?«

»Eigentlich nichts. Ich habe ihm erzählt, dass du den Karton in einer Textnachricht erwähnt hast und ich nichts darüber weiß.«

Sie startete den Motor. Die Uhr auf dem Armaturenbrett zeigte zwanzig nach elf. Seth war immer eine Nachteule gewesen. Sie bezweifelte, dass sich das in den letzten neun Monaten geändert hatte.

40. Kapitel

Seth schien nicht überrascht, sie zu sehen. Er riss nicht erstaunt die Augen auf. Fragte nicht: *Was machst du denn hier?* Nur ein angestrengtes »Hi« und ein leichtes Zucken im Augenwinkel, als er die Tür öffnete und Autumn hereinbat.

Es war bizarr, nach so langer Zeit wieder hier zu sein.

Sein Wohnzimmer war unverändert.

Er hatte noch dasselbe Sofa und dieselben schwarzen Ledersessel. Dieselbe Stehlampe aus Edelstahl. Dieselbe alte Truhe, auf der Zeitschriften und ein Controller für Videospiele lagen. Seth räumte schnell das Durcheinander zusammen, nahm ein Paar Zeitschriften von der Couch und stapelte sie dann ordentlich auf der Truhe.

»Warum hatte ich einen Karton dabei?«

Er richtete sich langsam auf, sein Gesicht leicht gerötet.

Claire hatte recht. Er wusste etwas.

»An dem Tag der Explosion. Ich hatte einen Karton mit im Zug. Warum?«

Seth fuhr sich mit der Hand über den Kopf.

Sie neigte ihren ein wenig seitwärts.

»Wir hatten uns getrennt«, sagte er schließlich.

»An *dem* Tag?«

»Ja.«

Die Worte waren so schockierend, dass sie an Autumn abprallten. Sie forderte ihn auf, sie zu wiederholen, und als er dasselbe noch einmal sagte, stand sie dort und versuchte, diese neue Wahrheit zu verarbeiten. Es war, als hätte er ihr gerade mitgeteilt, dass das, was sie für Blau hielt, in Wirklichkeit Grün war. Sie stand dort und versuchte krampfhaft, sich einen kleegrünen Himmel und eine blaue Wiese vorzustellen. »Das ist also passiert, nachdem ich Feierabend gemacht habe«, sagte sie, mehr zu sich selbst als zu ihm.

Er nickte.

Autumn konnte es nicht fassen.

Seth hatte sie belogen.

Als sie aufgewacht war, hatte sie alles versucht, um die Puzzleteile zusammenzufügen. Sie hatte jeden gefragt, was sie in diesen zwei rätselhaften Stunden gemacht haben könnte. Und Seth hatte ihr die ganze Zeit ein falsches Puzzleteil gegeben. Er hatte gesagt, er wüsste nichts. Aber das entsprach nicht der Wahrheit. Sie war hier gewesen, in dieser Wohnung. Hatte ihre Sachen eingepackt. Und in einen Karton getan.

»Wer hat mit wem Schluss gemacht?«

Sein Gesicht war jetzt leuchtend rot.

Mehr brauchte sie nicht als Antwort. Autumn schloss die Augen. Vielleicht konnte sie besser verarbeiten, was er da sagte, wenn sie ihn nicht sah.

»Wir haben uns oft gestritten.«

»Wegen Melanie Holloway?«

Er widersprach nicht.

»Hast du ihretwegen mit mir Schluss gemacht?«

»Nein.« Aber diesmal merkte sie es. Sie sah, dass er wieder log.

Autumn verschränkte die Arme und lachte. Es war ein schrilles, ungläubiges Lachen. »Das musst du mir erklären.«

Also tat er das.

Er setzte sich auf die Kante eines Sessels, stützte die Ellbogen auf die Knie und erzählte ihr, dass er sich für den Montag zu einem Geschäftsessen mit Melanie Holloway verabredet hatte. Autumn war nicht begeistert darüber und sie hatten sich am Sonntag heftig gestritten. Am nächsten Tag hatte Seth mit ihr Schluss gemacht. Sogar am Telefon. Nach der Arbeit war sie gekommen, um ihre Sachen zu holen, sie hatten sich erneut gestritten und dann war sie gegangen.

»Warum hast du mir dann im Krankenhaus einen Heiratsantrag gemacht?«

»Weil ich wusste, dass es ein Fehler war, Schluss zu machen«, erwiderte er. »Es war der größte Fehler meines Lebens. Ich glaube, ich wollte es eigentlich auch gar nicht. Sobald ich von der Explosion hörte, wurde mir klar, wie sehr ich dich liebe. Mir wurde bewusst, dass ich ohne dich nicht leben konnte. Das waren die schlimmsten vierundzwanzig Stunden meines Lebens, Autumn. Ich habe Gott angefleht, mir noch eine Chance zu geben, und dann haben sie angerufen und gesagt, dass du lebst. Ich war entschlossen, dich zurückzugewinnen. Alles wiedergutzumachen. Aber als du aufgewacht bist, konntest du dich an nichts erinnern. Ich weiß nicht, es … es fühlte sich irgendwie so an, als hätte Gott uns einen Neuanfang geschenkt.«

In Autumns Kopf drehte sich alles.

Immer im Kreis, immer weiter, bis sie sich setzen musste.

Als sie aufgewacht war, hatte sie sich über ihn geärgert. Sie hatte mit einem Groll zu kämpfen gehabt, der keinen Sinn ergab. Jedes Mal, wenn sie Seth ansah, empfand sie Wut. Der Arzt hatte ihr versichert, das sei normal. Aber das stimmte nicht. Ihre Gefühle erinnerten sich, wo ihr Gehirn es nicht konnte.

Seth hatte sich von ihr getrennt.

»Meinst du nicht«, sagte sie schließlich zwischen zusammengebissenen Zähnen hindurch, »wenn Gott sich so viel Mühe gegeben hätte, um uns eine zweite Chance zu geben – hätte er dann nicht gewollt, dass du ehrlich bist?«

»Es tut mir leid.« Seth ließ Kopf und Schultern hängen. »Ich hatte Angst, dich zu verlieren.«

Und das hatte er.

Er hatte sie verloren.

Und die ganze Zeit hatte sie sich deswegen schlecht gefühlt. Die ganze Zeit hatte er sie im Glauben gelassen, sie wäre ein bisschen verrückt.

Lulu heulte unterm Esstisch.

Chad und Jane beachteten sie gar nicht.

Das war ihre neueste Methode. Lulus Wutanfälle hatten mit der Ankunft von Ike massiv zugenommen. Jane sagte, sie müsse ihre Stellung als mittleres Kind verarbeiten, und das konnte Autumn nachvollziehen. Es war für niemanden eine einfache Veränderung, vor allem nicht für ein Kind wie Lulu, das auf Händen getragen worden war.

Das gehörte zur Veränderung dazu, beharrte Jane.

Also aßen sie und Autumns Bruder weiter, als wäre nichts geschehen. Als benähme ihre Tochter sich nicht wie ein kleines, besessenes Wesen aus der Unterwelt, nur weil Chad gesagt hatte, sie könne kein Bonbon haben, wenn sie nicht wenigstens drei Löffel voll Erbsen gegessen hatte.

Sie trat gegen ein Tischbein.

Die Teller klirrten. Beinahe wäre Cals Milch übergeschwappt.

Jane redete weiter über den Kindergarten und die sehr schwierige, Magengeschwüre verursachende Entscheidung, in welchen Cal gehen sollte.

Normalerweise hätte Autumn über ein solches Dilemma gespottet. Es war doch nur ein Kindergarten. Cal hatte noch ein ganzes Jahr Kita vor sich und Chad und Jane hatten jede Menge Zeit, sich zu entscheiden.

Aber dies war kein normaler Abend.

Autumn fühlte sich überhaupt nicht normal.

»Es gibt diesen tollen Montessori-Kindergarten, zu dem wir sie schicken könnten, aber der ist weiter entfernt, als uns lieb ist.« Jane hielt den kleinen Ike an ihre Schulter, der wieder wie ein Kätzchen jaulte. Und Lulu schrie immer noch. »Außerdem haben wir von Chads Boss gehört, dass es eine Einrichtung gibt, in der die Kinder von Anfang an Chinesisch lernen. Es wäre toll, wenn Cal eine zweite Sprache lernt, aber wahrscheinlich wird es schwierig sein, dort einen Platz zu bekommen.

»Es ist nur ein *Kindergarten*«, sagte Claire mit genervtem Tonfall.

Da geschah es.

Etwas löste sich in Autumn und brach hervor. Bevor sie wusste, was sie tat, platzte ein verborgener, unterdrückter Wortschwall aus ihr heraus.

»Für dich ist es vielleicht nur ein Kindergarten, Claire, aber das heißt nicht, dass es keine wichtige Entscheidung ist. Die kleinen Entscheidungen, die wir treffen, können später am wichtigsten sein. Denk mal darüber nach. Diese Wahl wird Cals ganzes Leben beeinflussen. Wo sie zur Schule geht, bestimmt, welche Lehrer sie bekommt. Es bestimmt, was für Freunde sie haben wird. Freunde sind wichtig. Sie beeinflussen unsere Persönlichkeit. Unsere Entscheidungen. Unsere Interessen.

An meinem ersten Tag im Kindergarten saß ich neben Meghan Quinn und sie hat zu mir gesagt, wenn ich beim Mittagessen neben ihr sitzen wollte, müsste ich an ihrem Pritt-Stift lecken. Ich wollte beim Essen nicht alleine sitzen, also habe ich es getan und noch Jahre später haben sie und ihre Freundinnen mich »Autumn, die Klebeschnute« genannt. Bis zur fünften Klasse, als Paige Stoltz in unser Viertel zog.

Erinnert ihr euch an Paige? Als sie hörte, dass Meghan mich während unserer Probe fürs Weihnachtsprogramm geärgert hatte, hat sie Meghan von dem mittleren Podest geschubst und mich zu sich nach Hause zum Spielen eingeladen. In ihrem Schlafzimmer hingen Poster der berühmten Kunstturnerinnen Dominique Dawes und Shannon Miller. Paige war eine Turnfanatikerin. Also habe ich mich in dem Jahr auch fürs Turnen interessiert und wir wissen alle, was passiert ist, nur weil ich plötzlich turnen wollte!«

Autumns Stimme brach.

Alle starrten sie fassungslos an. Das einzige Geräusch war Ikes Jaulen. Selbst Lulu war verstummt.

Autumn holte tief und zitternd Luft und schob dann ihren Stuhl zurück. Sie ging in den Garten hinaus und setzte sich auf die hintere Veranda, während sie peinlich berührt heiße Tränen fortwischte. Vor nicht allzu langer Zeit hatte sie hier gesessen und Seth, der Lügner, hatte sie zum Essen eingeladen.

Vielleicht hätte sie nicht solche Komplexe wegen Melanies »Beine bis zum Hals«-Holloway gehabt, wenn sie an ihrem ersten Tag im Kindergarten nicht neben Meghan Quinn gesessen hätte. Dann hätte sie sich nicht mit Seth gestritten und er hätte nie mit ihr Schluss gemacht und das bedeutete, sie wäre an dem Montagabend nicht zu seiner Wohnung gefahren, um ihre Sachen zu holen.

Anstelle von *Autumn Manning, die einzige Überlebende,* wäre sie einfach *Autumn Manning, Öffentlichkeitsreferentin bei Fischburn & Crandal und Freundin von Seth Ryker* gewesen. Sie hätte die Tragödie im Fernsehen gesehen wie der Rest von Chicago. Sie hätte sonntags abends beim Essen mit ihrer Familie über das schreckliche Ereignis gesprochen und Seth hätte ihr einen Heiratsantrag gemacht, weil ihm bewusst geworden wäre, wie kurz und flüchtig das Leben war. Und sie hätte natürlich Ja gesagt, weil ihr dasselbe bewusst geworden wäre.

Sie hätten sich nie getrennt.

Sie hätte nie ihren Job gekündigt.

Sie wären verheiratet und würden zusammen in seiner Galeriewohnung wohnen.

Sie würde sich keine Zweizimmerwohnung mit Claire teilen.

Sie hätte keinen Ordner mit Nachrufen in ihrem Wandschrank versteckt.

Sie würde nicht an eine Zwölfjährige namens Reese Elliott und ihren Vater denken.

Und die Toten würden sie nicht verfolgen.

Hinter ihr öffnete sich die Fliegengittertür. Es war ihr Vater.

Er sagte nichts. Er würde nicht fragen, ob sie in Ordnung war. Diese Frage hatte er nicht einmal gestellt, als sie auf der Intensivstation aufgewacht war. Er saß einfach neben ihr, während sie ihre Tränen trocknete.

»Es tut mir leid, Dad«, sagte sie schließlich.

»Was tut dir leid?«

Aber Dad wusste es. Er war der Einzige, der es wusste.

Es war ihr Geheimnis. Ein Geheimnis, über das sie nie sprachen.

Und doch brauchte sie nur die Augen zu schließen, dann sah sie alles wieder vor sich. Wie sie in ihrer nagelneuen Sporttasche wühlte und ihre Panik mit jeder Sekunde wuchs, denn wo war sie? Wo war die hübsche Schleife, die Paiges Mutter für sie und all die anderen Mädchen in der Mannschaft gemacht hatte? Sie wusste, dass sie sie eingepackt hatte. Sie hätte sie niemals vergessen!

Dad hatte gesagt, sie solle sich deswegen keine Gedanken machen. Ihren Mannschaftskolleginnen würde das egal sein. Aber ihr war es nicht egal. Autumn war wie ein Hund mit einem Knochen. Offenbar war das schon früher ein Problem gewesen. Sie ließ nicht locker und jammerte und jammerte. Bis ihr Dad sichtlich gereizt war. »*Vergiss die Schleife, Autumn. Wir finden sie, wenn wir wieder zu Hause sind.*«

Aber sie konnte sie nicht vergessen. Sie war sowieso schon ganz nervös. Solche Magenschmerzen hatte sie noch nie gehabt. Und aus irgendeinem Grund verband ihr elfjähriges Ich die ganze Nervosität mit dieser blöden Schleife. Sie fing an zu heulen. Und während ihr Vater kurz vor einem Wutausbruch stand, seufzte Mom und sagte: *»Ach, Tom, ist schon gut. Ich fahre kurz nach Hause und hole sie.«*

»Dann verpasst du den ersten Wettkampf«, sagte Dad.

»Es wird ja nicht ihr letzter sein.« Und dann hatte Mom sich zu Autumn umgedreht und ihr Kinn berührt. *»Viel Spaß. Gib dein Bestes.«*

Autumn hatte ihre Mutter nie wiedergesehen.

Jedenfalls nicht lebendig.

Und es war definitiv ihr letzter Turnwettkampf gewesen.

In dem ganzen Chaos rund um den Unfall war das *Warum* verloren gegangen. *Warum* war ihre Mutter überhaupt unterwegs gewesen?

Autumn hatte immer auf die nächste Hiobsbotschaft gewartet. Dass jemand endlich eins und eins zusammenzählte. Dass jemand sich in seiner Trauer aufrichtete und sagte: »Warte mal ... warum war sie eigentlich nicht längst bei dem Wettkampf?«

Alle würden sie ansehen und sie würde die Frage beantworten müssen.

Aber niemand hatte gefragt.

Sie vermutete, dass die Frage in der Tragödie und Trauer irgendwie untergegangen war. Alle waren so sehr damit beschäftigt gewesen, selbst mit ihrer Traurigkeit klarzukommen, Dad dabei zu helfen, die Beerdigung zu planen und seine Kinder zu versorgen und die Rechnungen zu bezahlen, dass niemand nach den Einzelheiten fragte.

»Das mit Mom tut mir leid«, sagte Autumn.

»Warum meinst du, du müsstest dich deswegen entschuldigen?«

»Weil es meine Schuld war.«

»Wie kommst du denn darauf?«

»Die Haarschleife.«

Dad sah verwirrt aus, so als hätte er die Schleife völlig vergessen, aber das konnte unmöglich sein. Er konnte sie nicht vergessen haben. Er kratzte sich am Kinn. »Verstehe ich das richtig? Du glaubst, deine Mom ist gestorben, weil du deine Schleife vergessen hast?«

»Sie war meinetwegen noch mal losgefahren. Sie saß am Steuer, weil ich die Schleife vergessen hatte.«

Er schüttelte den Kopf. »Ich bin kein besonders frommer Mensch, Autumn. Aber ich glaube an Gott. Und als ich das letzte Mal nachgesehen habe, war er derjenige, der die Ansagen gemacht hat.«

41. Kapitel

Jeannie True zog angesichts von Autumns entrüsteter Aussage die Augenbrauen hoch. Sie hatte alle vier Wörter betont, weil alle vier Wörter zutiefst bedeutsam waren.

Er hat mich angelogen.

Autumn wollte, dass Jeannie verstand, warum das so wichtig war. Sie sollte es verstehen, damit sie aufhörte, auf so irritierend gelassene Weise die Augenbrauen hochzuziehen, und anfing, ein bisschen Empörung um ihretwillen zu zeigen.

»Als ich aufgewacht bin, war ich sauer auf Seth. Wann immer ich ihn angesehen habe, war ich verletzt und wütend.«

»Das war sicher sehr verwirrend.«

»Das war es! Ich habe mich schrecklich gefühlt. Seth hat geweint und mich angefleht, unsere Beziehung nicht aufzugeben, als ich mich von ihm getrennt habe – dabei hat er als Erster aufgegeben!« Autumn konnte sich gerade noch beherrschen, um nicht mit der Faust auf die lederne Armlehne ihres Sessels zu schlagen.

Jeannie sah überhaupt nicht empört aus. Sie wirkte ruhig und logisch und nicht sehr beeindruckt. »Haben Sie Seth gesagt, was Sie empfanden?«

»Neulich?«

»Als Sie aus dem Koma aufgewacht waren. Wusste Seth, dass Sie ihm dieses merkwürdige Gefühl entgegengebracht haben?«

»Na ja.« Autumn senkte den Blick auf ihre Hände, die auf ihrem Schoß lagen, und berührte mit dem Daumen den Claddagh-Ring. Die Krone zeigte vom Herzen weg, weil ihr Herz nicht vergeben war. Sie hatte sich schrecklich gefühlt, als sie den Ring umgedreht hatte. Und ein kleiner Teil von ihr hatte dieses Gefühl genossen. Sie hatte es verdient. Sie sollte sich schrecklich fühlen, so wie sie es verdient hatte, diesen hochstaplerischen Ring zu tragen, während der Ring ihrer Mutter irgendwo in einem Haufen Asche lag. »Ich dachte, das würde sich legen und alles würde gut werden.«

»Meinen Sie, er hätte Ihnen erklärt, was vorgefallen war, wenn Sie ihm von Ihren Gefühlen erzählt hätten?«

Nein. Das hätte er nicht.

Er hätte sie weiter in dem Glauben gelassen, dass sie die arme, verwirrte, überlebende Autumn war – durcheinander und unlogisch dank des heftigen Schlags auf den Kopf. Aber andererseits war er Seth. Seth war kein Lügner. Jedenfalls nicht normalerweise. Deshalb war das Ganze wohl auch so ein Schock. Und es war eine so ungeheuerliche Lüge gewesen.

Jeannie saß hinter ihrem Schreibtisch, die Fingerspitzen aneinandergelegt, und sah Autumn an, bis diese so nervös war wie der zuckende Kampffisch. »Bereuen Sie, dass Sie sich von ihm getrennt haben?«

»Nein.«

»Warum sind Sie dann so aufgebracht?«

»Weil er gelogen hat. Und weil ich mich so schuldig gefühlt habe. Ich brauchte nicht noch mehr Schuldgefühle. Nicht wenn ich gar nicht schuld war.«

»Aber die Explosion«, sagte Jeannie. »Benjamin Havels Bombe, die zweiundzwanzig Menschen in den Tod gerissen hat. Das war Ihre Schuld?«

Autumn saß auf der Bank und sah zu, wie die Züge hielten und wieder weiterfuhren. Menschen stiegen aus und ein. Sie waren unterwegs zu Orten und Menschen und Dingen, die sie tun wollten. Autumns Telefon war ausgeschaltet, während sie Jeannies Worte und Sandra Reids Worte und die Worte ihres Vaters im Geiste wieder durchging. Immer und immer wieder – in einer Schleife, wie die Züge.

»Als ich das letzte Mal nachgesehen habe, war er derjenige, der die Ansagen gemacht hat.«

Was bedeutete das?

Gott hatte Mom umgebracht? Er war es, der dafür gesorgt hatte, dass Autumn ihre Haarschleife vergessen hatte? Wenn das stimmte, warum ließ er dann so etwas überhaupt geschehen? Wenn ihre Mutter an jenem Tag sterben sollte, warum hatte Gott Autumn eine Rolle dabei zugedacht? Und wenn Autumn an dem Tag der Tragödie auf den Gleisen nicht sterben sollte, warum musste sie dann in dem Zug sein?

Ihre Gedanken wanderten zu Reese und dann zu Paul und zu dem Lied, dass er geschrieben hatte. Zu dem Flitterwochenfoto, das er in seiner untersten Schreibtischschublade versteckte, und zu der anderen Aufnahme, die auf seinem Schreibtisch stand – mit dem alten Mann und der Angelausrüstung. *»Wenn wir versuchen, Gott zu verstehen, ist das so, als wollten wir einen Fisch im Pazifik mit fünf Zentimetern Zahnseide fangen.«*

Aussichtslos.

Und frustrierend.

Eine Mexikanerin setzte sich neben ihr auf die Bank. Sie lächelte Autumn mit einem freundlichen Nicken zu und sagte dann in schnellem Spanisch etwas in ihr Telefon. Der Bahnsteig füllte sich allmählich wieder. Autumn ertappte sich dabei, dass sie nach Kelsey Collins Ausschau hielt.

»Wie machst du das? Wie kannst du mit dem Zug fahren?«

Eine Bahn fuhr ein.

Die Leute traten näher an die Gleise.

Die Spanisch sprechende Frau holte etwas aus ihrer Handtasche und stand auf.

Autumn erhob sich ebenfalls und ihr Herzschlag pochte in ihren Ohren.

Falsche Schuldgefühle.

Falsche Angst.

Der Zug kam quietschend zum Stehen.

Autumns Körper fühlte sich an, als gehörte er ihr gar nicht.

Sie dachte an Kelsey Collins, die zum ersten Mal versucht hatte, in einen Zug zu steigen. Und wieder und wieder, bis es endlich geklappt hatte.

So ließ man die Vergangenheit hinter sich und blickte nach vorne. So setzte man einen Fuß vor den anderen. Mit einem tiefen, ängstlichen Atemzug sprang sie an Bord und griff nach der nächsten Haltestange. Ihre Hände waren schweißnass, als die Tür sich hinter ihr schloss.

Eine knisternde Stimme verkündete über Lautsprecher den nächsten Halt.

Der Zug lockerte die Bremsen und fuhr mit einem Ruck an.

Autumns Panik setzte ebenso ruckartig ein.

Ihre Knie zitterten.

Alles drehte sich.

Sie versuchte einzuatmen, aber es funktionierte nicht. Noch einmal und wieder, während ihr Herz immer schneller schlug. Sie musste hier raus. Sie konnte nicht atmen. Es gab keinen Sauerstoff. Sie würde ersticken.

Ausatmen.

Sie war nicht sicher, woher das Wort kam, aber es funktionierte. Autumn presste alle Luft aus ihrer Lunge, zusammen mit Sandras Frage und Seths Lüge und Benjamin Havels Bombe und ihrer vergessenen Haarschleife.

Ausatmen.

Alles Verwirrende. *Aus.*

Alles Schöne. *Ein.*

Alle ihre Ängste. *Aus.*

Alles Wahre. *Ein.*

Sie konzentrierte sich auf Tates ansteckendes Lachen und auf Reese' Geschichten und Basketball im Regen und Sonntagsessen mit ihrer Familie. Sie konzentrierte sich auf ihren Atem und das Rattern des Zuges. Auf das sanfte Schwanken, als der Waggon um eine Kurve fuhr. Auf den Geruch von Parfüm und Kaugummi und Zigarettenrauch.

Der Zug hielt.

Passagiere schoben sich an ihr vorbei.

Autumn umklammerte die Stange noch fester, jeder Muskel erstarrt, während sie die Augen geschlossen hielt. Wahrscheinlich starrten die Leute sie an, aber das war ihr egal. Die Türen schlossen sich wieder. Wieder ertönte die knisternde Stimme. Autumn atmete weiter, wie eine Frau in den Wehen. Sie presste alle Panik zu einem verknoteten, verwickelten Knäuel zusammen und atmete es aus. Jedes Mal, wenn sie ausatmete, stellte sie sich vor, wie sie die Panik von sich schleuderte, so wie die Farbe an Reese' Pinsel. Zuerst noch zaghaft. Dann selbstbewusster. Immer wieder, bis die Panik keine Macht mehr über sie hatte. Bis sie ihr nicht mehr schaden konnte. Und als sie sicher war, dass sie nicht sterben würde – dass ihr Herz nicht explodieren würde –, zwang sie sich, die Augen zu öffnen.

Sie sah die ruhigen, gelangweilten Gesichter der anderen Passagiere und die Wohnungen, die an den Fenstern vorbeizogen.

Der Zug bog um eine Ecke.

Plötzlich fiel die Abendsonne durch die Scheibe und tauchte alles in ein leuchtendes Gold. In der Nähe zuckte ein kleines Mädchen, das etwa so alt war wie Lilian Grace Montgomery, zusammen und vergrub das Gesicht an der Schulter ihrer Mutter.

»Jeder Tag war dunkel. Und dann, eines Tages … Ich weiß nicht. Da ist wohl irgendwie das Licht wieder angegangen.«

Autumn fuhr mit derselben Bahn, bis es Nacht wurde. Sie fuhr durch die ganze Stadt, bis ihre Muskeln sich gelockert hatten und ihr Atem ruhig und gleichmäßig ging.

* Reese*

Sonntag, den 25. Dezember 2016

Liebe Autumn,
mein Bruder ist sieben und er glaubt immer noch an den Weihnachtsmann, obwohl ich ihm schon tausend Mal gesagt habe, dass es den nicht gibt. Mein Dad sagt, er will es

einfach glauben und ich soll ihn in Ruhe lassen. Aber es ist irgendwie beunruhigend, dass er bereit ist, ganz offensichtliche Beweise zu ignorieren. Vor ein paar Wochen waren wir bei einem Umzug und zwei Typen hatten sich als Weihnachtsmann verkleidet, zehn Minuten nacheinander. Ich weiß, dass Tate sie gesehen hat, und ich weiß, dass er Fragen hatte, aber er hat sie nicht gestellt.

Ich habe die Wahrheit erfahren, als ich fünf war.

Mia hat mir erzählt, dass Eltern die Geschenke in ihrem Schlafzimmer aufbewahren, also bin ich in dem Jahr auf die Suche gegangen und habe eine Zebrapuppe im Kleiderschrank meiner Eltern gefunden. So eine mit Fäden. Man nennt die Marionette. Ich hatte ein total schlechtes Gewissen und tagelang Bauchschmerzen deswegen! Mein Dad sagt, dass ich mit einem wachsamen Gewissen gesegnet bin, aber ich bin nicht sicher, ob es ein Segen ist.

An Weihnachten habe ich dann ein Geschenk vom »Weihnachtsmann« ausgepackt und es war die Zebrapuppe! Da wusste ich, dass alles eine Lüge war. Aber ich konnte es niemandem sagen. Ich musste so tun, als würde ich es immer noch glauben, weil meine Eltern doch nicht wissen sollten, dass ich in ihr Zimmer geschlichen war. Ich weiß noch, dass Mom sagte: »Sieh mal, wie süß das Zebra ist! Der Weihnachtsmann hat sich diesmal selbst übertroffen, findest du nicht auch?« Und ich weiß noch, dass ich dachte: »Du lügst mich gerade an.«

Ich dachte, das wäre mein schlimmstes Weihnachten gewesen. Das Weihnachten, an dem meine Mom gelogen hat und ich herausgefunden habe, dass es den Weihnachtsmann nicht gibt.

Aber ich habe mich geirrt.

Heute war das schlimmste Weinachten. Grandma und Pop und Dad haben besonders viel gelächelt. Sie tun die ganze Zeit so, als wäre alles in Ordnung. So als denken sie, ich hätte vergessen, dass Mom tot ist, und sie wollen mich nicht daran erinnern. Sie denken, ich hätte genauso wenig Ahnung wie Tate, was eine ziemliche Beleidigung ist, weil mein Bruder wirklich überhaupt keine Ahnung hat.

Jedenfalls hoffe ich, dass Ihr Weihnachten okay war. Aber vielleicht sind Sie ja auch Jüdin. Ich glaube es ja nicht, aber falls doch: Frohes Chanukka-Fest! Haben Sie den Tag mit diesem Typen Seth verbracht? Sind Sie beide inzwischen verheiratet? Ich habe Sie gegoogelt, aber nichts Neues gefunden. Nur ein paar alte Artikel über die Tragödie auf den Gleisen.

Von
Reese Rosamund Elliott

PS: Wenn Sie noch nicht verheiratet sind, würde ich wahnsinnig gerne zur Hochzeit kommen!

42. Kapitel

An: elliottpaul@gmail.com
Von: a.manning@redeemerchicago.com
Datum: Donnerstag, 8. Juni 2017, 9.17 Uhr
Betreff: Kontaktdaten

Hi Paul,
ich habe vergessen, mir von dir die Kontaktdaten von Vivians Eltern geben zu lassen. Könntest du sie mir bitte schicken? Und wir sollten einen Termin für das Interview machen. Der 23. Juni ist schon bald.
Liebe Grüße
Autumn

An: a.manning@redeemerchicago.com
Von: margohornsby@gmail.com
Datum: Freitag, 9. Juni 2017, 10.52 Uhr
Betreff: Kontaktdaten

Liebe Autumn,
ich heiße Margo Hornsby und bin Pauls Assistentin. Unten finden Sie die Kontaktdaten, um die Sie gebeten hatten …
Mit freundlichen Grüßen
Margo

An: elliottpaul@gmail.com
Von: R.Bell12@yahoo.com
Datum: Freitag, 9. Juni 2017, 15.46 Uhr
Betreff: Erinnerungsvideo

Paul,
was hat es mit diesem Video auf sich? Als ich eine E-Mail von Autumn Manning bekam, habe ich zum ersten Mal davon gehört. Du kannst dir vorstellen, wie überrascht ich war, ihren Namen in meinem Posteingang zu lesen. Offenbar veranstaltet diese Frau in zwei Wochen eine Art Empfang in deiner Kirche. Sie hat mich eingeladen, ihr ein Video zu schicken, in dem ich über Vivian rede, aber ich habe keine Ahnung, wie man so etwas macht. Irgendwie hatte ich den Eindruck, dass du schon länger davon weißt.

Wenn, dann verstehe ich nicht, warum du mich nicht angerufen hast. Ich wünschte, ich hätte eher davon erfahren. Ich bin Vivians Mutter. Ich habe das Recht, diese Dinge zu erfahren. Natürlich möchte ich dabei sein. Ich hoffe nur, dass ich es so kurzfristig einrichten kann.
Regina

43. Kapitel

»Du bist mit dem Bus gekommen?« Chads Stimme klang überrascht. Er hatte vor dem Restaurant gestanden und gesehen, wie Autumn zusammen mit anderen Passagieren ausgestiegen war.

»Ist das ungewöhnlich?«

»Ich dachte, du fährst nicht mehr mit Bus und Bahn.«

Sie schob den Riemen ihrer Handtasche höher und zuckte mit den Schultern. Komisch, wie öffentlich ihre Macken geworden waren. Vor allem, nachdem sie gedacht hatte, sie hätte sie geschickt verborgen. Aber wenn Chad wusste, dass sie einen Bogen um öffentliche Verkehrsmittel machte, dann hatte sie offensichtlich gar nichts verborgen.

»Claire ist schon drin«, sagte Chad und öffnete die Eingangstür. »Bestimmt ist das, worüber sie mit uns reden will, überhaupt keine große Sache.«

»Es sollte besser eine sein.«

Denn in diesem Augenblick gab es eine Million Dinge, die Autumn stattdessen tun sollte. Sie betrat das zur Mittagszeit volle und laute Lokal. Es roch wie in einem Stadion, was sie an die Elliotts erinnerte.

Claire trug Flipflops, Laufshorts und ein schwarzes Top, auf dem »Ich liebe meine Strandfrisur« stand. Dazu passend waren ihre Haare – mit dem Ansatz, der dringend gefärbt werden musste, wenn er zum Rest ihrer braunen Tönung passen sollte – zu einem sehr kurzen, unordentlichen Pferdeschwanz hochgebunden. Dies war die Sommerferien-Claire, die ohne Make-up herumlief und nicht jeden Tag einen Haufen Kinder unterrichten musste.

Sie stellten sich an und bestellten ihr Essen, dann suchten sie sich auf der Galerie einen Tisch am Fenster aus. Autumn packte ihr italienisches Roastbeef-Sandwich aus. Es war zu viel für ein schnelles Essen in der Mittagspause, aber sie konnte nicht zu Portillo's Schnellrestaurant gehen und *keine* Ciabatta mit Roastbeef essen.

»Es gibt etwas, worüber du mit uns reden wolltest?«, begann Autumn.

»Eigentlich nicht«, erwiderte Claire, während sie ihre Pommes auf den Teller schüttete. »Ich wollte nur mit meinen Geschwistern zu Mittag essen.«

»Claire!«

»Was ist? Wir unternehmen kaum noch was zusammen.«

Autumn fing Chads Blick auf. Er wirkte eher belustigt als gereizt.

»Warum hast du uns dann gesagt, dass du mit uns über etwas reden musst?« Es hatte so wichtig geklungen. So geheim. Einen Moment lang hatte Autumn sich gefragt, ob Claire schwanger war. Oder todkrank. Oder Zweifel wegen der Hochzeit hatte.

»Weil ich wusste, dass wir uns nur so zu dritt treffen würden.«

Autumn schloss die Augen.

Sie steckte im Moment bis über beide Ohren in Arbeit. Sie hatte keine Ahnung, wie die Erlösergemeinde ohne Kommunikationsreferentin auch nur einen Tag lang überlebt hatte, geschweige denn mehrere Wochen. Allein die Ehekampagne war ein Vollzeitjob. Die Tagung im Juli war beinahe ausgebucht. Mitch hatte sich mit den anderen Pastoren getroffen und entschieden, dass sie eine Teilnahme über Satellit ermöglichen wollten. Viele Gemeinden in der Gegend kauften Pauls Buch und benutzten es als Studienmaterial für ihre Kleingruppen.

Und dann musste sie sich noch um die Gedenkveranstaltung kümmern, bis zu der es jetzt nur noch anderthalb Wochen waren.

Die Denkmalkommission hatte ihre Hilfe angeboten. Ein paar Frauen hatten sich bereit erklärt, sich um das Foyer zu kümmern und die Ausstellungsstücke aufzuhängen. Der Sohn des Vorsitzenden hatte ein Catering-Unternehmen und war bereit, die Verpflegung unentgeltlich zu übernehmen. Und Autumn musste nur noch zwei Interviews machen: Ina May Huett am Freitag und

Paul Elliott, für den sie immer noch keinen Termin hatte. Seit dem Spiel der White Sox hatte sie weder Paul noch Reese gesehen. Wenn sie ihm eine E-Mail schrieb, leitete er sie an seine Assistentin Margo weiter. Autumn war nicht sicher, ob er wirklich so beschäftigt war oder ob er ihr bewusst aus dem Weg ging. Vivians Mutter Regina schien mitmachen zu wollen. Sie hatte sogar ein Video gemailt, aber wenn Autumn versuchte, den Anhang zu öffnen, kam eine Fehlermeldung.

Das alles verursachte ihr heftige Magenschmerzen.

Der Grund, warum sie das Erinnerungsvideo überhaupt in Angriff genommen hatten, war schließlich Vivian. Sie konnten sie nicht außen vor lassen.

»Wir sehen uns jeden Tag, Claire«, sagte Autumn.

»Ich weiß. Aber du bist immer in Eile.« Sie tunkte eine Fritte in Senf und schob sie sich in den Mund. Autumn fragte sich unwillkürlich, was Paul wohl zu Claires Geschmack in Sachen Pommes frites sagen würde. »Du hast dich zum reinsten Workaholic entwickelt.«

»Du bist unglaublich.«

»Was?«

»Vor zwei Monaten hast du mir damit in den Ohren gelegen, dass ich nichts gemacht habe. Und jetzt beklagst du dich, weil ich *zu viel* mache?«

»Ich habe dir nicht damit in den Ohren gelegen, dass du nichts gemacht hast. Ich habe nur bemängelt, dass du von einer fixen Idee besessen warst. Jetzt bist du nicht mehr besessen, sondern verdrängst alles.«

Autumn spürte, dass ihre Wangen warm wurden.

Manchmal traf ihre Schwester den Nagel genau auf den Kopf. Und sie tat es ganz beiläufig, so als wüsste sie nicht, dass sie überhaupt irgendeinen Nagel getroffen hatte.

»Ich habe viel zu tun mit meiner Arbeit und der Gedenkveranstaltung. Deshalb bin ich noch lange kein Workaholic.«

Chad schluckte einen Bissen seines Chili-Hotdogs hinunter. »Wie läuft es eigentlich mit Seth?«

Bei der Erwähnung von Seths Namen hatte Autumn sofort Schuldgefühle. Es waren Phantomschuldgefühle, wie wenn ein Bein schmerzt, das amputiert wurde. Sie hatte Claire von dem Karton und ihrer Auseinandersetzung erzählt. Offenbar hatte Claire die anderen Familienmitglieder nach Autumns psychotischem Monolog beim Abendessen eingeweiht.

»Alles in Ordnung«, sagte Autumn.

Chad sah sie skeptisch an. »Er hilft dir immer noch mit dem Erinnerungsvideo?«

»Ja.« Und sie weigerte sich, deswegen ein schlechtes Gewissen zu haben. So wie sie es sah, war Seth ihr etwas schuldig. »Können wir bitte das Thema wechseln?«

»Gut«, sagte Claire. »Reden wir über den Vatertag und was wir mit Dad machen.«

»Wir machen eine Grillparty bei ihm zu Hause.« So wie jedes Jahr.

»Das ist ja nichts Besonderes. Wir sollten etwas Besonderes machen.«

Autumn dachte an Tate und Reese. Planten sie etwas Besonderes für Paul? Hatten sie schon Sommerferien? Die Schulen in Chicago und Umgebung gingen nicht alle gleichzeitig in die Sommerpause und einige machten ziemlich spät Ferien. Was machte er eigentlich, wenn seine Kinder keine Schule hatten?

Chad trank einen Schluck von seiner Cola. »Jane macht mit den Kindern irgendein Fingermalprojekt für ihn.«

»Das ist unfair«, protestierte Claire.

»Was ist unfair?«

»Ihr habt süße Kinder. Da ist das mit den Geschenken einfach.«

»Das ist aber auch *alles*, was einfach ist.« Das stimmte. Chad sah aus wie ein Präsident am Ende der ersten Legislaturperiode, mit mehr Grau als Rot im Bart. Der kleine jaulende Ike hatte ihm endgültig den letzten Nerv geraubt. »Jane hat mit Akupunktur angefangen. Es soll ihr bei der Milchproduktion helfen.«

Claire fing Autumns Blick auf.

Sie bemühten sich beide, nicht zu lachen.

»Macht ihr euch nur lustig, aber wenn es meiner Frau hilft, bin ich dafür. Die Veränderung von zwei zu drei Kindern ist nicht ohne.«

»Trents Schwester sagt, es sei so, wie wenn man beim Basketball von Mann-Mann-Verteidigung zur Zonenverteidigung wechselt.«

»Mann gegen Mann ist viel anstrengender als Zonenverteidigung«, wandte Autumn ein. »Das ist also keine gute Analogie.«

Claire verdrehte die Augen.

Autumn dachte an Basketball im Regen.

»Wenigstens kann Ike sich noch nicht fortbewegen«, sagte Claire.

»Es wäre schön, wenn er schlafen würde«, gab Chad zurück.

Schlaf.

Das war etwas, von dem Autumn in letzter Zeit mehr bekam. Immer öfter schlief sie länger als bis drei Uhr morgens. Das erste Mal war das passiert, nachdem sie ihre Angst überwunden hatte und wieder in einen Zug gestiegen war, und es war ein Schock gewesen. Ein solcher Schock, dass sie sicher war, Claire hätte sich an ihrem Wecker zu schaffen gemacht.

»Nach ein paar Runden Akupunktur schläft er bestimmt«, sagte Claire.

Chad warf eine Fritte in ihre Richtung.

Autumn biss in ihr Roastbeef-Ciabatta und betrachtete das Szenario vor sich plötzlich mit anderen Augen. Dieser Vater von drei Kindern, der in der Innenstadt lebte und an der Neugeborenenfront kämpfte, aß mit seinen zwei Schwestern zu Mittag. Chad war ganz normal. Er hätte gut derjenige in dem Zug sein können. Er hätte bei der Explosion umkommen können, sodass Cal und Lulu ohne Vater aufgewachsen wären. Das hungrige Baby würde es gar nicht geben und Jane Manning wäre nicht zur Akupunktur gegangen. Jedenfalls nicht wegen ihrer Muttermilch. Sie wäre eine körperlich fitte verwitwete Mutter von zwei Kindern, die für ihren Großvater ein Bild malen.

Autumn sah ihre Schwester an.

Es hätte auch Claire treffen können. Anstatt ihre Hochzeit zu planen, wäre sie tot und Trent würde sich traurig an die Freundin erinnern, die mehr hätte sein können. Als die Bombe explodiert war, hatten sie noch keine sehr ernste Beziehung geführt. Er wäre bestimmt inzwischen mit einer anderen Frau zusammen.

Sie sah sich in dem Restaurant um. Die Leute aßen alle ihr Essen und unterhielten sich. Gingen ihren Alltagsbeschäftigungen nach. Es hätte jeden von ihnen treffen können.

Sie aßen weiter und Chad freute sich über die zweite Hälfte von Autumns Sandwich.

Anschließend entsorgten sie den Verpackungsmüll auf ihren Tabletts und Autumn holte einen Lolli aus ihrer Handtasche. Einen aus der Tüte, die Paul ihr an dem Tag ihres zweiten Vorstellungsgesprächs gegeben hatte.

»Wenn ich Lollis sehe, muss ich an Mom denken.«

Die Worte kamen von Claire. Und sie waren eine Überraschung.

Manchmal fragte Autumn sich, ob Claire sich überhaupt an ihre Mutter erinnerte.

Chad lächelte. »Ich auch.«

Dann sahen sie einander an und sagten alle drei gleichzeitig: »*Impfungen.*«

Ein warmes Gefühl breitete sich in Autumns Körper aus.

Sie erinnerten sich.

Jedes Mal, wenn ihre Geschwister einen Lolli sahen, würden sie sich erinnern.

Schnell kramte sie in ihrer Tasche, als sie die Treppe hinuntergingen, und zog die letzten beiden Lollis heraus. Den braunen gab sie Claire, den blauen Chad.

Er wickelte den Lolli aus und schob ihn sich in den Mund. »Du hast immer solche Angst gehabt, dass eine Schwester kommen und dich festhalten musste.«

»Gar nicht wahr«, protestierte Autumn.

»Doch, das stimmt.«

»Mom hat mir auf der Fahrt immer erklärt, warum ich die Impfung über mich ergehen lassen musste. ›Das ist Medizin. Sehr wichtige Medizin.‹ So als würde es mit Erklärung weniger wehtun.«

Zu dritt traten sie durch die Tür und waren gleich von Verkehr und Lärm umgeben.

Claire hatte recht.

Mom hatte versucht, es zu erklären. Aber es hatte nie geholfen. Eine Impfung war eine Impfung und sie tat weh, ganz gleich, wie man die Sache auch drehen und wenden mochte.

Aber es hatte geholfen, anschließend auf Moms Schoß zu kriechen, mit einem Lolli in der Hand. Den Kopf an Moms Brust zu legen und ihrer beruhigenden tiefen Stimme zu lauschen, während sie mit dem Arzt sprach. Das hatte geholfen.

44. Kapitel

Diesmal kam Seth nicht zu spät. Er wartete schon in Ina Mays kleinem, baufälligem Haus, als Autumn eintraf, und baute seine Kameraausrüstung auf. Er hatte eine steife, höfliche Miene aufgesetzt – so war das Verhältnis zwischen ihnen jetzt.

Seth hatte sich entschuldigt.

Und Autumn vergab ihm, weil es zu anstrengend war, an ihrer Wut festzuhalten.

Er hatte erklärt, dass er nicht zu der Gedenkveranstaltung kommen würde, wie er es ursprünglich vorgehabt hatte. Offenbar heiratete ein Cousin von ihm in Puerto Rico und hatte angeboten, die Kosten zu übernehmen, wenn Seth das Ereignis filmte. Autumn war es gleichgültig, solange er vorher das Video fertigstellte. An diesem Morgen hatte sie Paul noch eine E-Mail geschickt, um einen Termin für Vivians Interview zu machen, wobei sie versuchte, sich nicht wie eine Nervensäge zu fühlen.

Ina May kam aus der Küche und strahlte Wärme aus. Sie winkte Autumn über den Couchtisch hinweg zu, auf dem ein riesiger Stapel Fotoalben gefährlich schwankte. »Ich habe Bilder versprochen, also bekommen Sie Bilder!«

Eindeutig.

Autumn war nicht sicher, ob sie jemals zuvor so viele Fotoalben gesehen hatte, und das wollte etwas heißen, weil Grandma Ally für ihr Leben gern Alben zusammengestellt hatte.

Sie widerstand dem Drang, auf die Uhr zu sehen. Sie würde Ina May nicht hetzen. Wenn die Frau über jeden einzelnen Tag in Mr Huetts Leben reden wollte, würde Autumn aufmerksam zuhören. Sie machte es sich bequem, während Seth mit der Aufnahme begann, und Ina May nahm das Fotoalbum, das zuoberst lag, in die Hand.

Das allererste Bild war ein Schwarz-Weiß-Foto – wie alle Bilder in diesem Album – und zeigte den kleinen Lazarus in einem schmutzigen weißen Hemd, wie er vor einem Holzhaus auf dem Knie einer runzligen alten Frau saß. Auf dem Foto waren noch drei andere Kinder zu sehen, allesamt älter. Zwei Jungen und ein Mädchen.

»Das war Laz' Großmutter. Sie hieß Estella und sie war knallhart, aber was konnte die Frau Geschichten erzählen! Das hier sind seine Brüder und seine Schwester. Mitten in der Weltwirtschaftskrise. Die Schwarzen in Amerika finden, dass es heutzutage schlimm ist, aber ich sage Ihnen – das ist nichts im Vergleich zu dem, was schwarze Familien damals durchgemacht haben.« Ina May schüttelte den Kopf. »Seine Mutter hat ihn Lazarus genannt, weil sie sich daran erinnern musste, dass Gott ein Gott ist, der Wunder tut.«

Sie blätterte ein paar Seiten weiter und zeigte dann auf die Schwarz-Weiß-Fotografie einer hübschen jungen Braut, Arm in Arm mit ihrem gut aussehenden Bräutigam. »Das sind wir an unserem Hochzeitstag. Kurz vor der großen Flut 1951.« Sie zeigte auf das Bild unten in der Ecke. »Und hier haben wir mit Reverend King in Washington demonstriert.«

Autumn wäre beinahe von ihrem Sessel gefallen.

Sie beugte sich vor und blinzelte, während sie das Bild betrachtete.

Tatsächlich, da waren sie, Lazarus und Ina May Huett, mitten in der Menschenmenge, gleich neben Dr. Martin Luther King jr. Alle drei lächelten in die Kamera.

»Sie kennen Martin Luther King?«

»Lazarus war gut mit seinem Cousin befreundet. Wir haben direkt neben dem Lincoln-Denkmal gestanden und zugehört, als er seine ›Ich habe einen Traum‹-Rede gehalten hat. Die Weißen bewundern ihn jetzt, aber damals war er nicht so beliebt. Nein, Ma'am.«

Autumn starrte sie mit offenem Mund an.

»Wissen Sie, neulich habe ich eine Frau im Supermarkt gesehen, die versucht hat, mit drei Kleinen im Schlepptau ihre Einkäufe zu erledigen. Zwei waren weiß. Eins war schwärzer als ich und ihre Haare waren ganz wild. Die arme weiße Mama hatte keine Ahnung von schwarzen Haaren, glaube ich. Aber mir kamen trotzdem die Tränen, denn als dem Mädchen der Lutscher runterfiel und es anfing zu heulen, hat die Schwester mit den blonden Zöpfen ihr sofort den Lutscher gegeben, den sie im Mund hatte. Und ich dachte nur: Sie sollten uns jetzt sehen, Dr. King. Sie sollten uns jetzt sehen.«

Ina May schüttelte den Kopf. »Ich habe eine Hand auf die Schulter der Frau gelegt und ihr gesagt, dass sie ihre Sache gut macht. Und wissen Sie was? Wir haben uns umarmt und geheult, mitten in der Gemüseabteilung. Gott wusste wohl, dass sie eine Ermutigung brauchte. Das konnte mein Lazzy gut. Menschen entdecken, denen er Mut machen konnte. Er fühlte sich zu den Armen im Geiste hingezogen wie eine Ente zum Wasser. Er war sehr extrovertiert, mein Mann. Hat für sein Leben gerne neue Menschen kennengelernt. Und anschließend für sie gebetet.«

Autumn war völlig gebannt.

Sie hatte im selben Zug gesessen wie Lazarus Huett, ein Mann, der während der Weltwirtschaftskrise geboren worden war. Ein Mann, der mit Martin Luther King demonstriert hatte.

Die Minuten verstrichen und wurden zu einer Stunde, dann zwei.

Autumn hätte Ina May noch länger zuhören könne. Aber Seth räusperte sich und sie erinnerte sich daran, dass sie hier nicht nur über ihre eigene Zeit verfügte.

»Sie haben ein außergewöhnliches Leben gehabt«, sagte sie.

»Es war schon aufregend.«

»Es tut mir leid, dass Sie es ohne Ihren Mann beenden müssen. Es tut mir leid, dass Gott Ihren Lazarus nicht von den Toten auferweckt hat.«

»Das wäre mal was gewesen, oder?«

»Stimmt.«

»Aber wissen Sie was? Ich werde ihn bald wiedersehen. Und

unter uns«, Ina May beugte sich vor, als stände ihre längst verstorbene Schwiegermutter hinter ihr und würde lauschen, »das Wunder war nie der Teil der Geschichte, der mir am liebsten war.«

»Welchen Teil mochten Sie denn am liebsten?«

»Als Jesus geweint hat.«

Autumn neigte den Kopf ein wenig. Sie fand es merkwürdig, sich einen weinenden Jesus vorzustellen.

»Ich glaube, das ist mein Lieblingsvers in der ganzen Bibel.«

»Es war auch Chads Lieblingsvers.«

»Wer ist Chad?«

»Mein Bruder. ›Jesus fing an zu weinen‹ war auch sein Lieblingsvers.«

Ina May nickte kurz, so als sei sie mit Chads Geschmack, was Bibelverse betraf, einverstanden. Wahrscheinlich wäre sie es nicht, wenn sie wüsste, dass Chad ihn nur wegen seiner Kürze gemocht hatte. Er hatte es gehasst, für den Religionsunterricht am Mittwochabend Bibelverse auswendig lernen zu müssen. »Jesus fing an zu weinen« war einer, den man sich gut merken konnte, und deshalb Chads Lieblingsvers.

Autumn wollte fragen, warum Ina May diesen Vers so sehr mochte, aber die Kuckucksuhr an der Wand ließ ihren mechanischen Vogel herausfahren und den Kopf drehen.

Es war schon acht Uhr und Seth wollte gehen.

45. Kapitel

Winzige Grashalme spritzten vom Rasenmäher auf und kitzelten Paul an den Waden wie juckende Härchen. Die Sonne griff vom Himmel herunter und drückte ihre heißen Finger an seine Schläfen. Er blinzelte in das grelle Licht und schob den Rasenmäher schneller.

Ablenkung.

Darum ging es.

Er musste bis zur Erschöpfung arbeiten, damit sein Verstand an nichts anderes mehr denken konnte als an Wasser, Essen und einen guten Nachtschlaf.

Er wischte sich die Schweißperlen ab, die seine Schläfe hinunterrannen. Hitze und Luftfeuchtigkeit mischten sich in der spätnachmittäglichen Luft, aber er machte weiter wie ein Mann, der einen wichtigen Auftrag zu erledigen hat. Er hatte den ganzen Tag im Garten seiner Mutter verbracht und zuerst das Unkraut aus den Blumenbeeten gezogen, dann den Schuppen aufgeräumt und Regale in der Garage angebracht, und jetzt mähte er den Rasen.

Er vermisste das – die körperliche Arbeit.

Einen Garten, um den er sich kümmern konnte.

In der Innenstadt zu leben, bedeutete, dass er fast gar keinen Rasen hatte. Seine Nachbarn und er saßen zusammengedrängt auf identischen, zu kleinen Grundstücken, die ein Vermögen kosteten. Vielleicht war es Zeit umzuziehen. Offiziell neu anzufangen. Schließlich hatte er sowieso nie in der Stadt wohnen wollen. Das war Vivians Wunsch gewesen. Ihr Vater hatte ihnen das Haus gekauft. Ein ganzes Haus. Paul war das unangenehm gewesen, aber Vivian hatte sich verliebt.

Dann war sie gestorben und er war geblieben, weil es das einzige Haus war, das seine Kinder kannten, und sie in der Schule gut zurechtkamen und nette Freunde hatten. In der damaligen Situation schienen unnötige Veränderungen nicht klug. Aber vielleicht waren sie jetzt bereit. Vielleicht konnten sie das Haus verkaufen und in einen Vorort ziehen, wo das Leben einfacher und von den bösen Erinnerungen weiter entfernt war.

Der Schweiß lief ihm den Nacken hinunter. Das Hemd klebte an seinem Rücken.

Im übernächsten Garten bellte ein Hund.

Paul fuhr sich mit dem Arm übers Gesicht und stellte sich das Szenario vor. Ein hübsches Haus, einen gepflegten Rasen, einen Hund als Gefährte für die Kinder. Mit Reese und Tate hinterm Haus Hamburger grillen.

Vielleicht machte Autumn ja mit.

Der Gedanke, der wie aus dem Nichts gekommen war, zog ihm den Magen zusammen.

Er konnte noch immer nicht fassen, dass sie seinen Song gelesen hatte und dass er ihr fast die Wahrheit gesagt hätte. Wenn der Anruf ihrer Schwester nicht gewesen wäre, hätte er es wahrscheinlich auch getan. Und es war durchaus möglich, dass er es irgendwann noch tun würde. Aber wenn es erst einmal heraus war, konnte er es nicht mehr zurücknehmen. Und dann würde sie jedes Mal, wenn sie ihn sah, wissen, was er nicht leugnen konnte:

Paul Elliott, der berühmte Ehedoktor, war ein Scharlatan.

Ein Heuchler.

Eine totale Fälschung.

Ein Mann, der für einen Ausweg gebetet und ihn bekommen hatte – durch den Tod seiner Frau.

Paul schüttelte den Kopf und schob den Rasenmäher schnell weiter.

Morgen war Vatertag. Sie würden alle in den Gottesdienst gehen und anschließend würde Mom Pops Lieblingsessen kochen – Braten und Kartoffeln. Sie würden draußen sitzen und Schach spielen, während Reese ein Buch las oder eine Geschichte schrieb und Tate mit den Nachbarskindern eine Wasserschlacht organisierte.

Am Montag würde er wieder zur Arbeit gehen und die Anrufe und E-Mails seines Agenten beantworten, die er bislang ignoriert hatte. Der Mann war begeistert von der Ehekampagne. Außerdem musste er auf Autumns Mail reagieren. Er konnte ihr nicht länger aus dem Weg gehen. Er musste dieses Interview machen. Und am Donnerstag würde er dann Regina vom Flughafen abholen. Er hatte nicht gedacht, dass er das noch einmal würde tun müssen, da ihre Abneigung gegen den Flughafen die Liebe zu ihren Enkeln zu übertreffen schien.

Sie übertraf aber offensichtlich nicht ihr Bedürfnis, zu dieser Veranstaltung zu kommen. Den Anschein zu wahren, war einer Frau wie Regina wichtiger als alles andere.

Die Gedenkveranstaltung würde irgendwann vorbei sein.

Die Ehekampagne würde ihren Lauf nehmen.

Und Autumn und er würden nicht mehr sein als flüchtige Bekannte, die im Foyer der Erlösergemeinde Small-Talk hielten.

Das Ganze war völlig deprimierend.

Paul drehte den Rasenmäher, um schräg über den Rasen zum Haus zurückzugehen. Dabei entdeckte er seine Mutter auf der Veranda, die ihm aufgeregt winkte.

Er ließ den Griff des Rasenmähers los.

Der Motor erstarb.

Der Hund bellte.

Und Mom schrie. Sie schrie, Paul solle sich beeilen und schnell kommen.

»Es ist Pop!«, sagte sie. »Etwas stimmt nicht mit Pop.«

Pauls Herz raste, als er ins Haus rannte. In der Küche lief der Wasserhahn über der Spüle und Paul drehte ihn aus.

Mom griff zum Telefon, um den Notruf zu wählen. »Er ist im Bad. Ich kann ihn nicht rausholen. Er blockiert die Tür.«

Paul lief zu dem ebenerdigen Bad, das früher Mom benutzt hatte, das aber jetzt Pops Bad war, weil er keine Treppen mehr steigen konnte. Die Tür stand ein wenig offen und durch den Spalt drang Licht. Als er gegen die Tür drückte, um sie weiter zu öffnen, war tatsächlich etwas im Weg.

»Pop, ist bei dir da drin alles in Ordnung?«

Ein gedämpftes Geräusch erklang auf der anderen Seite. Es war, als hätte jemand Pop geknebelt. So als wollte er sprechen, konnte es aber nicht.

Hinter ihm sprach Mom in den Hörer. »Es geht um meinen Vater. Er ist fünfundachtzig. Er ist im Bad zusammengebrochen. Ich glaube, er hat einen Schlaganfall.«

Paul wusste nicht, was er tun sollte.

Sollte er versuchen, mehr Druck auf die Tür auszuüben? Wie konnte er sicher sein, dass er Pop nicht noch mehr verletzte? Aber wie konnte er sicher sein, dass Pop nicht gerade starb, ganz allein auf der anderen Seite dieser Tür?

Er klopfte. »Pop? Pop, kannst du mich hören?«

Noch ein gedämpftes, unverständliches Geräusch.

»Ja«, sagte Mom, die Finger an der Unterlippe. »Ja, wie es aussieht, ist er bei Bewusstsein. Er gibt Laute von sich, aber wir können sie nicht verstehen.«

»Frag, ob wir versuchen sollen, die Tür aufzukriegen«, sagte Paul.

Mom wiederholte seine Frage. »Mein Sohn will wissen, ob wir versuchen sollen, ins Bad zu kommen.«

Eine endlose Pause.

Eine Pause voller Panik.

Wenn das Bad ein Fenster hätte, würde er nach draußen laufen und hindurchkriechen. Aber das Bad hatte kein Fenster.

Paul spähte durch den schmalen Spalt und konnte nichts sehen außer dem Rollator und einem von Pops Beinen. Er begab sich auf alle viere und drückte das Gesicht in den Teppich, um unter der Tür hindurchzusehen. War das Blut? Blutete Pop?

»Was sollen wir tun?«, fragte er.

»Sie sagt, wir sollen die Tür nicht öffnen. Nicht wenn er davor liegt. Der Krankenwagen ist unterwegs.«

»Hast du das gehört, Pop?«, rief Paul mit zitternder Stimme. »Hilfe ist schon unterwegs. Die sind gleich da. Dann wird alles gut.«

Mehr konnte Paul nicht tun.

Während der quälenden Warterei und während Mom mit der Notrufzentrale sprach und Pop hilflos auf dem Boden lag, wiederholte Paul diese Worte immer wieder. Er sank auf die Knie und betete, dass sie wahr sein mögen.

Dann ertönte das Heulen.

Und Paul sah vor sich, was gleich geschehen würde.

Den Krankenwagen, der mit lauter Sirene die Straße heraufraste. Reese und Tate, die neugierig zur Straße hinübersahen und dann Angst bekamen und in Panik gerieten, sobald der Rettungswagen in die Auffahrt ihrer Großmutter bog.

Er wollte aufstehen und zu ihnen laufen. Sie vor noch mehr Trauma beschützen.

Aber das ging nicht. Er musste bleiben. Er musste warten, bis die Sanitäter mit der Liege kamen.

Und dann rannte er nach draußen, wo die Nachbarn sich allmählich versammelten. Reese und Tate kamen von dem Grundstück drei Häuser weiter angelaufen, die Augen vor Schrecken weit aufgerissen. Paul fing sie auf dem Gehweg ab. Sie prallten mit ihm zusammen und Tränen liefen ihnen übers Gesicht.

Tränen der Erleichterung bei Reese, weil sie dachte, ihrem Dad wäre etwas zugestoßen. Tränen der Trauer bei Tate, weil er seinen Pop doch so lieb hatte.

Paul rieb beiden den Rücken und umarmte sie ganz fest und sagte ihnen dasselbe, was er seinem Großvater gesagt hatte.

»Alles wird gut. Alles wird gut.«

Immer und immer wieder.

46. Kapitel

Vertraute Stimmen drangen herüber, während Paul in der Küche auf und ab lief. Es waren die Stimmen von Inigo Montoya und Buttercups Schatz Westley, die sich duellierten. Reese und Tate saßen im Wohnzimmer und sahen sich den einzigen Film an, auf den sie sich jemals einigen konnten – *Die Braut des Prinzen.*

Mom hatte vor ein paar Minuten angerufen, gleich nachdem sie mit einem Arzt gesprochen hatte. Pop hatte einen Schlaganfall gehabt und sie waren dabei, ihn zu stabilisieren. Paul wollte unbedingt zu ihnen. Er wollte für seine Mom da sein. Wollte selbst mit den Ärzten reden. Aber der Mensch, dem er sonst bei einem Notfall die Kinder bringen konnte, war diesmal derjenige, der den Notfall hatte.

Er fühlte sich vollkommen hilflos.

Er griff zu seinem Telefon und wählte noch einmal Margos Nummer. Mitch und Lisa waren zum Vatertagswochenende in St Louis und Mrs Ryan war mit ihrem Mann und den drei Mädchen im Norden in der Hütte ihres Schwiegervaters. Margos Telefon klingelte noch einmal, dann sprang die Mailbox an.

Paul stöhnte frustriert.

An den meisten Tagen kam er gut damit klar – mit dem Leben als alleinerziehender Vater. Natürlich war es anstrengend. Aber es war machbar. Und dann geschah etwas wie das hier und zeigte ihm, wie es wirklich aussah. Er hatte überhaupt keine Kontrolle. Er balancierte auf einem Grat zwischen Machbarkeit und Chaos. Eigentlich hatte er gar nichts im Griff.

Paul warf einen Blick ins Wohnzimmer.

Reese und Tate saßen nebeneinander auf dem Sofa. Tates Hand lag auf Reese' Knie. Tate würde gerne jedes Mal, wenn sie zusammen einen Film sahen, die Hand auf Reese' Knie legen. Oder den Kopf an ihre Schulter lehnen. Er war ein Kind, das viel körperliche Nähe brauchte. Jemand, der morgens zu Paul ins Bett gekrochen kam und kuscheln wollte. Und an den meisten Tagen weigerte Reese sich, das zu dulden.

Hör auf, mich anzufassen, Tate.

Du sollst dich nicht ständig an mich lehnen, Tate.

Lass mich in Ruhe, Tate.

Aber heute nicht.

Heute lag Tates Hand auf ihrem Knie, während er zusah, wie Westley sein Schwert von der linken in die rechte Hand warf, und es schien Reese überhaupt nichts auszumachen.

»Sagt mal, was haltet ihr davon, wenn ihr zu Mrs Green geht?«

»Was?«, protestierte Reese. »Warum?«

»Ich muss ins Krankenhaus fahren, um bei Grandma zu sein und ihr mit Pop zu helfen.«

»Ich will nicht zu Mrs Green!«, sagte Tate. »Sie ist alt und sie riecht nach Pipi.«

Paul fuhr sich mit der Hand übers Gesicht. Tate mochte Mrs Green. Sie war ein bisschen streng, aber sie hatte einen ganzen Schrank voller Brettspiele und kleiner Spielzeugsoldaten. Sie war zuverlässig und vertraut und fast immer zu Hause. »Tate, sie ist nicht alt. Und sie riecht auch nicht nach Pipi.«

»Schon irgendwie«, murmelte Reese. »Ich verstehe nicht, warum wir nicht mit dir ins Krankenhaus fahren können.«

Paul schüttelte den Kopf. Er würde seine Kinder nicht ins Krankenhaus mitnehmen. Tates Hyperaktivität wäre dort nicht zu bändigen. Und es gab keine Garantie, dass die Sache gut ausgehen würde. Er hatte keine Ahnung, wie schlimm Pops Schlaganfall gewesen war. Weshalb er auch unbedingt ins Krankenhaus fahren musste. Eine irrationale Welle der Panik erfasste ihn. Es war, als würde Pops Leben von Pauls Anwesenheit abhängen.

»Ich bin groß genug, um auf Tate aufzupassen. Das mach ich doch sonst auch.«

Ja. Nach der Schule für eine oder zwei Stunden. Und wenigstens einmal hatte sie Tate sich selbst überlassen. An einem Tag wie heute würde er sie nicht alleine lassen. Es fühlte sich ohnehin nicht richtig an, nicht bei ihnen zu sein, aber seine Mutter brauchte ihn jetzt mehr. Und er musste unbedingt bei Pop sein. »Ich weiß nicht, wie lange ich im Krankenhaus sein werde.«

»Warum rufen wir nicht Autumn an?«

»*Was?*«

»Sie kann rüberkommen und bei uns bleiben«, sagte Reese.

Tates Miene erhellte sich. »Ja! Ich mag Autumn.«

Er konnte Autumn jetzt nicht anrufen. An einem Samstagabend? Um die Kinder zu hüten?

Tate faltete die Hände unterm Kinn. »Bitte, Dad. Kannst du bitte Autumn anrufen und ihr sagen, dass sie herkommen soll?«

Sein angehaltener Atem bahnte sich einen Weg nach draußen. Blieb ihm etwas anderes übrig? Seine Kinder waren aufgebracht. Er wollte sie nicht allein lassen und sie wollten nicht zu Delilah Green. Sie wollten zu Hause sein mit Autumn. Einer Frau, die seinen Sohn Officer Tate nannte. Einer Frau, die bei Reese auf der Bettkante saß und mit ihr über Frauendinge redete. Einer Frau, die seine Tochter wieder zum Lachen gebracht hatte.

»Sie ist bestimmt beschäftigt.«

»Du kannst es doch wenigstens versuchen«, bettelte Reese.

Und das tat er dann auch.

Er nahm sein Telefon, suchte ihren Namen in der Kontaktliste und drückte auf die Anruftaste, halb hoffend, dass sie nicht dranging.

Aber das tat sie.

Sie nahm gleich beim ersten Klingeln ab.

»Hallo?«

»Autumn? Paul hier.«

»Hi.«

Er kratzte sich am Kopf. »Du hast sicher gerade zu tun, aber ich stecke in einer Zwickmühle.«

»Was ist denn los?«

»Mein Großvater.« Tate blickte mit ängstlichen Augen zu ihm

auf. Augen, die ihm nur zu vertraut waren. »Er ist krank und im Krankenhaus.«

»Ach, du liebe Güte. Ist er in Ordnung?«

»Ich bin nicht sicher. Ich muss hin, um bei meiner Mutter zu sein, aber ich will die Kinder nicht ins Krankenhaus mitnehmen und alleine lassen möchte ich sie auch nicht. Wie es aussieht, ist Samstagabend kein guter Zeitpunkt, um einen Babysitter zu finden. Reese und Tate haben mich gebeten, dich anzurufen und zu fragen, ob du vielleicht Zeit hast.« Er holte tief Luft, um weiterzusprechen. Um sie von jeglicher Verpflichtung zu entbinden. Um ihr seine eigene Bitte auszureden.

Aber sie antwortete, bevor er noch etwas sagen konnte. »Natürlich. Ich bin gleich da.«

»Bitte?«

Autumn war nicht sicher, ob Reese' Vorschlag eine gute Idee war. Ihr Urgroßvater lag im Krankenhaus. Paul hatte ihr die wesentlichen Einzelheiten zugeraunt, als sie eingetroffen war, und seine Augen und sein Kinn hatten angespannt gewirkt. Zwischen den Augenbrauen hatte eine steile Falte gestanden.

Reese und Tate schienen das alles nicht zu bemerken und waren eigentlich ganz gut gelaunt. Paul musste die Schwere der Situation vor ihnen geheim gehalten haben. Sie hatten Autumn umarmt, als sie eingetroffen war, dann hatten sie Popcorn gemacht und den Rest von *Die Braut des Prinzen* angeschaut, mit Autumn zwischen ihnen auf dem Sofa. Tate hatte sich an sie gekuschelt und das Popcorn überall verteilt.

Erst, als sie anschließend beim Aufräumen gewesen waren, hatte Reese die Idee gehabt.

»Ich bin nicht sicher, ob das ein guter Zeitpunkt ist.«

»Aber die Veranstaltung ist schon diesen Freitag.«

Ja, das stimmte.

Und Paul hatte immer noch nicht auf ihre Mails geantwortet.

»Wir haben keine Kameraausrüstung«, wandte Autumn ein.

»Ich habe eine Kamera in meinem Zimmer. Die habe ich letztes Jahr zum Geburtstag bekommen, mit Stativ und allem. Bitte, Autumn! Mein Dad hat gesagt, wir könnten das Interview machen. Er hat gesagt, er hätte nichts dagegen.«

Das hatte Paul gesagt? Warum hatte er bei ihrer Ankunft dann nichts davon gesagt, dass sie die Kinder interviewen sollte? Er hatte ihr nicht die Erlaubnis gegeben. Aber er war auch sehr abgelenkt gewesen und sichtlich verstört, während er überall nach seinem Schlüssel gesucht hatte. Und dann, als er ihn gefunden hatte, hatte er sich überschwänglich bei ihr bedankt. Hatte die Kinder geküsst. Ihnen gesagt, sie sollten sich benehmen. Und den Bruchteil einer Sekunde lang hätte sie schwören können, dass er sie auch beinahe geküsst hätte.

Also … nur ein kleiner Kuss auf die Wange. Wie bei guten Freunden – oder einem alten Ehepaar.

Ihr Herz hatte einen merkwürdigen kleinen Satz gemacht.

Aber zu dem Kuss war es nicht gekommen und dann war Paul gegangen. Durch die Hintertür zu seinem Auto, während Tate in der Speisekammer nach dem Popcorn gesucht hatte.

»Das hat dein Dad wirklich gesagt?«

Reese nickte eifrig. »Ja. Das ist ja einer der Gründe, warum er dich angerufen hat. Meine Mom muss einfach in dem Erinnerungsvideo vorkommen. Sie ist doch der Grund, warum ich überhaupt die Idee hatte. Und meine Großmutter Regina kommt extra aus North Carolina, um es zu sehen. Wenn Mom nicht dabei ist, wird sie ganz traurig sein.« Je mehr Reese redete, umso aufgeregter wurde sie. Mit jedem Wort ging ihr Atem schneller und sie hatte Tränen in den Augen.

Autumn hob die Hände. »Okay, okay. Wir machen es.«

Reese lächelte – ein breites, begeistertes Lächeln – und sah damit zum ersten Mal genauso aus wie ihr Bruder.

47. Kapitel

Autumns Finger schwebte über der Aufnahmetaste. Sie war sich noch immer nicht sicher, ob das hier klug war. Aber Reese war wild entschlossen und Tate schien es nichts auszumachen. Und bis zu der Gedenkveranstaltung war es keine Woche mehr. Wenn sie es jetzt nicht machten, war es sehr unwahrscheinlich, dass Vivian in dem Video vorkam, und das durfte nicht sein.

»Bist du sicher, dass ihr das heute Abend machen wollt?«

Reese nickte, ein bisschen kleinlaut, aber entschieden.

Autumn kämpfte ihre Nervosität nieder und betätigte die Taste. Dann setzte sie sich in den Sessel.

»Was sollen wir denn sagen?«, fragte Tate.

»Du kannst sagen, was du willst.«

»Komme ich ins Fernsehen?«

»Du wirst auf einer der großen Leinwände der Erlösergemeinde zu sehen sein«, sagte Autumn.

»Echt?«

»Und auf YouTube«, fügte sie mit einem Blick auf Reese hinzu.

Die kleine rote Aufnahmelampe schien die Entschlossenheit des Mädchens erschüttert zu haben.

Tate zeigte auf eine kleine weiße Narbe an seiner Stirn. »Ich habe einen Ninja-Sprung vom Sofa gemacht und wäre beinahe verblutet.«

»Wow«, sagte Autumn und unterdrückte ein Lächeln. »Ich bin froh, dass du es nicht bist.«

»Ja. Aber die Wunde musste genäht werden.«

»Weißt du, als ich meinte, du kannst erzählen, was du willst, hätte ich etwas genauer sein sollen. Weißt du, warum wir das hier machen?« Bei der Frage wurde Autumn etwas flau im Magen.

Tate zuckte mit den Schultern.

»Wir drehen dieses Video, um an deine Mom zu denken. Ich hatte gehofft, wir könnten über sie reden.«

»Oh.« Tate kratzte sich am Kopf. »Ich erinnere mich nicht wirklich an meine Mom.«

Autumn wurde das Herz schwer.

Er erinnerte sich nicht? Jetzt schon? Fünfzehn Monate und alle Erinnerungen waren ausgelöscht? Aber was war mit den ersten sechs Jahren seines Lebens? Jede gewechselte Windel. Jedes nächtliche Stillen. Jede trocken geküsste Träne. All das Wiegen und Kuscheln und Anziehen und Füttern und Spielen. Reichte es nicht, dass Vivian tot war? Musste die Zeit auch noch all diese Augenblicke auslöschen?

Vielleicht brauchte Tate ja etwas, das die Erinnerungen weckte, so wie Claire mit den Lollis.

»Sie hat dir zu deinem sechsten Geburtstag eine Pappmaschee-Figur geschenkt, weißt du noch?«, fragte Autumn.

Tate zog die Nase kraus und fragte sich wahrscheinlich, woher sie das wusste.

»Wenn ich mich richtig entsinne, war sie mit deinen Lieblingskaubonbons gefüllt«, sagte Autumn und zwinkerte Reese zu.

Reese' Wangen röteten sich. Von dem Stichwort ermutigt, straffte sie die Schultern und richtete sich ein wenig auf. »Sie hat uns auch jedes Jahr einen Geburtstagskuchen gebacken. Am Abend vor dem Geburtstag. Und dann durften wir ein Stück davon zum Frühstück essen.«

Das war eine schöne Tradition. Etwas, an das man sich erinnern konnte.

»Das war die einzige Gelegenheit, bei der wir morgens was Ungesundes essen durften«, sagte Reese. »An allen anderen Tagen hat sie für Tate und mich Porridge gemacht.«

Tate rümpfte wieder die Nase. »Hat sie das?«

»Erinnerst du dich nicht?« Reese wandte sich der Kamera zu. »Unsere Mom hat total gerne gelesen. Wir haben die ganze Zeit über Bücher gesprochen.«

»*Mrs Frisby und die Ratten von Nimh.*« Das war Vivians Lieblingsbuch. Reese hatte es ihr in einem ihrer Briefe erzählt.

Reese nickte. »Sie hat jedes Bild, das Tate und ich für sie gemalt haben, in einem Karton unterm Bett aufgehoben.«

»Kann ich die Bilder mal sehen?«

»Ich weiß nicht, wo sie jetzt sind.«

»Oh.«

»Und manchmal hat sie sich nachts zu mir gelegt. Dad wollte, dass ich um neun Uhr schlafe, aber wir sind bis Mitternacht wach geblieben und haben geredet und gelacht. Sie hatte ein tolles Lachen.«

Natürlich.

Sie war die lebensfrohe Vivian.

Autumn konnte beinahe das Geräusch hören, obwohl sie es tatsächlich nie gehört hatte. Aber sie hatte es gesehen – auf dem Foto von Pauls und Vivians Hochzeitsreise. Es sah ansteckend aus, so wie Tates Gackern, nur wahrscheinlich eleganter. Es wirkte zwanglos und frei.

»Sie war die beste Mutter der Welt«, sagte Reese.

Hinter ihnen quietschte der Boden.

Autumn drehte sich in ihrem Sessel um.

Paul stand in der Küchentür, die Haare zerzaust. Als sein Blick von den Kindern zur Kamera wanderte, weiteten sich seine Augen.

Wie lange stand er schon dort? Autumn hatte ihn gar nicht hereinkommen hören.

»Mom hat Oz Park geliebt«, sagte Reese und Autumn wandte sich wieder ihr zu. Etwas Hartes – beinahe Trotziges – lag jetzt im Blick der Zwölfjährigen. »Wir sind immer zusammen hingegangen, zum Spielplatz dort. Sie hat mich angeschubst, wenn ich auf der Schaukel saß, obwohl ich dafür eigentlich schon zu groß war. Manchmal haben wir den Sonnenuntergang angeguckt. Und jedes Weihnachten haben wir Lebkuchenhäuser verziert.«

Autumn dachte an den Weihnachtsmann und die Marionette und die fünfjährige Reese, die so unsanft über die Wahrheit gestolpert war. Hat sie Vivian später davon erzählt? Haben sie zusammen darüber gelacht? Wie eine Zebrapuppe das große Weihnachtsgeheimnis aufgedeckt hatte?

»Sie hat jedes Jahr unsere Kostüme für Halloween selbst gemacht. Einmal sah ich aus wie ein richtiges Schachtelmännchen.«

Tates Kopf fuhr herum. »Wirklich?«

»Weißt du nicht mehr?«, fragte Reese. »Und für dich hat sie ein Woody-Kostüm gemacht, aus der *Toy Story*.«

»Reese.«

Es war Paul, der den Namen aussprach, mit einem so düsteren und unheilvollen Klang, dass Autumn sich unwillkürlich umdrehte. Seine Anwesenheit lud den Raum auf, wie Elektrizität, bevor ein Blitz einschlägt. Seine Trauer. Seine Missbilligung. Es war eindeutig – er wollte nicht, dass Reese von diesen Erinnerungen erzählte. Er wollte nicht an all das erinnert werden, was er verloren hatte. Genau genommen starrte er seine Tochter an, als wollte sie ihm absichtlich wehtun.

»Mom und Dad haben sich ganz doll geliebt«, sagte Reese und ihre Stimme begann ein wenig zu zittern. »Sie hat für ihn das Mittagessen eingepackt. Dad hat ihr jeden Sonntag nach dem Gottesdienst Blumen gekauft. Ihre Lieblingsblumen waren Margeriten. Und beim Fernsehen haben sie gekuschelt.«

Der überstürzte Monolog berührte rohe, schmerzende Wunden.

»Sie haben sich immer geküsst und Händchen gehalten und ...«

»Es reicht.« Die Worte durchtrennten die Luft wie eine Peitsche.

Reese presste die Lippen aufeinander und ihre auffällig blauen Augen glänzten feucht. Eine einzelne Träne rann über ihre Wange. Sie wischte sie fort und reckte das Kinn vor. »Nein, es reicht nicht.«

»Zeit fürs Bett.«

»Ich bin noch nicht fertig.«

»Doch, bist du.«

Die Verwirrung wand sich wie eine Schlange.

Was war hier los? Warum hatte Pauls Trauer sich in eine solche Wut, eine solche Anklage verwandelt? Und warum sah er nicht, wie wichtig das hier für seine Tochter war? Was es für sie an Heilung bringen konnte? Er war doch Therapeut! Müsste er das nicht wissen? »Paul, ich weiß, dass es ein sehr schwerer Tag war, aber ...«

»Du weißt gar nichts!«

Autumn zuckte bei den scharfen Worten zusammen.

Schweigen senkte sich auf sie.

Ein erschreckendes Schweigen.

Ein atemloses Schweigen.

Ein unsicheres, ohrenbetäubendes Schweigen.

Er zeigte auf die Treppe. »Ich habe gesagt, *es ist Zeit fürs Bett.*«

Reese widersprach nicht.

Sie sah Autumn nicht an.

Sie nahm die Videokamera, rannte die Treppe hinauf und knallte ihre Zimmertür zu.

Autumn zuckte zusammen.

Paul fuhr sich mit den Fingern durch die Haare und stapfte davon.

Tate saß ganz benommen auf dem Sofa.

Sie hatte ihn noch nie so still sitzen sehen.

Ihre eigenen Emotionen brodelten und kochten in ihr hoch. Hitze und Schock und Empörung, gemischt mit Schuldgefühlen und Mitgefühl. Es konnte schließlich sein, dass sein Großvater gestorben war. Es konnte sein, dass er nach Hause gekommen war, um es seinen Kindern schonend beizubringen, und dann saßen sie dort und schwelgten in bittersüßen Erinnerungen an ihre tote Mutter.

Autumn stand auf und folgte ihm. Durch die Küche und zur Terrassentür hinaus in den Garten, wo die Nacht sie in eine Decke aus Luftfeuchtigkeit und dem süßen Duft der Azaleen hüllte. Paul stand ganz regungslos auf den Dielen, das Mondlicht auf dem Rücken, jeder angespannte Muskel sichtbar. Er hatte das Geländer umklammert, als gäbe es keine Schwerkraft mehr und er würde ins Weltall treiben, wenn er losließ.

Eine Brise wehte Autumn eine kitzelnde Haarsträhne ins Gesicht. »Paul?«

Beim Klang ihrer Stimme zuckte er zusammen.

Zögernd trat sie einen Schritt näher. »Wie geht es deinem Großvater?«

Nichts.

Sie machte noch einen Schritt vor. »Paul?«

Er fuhr herum, die Knöchel seiner Hände weiß wie der Mond. »Was hast du dir nur dabei gedacht – sie *heute* zu interviewen?«

»Reese hat gesagt ...«

»Sie hat mit angesehen, wie ihr Urgroßvater von Sanitätern weggebracht wurde. Sie hat gesehen, wie der Krankenwagen mit Blaulicht angerast ist und in die Auffahrt ihrer Großmutter eingebogen ist. Sie dachte, *mir* wäre etwas Schlimmes zugestoßen.«

Autumns Kehle war wie zugeschnürt. Das hatte ihr niemand erzählt. Niemand hatte erwähnt, dass Reese und Tate Zeugen des Schlaganfalls gewesen waren. Hätte sie das gewusst, wäre sie bedachter vorgegangen. Sie hätte Nein gesagt, als Reese vom Sofa aufgesprungen war, um die Kamera zu holen. »D-das wusste ich nicht. Es tut mir leid. Aber Reese hat es so klingen lassen, als wolltest du, dass wir die Aufnahme machen. Und sie will, dass ihre Mutter in dem Erinnerungsvideo vorkommt. Sie will sich daran erinnern ...«

»Erinnern woran?«

Seine Stimme hallte zwischen den Bäumen wider.

Die Grillen hielten bei ihrem Zirpen inne.

Pauls Brustkorb hob und senkte sich. »Woran genau will sie sich erinnern? Daran, dass ihre Mutter nie da war? Dass Vivian immer absichtlich lange bei der Arbeit blieb, bis Reese schlief, während andere Mütter ihre Kinder abends zu Bett brachten? Jedenfalls hat sie gesagt, sie sei bei der Arbeit. Das war immer ihre Lieblingsausrede.«

Seine Worte raubten Autumn den Atem. Sogen ihn direkt aus ihrer Lunge.

»Soll sie sich daran erinnern, dass Vivian nicht bei einem einzigen von Tates Ballspielen oder Reese' Klaviervorspielen war?

Willst du das etwa in dein dämliches Video packen? Ist es das, was du wissen willst? Dass alles, was Reese in diesen Briefen geschrieben hat, eine Lüge war?«

»Paul, ich ...«

»*Ich* war es, der Tates Pappmaschee-Figur mit Kaubonbons gefüllt hat. *Ich* habe den Kindern das Fahrradfahren beigebracht. Vivian hat keine Lebkuchenhäuser verziert. Sie hat keine Halloweenkostüme genäht. Soll Reese sich daran erinnern?

Dass ihre Mutter ihre erste Affäre hatte, als Reese drei Jahre alt war? Dass es Nächte gibt, in denen ich wach liege und schreckliche Angst habe, dass jemand eins und eins zusammenzählt und herausfindet, dass Tate vielleicht gar nicht mein leiblicher Sohn ist? Dass irgendein Fremder auftauchen und ihn mir wegnehmen könnte? Soll ich das etwa vor der Kamera sagen? Dass sie mich verlassen wollte? Dass sie dabei war, *sie* zu verlassen?«

Er machte eine ruckartige Kopfbewegung in Richtung Haus.

In Richtung der Kinder.

Autumn starrte ihn mit großen Augen an.

Immer größer wurden ihre Augen, das spürte sie.

»Sie hat gesagt, sie würde ersticken. Sie wollte raus. Und weißt du was? Ich auch.« Paul legte die Finger wieder um das Geländer und die Muskeln in seinem Rücken bebten vor angestauten Emotionen. »Ich habe Gott angefleht, eine Lösung zu finden. Und dann ist der Zug explodiert und Vivian ist gestorben.«

Paul auf dem Bahnsteig.

Das Lied in dem Notizbuch.

Die ganzen Briefe von Reese.

»Glauben Sie, ein Mensch kann seine Erinnerungen ändern?«

»Als ich dich im Krankenhausbett liegen sah, war ich erleichtert. Gott möge mir vergeben, aber ich war erleichtert.« Seine Stimme brach. Die Qual drückte seine Schultern nieder. Eine ganze Welt aus Schmerz. Eine verzehrende, unersättliche Schuld, die alles verschlingen konnte, was sich ihr in den Weg stellte. »Ich habe für einen Ausweg gebetet und Gott hat ihn mir gegeben.«

Autumn trat an das Geländer und legte ihre Hand neben die von Paul. »Gott ist nicht grausam.«

Er schloss die Augen. Aber es war zu spät. Eine Träne entwischte und lief über seine Wange.

Es war eine Träne, die Autumn das Herz zerriss.

Dieser Mann hatte ihr ein Stück seiner Seele gezeigt. Ein scharfkantiges, hässliches, ehrliches Stück, das wund und blutend und gar nicht schön war. Ein Stück seiner Seele, das zu einem Teil ihrer Seele passte. »Du hast deine Frau nicht totgebetet.« Autumn legte ihre Hand auf seine. »Und selbst wenn du es getan hättest, glaube ich nicht, dass Gott ein solches Gebet erhören würde.«

Noch eine Träne lief. Paul wischte sich mit dem Unterarm übers Gesicht. Dann drehte er die Hand um und schob seine Finger zwischen die von Autumn. Er blickte von ihren verwobenen Fingern auf, seine Augen eine aufgewühlte See. »Autumn, ich ...«

Die Tür ging auf.

Sie trennten sich eilig.

Tate kam mit seinen blonden lockigen Haaren heraus. Pauls Haare waren nicht blond und lockig. Vivians Haare waren auch nicht blond und lockig gewesen.

»Dad?«, sagte er und seine Stimme klang nach einer verängstigten kleinen Maus. »Legst du dich zu mir ins Bett?«

48. Kapitel

Samstag, den 17. Juni 2017

Die ganze Zeit passieren schlimme Dinge, überall auf der Welt. Und wir glauben an Gottes Güte. Wir glauben, dass er gut ist. Wir sagen, dass er gut ist. Bis die schlimmen Dinge persönlich werden. Dann fangen wir an zu zweifeln.
(Grandma Ally, am Sonntag nach dem 11. September 2001, auf unserem Weg vom Gottesdienst nach Hause)

Als ich zwölf war, hatte Chad einen Freund in der Nachbarschaft, der Tony hieß und den Film *Scream* mitbrachte. Ich durfte ihn nicht sehen. Chad hätte ihn auch nicht sehen sollen. Wenn Leanne oder mein Dad gemerkt hätten, dass einer von uns den Film geguckt hatte, hätten wir den restlichen Sommer über Hausarrest gehabt. Nicht nur dass der Film erst ab 18 war, es war ein Horrorfilm. Zu diesem Zeitpunkt war das Gruseligste, was ich gesehen hatte, *Jurassic Park*. Ich war neun gewesen und hatte wochenlang Albträume gehabt. Man kann die eigenen Eltern nicht unbegrenzt oft mitten in der Nacht wecken, ohne dass sie alles verbieten, was ansatzweise beängstigend ist.

Tony hatte drei große Brüder und seine Mutter fluchte wie ein Kesselflicker, deshalb waren ihr die Altersbeschränkungen bei Filmen ziemlich egal.

Eines Tages, als Leanne mit Claire im Zoo war, brachte Tony den Horrorfilm mit und ich drohte sie zu verpetzen, wenn ich nicht mitgucken durfte. Also schlichen wir zu dritt in den halb fertig ausgebauten, mit Farbe bekleckerten Keller und sahen den Film auf einem kleinen Fernseher mit Zimmerantenne.

Komischerweise hatte ich davon keine Albträume.

Aber er hat mich umgehauen.

Ich war mir ganz sicher gewesen, wer der mörderische Psychopath mit der Maske war. Das hatte ich schon nach der Hälfte des Films lautstark verkündet und war hundertprozentig davon überzeugt gewesen.

Bis die Auflösung kam und ich sah, dass ich mich geirrt hatte. Ich hatte überhaupt nichts verstanden.

Eine unerwartete Wendung konnte alles ändern. Alles.

Vivian war keine hingebungsvolle Gattin. Sie hatte ihren Mann betrogen.

Vivian war keine liebevolle Mutter. Sie hatte ihre Kinder vernachlässigt.

Und Gott ist nicht grausam.

Du hättest mich hören sollen, Maud.

Ich habe es mit dem Brustton der Überzeugung gesagt.

»Ich komme gleich morgen früh«, sagte Paul.

»Nein, Liebling. Du kannst hier gar nichts machen. Schlaf aus. Genieß die Zeit mit deinen Kindern. Geh in die Kirche. Morgen ist dein Tag.«

»Pop ist im Krankenhaus, Ma.«

»Und es gibt gar nichts, was du tun könntest, um ihm zu helfen.«

Die Muskeln in seinem Rücken verspannten sich. »Du solltest nicht allein sein.«

»Glaubst du wirklich, ich wäre allein, nachdem Pastor Reynolds und seine Leute die Gemeinde informiert haben? Lucille und er sind gerade hier. Morgen früh kommen drei Damen aus meinem Bibelkreis, um mir Gesellschaft zu leisten.«

Pastor Reynolds hatte vor zehn Jahren seine Position als Hauptpastor abgegeben, und anstatt an einen Strand im warmen Florida zu ziehen, hatte er zusammen mit seiner Frau das noch junge Diakonieteam der Gemeinde übernommen und etwas Großartiges daraus gemacht. Wenn ein Mitglied der Gemeinde sich auch nur den Zeh gestoßen hatte, wartete ein selbst gekochtes Chili vor der Haustür, mit herzlichen Grüßen von Pastor Reynolds.

Seine Mutter war gut versorgt.

Trotzdem gefiel es Paul nicht, dass er nicht vor Ort war.

»Wenn du vorbeikommen willst, komm später am Tag. Nachdem du dich ein bisschen ausgeruht hast. Hier wird alles gut.«

Alles würde gut werden.

Genau das hatte er auch zu seinen Kindern gesagt.

Aber das wussten sie nicht.

Die Ärzte schienen optimistisch. Dass Großvater im Bad zusammengebrochen war, stellte sich jetzt als Vorteil heraus. Hätte Pop einfach auf dem Sofa gesessen und ferngesehen, während Mom den Abwasch gemacht hatte, hätte es vielleicht eine Stunde gedauert, bis jemand gemerkt hätte, dass etwas nicht stimmte. Bei einem Schlaganfall aber war schnelle Hilfe entscheidend. Trotzdem würden sie erst nach zweiundsiebzig Stunden wissen, inwieweit Pops Gehirn Schaden genommen hatte.

Mom und er verabschiedeten sich. Dann warf er sein Telefon auf den Schreibtisch und rieb sich mit der Hand übers Gesicht. Es war vor lauter Bartstoppeln ganz kratzig. Als Achtjährige war Reese immer kreischend davongelaufen, wenn er versucht hatte, ihr mit unrasiertem Kinn einen dicken Kuss zu geben.

Sein Brustkorb zog sich zusammen. Und in der Stille konnte er das schwache, gespenstische Lachen von Vivian hören. Ihre Stimme, die ihn ins Bett rief.

Er war nicht sicher, ob das eine Erinnerung war oder ein Traum.

Paul kniff die Augen zu.

Seit dem Tag, an dem er Autumn Manning auf der Intensivstation vorgefunden hatte, war er nicht mehr in einem Krankenhaus gewesen. Der Geruch von Desinfektionsmitteln. Das sterile weiße Zimmer. Die piepsenden Monitore. Seinen Großvater dort im Bett liegen zu sehen. Diese Dinge lösten alle möglichen Gefühle in ihm aus.

Und dann war er nach Hause gekommen und hatte gesehen, wie Reese in die Kamera gelogen hatte.

Als er sich damals hier in seinem Büro hingesetzt und die Briefe gelesen hatte, die das Mädchen geschrieben hatte, war er beunruhigt gewesen. Aber nicht besorgt. Er verstand, was sie da tat.

Kinder machten so etwas ständig.

Er hatte es selbst getan, in den ersten Jahren, nachdem sein Vater die Familie verlassen hatte.

Reese wollte ihre Mutter in einem besseren Licht sehen. Das war eigentlich harmlos. Jedenfalls viel besser als die Wirklichkeit. Aber heute Abend, das war etwas ganz anderes gewesen. Es hatte ihn zutiefst erschüttert, ihre Lügen laut ausgesprochen zu hören.

Er musste mit ihr reden.

Aber als er mit Tate nach oben gegangen war, war ihre Tür verschlossen gewesen. Das war gegen die Regeln. Seine Kinder durften die Türen nicht abschließen. Aber er hatte nicht die Kraft, sich auf diesen Kampf einzulassen, also ging er in Tates Zimmer und kuschelte mit seinem Sohn, bis er tief und fest eingeschlafen war. Anschließend klopfte er an Reese' Tür, was sie mit einem scharfen »Lass mich in Ruhe« quittierte.

Jetzt pochte sein Schädel und die Erschöpfung drückte ihn von allen Seiten nieder.

Es war ein unglaublich langer Tag gewesen.

Paul fuhr sich mit der Hand übers Gesicht und massierte sein Kinn, während er seine verstaubte schwarze Gitarre anstarrte, die an der Wand lehnte. Sein Vater hatte ihm das Gitarrespielen beigebracht, als er in Tates Alter gewesen war. Auch wenn Paul ganz anders sein wollte als sein Vater, war es ein Hobby, das er nicht aufgeben konnte. Er schob seinen Schreibtischstuhl näher und irgendwie landete die Gitarre auf seinem Schoß. Gedankenverloren spielte er die Akkorde.

Wie lange ...

Es war ein Lied, das er vorher geschrieben hatte. Ein Lied, dass nichts mit der Trauer um seine Frau zu tun hatte, aber alles damit, wie er sie ertragen sollte.

Wie lange?

Die unbewusste Antwort: nicht mehr lange.

Und heute Abend hatte er Autumn die ganze hässliche Wahrheit gestanden.

Sein Geheimnis war gelüftet.

»Gott ist nicht grausam.«

»Du hast deine Frau nicht totgebetet.«

Sein Verstand wusste das. Selbst sein Herz wusste es. Er glaubte nicht wirklich, dass Gott wegen eines verzweifelten Gebets eines verzweifelten Mannes Vivians Leben beendet hatte. Und er hatte nicht nur Erleichterung empfunden. Aber die eben auch. Und dafür hasste er sich selbst.

Seine Finger glitten schneller über die Saiten.

Gott war nicht grausam. Er war ein Gott, der Paul als Jungen nicht allein und vaterlos gelassen hatte. Er hatte ihm einen Mann wie Pop gegeben. Und eine wundervolle Mutter. Eine Frau, die nicht an Gottes Güte zweifelte – nicht einmal, als ihr Mann sie verließ.

Dieser Gott war ein guter, guter Vater.

Ein Vater, der Paul in seiner ganzen hässlichen Unvollkommenheit liebte. Ein Vater, der auch Vivian in ihrer Unvollkommenheit geliebt hatte.

Er hörte auf zu spielen und es wurde still in seinem Arbeitszimmer. Und die Erkenntnis seiner eigenen Schuld wurde ihm mit einem Mal schmerzhaft bewusst.

Jesus war für seine Braut gestorben. Paul hatte seine nur geduldet.

Nicht immer. Die Veränderung war subtil gewesen. Schleichend. Die Anfänge konnte er zu der ersten Affäre zurückverfolgen, als das Leben als Mutter seine lebhafte Frau so niedergedrückt hatte. Und dann, plötzlich, als Reese drei Jahre alt gewesen war, hatte sie ihre Lebendigkeit zurückgewonnen.

Nur dass Paul nicht der Grund dafür gewesen war.

Ihr Geständnis hatte seine Welt auf den Kopf gestellt. Ihre Untreue, ihre Zurückweisung. Es hatte wehgetan. Es war ein Stich gewesen. Eine klaffende, tödliche Wunde. Seine Frau hatte sich einem anderen Mann hingegeben. Und dann hatte sie geweint und ihn um Verzeihung gebeten. Sie hatte versprochen, es nicht wieder zu tun. Paul war geblieben, weil Ehemänner und Väter das sollten. Und er war jetzt Therapeut. Wie die Sanitäter, die sich um Pop gekümmert hatten, hatte Paul die Ausbildung und die Werkzeuge, um zu reparieren, was Vivian zerbrochen hatte. Wie sollte er mit seiner eigenen Praxis Erfolg haben, wenn er mit einer gescheiterten Ehe begann? Außerdem liebte er sie. Also hatte er sich kopfüber in die Sache gestürzt und getan, was er konnte, um den Schaden zu reparieren.

Aber dann war es wieder geschehen, als Tate zwei Jahre alt gewesen war. Und ein Teil seines Herzens hatte sich verhärtet. Es war nicht mehr so bereit gewesen, Vivians Entschuldigungen zu glauben. Sollte es noch einmal vorkommen, würde Paul dafür sorgen, dass es nicht so schrecklich wehtat.

Selbstschutz.

Beim dritten Mal wollte Vivian Hilfe in Anspruch nehmen. *»Ich weiß nicht, was mit mir los ist, Paul. Vielleicht sollten wir eine Therapie machen.«*

Paul hatte gelacht. Er war Therapeut. Zu diesem Zeitpunkt sogar ein sehr angesehener in seinem Bereich. Und sein Herz hatte sich langsam zu Stein verwandelt. Sie konnte es nicht mehr verletzen. Jetzt stand sein Stolz auf dem Spiel. Seine Karriere. Seine Frau hatte ihm schon so viel genommen. Sie würde ihn nicht zu einem Versager machen, wo er so viel Erfolg hatte.

Dann geschah es ein viertes Mal.

»Liebst du mich überhaupt, Paul?«, hatte sie gefragt, nachdem er sie wegen der Textnachrichten zur Rede gestellt hatte. *»Glaubst du wirklich, dass es da etwas gibt, das zu retten sich lohnt?«*

Er hatte ihr in die Augen gesehen und ihr seine hartherzige Antwort gegeben: *»Ich habe vor Gott ein Versprechen abgegeben.«*

Kein »Ich liebe dich«.

Keine Versicherung, dass es sich lohnte, ihre Ehe zu retten.

Er war bereit, seine Karriere und seinen Dienst für diesen

Schwur zu opfern. Das Martyrium auf sich zu nehmen. Den Stachel im Fleisch zu erdulden – seine Frau.

Paul stellte die Gitarre weg.

Er hatte angefangen, ihr zu grollen, weil sie ein grelles Licht auf seine Inkompetenz warf. Auf die Hilflosigkeit, die er so hasste. Dass er Vivian nicht reparieren konnte. Dass er ihre Ehe nicht reparieren konnte. Sich selbst nicht reparieren konnte. Also hatte er Vivian ertragen. Und er hatte ihr gegrollt.

Während Gott ihn geliebt hatte.

Und sie geliebt hatte.

Paul glitt im Arbeitszimmer von seinem Stuhl auf die Knie vor einem Gott, der ihn nie wie einen Stachel behandelt hatte. Er entblößte sein dunkles, hässliches Herz. Die schrecklichen Gebete, die er gesprochen hatte. Die furchtbare Erleichterung, die er empfunden hatte. Die Rolle, die er bei all dem gespielt hatte, denn er hatte eine Rolle gespielt. Reumütig, demütig bekannte er seine Schuld.

Dann wischte er sich die Augen und dankte Gott für seine Barmherzigkeit. Seine Geduld. Seine Liebe und Güte und Gnade und …

Wahrheit. Das Wort war plötzlich da – ein lästiger, unwillkommener Gast.

Sag Reese die Wahrheit.

Verblüfft schüttelte Paul den Kopf – verärgert, dass ein solcher Eindringling sich gerade in diesem Augenblick dazwischendrängte. Dies war heiliger Boden. Es war ein besonderer, von Gottes Gegenwart durchdrungener Moment. Willkürliche, absurde Gedanken waren nicht willkommen. Ein guter, guter Vater würde Paul nicht auffordern, seine Lasten einer Zwölfjährigen aufzubürden. Sie war ein Kind. Er war erwachsen.

Es war sein Job, sie zu beschützen.

Die Wahrheit wird euch frei machen.

Beunruhigt wischte Paul das lästige Flüstern beiseite und ging nach oben, um nach Reese zu sehen.

49. Kapitel

Autumn rannte, als wäre jemand hinter ihr her. Ihre Lunge brannte. Sie spürte scharfe Seitenstiche. Ihre Muskeln protestierten unüberhörbar. So wie ihre Schwester. Das Mädchen, das im College Meisterschaften im Langstreckenlauf gewonnen hatte.

Das Mädchen, das den Chicago Marathon in drei Stunden und sechsundzwanzig Minuten lief.

»Ich dachte … du wolltest … joggen.«

Der Schweiß lief Autumns Rücken hinunter. Die Morgensonne schien auf ihre Schultern und kroch allmählich über eine angenehme Wärme hinaus. Es würde ein herrlicher Tag werden. Familien überall in der Stadt würden die Väter in ihrem Leben mit gegrillten Steaks und kaltem Bier feiern, mit Frisbee-Werfen im Park, Sonnenmilch und Insektenspray. Nach dem Gottesdienst würde sie Hotdog-Brötchen und Kartoffelsalat holen, denn das hatte Leanne bei ihr für die Grillparty in Auftrag gegeben. Außerdem würde sie eine Karte zum Vatertag kaufen. Nichts Außergewöhnliches. Etwas, das sie unterschrieb und er dann wegwarf, weil Dad in solchen Sachen nicht sentimental war. Das war ihre Mutter auch nicht gewesen.

Ihre Eltern hatten ihre Kinderbilder nicht aufgehoben. Manchmal hatte sie welche im Müll gefunden und entrüstet herausgezogen. Wie konnten sie nur!

Mom und Dad hatten dann angemessen zerknirscht dreingesehen und dann hatte Mom gesagt: »Wir können nicht alles aufheben, was du aus der Schule mitbringst, Liebes. Sonst wäre das Haus voller Papier.«

Dann hatte Autumn geschmollt und ihr aufgeweichtes Kunstwerk mit den Flecken von Essensresten an den Kühlschrank geheftet, wo es blieb, bis sie es nicht mehr bemerkte.

Reese hatte gesagt, ihre Mutter hätte alle Bilder von ihr und Tate in einem Karton unter dem Bett aufbewahrt. Aber Reese hatte gelogen. Sie hatte über die Bilder gelogen. Sie hatte über die Pappmaschee-Figur und die Kaubonbons und die Fahrradtouren gelogen. Die Vivian, die Autumn zu kennen glaubte – die Vivian, die in Autumns Vorstellung entstanden war –, das war überhaupt nicht die wahre Vivian.

Die echte Vivian war eine Betrügerin.

Paul war erleichtert gewesen.

Reese hatte in ihren Briefen gelogen.

Autumn lief noch schneller.

Bis Claire ihren Arm packte und sie beide zum Stehen brachte. Sie beugte sich vor und schnaufte und keuchte. »Vor wem … läufst du … eigentlich weg?«

Autumn hielt sich die Seite, so als könnte sie die scharfen Stiche wegdrücken. Aber jedes Mal, wenn sie Luft holte, tat es höllisch weh.

Sonnenflecken glitzerten auf der Wasseroberfläche des Sees.

Sie hörte ein lautes »Achtung!«, als ein Paar auf Fahrrädern an ihr vorbeischoss.

Autumn fuhr zusammen.

Claire blinzelte sie an. »Erzählst du mir jetzt, was los ist?«

Vivian war eine Betrügerin.

Paul war erleichtert gewesen.

Reese hatte in ihren Briefen gelogen.

Und Claire ließ sie nicht rennen.

Sie ließ den Blick über den Uferradweg schweifen, auf dem der nächste Radfahrer sich einer Frau mit Hund näherte.

»Wenn ich dir etwas erzähle«, sagte sie schließlich, »darfst du kein Sterbenswörtchen davon weitersagen.«

Claires Augen weiteten sich.

»Hast du verstanden?«

»Natürlich.«

»Keine Silbe.« Autumn hob den Zeigefinger hoch. »Nicht einmal Trent kannst du es sagen.«

»Versprochen. Also, was ist los?«

»Ich war gestern Abend bei Paul.«

»Schon wieder?«

»*Schon wieder?* Das Baseballspiel ist zwei Wochen her, Claire!«

Claire hob die Hände.

Autumn seufzte. »Sein Großvater hatte einen Schlaganfall.«

»Das ist ja schrecklich.«

»Paul brauchte jemanden, der auf die Kinder aufpasst.«

»Und da hat er dich angerufen? *Du* bist sein Rettungsanker?«

»Wenn du mich ständig unterbrichst, erzähle ich dir gar nichts.«

Claire machte eine Handbewegung, als würde sie einen Reißverschluss vor ihren Lippen zuziehen und dann den Schlüssel wegwerfen.

Autumn zog sie zur Seite auf den Rasen, damit die Fahrradfahrer vorbeifahren konnten, ohne sich vorher anzukündigen. Dann liefen sie weiter, diesmal aber in einem gemächlicheren Tempo. Sie liefen an der Frau mit Hund vorbei, und als Autumn sich alles von der Seele geredet hatte, waren sie nur noch einen Block von zu Hause entfernt.

»Ich fasse es nicht.« Claire schüttelte den Kopf. »Der Ehedoktor stand kurz vor der Scheidung.«

»Du darfst es niemandem erzählen.«

»Ich dachte, das hätten wir schon geklärt.«

»Keine geflüsterten Bemerkungen. Keine Anspielungen. Keine vagen Andeutungen. Nichts.«

»Ich weiß. Entspann dich.«

»Ich weiß nicht einmal, wie es seinem Großvater geht. Ich weiß nicht mal, ob er noch lebt. Ich habe gefragt, aber Paul hat nicht geantwortet. Und dann kam Tate aus dem Haus und ich musste gehen, obwohl all das zwischen uns hing. Ich habe keine Ahnung, wann wir uns wiedersehen werden.«

»Irgendwie habe ich den Verdacht, dass es nicht lange dauern wird.«

Sie waren gerade in den Weg eingebogen, der zum Eingang

ihres Wohnblocks führte. Paul erhob sich von der Veranda. Seine Haare waren völlig zerzaust.

Autumns Herz begann zu hämmern, als würde sie wieder sprinten.

»Hi«, sagte er und sah zwischen Claire und Autumn hin und her.

»Hi«, antwortete sie.

Ihre Schwester sandte regelrechte Wellen der Wissbegierde aus, sodass Autumn innerlich eine Grimasse zog. Am liebsten hätte sie sich vor Paul gestellt und ihn vor Claires offensichtlicher Neugier abgeschirmt.

Er rieb sich verlegen den Nacken. »Können wir vielleicht reden?«

»Natürlich.«

»Ich geh schon mal rauf.« Claire nahm den Schlüssel, den Autumn ihr hinhielt, und warf ihr einen vielsagenden Blick zu. Dann verschwand sie mit einem nicht ganz beiläufigen Blick über die Schulter im Haus. In zwei Minuten würde sie aus dem Küchenfenster spähen.

Es schien furchtbar offensichtlich, dass sie etwas wusste.

Aber Paul sagte nichts dazu.

»Wie geht es deinem Großvater?«, platzte sie heraus, weil sie es wirklich wissen wollte. »Ich habe die ganze Nacht an ihn gedacht.«

Lüge.

Sie hatte die ganze Nacht an Paul gedacht.

Er rieb sich die Stirn. »Er ist stabil. In ein, zwei Tagen werden die Ärzte mehr wissen.«

»Gut, dass er stabil ist.«

»Stimmt.«

»Herzlichen Glückwunsch übrigens zum Vatertag«, sagte sie, eine noch banalere Bemerkung.

»Reese spricht gerade nicht mit mir.«

»Oh.«

»Hör zu, Autumn. Du musst wissen, dass ich das, was ich dir gestern Abend erzählt habe …« Er blickte zu dem Fenster ihrer

Wohnung hinauf, so als wüsste er genauso gut wie sie, dass Claire dort lauerte. Er beugte sich näher und senkte die Stimme. »Ich habe das noch nie jemandem erzählt. Nicht meiner Mom. Nicht meinem Großvater. Auch nicht Mitch.«

»Paul.«

»Ich meine, ich weiß nicht einmal, ob es stimmt. Das mit Tate. Vivian hat nie etwas gesagt. Und es spielt für mich auch keine Rolle. Tate ist mein Sohn, egal, was die DNA sagt.«

»Paul.«

»Nur, wenn jemand es erfährt, wenn Tate es herausfindet … Ich bin nicht sicher ...«

»Paul?«

Er sah sie an und die Falten um seine Augen waren viel zu tief. Wie gerne hätte sie sie mit dem Daumen glatt gestrichen. Die Last weggedrückt, die er mit sich herumtrug.

»Ich werde es niemandem erzählen.« Wobei sie es gerade getan hatte. Sie hatte es Claire erzählt und sie musste ihr noch einmal das Versprechen abnehmen, nichts davon weiterzusagen. Sie würde ihr androhen, sie vor die Tür zu setzen, falls sie auch nur ein Wort zu jemandem sagte. Sie würde tun, was nötig war, um Pauls Geheimnis zu bewahren. Weil er ihr dieses Geheimnis anvertraut hatte. Niemandem außer ihr.

»Und die Aufnahmen?« Paul rieb sich wieder über die Stirn. »Ich will nicht, dass die Dinge, die Reese da gesagt hat, auf YouTube hochgeladen oder auf der großen Leinwand in der Erlösergemeinde abgespielt werden.«

»Ich werde es nicht verwenden. Ich habe die Kamera auch gar nicht mitgenommen.«

Paul atmete sichtlich erleichtert aus. Die ganze Anspannung wich aus seinen Schultern. »Danke.«

»Natürlich.«

In der kurzen Pause, die folgte, fragte sie sich, was das für ihn bedeutete. Vivian konnte nicht als Einzige *nicht* in dem Gedenkvideo vorkommen. Aber wie konnte sie Paul jetzt um ein Interview bitten, nach allem, was sie wusste?

»Man nennt es Magisches Denken.«

»Was?«

»Was Reese macht. Ich habe es selbst gemacht, als ich klein war. Sie will Vivian besser in Erinnerung behalten, als sie war.«

Autumn blickte über ihre Schulter. Abgesehen von einem Vogel, der über den Rasen hüpfte, war der Vorgarten des Hauses leer. »Glaubst du, Reese wusste …?«

»Nein.« Seine schnelle, entschlossene Antwort ließ keinen Widerspruch zu. »Sie versucht nur, die Tatsache zu kompensieren, dass sie eine Mutter hatte, die keinen … Anteil genommen hat. Ich glaube, das ist auch einer der Gründe, warum sie sich zu dir hingezogen fühlt.«

»Zu mir?«

Er blickte zum Fenster ihrer Wohnung hinauf.

Die Gardine schwang vor und zurück.

»Können wir uns setzen?«, fragte er.

»Ja, klar.«

Sie setzten sich auf die Treppe zum Eingang, sodass sie vom Fenster aus nicht mehr zu sehen waren.

»Du magst sie, Autumn. Du siehst sie. Du bestätigst ihre Meinungen und Ideen. Du bringst sie zum Lachen. Du hast ihr vor zwei Wochen geholfen. Das hat Reese eine Menge bedeutet. Und es hat mir eine Menge bedeutet.«

Seine Worte machten sie ganz schwindelig.

Paul legte eine Hand um seinen Nacken. »Du hältst mich bestimmt für den größten Heuchler der Welt.«

»Warum?«

»Wegen der Ehekampagne.«

»Was ist damit?«

»Ich hätte nicht zusagen sollen, daran mitzuarbeiten. Meine Ehe ...«

»Du bist geblieben, Paul. Du bist geblieben, wo neunundneunzig Prozent der Bevölkerung gegangen wären.«

»Ich hätte Hilfe in Anspruch nehmen müssen. Das hätte ein guter Ehemann getan. Er hätte Hilfe geholt.«

»Vielleicht hätte es nichts geändert.«

»Vielleicht doch.«

Und das war das Problem. Sie würden es nie wissen. Paul nicht. Autumn nicht. Weil Paul keine Hilfe in Anspruch genommen hatte. Und jetzt war Vivian tot und die Zeit lief weiter und ließ sich nicht zurückdrehen. Von den Tausenden von Wegen, die ein Mensch im Leben einschlagen konnte, gingen sie letzten Endes nur auf einem.

Paul stützte die Ellbogen auf die Knie und seufzte. »Du musst wissen, dass Vivian kein Ungeheuer war. Und ich bin kein Heiliger.«

»Das hatte ich auch gar nicht gedacht.«

»Gut.« Er lächelte selbstironisch.

»Bereust du, dass du es mir erzählt hast?«

Er schüttelte den Kopf und lehnte sich ein wenig näher.

Es war wie bei dem *Scream*-Film. Die Entdeckung, dass Vivian nicht die beste Mom der Welt gewesen war. Dass sie keine sehr gute Ehefrau gewesen war. Es änderte die Situation. Es löste die Riemen, die sie offenbar um ihre Emotionen geschnallt hatte – ihre Gefühle für diesen Mann und seine Kinder. Es fiel ihr nun schwerer, sich ständig Gedanken darüber zu machen, ob sie Vivian gerecht wurde, wenn Vivian doch Paul nicht gerecht geworden war.

Er griff nach ihrer Hand und ließ die Finger über ihre Handfläche gleiten, bis sie sich zwischen ihre Finger schoben. »Ich mag dich«, sagte er. »Sehr sogar.«

Etwas Leichtes und Fedriges bildete sich in ihr und bekam Flügel.

Wie merkwürdig das alles war! Paul Elliott saß vor ihrer Wohnung und erzählte ihr all diese Dinge. Er war ihr so nah, dass sie einen ganz schmalen goldenen Rand um seine Pupillen sehen konnte. Seine Augen hatten eine ungeheuer faszinierende Farbe.

»Und wenn ich schon ehrlich bin, sollte ich dir wahrscheinlich auch sagen, dass ich eine Heidenangst habe.«

»Ich auch.«

Sie verliebte sich gerade in einen Mann, der mit Sicherheit Probleme hatte, Vertrauen zu fassen. Vivian hatte ihn betrogen. Sie hatte ihn angelogen, seit Reese drei Jahre alt gewesen war. So etwas würde in jede Beziehung hineinspielen, egal, wie stark die Verbindung war. Es ließ sich nicht vermeiden.

Außerdem gab es da noch die Medien, mit denen sie zurechtkommen mussten.

Eine Beziehung zwischen ihnen wäre zu reizvoll, als dass die Journalisten die Finger davon lassen könnten.

Trotzdem fühlte Autumn sich unwiderstehlich angezogen. Sie war eine gebrochene Frau, die sich in einen gebrochenen Mann verliebte, der eine gebrochene Vergangenheit hatte und zwei tolle, gebrochene Kinder.

»Und was machen wir jetzt?«, fragte er.

»Ich habe keine Ahnung.«

Hinter ihnen ging die Tür auf.

Paul ließ ihre Hand los.

Autumn drehte sich um.

Claire stand in der Tür, die Augen weit aufgerissen. »Sie haben ihn gefasst.«

»Was?«, fragte Autumn.

»Die Polizei hat Benjamin Havel gefasst. Sie haben ihn in Utah gefunden. Die Nachrichten sind voll davon.«

50. Kapitel

Dienstag, den 20. Juni 2017

Ich bedauere nur, dass nicht noch mehr Leute gestorben sind.
(BENJAMIN HAVEL)

Das hat er gesagt.

Als ein FBI-Ermittler namens Morris Wilson Havel verhaftet hat und ein Reporter das Ereignis mit der Kamera festhielt, waren das Havels herzlose Worte.

Er bereute nur, dass nicht noch mehr Menschen gestorben waren.

Was soll man dazu sagen?

Autumn lief in der Küche auf und ab, während Trent und Claire im Wohnzimmer vor dem Fernseher saßen.

Das Erinnerungsvideo war fertig. Und Vivian kam darin nicht vor.

Autumn war nicht sicher, was sie deshalb unternehmen sollte, also verdrängte sie es und konzentrierte sich auf andere Dinge. Zum Beispiel darauf, wie ihr Ex-Verlobter Seth Ryker das ganze Rohmaterial zu sechzig Minuten Gedenken zusammengeschnitten hatte. Sie schwankte zwischen Angst und Triumph. Sechzig Minuten waren eine lange Zeit. Würden die Leute so lange aufmerksam sein? Aber dann dachte sie daran, wie geschickt Seth mit Videos umgehen konnte, und an die Geschichten, die die Menschen erzählt hatten, und ihr Herz hämmerte vor Vorfreude.

Vielleicht waren sechzig Minuten nicht genug.

Dank Benjamin Havel und seinen grausamen Worten war die ganze Aktion im Rampenlicht gelandet. Die Tragödie auf den Gleisen war wieder in den Nachrichten. Nicht nur in Chicago, sondern überall im Land. Und damit auch das Erinnerungsvideo. Reporter riefen an. Der Bürgermeister wollte bei dem Empfang ein paar Worte sagen. Mitch hatte Sorge, dass die Erlösergemeinde nicht groß genug sein würde, um alle Besucher zu fassen – ein Problem, das sich Autumn nie hätte träumen lassen, als sie im April den Kirchenraum gebucht hatte. Penny – die stämmige Frau, die Kanariengelb liebte – hatte vorgeschlagen, eine Liveübertragung einzurichten, damit sie die Veranstaltung im Internet streamen konnten. Ihr Sohn hatte Ahnung von Technik und wollte sich um die Details kümmern, also hatte er sich mit dem Vorstand der Gedenkkommission in Verbindung gesetzt und sie waren gerne bereit, den Livestream auf ihrer Homepage zu übertragen.

Bei all den Aktivitäten und der Hektik hatte Autumn Paul gar nicht gesehen.

Mitch zufolge war er damit beschäftigt, zusammen mit seiner Mutter ein Pflegeheim für seinen Großvater auszusuchen.

»Ich mag dich. Sehr sogar.«

Wie oft hatte sie in den vergangenen Tagen diese Worte im Geist wiederholt?

Sie musste mit jemandem über ihre verwirrenden Gefühle reden, aber Jeannie True war abends nicht zu sprechen und Autumn hatte zu viel Arbeit, um tagsüber einen Termin zu machen. Claire war eine Möglichkeit, aber Autumn hatte sowieso schon ein mulmiges Gefühl, weil ihre Schwester so viel wusste. Sie hatte sich angewöhnt, Claire mindestens dreimal am Tag zu sagen, dass sie auf keinen Fall auch nur ein Sterbenswörtchen verlauten lassen durfte. Claire war die Ermahnungen inzwischen so leid, dass sie sich einmal richtig deswegen gestritten hatten. Es war eine so hitzige Auseinandersetzung gewesen, dass Roland an ihre Tür geklopft hatte, hemdlos wie immer, um sich davon zu überzeugen, dass alles in Ordnung war.

Was Autumn brauchte, war eine Freundin.

Früher hatte sie welche gehabt. Sie und eine ihrer Kolleginnen – Kendall – waren donnerstags nach der Arbeit immer etwas trinken gegangen. Vielleicht konnte sie Kendall anrufen, wenn sie die Gedenkveranstaltung hinter sich hatte.

Seth klopfte an ihre Tür.

Autumn riss sie auf.

Er stand auf der anderen Seite, einen USB-Stick in der Hand.

Ihr Magen drehte sich um.

Fünf Minuten später saßen sie mit Autumns Laptop auf der Couch. Claire und Trent standen hinter ihnen und warteten darauf, dass es losging. Autumn holte tief Luft, um ihre Nerven zu beruhigen, und klickte dann auf ihr Touchpad, um zu sehen, was Seth zusammengestellt hatte.

Es war atemberaubend schön.

Sie saß da, mit geradem Rücken, die Hand auf ihre Brust gedrückt, und sog jedes Wort in sich auf, jeden eingefangenen Augenblick. Das Beste aus dem Leben dieser Menschen.

Bis sie zu der Person kamen, die nicht dabei sein sollte.

Nicht dabei sein konnte.

Autumn lehnte sich zurück.

Reese war auf dem Bildschirm zu sehen.

Und sprach über ihre Mutter.

Die Aufnahmen, von denen sie Paul versichert hatte, dass sie nicht erscheinen würden, waren irgendwie in das Video gelangt.

»Woher hast du das?«

»Was meinst du?«, fragte Seth, den Blick unverändert auf den Bildschirm gerichtet.

Ihre Finger waren eiskalt. Das durfte nicht wahr sein. Sie musste träumen. Oder es war ein Witz. Claire hatte Seth Pauls Geheimnis verraten und sie erlaubten sich einen ganz hässlichen, grausamen Scherz. »Woher hast du die Aufnahmen mit Reese?«

»Sie hat sie mir geschickt.«

»Wer?«

»Reese.«

»Wie hat sie dir die geschickt?«

»Ich weiß nicht. Ich dachte, du hättest ihr meine E-Mail-Adresse gegeben.«

Der Raum begann sich zu drehen.

Claire und Autumn sahen einander an.

»Ich habe Reese deine Adresse nicht gegeben«, sagte sie.

»Dann muss Reese sie von meiner Webseite haben.« Seth klickte auf Pause, sodass das Gesicht des Mädchens auf dem Bildschirm erstarrte. »Stimmt was nicht?«

Autumn öffnete den Mund, aber nichts kam heraus. Was sollte sie auch sagen? Wie konnte sie Seth erklären, dass sie diese Aufnahmen auf der Stelle entfernen mussten?

»Ich glaube, Paul macht sich Sorgen deswegen«, sagte Claire.

Autumn fuhr herum und funkelte ihre Schwester an.

»Warum?«, fragten Seth und Trent gleichzeitig.

»Ach, nichts«, stammelte Autumn. »Alles ist okay. Es ist nur …«

»Es gefällt dir nicht?«

»Doch, ich finde es toll.« Aber selbst in ihren eigenen Ohren klang die Antwort unecht. Zu hoch und schrill. Wie ein Vogel, der schief singt. »Ich glaube, Paul will nicht, dass Reese in dem Video erscheint.«

»Warum nicht? Es ist ein klasse Interview.«

»Es spielt keine Rolle, warum nicht. Er ist ihr Vater und will es nicht.«

Seth kaufte ihr das nicht ab.

»Warum habt ihr dann das Interview überhaupt gemacht?«, fragte er.

Sie war nicht sicher, was sie darauf antworten sollte.

»Ich habe sehr viel Zeit in die Sache investiert, Autumn.«

»Ich weiß. Und ich bin dir auch unendlich dankbar.«

Seth schüttelte den Kopf. Er war sichtlich frustriert und Autumn konnte es ihm nicht verdenken. Er hatte viel Zeit investiert. Und er bekam nicht einmal Geld dafür. Unter den gegebenen Umständen zahlte er eigentlich noch drauf. »Also, wenn Paul nicht will, dass Reese in dem Video erscheint, dann soll er mich anrufen und ich nehme sie raus.«

Allmählich geriet Autumn in Panik.

Aber was sollte sie tun? Sie konnte Seth die Situation nicht erklären.

Das ging auf keinen Fall.

Sie musste mit Paul sprechen. Als Seth schließlich genervt davongerauscht war, verließ sie ihre Wohnung und suchte sich einen Ort, an dem sie ungestört telefonieren konnte.

»*Geh ran.* Bitte, bitte *geh ran.*«

Aber die Mailbox sprang an.

Autumn legte auf und wählte die Nummer noch einmal.

Und noch einmal.

Und noch einmal.

51. Kapitel

»Ich nehme ein Schoko-Marzipan-Croissant, zwei süße Brötchen und …« Obwohl Regina noch schlief und wahrscheinlich noch schlafen würde, wenn seine Kinder die Brötchen längst verzehrt hatten, musste er etwas für sie bestellen. Sie hatte einen Radar für solche Dinge. Sie würde die Tüte der Bäckerei im Altpapier finden oder etwas Zuckerguss an Tates Wange entdecken und dann würde sie Bescheid wissen. Sie würde wissen, dass er zum Bäcker gegangen war und ihr nichts mitgebracht hatte. Natürlich würde er das Falsche mitbringen, egal, was es war. Sie würde sich beschweren. Sie würde das Gebäck wegwerfen oder Tate geben, der begeistert wäre.

Bei einer Frau wie Regina konnte man einfach nicht gewinnen.

Er betrachtete die Auslagen, auf der Suche nach dem kalorienreichsten Gebäck. Nicht, um sie zu ärgern, sondern aus echter Sorge. Er hätte es nicht für möglich gehalten, aber sie war jetzt noch dünner als vorher. Als sie vor dem Flughafen auf ihn gewartet hatte, war sein erster Gedanke Magersucht gewesen.

»Was für eine Füllung hat dieser Kuchen?«, fragte er.

»Die baskische Torte?«

»Genau.«

Die Frau lächelte. »Vanillecreme.«

»Die hat eine Menge Kalorien, oder?«

»Sie ist jedenfalls nicht kalorienarm.«

»Perfekt. Davon nehme ich ein Stück.«

Die Bäckerei war nur einen kurzen Fußweg von zu Hause entfernt und im Laufe der Jahre war er oft mit den Kindern hergekommen. Sie liebten die Milchbrötchen mit Zuckerguss und Paul kaufte ihnen jedes Jahr am ersten Tag der Sommerferien welche, die sie auf der Terrasse essen konnten.

Heute war dieser erste Tag.

Tate war begeistert.

Paul war gestresst.

Er bezahlte für seinen Einkauf und trat dann in die Sonne hinaus. Es war erst sieben Uhr morgens und er war jetzt schon erschöpft. Diese Woche war so mit unangenehmen Dingen gefüllt gewesen, dass man den Eindruck haben könnte, sie wäre absichtlich gemein zu ihm. Journalisten riefen an und wollten wissen, ob er etwas zu Benjamin Havels Verhaftung sagen wollte. Die Leute in den sozialen Medien drehten völlig durch.

Reese erzählte ihm ständig von irgendwelchen Tweets, als wollte Paul das wissen.

Er hatte zu viel um die Ohren, um sich mit Benjamin Havel zu beschäftigen.

Zum einen seine Arbeit. Die Vorbereitungen für die Ehekampagne. Ein geeignetes Heim für Pop zu finden, dem es mit jedem Tag etwas besser ging. Die letzten Schultage, in denen auch Reese' großes Gemeinschaftskundeprojekt anstand. Vivians beste Fotografien herauszusuchen, damit sie bei der Veranstaltung heute Abend im Foyer der Erlösergemeinde ausgestellt werden konnten. Und jetzt Regina, deren Anwesenheit in seinem Haus ihn an das Leben direkt nach Vivians Tod erinnerte, als sie eine ganze Woche bei ihnen verbracht hatte, in ihrem Nachthemd durchs Haus geschwebt war und die Kinder mit ihren plötzlichen Tränenausbrüchen durcheinandergebracht hatte.

Paul brauchte noch einen Kaffee.

Er brauchte einen stillen Augenblick mit seinen Kindern, bevor er ein paar Termine in den Tag zwängte. Er musste mit Reese über den heutigen Abend sprechen. Es würde Bilder von Vivian geben und ihre Fotos würden im Eingangsbereich hängen. Aber das Interview würde nicht Teil des Erinnerungsvideos sein. Das hatte Autumn ihm versprochen.

Autumn.

Der einzige Lichtblick in dem ganzen Chaos.

Aber er konnte jetzt nicht an sie denken.

Also verstaute er alle seine Emotionen – alle seine Gefühle in Bezug auf sie – in einer Kiste, die er später öffnen würde, wenn diese verrückte Zeit vorbei war. Die Gedenkveranstaltung würde hinter ihnen liegen, Regina würde nach Hause fliegen, sie würden Pop gut unterbringen und die Ehekampagne würde auch irgendwann vorbei sein. Das Leben würde sich nicht immer so anfühlen, als wäre er mit allem überfordert. Aber im Moment musste er eine Aufgabe nach der anderen anpacken, sonst würde er noch wahnsinnig.

Und der aktuelle Tagesordnungspunkt war: mit seinen Kindern frühstücken.

Paul zog sein Handy aus der Gesäßtasche.

Er hatte vergessen, dass er es ausgeschaltet hatte, nachdem Regina gestern ihre vierte SMS geschickt hatte. Um ihm zu sagen, dass Tate zum Friseur musste. Das Problem war nur, dass Tate nicht zum Friseur wollte. Die Nachricht davor hatte sich um einen Schimmelgeruch in seinem Keller gedreht. Die davor um Reese und ihre verbesserungswürdige Einstellung. Und die erste darum, dass in der Speisekammer nicht genügend gesunde Lebensmittel waren.

Es war zu viel für Paul.

Er war auch ohne Reginas Nachrichten schon im Stress, also hatte er das Telefon ausgeschaltet.

Aus den Augen, aus dem Sinn.

Nach der Arbeit hatte er Mom geholfen, Pops Sachen in sein neues Zuhause zu bringen, in das er nächste Woche ziehen würde. Sie beruhigten sich damit, dass sie Dinge sagten wie »erst einmal« und »nur vorübergehend« und »wenn er wieder bei Kräften ist«. Aber Paul kannte die Statistiken. In Pops Alter, erst recht nach einem Schlaganfall, standen die Chancen, dass er noch einmal nach Hause kam, ziemlich schlecht. Alter und Gebrechlichkeit hatten wieder eine hart umkämpfte Schlacht gewonnen.

Das Ganze hatte Paul so ausgelaugt, dass er nur ins Bett gefallen war, ohne überhaupt an sein Handy zu denken. Mit der Bäckereitüte im Arm schaltete er es jetzt ein und machte sich auf den Heimweg. Kaum war er um die Ecke gebogen, fing es an zu vibrieren. Eine Nachricht nach der anderen.

Textnachrichten und Anrufe auf der Mailbox.

Sofort stieg Ärger in ihm auf.

Vor allem, als er sah, dass die erste Nachricht auf seinem Display von Regina kam. *Ruf mich bitte an.*

Sie hatte sie an diesem Morgen geschickt.

Darunter war eine kryptische, leicht beunruhigende Nachricht von Mitch, ebenfalls von diesem Morgen. *Wir bügeln das aus.*

Und darunter eine von Autumn, die sie gestern Abend geschickt hatte. *Ruf mich so bald wie möglich an.*

Was wollte Mitch ausbügeln?

Verwirrt checkte Paul seine verpassten Anrufe. Einer von Regina, kurz vor der SMS. Zwei von Mitch, der nie so früh anrief. Und sieben – *sieben!* – von Autumn, die alle gestern eingegangen waren.

Bevor er die Mailbox abhören könnte, klingelte das Telefon.

Regina.

Genervt hielt Paul sich das Handy ans Ohr und sprach ein kurzes Hallo hinein.

»Na, endlich!«

Ich wünsche dir auch einen guten Morgen.

»Eine Reporterin hat gerade an die Tür geklopft.«

Er unterdrückte ein Knurren. Jetzt schon? Noch vor acht Uhr morgens? Die Verhaftung von Havel war doch längst nicht mehr aktuell. »Sie wollen nur eine Aussage über Havel. Mach nicht auf.«

»Zu spät. Das habe ich schon. Im Nachthemd. Und weißt du, was die Frau wissen wollte?«

Nein, aber Regina würde es ihm sicher gleich sagen.

»Sie wollte wissen, ob ich irgendwas zu deiner *Scheidung* sagen wollte.«

»Was?«

»So habe ich auch reagiert.«

Paul blieb stehen und schüttelte den Kopf, als würde das etwas an Reginas Worten ändern. Als würden sie dann einen Sinn ergeben. Aber es nutzte nichts. Eine Journalistin stand vor seiner Tür und wollte etwas über eine Scheidung wissen?

»Ich habe ihr natürlich gesagt, dass es keine Scheidung gab, aber sie hat einen anonymen Hinweis erhalten, dass Vivian dich verlassen hat an dem Tag, der … du weißt schon, an welchem Tag. Warum sollte sie so etwas sagen? Was ist los? Gestern Abend war diese Frau hier und jetzt eine Journalistin? Ach, du lieber Himmel, sie klopft schon wieder.«

»Was für eine Frau?«

»Diese Frau – diese Autumn Manning.«

»Sie war gestern Abend da? Wann? Warum hast du mir nichts davon gesagt?«

»Ich habe es ja versucht, aber dein Handy war aus. Und ich musste schlafen gehen. Es war ein sehr langer Tag. Ich habe dir eine Nachricht auf die Küchenzeile gelegt.«

Paul schloss die Augen und versuchte zu begreifen, was hier vor sich ging. »Hör zu, Regina. Lass Reese und Tate nicht an die Tür.«

»Wo bist du?«

»Auf dem Heimweg.«

Sie fing wieder an zu reden. Ihre Stimme klang schrill und fordernd.

Paul hörte nicht zu.

Seine Gedanken überschlugen sich.

Die Nachricht von Mitch. *Wir bügeln das aus.*

Autumns Anrufe.

Sieben hintereinander.

Ihr unerwarteter Besuch.

Eine Journalistin in seinem Vorgarten, die etwas über eine Scheidung wissen wollte.

Er legte auf und rannte nach Hause. Dabei näherte er sich dem Haus von hinten, um der Reporterin zu entgehen, und zweiundvierzig Sekunden später betrat er schnaufend und keuchend die Küche. Regina kam herein, fertig angezogen und mit einer besorgten Miene auf ihrem knochigen Gesicht.

»Reese ist nicht in ihrem Zimmer.«

»Was?«

»Ich war gerade oben, um nach ihr zu sehen, und sie ist nicht da.«

Es klopfte an der Tür.

»Du liebe Güte! Ich habe ihr gesagt, dass ich mit ihr reden würde, wenn ich mich fertig gemacht habe, aber sie hört einfach nicht auf zu klopfen.«

Paul durchquerte eilig die Küche.

Tate saß auf dem Sofa und schaute Trickfilme, sein Gesicht voller Kekskrümel.

»Reese!«, rief Paul die Treppe hinauf.

»Ich habe dir doch gesagt, sie ist nicht da oben.«

Paul ignorierte Regina und rief noch einmal.

Keine Antwort.

Noch ein Klopfen an der Tür.

Regina riss sie auf und fauchte die Reporterin an, sie solle verschwinden.

Paul rannte die Treppe hinauf, immer zwei Stufen auf einmal.

Reese' Zimmer war leer.

Ihre Bettdecke war zerwühlt und auf ihrem Kissen lag ein iPad.

Sie durfte das iPad nicht in ihrem Zimmer haben. Was diese Regel betraf, war Paul sehr streng. Aber da lag es. »Wie ist das hier reingekommen?«

»Sie hat gefragt, ob sie ein Spiel spielen darf. Snapchat oder so.«

»Wann?«

»Gestern Abend, als du weg warst. Ich war zu müde, um mit ihr zu diskutieren.«

Paul nahm das iPad und berührte den Bildschirm.

Ein Tweet erschien.

Reese hatte seinen Namen gesucht, und was er sah, waren Spekulationen und Halbwahrheiten. Formulierungen wie »heimliche Verhältnisse«, »was für ein Heuchler« und »körperliche Misshandlung« stachen ihm ins Auge.

Pauls Magen drehte sich um.

Die Nachricht von Mitch. *Wir bügeln das aus.*
Autumns Nachricht. *Ruf mich so bald wie möglich an.*
Regina stand im Türrahmen. »Paul, bitte sag mir, was los ist.«

52. Kapitel

Sobald Autumns Display aufleuchtete, riss sie das Handy von ihrem Nachttisch. Sie antwortete so schnell, dass es gar nicht erst klingeln konnte. »Paul, Gott sei Dank.«

»Ist Reese bei dir?«

Die unfreundliche, fordernde Begrüßung ließ sie zusammenzucken. »Reese?«

»Meine Tochter. Reese. Ist sie bei dir?«

»Nein.« Trotzdem ertappte Autumn sich dabei, dass sie sich im Schlafzimmer umsah, so als wäre Reese vielleicht doch da und hätte sich unterm Bett versteckt, ohne dass sie es gemerkt hatte. »Warum? Was ist los?«

»Hast du es jemandem erzählt?«

»Was?«

»Das mit Vivian. Hast du es jemandem erzählt?«

Nein!

Wie konnte er das auch nur fragen?

Das waren die Worte, die sie rufen wollte. Ein lautes, entschiedenes *Auf keinen Fall!*

Aber das wäre eine Lüge.

»Eine Reporterin hat gerade an meiner Tür geklopft und wollte etwas über meine Scheidung wissen.«

»Wie bitte?«

»Überall im Internet ist die Rede davon.«

Ein dumpfes Brummen bildete sich in ihren Ohren. Nein. Claire würde das nicht tun. Autumn hatte das ganz klar gemacht. Unmissverständlich. So oft, dass sie sich deswegen regelrecht in die Haare gekriegt hatten. »Paul, ich ...«

»Ich muss Schluss machen.«

Und bevor sie noch etwas sagen konnte, war die Leitung tot.

Autumn stand in ihrem Schlafzimmer, völlig gelähmt. Erstarrt. Benommen.

Sie öffnete ihren Laptop und googelte Paul Elliott. Sie klickte auf einen Link, der sie zu Twitter führte. Sie sah Satzfetzen. Ganze Unterhaltungen fremder Menschen, die alle Welt sehen konnte.

Sieht aus, als wäre der Ehedoktor ein Scharlatan.

Das sind sie doch letzten Endes alle.

Ich habe sein Buch gelesen. Alles Laberei.

Was glaubst du, warum sie ihn verlassen wollte?

Ist das nicht offensichtlich? Er hat mit anderen Frauen rumgemacht.

Wenn mein Typ so gut aussähe, würde ich nicht gehen.

Ich habe gehört, dass es Spekulationen wegen Misshandlungen gibt.

Vor ein paar Monaten hat er meinen Cousin in einem Sportgeschäft tätlich angegriffen.

Wahrscheinlich hat er mit Havel gemeinsame Sache gemacht.

Autumn wich vor den hasserfüllten Worten zurück, so als wäre sie geschlagen worden. Diese Leute warfen mit Spekulationen um sich, als wären es Tatsachen. Als hätten sie die Wahrheit mit Löffeln gefressen, wobei ihre »Wahrheit« nicht unwahrer sein konnte.

Sie kannten Paul nicht.

Sie wussten nichts.

Ihr kamen die Tränen. Schreckliche, beißende Tränen.

Wie hatte das geschehen können?

Und wie sollte Paul ihr jemals verzeihen?

Als Autumn klein war, hatte ihre Mom ihr und Chad und Claire die Geschichte von Henry Hühnchen vorgelesen.

Autumn hatte über Henrys Streiche gelacht, aber ihre Mutter hatte sehr die Moral der Geschichte betont. »*Katastrophen sind Katastrophen, Autumn. Wir lachen nicht über Dinge, die schlimm sind. Wir sind nicht Henry Hühnchen.*«

Mom mochte keine Dramatik.

Sie war kein Fan von Theatralik.

Wenn in Gesellschaft oder Politik etwas Verrücktes geschah, zuckte sie mit den Schultern, während alle anderen in Panikmodus verfielen. In den Tagen nach ihrem Tod dachte Autumn jedes Mal, wenn Grandma Ally ihrem Kummer besonders lautstark Luft machte: *Das würde Mom nicht gefallen, Grandma. Du bist wie Henry Hühnchen.* Und dann war sie in ihr Zimmer gegangen und hatte geweint.

Wenn ihre Mutter jetzt hier wäre, würde sie wahrscheinlich etwas sagen wie: »Davon geht die Welt nicht unter, Autumn. Der Himmel stürzt deshalb nicht ein.«

Vielleicht hatte sie recht.

Vielleicht interessierte all das in fünf Jahren niemanden mehr.

Aber in diesem Augenblick, als Autumn in ihrem Zimmer auf und ab lief, fühlte es sich ziemlich schrecklich an.

Seth stieg gerade in den Flieger nach Puerto Rico, um zu der Hochzeit seines Cousins zu fliegen. Reese war immer noch in dem Video zu sehen.

Und Paul wurde in den sozialen Medien fertiggemacht.

Alles wegen Claire.

Wie *konnte* sie nur?

Wie konnte sie jemandem von Paul und Vivian erzählen, nachdem Autumn ihr wiederholt eingeschärft hatte, dass sie es niemandem sagen durfte? Schon bei dem Gedanken wurde ihr ganz heiß, so als stände sie an einem Lagerfeuer. Der Verrat, den sie empfand, war höchstwahrscheinlich so schlimm wie der Verrat, den Paul empfunden hatte, als die Journalistin an seine Tür geklopft hatte. Nur dass Claire ihre Schwester war, also würde Autumn ihr natürlich verzeihen. Irgendwann würden sie sich aussprechen und die Sache hinter sich lassen. Aber Autumn und Paul? Sie war nicht seine Schwester. Sie war nicht seine Freundin. Wenn man es genau nahm, war sie eigentlich gar nichts für ihn.

Es gab keinen Grund, warum er ihr verzeihen sollte.

Mit zitternden Händen öffnete sie die Bearbeitungssoftware ihres Computers. Sie kannte sich damit nicht aus. Ihr Magen zog sich zusammen, als sie auf den Bildschirm starrte, die Finger über dem Touchpad.

Sie würde das Video ruinieren.

Aber was blieb ihr anderes übrig?

In drei Stunden würde die Erlösergemeinde gefüllt sein mit Medienvertretern und vielen Leuten, die Autumn kannte. Nicht nur in ihrer Vorstellung. Nicht durch Beiträge auf Facebook. Sondern sie war ihnen begegnet – Ina May Huett, Anna Montgomery, Mr Colins und seiner Tochter Kelsey, Jordan Brokaw und Linaya und allen anderen Personen, die sie in den letzten zweieinhalb Monaten interviewt hatte.

Sie alle würden in die Kirche kommen, nachdem sie die Ausstellung im Foyer besichtigt hatten, und sie würden ein einstündiges Video über die Opfer der Tragödie auf den Gleisen erwarten. Eine Ehrung, um das Leben ihrer Angehörigen zu feiern. Ein Andenken, das ihnen helfen sollte, nach vorne zu blicken.

Aber Autumn konnte das Video nicht zeigen. Nicht so, wie es war. Nicht nachdem sie Paul versprochen hatte, Reese würde nicht darin vorkommen. Nicht nachdem sie sein Vertrauen schon missbraucht hatte, indem sie ihrer schwatzhaften Schwester sein Geheimnis verraten hatte. Sie holte zitternd Luft, klickte und zog die Maus über Reese. Dann betätigte sie die Löschen-Taste. Sie ballte die Hände zu Fäusten, sodass die Fingernägel sich in ihre Handflächen gruben. Dann klickte sie auf Wiedergabe und hoffte, dass es so einfach war.

Ina Mays Lippenbewegungen passten nicht mehr zu dem Ton. Autumns Herz begann zu rasen.

Sie versuchte, den Fehler zu beheben, aber jedes Mal, wenn sie etwas anklickte, machte sie es nur noch schlimmer.

Mit großen Augen starrte Autumn auf den Bildschirm. Sie hatte das Video ruiniert. Sie konnte es nicht zeigen.

Und das Original auf Seths UBS-Stick konnte sie auch nicht zeigen. Nicht mit Reese darin.

Und das Schlimmste war – sie konnte nicht einmal erklären, warum nicht.

53. Kapitel

Hilfe, Herr.

Paul sank mitten im Lincoln Park auf die Knie. Die Sonne fing an, gen Horizont zu wandern, und noch immer war von Reese nichts zu sehen. Ihr Verschwinden rückte alles in einen neuen Blickwinkel.

Es war ihm egal, was die Leute online sagten.

Es war ihm egal, dass sein Agent angerufen hatte.

Es war ihm egal, dass er vielleicht alle seine Klienten verlor.

Seine Tochter zu finden, war alles, was zählte.

Sie wurde jetzt schon einen ganzen Tag lang vermisst. *Einen ganzen Tag.* Er hatte die Polizei angerufen. Er hatte die nötigen Angaben gemacht. Aber sie konnten bei der Suche nicht alle Register ziehen, weil es keinen Hinweis auf eine Entführung gab.

»Ist sie früher schon mal weggelaufen?«

Das musste Paul mit Ja beantworten.

Er hatte von dem Zwischenfall erzählen müssen, als Reese zur Wohnung von Autumn Manning gelaufen war.

Er hasste das vielsagende Nicken des Beamten.

So als wäre Reese eine typische Ausreißerin.

So als würde sie bestimmt bald wieder auftauchen.

Wir sind hier in Chicago, hätte er am liebsten geschrien. *Das ist eine gefährliche, überfüllte Großstadt und mein kleines Mädchen ist allein irgendwo da draußen!*

Seine Mutter suchte.

Regina suchte.

Mrs Ryan suchte.

Sie hatten alle Freundinnen von Reese angerufen. Sie hatten an allen ihren Lieblingsorten nachgesehen. Sie hatten den Radweg am See abgesucht. Sie waren im Stadion der White Sox gewesen.

Sie hatten die städtischen Verkehrsbetriebe informiert. Sie hatten das Viertel durchkämmt und jetzt suchte er den großen Park am See ab, und noch immer nichts. Und je weiter die Sonne in ihrem vertrauten Bogen über den Himmel wanderte, desto verzweifelter wurde er.

Es war halb sechs.

Sie war seit zehn Stunden fort.

Zehn Stunden.

Er konnte nicht nachdenken. Er konnte kaum atmen. Er wäre am liebsten aus seiner Haut gefahren.

Schreckliche, entsetzliche Gedanken überfielen ihn. Eine Spirale aus »Was ist, wenn« drehte sich immer weiter. Was, wenn sie Reese nicht fanden? Was, wenn jemand ihr etwas angetan hatte? Was, wenn Reese verschwunden blieb und er sie nie wiedersah? Er hätte auf seinen Instinkt hören sollen, als er das Bedürfnis gehabt hatte, ihr die Wahrheit zu sagen. Wenn er darauf gehört hätte, wäre sie vielleicht von den Kommentaren auf Twitter nicht so schockiert gewesen. Vielleicht wäre sie dann nicht weggelaufen.

Bitte, Herr. Bitte gib mir noch eine Chance.

Die Bitte stieg aus den tiefsten Tiefen seiner Seele auf.

Er legte die Stirn auf den Boden und fühlte sich wie Jesus in Gethsemane. Er schwitzte Blut. Flehte Gott an, den Kelch an ihm vorübergehen zu lassen. Und mitten in dieser Qual drang der Klang von Lachen zu ihm herüber – das hohe Kichern eines kleinen Mädchens. Es erinnerte ihn so sehr an Reese, als sie kleiner war, dass er sich aufrichtete, wobei etwas Gras an seiner Stirn haften blieb.

Ein Kleinkind mit speckigen Beinchen lief auf die Stufen zu, die zur Lincoln-Statue hinaufführten. Eine Frau mit der gleichen Haarfarbe nahm das Mädchen auf den Arm, bevor es die Treppe erreichte, und wirbelte es im Kreis herum. Etwas, das Vivian nie getan hatte. Sie hatte für Tate keine Pappmaschee-Figuren mit Kaubonbons gefüllt und sie hatte nicht im Oz Park mit Reese Sonnenuntergänge angeschaut.

Seine Gedanken kamen abrupt zum Stillstand.

Oz Park. Der Zauberer von Oz.

Reese hatte Autumn erzählt, dass Vivian sie in Oz Park auf der Schaukel angeschubst hatte.

Bitte Gott. Mach, dass sie dort ist.

Paul kniff die Augen zusammen und betete, dass das, was er sah, keine Fata Morgana war. Er sah noch einmal hin. Hinter dem Spielplatz, hinter den schaukelnden, kletternden und rennenden Kindern und den beaufsichtigenden und schimpfenden und überredenden Eltern saß ein dünnes Mädchen auf dem Sockel der Dorothy-Statue.

Ein Paar Chucks stand am Fuß der Statue. Darüber baumelten nackte Füße. Dunkle, dichte Haare fielen über den Rücken des Mädchens. Die Schultern waren in der vertrauten Weise nach vorne gekrümmt.

Es war Reese.

Danke, Jesus, es war Reese.

Paul stieß die Luft aus, die er den ganzen Tag angehalten hatte, und seine Kehle war wie zugeschnürt, als er mit zitternden Händen eine schnelle Gruppennachricht schrieb.

Sie ist okay. Ich habe sie gefunden.

Er ging durch die chaotische Horde Kinder hindurch und seine Knie waren dabei so weich wie Wachs. Er konnte nicht erkennen, ob sie ihn kommen sah. Sie winkte nicht. Sie lächelte nicht. Sie reagierte überhaupt nicht auf ihn. Sie saß einfach nur da, so still wie Dorothy und ihr Hund Toto, das Gesicht dem Horizont im Westen zugesandt, eine Spur aus getrockneten Tränen auf den Wangen.

Sein Telefon begann zu vibrieren.

Ein *Halleluja* von Mom. Ein *Danke* von Mitch. Ein *Wo hat sie denn nur gesteckt?* von Regina. Paul schaltete sein Telefon aus, verstaute es und schwang sich auf den Sockel der Statue, um sich neben sein kleines Mädchen zu setzen, überwältigt von dem Bedürfnis, Reese auf seinen Schoß zu ziehen. Sie vor einer gefallenen Welt zu beschützen, in der Eltern ihre Kinder verließen und Ehen scheiterten und Kinder den Preis dafür zahlten.

»Reese?«

Sie bog die Zehen nach unten und fuhr sich mit dem Arm übers Gesicht.

»Reese, sieh mich an.«

Das tat sie.

Widerwillig.

Ihr Kinn bebte.

»Warum hat Mom mich nicht geliebt?«

Die Frage zerriss ihn förmlich. Es war die gleiche Frage, die er damals in Bezug auf seinen Vater gestellt hatte. Die Frage, von der er geschworen hatte, dass seine Kinder sie niemals würden stellen müssen. Aber jetzt saß sie hier. Und stellte genau diese Frage. Vielleicht hatte er sie vor einer zerbrochenen Ehe beschützt, aber er hatte sie nicht vor einer gleichgültigen Mutter beschützen können. Egal, wie viel Paul zu kompensieren versucht hatte, es war ihm nicht gelungen, das zu verbergen.

»Sie hat dich geliebt, Reese.«

Sie schüttelte den Kopf und die Tränen liefen über ihre Wimpern und die geröteten Wangen hinunter bis zum Kinn. »Warum hat sie mich nicht so geliebt, wie eine Mom ihre Tochter lieben sollte?«

Paul wollte widersprechen. Er wollte darauf bestehen, dass Vivian Reese sehr geliebt hatte – auf ihre eigene Weise. Aber was würde das seiner Tochter über die Liebe sagen? Stattdessen schlang er den Arm um sie und zog sie näher. »Ich weiß es nicht.«

Er hasste diese Antwort.

Er hasste diese Worte so sehr.

Aber was sollte er sonst sagen? Selbst wenn er wüsste, warum – wie sollte eine mögliche Erklärung den Schmerz auslöschen? Was konnte er sonst tun, außer sie ganz festzuhalten, während sie das Gesicht an seiner Schulter vergrub und weinte?

»Es tut mir so leid, Kleines«, flüsterte er. »Es tut mir furchtbar leid.«

Ihr schmaler Körper bebte.

Paul rieb mit einer Hand ihren Rücken und atmete tief durch die Nase ein, während er betete, dass die Liebe eines Vaters genügen möge. Er betete, dass Gott ihm helfen möge, seine Tochter zu trösten.

»Mir tut es auch leid«, sagte sie, ihre Worte von seinem Hemd gedämpft. »Ich hätte es niemandem erzählen dürfen.«

»Was hättest du niemandem erzählen dürfen?«

Reese hatte einen Schluckauf und rieb sich die Augen. »Ich habe immer wieder versucht, meine Erinnerungen zu ändern, aber es hat nicht funktioniert und ich war wütend. Ich war wütend auf sie, weil sie gegangen ist, und ich war wütend auf dich, weil du nie darüber geredet hast.«

Es war wie ein Schlag in die Magengrube.

Wütend auf sie, weil sie gegangen ist?

»Ich wollte nicht mehr so tun, als ob.«

»Reese, wovon redest du?«

»Ich habe der Reporterin, die bei uns in der Schule war, eine E-Mail geschickt. Ich habe ihr die Wahrheit gesagt und jetzt wissen es alle. Es steht überall bei Twitter.«

Ihre Worte wirbelten um ihn herum.

Es war Dorothy. Reese' Geständnis war der Tornado.

Er hatte nichts kapiert.

Reese wusste Bescheid. Irgendwie hatte seine Tochter gewusst, dass Vivian sie verlassen wollte. Sie hatte diese Wahrheit nicht an diesem Morgen auf Twitter erfahren. Sie hatte seit Monaten damit gelebt. Vielleicht sogar seit Jahren. Sie war der anonyme Hinweis. Nicht Autumn. Nicht eine von Vivians alten Freundinnen. Nicht der Mann, den er im Sportgeschäft niedergeschlagen hatte. Sondern Reese. Die ganze Zeit hatte er gedacht, er würde seine Tochter beschützen, sie vor der Wahrheit abschirmen – und stattdessen hatte er sie gezwungen, sie allein mit sich herumzuschleppen. Schweigend. Ganz allein.

»Es tut mir leid, Dad. Es tut mir leid, dass jetzt jeder unser Geheimnis kennt.«

Unser Geheimnis.

Wenn jemals Worte ihn so getroffen und ihm den Atem geraubt hatten, dann diese. »Hör zu, Kleines. Es hätte *niemals* dein Geheimnis sein sollen.«

54. Kapitel

Kaugummi. Dort, zwischen den Silber- und Kupfermünzen, die unter Wasser glänzten, lag ein kleines pinkfarbenes Kaugummi.

In fünf Tagen war die Einweihung des Brunnens drei Monate her. Drei Monate. Und schon jetzt lag ein Kaugummi auf dem Grund des Beckens.

Autumn musterte den Brunnen genauer – den kunstvoll gestalteten Stahlvogel, der aus der Asche aufstieg. Ein Phönix, der sich erhebt. Die Gedenkkommission liebte den Symbolismus. Wiedergeburt. Erneuerung. Eine Mahnung für die Stadt, dass Tragödien geschahen, sie aber nicht den Sieg davontragen würden.

Sie fuhr mit der Hand über die Gedenktafel und über die Inschrift darauf.

Tragödie auf den Gleisen, 28. März 2016
Zweiundzwanzig Menschenleben verloren

Eines verschont.

Das Erinnerungsvideo hatte ihr Phönix sein sollen. Die Möglichkeit eines Neuanfangs, klar. Aber vor allem etwas, das ihrem Überleben einen Sinn gab. Ein Schritt zur Heilung mitten in so viel unnötigem Schmerz.

Einen flüchtigen Moment lang hatte Seth das eingefangen.

Und dann hatte sie es ruiniert.

Jetzt saßen alle diese Menschen in der Kirche und warteten auf die einzige Überlebende, die nicht erscheinen würde. Sie hob den Blick von der Gedenktafel. Eine Frau starrte sie an. Schnell wandte Autumn den Blick ab und wünschte, sie hätte ihre Baseballkappe auf und könnte den Schirm tiefer ins Gesicht ziehen. Sie war sicher, dass die Frau näher kommen würde. Ihr auf die Schulter tippen. »Hey, sind Sie nicht die Frau, die überlebt hat? Sollten Sie nicht in dieser großen Kirche bei der Gedenkveranstaltung sein, von der alle reden?«

Sie wappnete sich für den Augenblick.

Aber als sie einen vorsichtigen Blick riskierte, war die Frau genauso weit entfernt wie vorher und starrte sie auch nicht mehr an. Autumn war wieder genau dort, wo sie vor Monaten gewesen war. In einem Zustand, der an Agoraphobie grenzte, überzeugt davon, dass alle sie erkannten.

Nur konnte sie sich jetzt nicht mehr in ihrer Wohnung verstecken.

Irgendwann würde Claire erscheinen und Autumn würde sie angreifen. Wenn sie ihre Schwester mit der großen Klappe sah, würde sie sich wie eine Wildkatze auf sie stürzen. Sie würde ihr ein Büschel ihrer gefärbten braunen Haare ausreißen. Sie würde Dinge sagen, die sie später bereuen würde. Und die arme Grandma Ally musste vom Himmel aus zusehen, bestürzt darüber, dass ihre beiden Enkelinnen sich wieder einmal stritten.

Es war das Beste, wenn sie nicht nach Hause ging.

Ihr Telefon vibrierte.

Das tat es schon seit einer halben Stunde.

Die erste Nachricht war von Leanne. *Wir sind da! Es ist schon ganz voll.*

Die zweite von Chad: *Bist du hier? Jane will mit dir über etwas reden.*

Die dritte kam, bevor Autumn die Gelegenheit hatte, die Nachricht davor zu lesen. *Nur eine Idee! Dauert nicht lange.*

Die Nachricht, die jetzt eintraf, war von ihrer Schwester. Die dritte, die sie innerhalb von zwanzig Minuten geschickt hatte. Jedes Mal, wenn Claires Name auf dem Display erschien, wollte die Wildkatze in ihr heraus.

Penny hatte auch eine Nachricht geschickt. *Ist alles in Ordnung? Wir machen uns Sorgen.*

Ein Teil von ihr wartete – hoffte – darauf, dass Paul ihr schrieb.

Aber von ihm kam nichts. Ihm war es sicher egal, wo sie war. Wahrscheinlich war er froh, dass sie fort war. Ihre Abwesenheit rückte ihn und all die schrecklichen Dinge, die man über ihn sagte, wahrscheinlich etwas aus dem Rampenlicht.

Es war das Mindeste, was sie tun konnte.

Autumn setzte sich auf den Brunnenrand. Sie fuhr mit dem Schuh über einen Namen, der sorgfältig in den Stein geritzt war. Vincent Poole. Die meisten Leute wussten nicht, dass er vier Jahre alt gewesen war. Die meisten Leute wussten nicht, dass er Flugzeuge geliebt hatte und zweimal die Woche zur Logopädin gegangen war und seine kleine Schwester Linny-Lin genannt hatte. Für die meisten Leute war Vincent Poole nicht mehr als ein verblasster, in Stein geritzter Name.

Wieder ging eine Nachricht ein.

Wo bist du???

Autumn drückte ihre Schwester weg, während alte, vertraute Gefühle sich in ihr regten.

Schuld. Scham. Angst.

Warum?

Warum hatte Pauls Großvater einen Schlaganfall gehabt? Wenn er den Schlaganfall nicht gehabt hätte, hätte Paul sie nicht angerufen, um auf die Kinder aufzupassen, und wenn er sie an dem Abend nicht angerufen hätte, hätte Autumn nie eingewilligt, Reese zu interviewen. Reese hätte nichts an Seth geschickt. Paul hätte ihr nie die Wahrheit über Vivian erzählt und dann hätte Autumn es Claire nie erzählt.

Pauls Geheimnis wäre sicher.

Ihre Beziehung wäre unbeschädigt.

Das Video bereit für die Vorführung.

Sie wäre jetzt in der Erlösergemeinde, stände mit dem Bürgermeister hinter der Bühne und würde sich darauf freuen, das wunderschöne Video zu zeigen, das Seth zusammengestellt hatte.

Stattdessen war sie hier, rieb mit dem Schuh über Vincent Pooles Stein und stellte Gott die eine Frage, der sie nicht entrinnen konnte und die er einfach nicht beantwortete.

Warum?

»Entschuldigung, Miss?«

Autumn blickte von Vincents Namen auf, die Muskeln angespannt.

Ein Mann mit fettigen Haaren und Kleidern schüttelte eine Zigarette aus einer Marlboro-Packung. »Haben Sie vielleicht Feuer?«

Er erkannte sie überhaupt nicht.

Als Paul auf die Tür zur Erlösergemeinde zuging, tat er es mit schwerem Herzen. Dies war der letzte Ort, an dem er sein wollte. Nach einem so höllischen Tag wollte er sich in seinem Haus einschließen und mit seinen Kindern einen Film gucken. Aber Regina hatte angerufen, kurz nachdem sie ihre Antwort auf seine Gruppennachricht geschickt hatte, und ihre Stimme hatte gereizt geklungen.

»Ich habe den weiten Weg hierher nicht umsonst zurückgelegt. Und ich werde ganz sicher nicht alleine gehen.«

Sie marschierte jetzt vor ihm und ihre Absätze klackerten in einem schnellen Stakkato über den Gehweg.

Paul eilte an ihr vorbei, um ihr die Tür aufzuhalten.

Er hatte gedacht, das Foyer wäre inzwischen leer. Darauf hatte er sich verlassen – auf seine Annahme, dass er bei gedämpftem Licht heimlich in die hinterste Reihe schlüpfen konnte, ohne dass jemand ihn bemerkte.

Aber das Foyer war nicht leer.

Überall waren Leute.

Manche standen in Gruppen dicht zusammen und sprachen mit gesenkter Stimme.

Andere wanderten ziellos von einem Ausstellungsstück zum nächsten, so als wüssten sie nicht, was sie tun sollten. Es gab Gemälde und Urkunden und Collagen. Ein Mann mit Glatze und Anzug kratzte sich am Kinn und betrachtete Vivians Fotografien wie ein Kunstkritiker in einer Galerie.

Die Atmosphäre war geladen. Ein unbestimmtes Summen lag in der Luft. Als wäre etwas Unerwartetes geschehen.

Er ertappte zwei Frauen dabei, wie sie ihn anstarrten. Schnell wandten sie den Blick ab. Aber sie waren nicht die Einzigen, die glotzten.

Er spürte, wie die Hitze seinen Nacken hinaufkroch. Die merkwürdige Stimmung war höchstwahrscheinlich seine Schuld. Paul Elliott, der vielleicht gewalttätige Scharlatan, hatte gerade die Erlösergemeinde betreten.

»Reese!« Der erleichterte Aufschrei kam von seiner Mutter, die gerade aus der Damentoilette kam.

Sie eilte herbei und umarmte seine Tochter.

Regina spitzte die Lippen. Sie glaubte, Reese wäre weggelaufen, weil sie Aufmerksamkeit wollte, und eine solche Begrüßung würde sie nur dazu ermutigen, es wieder zu tun.

Mom sah das offenbar anders.

Sie strich Reese über den Arm, während sie Paul über den Kopf des Mädchens hinweg erzählte, dass Tate mit den Jungs von Mitch spielte, die fast genauso hoffnungslose Fälle waren wie Tate, wenn es darum ging, eine Weile still zu sitzen. Paul hatte Tate angerufen, sobald er und Reese ihr Gespräch bei Dorothy und Toto beendet hatten. Er dachte, sein Sohn würde sich Sorgen machen, so wie beim ersten Mal, als Reese verschwunden war. Schließlich war es diesmal ernster gewesen als damals. Reese war viel länger fort gewesen. Aber Tate blieb gerade mal lange genug am Telefon, damit Paul sagen konnte, dass es seiner Schwester gut ging. Als Lisa den Hörer nahm, sehr viel mitfühlender als sein Sohn, hörte er, wie die Jungs im Hintergrund Geräusche von Maschinengewehren und Lichtschwertern von sich gaben.

»Was für ein Tag«, sagte Mom und drückte Reese noch einmal. »Das hätte mich beinahe umgebracht.«

Dabei wusste sie nicht einmal die Hälfte.

Pauls Mutter ging nicht ins Internet. Abgesehen von gelegentlichen Geburtstagsgeschenken, die sie online bestellte, hatte sie keine Verwendung für das World Wide Web. Und ihr Telefon benutzte sie lieber für Gespräche. Reese hatte einmal versucht, ihr zu zeigen, wie Facebook funktionierte, aber Mom fand diese Erfindung völlig albern. »*Warum sollte sich irgendwer dafür interessieren, was ich mache?*«

Dann sah sie ein Foto von einer Mahlzeit – irgendeine Diät, die ihre Nachbarin gepostet hatte – und damit war die Sache für sie erledigt.

Falls niemand es seiner Mutter erzählt hatte – und er bezweifelte, dass jemand das getan hatte, während sie panisch nach Reese gesucht hatten –, wusste sie nichts davon, dass Vivian gegangen war, oder von den Gerüchten, die sich wie Krebszellen ausbreiteten und teilten und wuchsen.

Die beiden Frauen starrten wieder in seine Richtung.

So wie der glatzköpfige Mann, der Vivians Fotos betrachtet hatte.

Regina sah auf ihre Uhr. Es war eine teure Markenuhr, was Paul nur wusste, weil sie es ihm auf der Fahrt vom Flughafen nach Hause erzählt hatte. »Sollte die Veranstaltung nicht schon angefangen haben?«

»Ja«, sagte Mom. »Aber auf der Damentoilette habe ich gehört, dass Autumn noch nicht hier ist.«

Die Nachricht versetzte Paul einen Stich. Er riss sich von dem Anblick der Gaffer los.

»Ist das nicht die Frau, die diese Veranstaltung organisiert hat?«, fragte Regina.

»Ja. Niemand scheint zu wissen, ob es ein Video geben wird.«

Reese sah mit großen, besorgten Augen zu Paul auf. »Glaubst du, das ist wegen meinem Interview?«

Er legte die Hände auf ihre Schultern. »Dein Interview ist nicht dabei.«

»Nicht?«

»Sie hat die Aufnahmen gar nicht abgeholt.«

»Aber ich habe sie doch ihrem Freund Seth geschickt.«

Das war noch ein Schock für Paul.

Reese hatte ihr Interview an Seth geschickt?

»Paul.« Mom berührte seinen Arm. »Was ist los?«

»Ich sehe mal nach, was ich in Erfahrung bringen kann.«

Er entschuldigte sich und ging zu Mitch, der am anderen Ende des Foyers die Leute begrüßte, die das Catering übernommen hatten.

»Mitch.«

Er drehte sich um. Sein Blick war jetzt genauso besorgt wie vor zwei Monaten, als sie zusammen zu Mittag gegessen hatten und er Bill Meadows aus dem Vorstand hatte ausschließen müssen.

»Wo ist Reese?«, fragte Mitch.

»Bei meiner Mom.«

»Mann, was für ein Schreck.«

»Das war vermutlich der schlimmste Tag meines Lebens.« Kaum hatte er das gesagt, stieg erneut eine Hitzewelle seinen Nacken hinauf. Der Tod seiner Frau hätte wahrscheinlich der schlimmste Tag seines Lebens sein sollen.

»Bei mir war es wahrscheinlich der verrückteste Tag.«

»Meine Mom hat gesagt, dass Autumn nicht hier ist?«

»Sie kommt nicht.«

»*Wie bitte?*«

»Ich weiß nicht, was los ist. Sie hat mir vor einer halben Stunde eine Nachricht geschickt und gesagt, dass sie es nicht schafft. Etwas stimmt nicht mit dem Video, vermute ich. Ich habe keine Ahnung. Ich weiß nur, dass das hier nicht meine Veranstaltung ist. Also habe ich auch keine Verantwortung. Ich sollte jetzt eigentlich gar nicht im Dienst sein. Aber da ich nun mal hier bin, bleiben die Entscheidungen doch an mir hängen.«

»Ist irgendwo Platz für den Nachtisch, Sir?« Die Frage kam von einem jungen Mann mit Akne und langen Haaren.

»Jemand holt gerade einen Tisch.«

Der Junge nickte.

Mitch fuhr sich mit der Hand übers Gesicht. »Zuerst wird Reese vermisst. Dann taucht Autumn nicht auf. Und diese Gerüchte? Ich habe keine Ahnung, wie es dazu gekommen ist, Paul, aber wir werden die Sache aufklären.«

Pauls Blick wanderte zu dem Jungen vom Catering.

Er schien nicht zu lauschen.

»Es sind nicht alles nur Gerüchte.«

Mitch riss die Augen auf und kniff sie dann wieder ein wenig zusammen. Seine Lippen verzogen sich langsam zu einem Lächeln. Es war die Art verlegenes Grinsen, das man aufsetzte, wenn man ziemlich, aber nicht hundertprozentig sicher war, dass man auf den Arm genommen wurde.

»Vivian hat mich verlassen. Deshalb saß sie an diesem Tag in dem Zug.«

Mitchs Lächeln erstarb. Er blinzelte fassungslos.

Wenn das, was Paul ihm da erzählte, erst einmal gesackt war, würde Mitch verletzt sein. Sich verraten fühlen. Ein Geheimnis von diesem Ausmaß sollte nicht zwischen Freunden wie ihnen stehen. Paul musste sich bei ihm entschuldigen, aber bevor er das tun konnte, erschienen einer der Musikgruppenleiter und ein Praktikant mit einem langen Tisch.

»Geht das?«

Und dann erschien Penny in gelben Caprihosen.

Als sie Paul sah, drückte sie seinen Arm. »Ich bin ja so froh, dass Reese nichts passiert ist. Ich habe den ganzen Tag gebetet.«

»Danke.«

»Der Bürgermeister sucht dich«, sagte sie zu Mitch. »Er will anfangen.«

»Anfangen womit? Wir haben kein Video.«

55. Kapitel

Seit Autumn denken konnte, bewahrte Dad einen Haustürschlüssel unter dem hässlichen Gartenzwerg an der Hausecke auf. Sie hatte keine Ahnung, wer den Gartenzwerg gekauft hatte. Er war schon immer dort gewesen, so als hätte Dad ihn mit dem Haus gekauft. Aber die Leute, die vorher hier gewohnt hatten, hätten ihre Gartenzwerge doch sicherlich mitgenommen, und das bedeutete wohl, dass ihre Mom ihn gekauft hatte – ein Gedanke, der der erwachsenen Autumn merkwürdig erschien.

War ihre Mutter jemand gewesen, der hässliche Gartenzwerge kaufte?

Als Kind hatte sie es gehasst, den Schlüssel unter dem Zwerg hervorzuholen, da er nicht das Einzige war, der unter dem schweren Stein hauste. Es gab Krabbeltiere – Spinnen und Würmer und Kellerasseln. Wann immer sie sich ausgesperrt hatte, hatte sie lieber auf der Terrasse gewartet, bis Leanne oder Dad nach Hause kamen.

Heute ging das nicht.

Dad und Leanne waren in der Erlösergemeinde, wie alle anderen auch, und sie war hier, weil sie irgendwo sein musste, wo sie ungestört war, und zwar nicht in ihrer Wohnung. Sie wollte nicht, dass Leute mit fettigen Haaren sie um Feuer baten, und sie wollte auch keine Blicke – selbst wenn sie nicht böse gemeint waren – von einer Fremden, die ihren Verfolgungswahn nur noch verstärkten.

Also war sie mit dem Zug hierhergefahren. Sie hatte in der vergangenen Woche ihre Dauerkarte erneuert und trug sie jetzt bei sich. Das war der einzige Lichtstreif am Horizont bei allem, was geschehen war. Autumn Manning war dabei, ihre Angst vor öffentlichen Verkehrsmitteln zu überwinden.

Sie holte den Schlüssel aus seinem Versteck und schloss dann die Tür auf. Die Türangeln quietschten, als sie eintrat. Es war ein merkwürdiges Gefühl, dort in dem leeren, stillen Flur zu stehen. Sie konnte sich nicht daran erinnern, wann sie das letzte Mal allein hier gewesen war. Immer, wenn sie kam, war die Familie da gewesen, hatte sich in dem winzigen Haus gedrängt und es irgendwie von dem Zuhause getrennt, in dem sie ihre ersten Schritte getan hatte. Dem Zuhause, in dem sie die ersten Worte gesprochen hatte. Dem Zuhause, in dem sie mit ihren Geschwistern gestritten hatte. Dem Zuhause, in dem sie ihre Mutter verloren hatte.

Dieses kleine Wohnzimmer hatte so viele Menschen willkommen geheißen, nachdem Mom gestorben war. Verwandte und Freunde und Bekannte hatten das Haus gefüllt und waren um Dad und Grandma Ally und drei mutterlose Küken gekreist, so als bedeuteten mehr Leute weniger Schmerz. Damals war Leanne eine Bekannte aus der Gemeinde gewesen. Eine nette Frau mit weichen Händen, die Autumns Arm rieb und Aufläufe brachte.

Was wäre aus Leanne geworden, wenn Autumn ihre Haarschleife nicht vergessen hätte?

»Wir glauben an einen großen Gott.«

»Er ist nicht grausam.«

Pauls Worte.

Autumns Worte.

Sie wanden sich um die Erinnerungen und verwandelten sie in merkwürdig geformte, rätselhafte Dinge. Wie ein Gesicht, das man zu erkennen glaubt, aber bei näherem Hinsehen doch nicht kennt.

Ohne irgendwelche Lampen einzuschalten, schlich Autumn in den Keller, wobei jede der alten Stufen stöhnend protestierte. Sie zog an der Kette für die Deckenbeleuchtung und ein sanfter weißer Schein fiel auf die mit Farbe bekleckerte Wand.

Lachen hallte in dem Raum wider.

Das Lachen von Mom und Claire und Chad vermischte sich

jetzt mit dem von Paul und Reese und Tate. Es war, als wäre der Klang in die Betonsteine eingebacken.

Sie fuhr mit den Fingern über die Tropfenspur.

Man dachte nie, dass es sich lohnen würde, das Endergebnis aufzuheben, geschweige denn aufzuhängen. Der Prozess war so wild und außer Kontrolle und ungeordnet – Farbe gegen eine Wand zu schleudern und sich selbst und die anderen damit zu bekleckern. Aber irgendwie waren die Leinwände am Ende immer schön, wenn die Farbe getrocknet war.

Ein Geräusch durchdrang die Stille.

Autumn erstarrte.

Es war die Haustür, die geöffnet wurde.

Ein Augenblick der Stille folgte, und dann?

Fußbodendielen knarrten über ihr.

Jemand hatte gerade das Haus betreten.

Nicht zwei Paar Füße wie Dad und *Leanne.*

Sondern ein einzelner Eindringling.

In ihrem erstarrten Zustand konnte Autumn nur daran denken, dass sie die Tür nicht hinter sich abgeschlossen hatte, und jetzt war jemand im Haus.

Und schlich oben herum.

Ganz langsam streckte sie die Hand nach einem Besen aus, der in der Nähe stand. Dann schlich sie zur Treppe und stieg eine Stufe nach der anderen hinauf, wobei sie jedes Mal, wenn das Holz knarrte, eine Grimasse zog und stehen blieb. Als sie oben ankam, war alles totenstill.

Autumn legte die Fingerspitzen gegen die Tür und schob sie vorsichtig auf.

Auf der anderen Seite stand Dad.

Er schrie.

Sie kreischte.

Beide machten einen Satz.

Es war reine Glückssache, dass sie nicht rückwärts die Treppe hinunterfiel.

Dad presste eine Hand auf seine Brust. »Deinetwegen hätte ich fast einen Herzinfarkt gehabt!«

»Tut mir leid. Ich dachte, du wärst in der Erlösergemeinde.«

»Eine gewisse Person ist nicht erschienen und ich musste gehen.« Er klopfte sich mit der Faust ein paarmal auf die Brust, so als wollte er ein Kratzen im Hals abhusten oder einen Rülpser loswerden. Ein Anzeichen dafür, dass er Sodbrennen hatte.

»Wo ist Leanne?«

»Sie ist noch dort.« Dads Blick wanderte zu dem Besen in ihrer Hand.

Autumn lehnte ihn an die Wand.

»Was hast du denn da unten gemacht – gefegt?«

»Nein.«

Er ging in die Küche und nahm eine Packung Rennies vom Kühlschrank. Er schüttelte zwei davon in seine Hand und schob sie sich dann in den Mund.

Das Geräusch, als er kaute, hallte in der Küche wider.

Als er fertig war, füllte er ein Glas mit Wasser und trank einen Schluck. »Warum bist du nicht in der Erlösergemeinde und zeigst dieses Video, an dem ihr gearbeitet habt?«

»Ich habe es verdorben.«

Dad nahm noch einen Schluck. »Warum solltest du das tun?«

Autumn zögerte. Sie hatte alles ruiniert, indem sie es Claire erzählt hatte. Aber was für eine Rolle spielte es jetzt noch? Der Schaden war längst angerichtet. Die ganze Welt wusste es. Sie holte tief Luft und ließ alles heraus. Die Wahrheit über Vivian Elliott und ihre Gefühle für Paul und seine Kinder. Dass Claire geredet hatte und all die schlimmen Dinge, die im Internet verbreitet wurden. Dass Reese die Aufnahme an Seth geschickt hatte und Autumn anschließend versucht hatte, das Video zu bearbeiten.

Als sie geendet hatte, war auch das Wasser in Dads Glas zu Ende.

»Du hattest es nicht leicht«, sagte er schließlich.

»Stimmt.«

»Klingt so, als hätte dieser Paul es auch nicht leicht gehabt.«

Autumn nickte und wartete, ob noch etwas folgte.

Aber es war nicht Dads Art, mehr zu sagen.

»Ich habe zu Paul gesagt, Gott sei nicht grausam.«

»Das ist gut.«

»Findest du nicht, dass er grausam ist?« Ihre Frage klang verzweifelt. Sie brauchte unbedingt eine Rückmeldung. Ermutigung. Weisheit. Etwas, das sie von dem aufgebrochenen, unsicheren Boden holte, auf dem sie im Moment stand.

Dad sah sie an. Wenn es um theologische Fragen ging, war er nie sehr gesprächig gewesen. Für ihn war der Glaube Privatsache. Er ging sonntags in die Kirche. Er schickte seine Kinder mittwochs zum Religionsunterricht. Er behandelte die Leute anständig. Er arbeitete fleißig und er sorgte für seine Familie. Normalerweise besprach er mit seinen Kindern nicht, was er über Gott dachte. Es sei denn, eines seiner Kinder hatte einen Nervenzusammenbruch beim Abendessen, der alle ratlos zurückließ.

»Ich meine, nachdem Mom gestorben war«, sagte Autumn. »Hast du jemals diesen Gedanken gehabt?«

Dad kratzte sich am Kinn. »Weißt du, was ich über Gott gelernt habe?«

Autumn beugte sich vor.

Begierig.

Neugierig.

Voller Erwartung.

»Die Umstände bestimmen nicht, wer er ist.«

Sie wartete auf eine Erläuterung. Eine Erklärung. Etwas mehr, das ihr hungriges Herz sättigte.

Aber Dad füllte nur sein Wasserglas und sagte: »Du solltest besser deine Schwester anrufen. Alle machen sich Sorgen.«

Und dann klingelte sein Telefon.

Er zog es aus der Tasche und sagte Hallo. Er deckte das Mikrofon mit einer Hand zu und formulierte lautlos: Leanne.

Autumn stand da und lauschte seinem Teil der Unterhaltung.

»Ein bisschen besser.« Er klopfte noch ein paarmal auf seine Brust. »Sie ist hier.«

Am anderen Ende der Leitung ertönte ein Ausruf.

Nichts Verständliches.

Nur Aufregung.

Leanne war erleichtert, dass es Autumn gut ging.

»Ich war selbst ziemlich überrascht … Ja, sie ist in Ordnung … Mhm … Ja … Okay … Was? … Ist gut. Mach ich … du auch.«

Dad schob das Handy wieder in seine Tasche. »Das war Leanne.«

»Dachte ich mir.«

»Sie sagt, wir sollen den Computer einschalten und zusammen irgendein Livevideo ansehen …?«

Irgendein Livevideo? »Du meinst, einen Livestream?«

»Genau.«

»Von der Gedenkveranstaltung?«

»Das hat sie gesagt.«

»Warum sollen wir das ansehen?«

Dad zuckte mit den Schultern. »Ich bin nicht sicher, aber sie hat darauf bestanden.«

56. Kapitel

Sobald Dad Leannes Computer hochgefahren hatte, öffnete Autumn den Browser und ging auf die Homepage der Gedenkkommission für die Tragödie auf den Gleisen, wo das Video gestreamt werden sollte. Nur gab es nichts, was man hätte streamen können. Dafür hatte Autumn gesorgt.

Ein kleiner Kreis drehte sich auf dem Bildschirm, während das, was sie sich ansehen sollten, lud. Dad zog neben ihr einen Stuhl heran.

Endlich hörte der Kreis auf, sich zu drehen.

Anna Montgomery erschien auf dem Bildschirm. Sie stand hinter einem kleinen Pult mitten auf einer Bühne und das war so unerwartet, das Autumn sich auf ihrem Stuhl zurücklehnte. Die zierliche Frau mit dem schüchternen Lächeln sprach ins Mikrofon und erzählte davon, wie sie mit Daniel unter einer Brücke Brote mit Erdnussbutter und Marmelade gegessen hatte, während es regnete.

Autumn hielt sich die Hand an die Lippen, die ebenso lächelten wie die von Anna. Diesmal musste sie beim Zuhören unwillkürlich an ihr eigenes Regenerlebnis denken – mit Paul und Basketball und Lachen und Eiskrem. Vielleicht würde er nie wieder mit ihr sprechen, aber diese Erinnerung würde ihr immer bleiben.

Das Publikum applaudierte.

Jetzt stand Mr Collins vorne und erzählte davon, wie seine Tochter im Teenageralter mit zwei tätowierten Schmetterlingen im Nacken nach Hause gekommen war. Er hatte getobt. Entsetzt war er gewesen. Zwei ganze Wochen hatte Chloe Hausarrest gehabt. »Aber als ich mich beruhigt hatte«, sagte Mr Collins, »war ich insgeheim stolz auf sie. Chloe wusste, was sie wollte, und dann hat sie das auch umgesetzt, egal, was irgendjemand anders dazu sagte. Jedes Mal, wenn ich einen Schmetterling sehe, denke ich daran. An meine zähe Chloe, die ihre Träume verfolgt.«

Ein Schmetterling, der davonfliegt.

Ein Phönix, der sich erhebt.

Direkt aus der Asche.

Caroline Winslow, die jüngere Schwester von Margaret Winslow – einer vierzigjährigen Buchhalterin, die während der Steuersaison abends lange gearbeitet hatte – ging als Nächste zum Rednerpult. Autumn ertappte sich dabei, wie sie dachte: *Ich hoffe, sie erzählt die Geschichte von den Wasserballons und der Katze.*

Diese Menschen waren jetzt für sie ganz lebendig. Sie waren nicht nur Angehörige der Toten, die sie online verfolgte. Sie waren Menschen, die sie drücken würde, wenn sie sich auf der Straße trafen, denn auch wenn sie bei Claire immer die Augen verdrehte, war sie inzwischen ein genauso großer Fan von Umarmungen.

In diesem Augenblick war die riesige Kirche bis zum Rand gefüllt mit Menschen und Autumn kannte einen ziemlich großen Teil davon. Menschen, die sich entschieden hatten zu feiern, auch wenn der Plan völlig schiefgelaufen waren. Menschen, die überlebt hatten, genau wie sie.

Und diese Menschen waren für Autumn ein Segen.

Es machte das Schwere nicht leichter. Es war immer noch da, so schrecklich wie eh und je, und würde es wahrscheinlich immer sein, solange es Männer wie Benjamin Havel gab. Das Böse existierte wirklich in dieser Welt. Aber das Gute auch. Schönheit, die Havel nicht auslöschen konnte. Seine herzlosen Worte führten nur dazu, dass sie noch mehr daran festhielten.

Und Autumn sah zu, wie diese Schönheit sich entfaltete, als Ina May Huett jetzt nach vorne humpelte.

Welche Geschichte würde sie erzählen? Diese Frau, die während der Weltwirtschaftskrise geboren worden war, hatte kurz nach dem Zweiten Weltkrieg ihren verstorbenen Mann lieben gelernt und mit Martin Luther King jr. demonstriert.

Die alte Frau nickte in die Menge und bog dann das Mikrofon näher, das daraufhin ein lautes Pfeifen ausstieß, sodass sie die Hand eilig zurückzog. Sie lachte nervös.

»Entschuldigen Sie«, sagte sie mit bebender Stimme. »Ich hatte eigentlich nicht vor, hier oben zu stehen. Mein Mann war derjenige, der gerne vor vielen Menschen gesprochen hat. Ich trinke lieber mit guten Freundinnen Tee. Obwohl ich in meinem Alter nicht mehr allzu viele davon habe.«

Autumn zählte sich zu diesen Freundinnen. Als sie sich jetzt vorbeugte, wusste sie ohne jeden Zweifel, dass sie Ina May wieder besuchen würde. Die Frau hatte so viele Geschichten zu erzählen und Autumn konnte es kaum erwarten, sie zu hören.

»Aber ich habe gemerkt, dass der Herr mich angestupst hat, und ich habe gelernt, wenn er das tut, dann gehorchst du lieber, egal, wie verrückt es ist. Mein Mann war Lazarus Huett. Ich glaube, er war der Älteste in dem Zug damals. Wir waren fünfundsechzig herrliche Jahre lang verheiratet und ich muss sagen, dass ich überwältigt bin. Überwältigt von der Tapferkeit, die in diesem Raum versammelt ist.

Es ist nicht leicht weiterzumachen. Es ist nicht leicht, wieder aufzustehen, wenn das Leben dir einen solchen Schlag versetzt. Aber die Menschen in diesem Raum sind alle wieder aufgestanden.« Sie schlug mit der Faust leicht, aber entschlossen auf das Rednerpult.

Autumn saß in dem kleinen Wohnzimmer und fragte sich, ob das auch für sie galt – die einzige Überlebende. War sie wieder aufgestanden?

»Ich habe mich gefragt, welche Geschichte ich von meinem Lazarus erzählen könnte. Nach fünfundsechzig Jahren haben sich eine Menge Erlebnisse angesammelt. Dann habe ich überlegt: Wie wäre es, wenn ich über seinen Namen spreche? Mein Lazarus wurde wegen seines Namens oft aufgezogen. Ich habe seinen Namen geliebt. Und ich habe den Namen gehasst.«

Ina Mays Gedanken schienen einen Moment lang abzuschweifen. Nur eine oder zwei Sekunden lang. Dann blinzelte sie und fuhr mit ihrer Erzählung fort. »Seine Mutter hat ihn nach ihrer

Lieblingsgeschichte in der Bibel benannt. Nach dem Beweis dafür, dass unser Gott ein Gott ist, der das Unmögliche möglich macht, wenn alles verloren scheint.

Laz und ich hatten unsere Schwierigkeiten, so wie jedes andere Ehepaar. Wir hatten beide unsere Schwächen und Fehler. Aber ich sage nicht, wer von uns beiden mehr davon hatte.«

Ein leises Lachen wanderte durch die Menge.

»Aber ich muss zugeben, dass die Geschichte, die seine Mutter so liebte, mich allmählich ärgerte. Sehen Sie, der Herr hatte mir einen Mann gegeben, der ganz verrückt nach Kindern war, und mir einen Körper, der sich weigerte, welche zu gebären. Je mehr Babys meine Freundinnen bekamen und je mehr ich Gott um meinen eigenen Lazarus-Augenblick anflehte und je länger Jesus nichts tat, desto mehr Groll hegte ich.«

Autumn dachte an Anna Montgomery und den eingefrorenen Embryo.

Sie stellte sich vor, wie die junge Mutter im Publikum nickte. Eine Frau wie sie verstand, wovon Ina May sprach.

»Maria und Martha mussten nur ein paar Tage warten. Warum musste ich so viele Jahre lang warten? Irgendwann wich meine Traurigkeit der Wut. Und die Wut, wie sie das meist tut, verwandelte sich in Bitterkeit.«

Autumn dachte an das gerahmte Foto des pummeligen Babys auf Lazarus' Schoß.

»Ist das Ihr Enkelkind?«, hatte sie gefragt.

»Du lieber Himmel, nein. Der Herr hat uns keine eigenen Kinder geschenkt.«

Es war nur eine beiläufige Bemerkung gewesen. Eine Bemerkung, die kaum eine Wirkung hinterließ. Zugegeben, in ihrer Stimme hatte Resignation mitgeklungen. Aber ihr Tonfall passte eher zu jemandem, der eine Kugel Schokoladeneis anstelle von Vanille bekommen hatte. Er klang eindeutig nicht nach einem Menschen, der einen langen, schweren Kampf ausgefochten und nicht gewonnen hatte.

»Irgendwann hatte mein Mann genug. Er sagte: ›Ina, Liebes,

wenn du diese Sache nicht loslässt, wird dein wunderbares Herz zu einer winzigen, hässlichen Backpflaume verschrumpeln.‹ Oh, was habe ich geschimpft! Ich habe gejammert, dass meine Uhr tickt und dass die Kinder meiner Freundinnen alle erwachsen wurden. Und wie sehr ich seinen Namen hasste, denn wo blieb mein Lazarus-Augenblick? Wann würde Gott endlich erscheinen und *dieses* Wunder vollbringen? Und er hat mir in die Augen gesehen und gesagt: ›Ina May, dein Lazarus steht doch hier vor dir. Was willst du denn noch, Baby?‹«

Die Leute lachten.

Ina May lachte auch. Dann schüttelte sie den Kopf. »Gott hat mir nie Kinder geschenkt.«

Die Zuhörer verstummten.

»Das war ein Schmerz, mit dem ich lernen musste zu leben. Aber wissen Sie, was ich inzwischen an dieser Lazarus-Geschichte liebe?« Die alte Frau wartete, so als erwarte sie eine Antwort aus dem Publikum.

Autumn antwortete von ihrem Sessel aus mit einem erstickten, kaum hörbaren Flüstern. »Jesus fing an zu weinen.«

»Was hast du gesagt?«, fragte Dad.

Sie schüttelte den Kopf, weil sie kein Wort von dem, was Ina May sagte, verpassen wollte.

»Bevor Jesus sein Wunder vollbrachte, begegnete er diesen beiden Schwestern in ihrem Schmerz und weinte zusammen mit ihnen.«

Autumns Kehle war wie zugeschnürt und sie merkte, wie ihr die Tränen kamen.

Gott ist nicht grausam.

Denn wer grausam war, weinte nicht mit den Leidenden.

»Das ist unser Gott.« Ina May hob den Zeigefinger. »Wir glauben an einen Gott, der uns vielleicht nicht das Wunder schenkt, der uns aber immer Trost schenken wird. Und das, liebe Freunde, ist der Gott, den ich hier sehe, lebendig und aktiv in dieser Kirche heute.« Sie ließ noch einmal ihre kleine Faust auf das Rednerpult fallen, dann humpelte sie von der Bühne.

Es folgte ein Augenblick der Stille.

Wie benommen saß Autumn in ihrem Sessel.

Sie verstand nicht, wie es funktionierte. Sie verstand nicht, warum Menschen verhungerten und Kinder in Waisenhäusern landeten, während unfruchtbare Frauen sich nach einem Baby sehnten. Sie verstand nicht, warum eine Zigarettenpause das Leben eines Menschen retten konnte, während die Fahrt nach Hause, um die Haarschleife der Tochter zu holen, ein anderes Leben beendete. Sie würde nie verstehen, warum *diese* Menschen. Warum *dieser* Zug. Warum *sie*.

Aber vielleicht hatte sie die falsche Frage gestellt.

Vielleicht lag der Trost gar nicht im *Warum*.

Vielleicht lag der Trost im *Wer*.

In einem Gott, der weinte.

Einige Sekunden lang geschah auf der Bühne nichts, so als bräuchten die Menschen nach Ina Mays Worten einen Moment, um durchzuatmen. Und dann ging Jordan Brokaw, der ehemalige Junkie und Drogendealer, nach vorne. Offenbar ermutigt von Ina Mays Glaubensbekenntnis, nahm er das Mikrofon und fing an, sein eigenes Zeugnis abzulegen.

Mit seiner Geschichte hatte Autumn Schwierigkeiten gehabt.

Hatte Gott eine Mutter und ihren kleinen Jungen getötet, um einen jungen Mann zu retten? Natürlich nicht. Gott brauchte keine Tragödie, um sein Werk zu tun. Und Benjamin Havel war keine Marionette wie Reese' Zebrapuppe. Er war ein kranker Mann mit freiem Willen, der echten Schmerz zufügte. Aber Gott wollte nicht, dass dieser Schmerz ohne Sinn blieb. Denn Gott war gut. Es war eine Güte, die sie mit eigenen Augen gesehen hatte.

Vielleicht war es an der Zeit, dass sie aufhörte, die Puzzleteile zusammenzusetzen.

Vielleicht war es an der Zeit, dass sie das *Warum* losließ und sich an das *Wer* erinnerte.

»Der Dieb kommt, um zu stehlen und zu töten und zu zerstören«, sagte Jordan. »Aber Jesus ist gekommen, damit wir das Leben haben, ein Leben in Fülle.«

Wie ein Phönix war Autumn aus den Trümmern gezogen worden. Nur war sie nicht aus der Asche emporgestiegen, sondern hatte sich darauf zusammengerollt.

Das ganze Land hatte ihr Überleben gefeiert.

Und das war alles, was Autumn im vergangenen Jahr getan hatte.

Überleben.

Bis ein zwölfjähriges Mädchen namens Reese Elliott vor ihrer Tür gestanden und alles verändert hatte.

57. Kapitel

Paul umklammerte die Armlehnen seines Sitzes, als würde er einen Horrorfilm ansehen und der Wahnsinnige mit der Kettensäge könnte jeden Moment aus dem Schatten hervorspringen. Es war ein Griff, der sich nicht lockerte. Nicht als der Bürgermeister sprach. Nicht als Mitch nach vorne ging und einen Vorschlag machte. Nicht als die erste mutige Person die Bühne betrat, um von einer Erinnerung zu erzählen.

Jetzt stand ein junger Mann am Rednerpult und die ganze Zeit hielt Paul die Armlehnen fest umklammert. Die ganze Zeit hämmerte das Herz in seiner Brust. Er sagte sich, dass er nicht dort hinaufzugehen brauchte, selbst wenn die alte Frau namens Ina May Huett davon gesprochen hatte, dass Gott die Menschen manchmal anstupste. Das hier war kein Fingerzeig Gottes. Sein Herz hämmerte ohne jeden Grund.

Jordans Rede kam zum Ende.

Alle klatschten.

Reese wandte sich an Paul. »Ich möchte nach vorne gehen.«

»Auf die Bühne?«

»Ja.«

Sein Herz schlug noch schneller.

»Bitte, Dad! Ich weiß, was ich sagen werde, und ich verspreche, dass es nicht gelogen ist.«

»Liebling …«

»Kommst du mit?«

Paul wollte Nein sagen. Er wollte im Halbdunkel bleiben und seine Tochter dort bei sich behalten, fernab von Gerüchten und Spekulationen. Er wollte sie beschützen. Es war schließlich sein Job, sie zu beschützen. Aber das hatte er schon einmal versucht – auf seine Art – und Reese hatte gelitten.

Sie wollte gehen und er konnte sie nicht allein gehen lassen.

Paul zwang sich, die Armlehnen loszulassen.

Gemeinsam standen sie von ihren Plätzen auf, schoben sich an Reginas Knien vorbei und gingen nach vorne, während es im Kirchenraum mucksmäuschenstill wurde. So still, dass Paul sicher war, alle könnten sein hämmerndes Herz hören.

Die Wahrheit wird euch frei machen.

Die Worte tauchten plötzlich in seinen Gedanken auf, ganz unerwünscht. Er ging Reese zuliebe nach vorne. Sie würde sagen, was sie sagen wollte, und dann würden sie sich wieder setzen. Ganz sicher würde er sich nicht vor dem vollen Saal eine Blöße geben, schon gar nicht, wenn Regina und seine Mutter im Publikum saßen. Er wischte die verschwitzten Handflächen an seiner Jeans ab und redete sich ein, dass die Worte nichts zu bedeuten hatten.

Als sie die Bühne betraten, bestätigte gelegentliches leises Klicken seine Befürchtungen. Die Leute machten Fotos. In wenigen Augenblicken würden die Bilder in den sozialen Medien verbreitet werden. Seine Tochter würde mitten in all die schrecklichen, gehässigen Kommentare auf Twitter geraten.

Die Wahrheit wird euch frei machen.

Paul schloss die Augen. Aber seine mutige Tochter trat ans Rednerpult und bog das Mikrofon herunter. »Hi. Ich heiße Reese Elliott. Vivian Elliott war meine Mutter.«

Jemand im Publikum hustete.

Wieder klickten einige Kameras.

Reese holte zitternd Luft. »Sie war keine sehr gute Mom.«

Ein Raunen ging durch die Reihen. Paul trat von einem Fuß auf den anderen, weil er nicht wusste, worauf Reese hinauswollte.

»Aber sie war sehr gut bei ihrer Arbeit und sie hat mir hübsche Anziehsachen gekauft. Ich kann mich nicht daran erinnern, dass sie viel gelacht hätte … aber wenn sie es doch getan hat, dann hat mein Dad gesagt: ›Wenn Glitzern ein Geräusch machen würde, dann würde es so klingen. Wie das Lachen deiner Mom.‹«

Hatte er das wirklich gesagt? Oder log Reese wieder?

Aber nein, er hatte das gesagt.

Vor langer Zeit. Reese konnte kaum älter als fünf Jahre gewesen sein.

Vor der zweiten Affäre.

Anschließend hatte Vivian aufgehört zu lachen. Oder vielleicht auch nicht. Vielleicht hatte Paul nur nicht mehr zugehört.

»Sie hat mir das Buch *Bist du meine Mutter?* von P. D. Eastman gekauft. Ich erinnere mich nicht daran, dass sie es mir jemals vorgelesen hat, aber mein Dad hat es getan.« Reese fing seinen Blick auf und lächelte ihm schüchtern zu. »Als ich fünf war, hat er es mir ein ganzes Jahr lang jeden Abend vorgelesen und dabei hat er mit verstellter Stimme gesprochen.«

Er erwiderte ihr Lächeln.

Immer, wenn sie an die Stelle gekommen waren, an der der Schaufelbagger ein prustendes Geräusch mit dem Auspuff macht, hatte er dieses Geräusch übertrieben laut herausgeprustet. Und die kleine Reese hatte jedes Mal hysterisch zu kichern angefangen. Auch, wenn es jeden Abend dieselbe Geschichte gewesen war – wobei sein Prusten immer lauter und wilder wurde –, jedes Mal hatte sie wieder gelacht.

Ein Lachen wie ein Glitzern – wie bei Vivian.

»Ich hatte nicht die beste Mom der Welt«, sagte Reese ins Mikrofon. »Aber ich habe einen wirklich total tollen Dad. Und er hat mich sehr lieb.«

Paul blinzelte und fuhr sich verstohlen über die Augen.

Alle starrten ihn an.

Er konnte die Blicke spüren wie die sengende Sonne.

Er versuchte zu schlucken, aber sein Mund war ganz ausgetrocknet. Und sein Herz hämmerte weiter. Er sah zum Rednerpult hinüber und dann in den Saal hinaus. In dem schummrigen Licht waren die Gesichter nicht zu erkennen. Wenn er wollte, konnte er ans Mikro treten und öffentlich die Gerüchte leugnen. Er konnte allen sagen, dass nichts davon stimmte. Oder er konnte Reese an der Hand nehmen und mit ihr zusammen zu ihren Plätzen zurückgehen.

Aber seine Tochter sah ihn an und ihre Augen glänzten.

Die Wahrheit wird euch frei machen.

Er hatte den Fingerzeig schon einmal ignoriert.

Und er hatte Gott um eine zweite Chance gebeten.

Mit rasendem Puls trat Paul ans Mikrofon. Im Gegensatz zu Mrs Huett war er es gewohnt, vor vielen Leuten zu sprechen. Aber bei all den Gelegenheiten waren die Leute auf seiner Seite gewesen. Er war der Experte und sie waren die begierigen Schwämme, die jedes Wort aufsogen.

Das hier war etwas anders.

»Ich bin Paul, der Vater von Reese.« Er räusperte sich, damit seine Stimme nicht so zittrig klang, und stützte beide Hände auf dem Pult ab. »Im Moment wird eine Menge in den sozialen Medien verbreitet. Wenn es Ihnen nichts ausmacht, würde ich gerne kurz die Wahrheit über mich und meine verstorbene Frau erzählen.«

58. Kapitel

Mittwoch, den 28. Juni 2017

Die beiden wichtigsten Tage im Leben sind der Tag,
an dem man geboren wird, und der Tag,
an dem man herausfindet, warum.
(Mark Twain)

Ich bin schon lange ein Fan von Tom Sawyer und Huckleberry Finn. Und dafür werde ich Mark Twain immer dankbar sein. Aber meiner Ansicht nach hat er hier unrecht.

Ein Mensch kann herausfinden, warum, und nichts unternehmen.

Ein Mensch kann herausfinden, warum, und am nächsten Tag in einem Zug sterben.

»Warum?« ist eine unersättliche Frage. Die Art Frage, die man immer wieder stellt, ohne jemals eine abschließende Antwort zu erhalten. So wie meine Nichte Lulu, bei der ein Warum zum nächsten Warum führt, das wieder zum nächsten führt und zum nächsten.

Nehmen wir zum Beispiel die folgende Unterhaltung zwischen ihr und Chad:

»Wir dürfen nicht vergessen, Brot einzukaufen.«

»Warum?«

»Weil wir fast keins mehr haben.«

»Warum?«

»Weil wir eine Menge Brot essen.«

»Warum?«

»Weil unsere Familie gerne Toast ist.«

»Warum?«

Und so geht es immer weiter. Und keiner weiß, wo es endet.

Es ist fünf Tage her, dass ich das Video ruiniert habe und Paul online sein großes Geständnis abgelegt hat. Ein Geständnis, für das ich ihn noch mehr bewundere als vorher. Irgendwie ist es ihm gelungen, mit Anstand die Wahrheit zu sagen. Er ist nicht ins Detail gegangen und er wahrte den Respekt vor seiner verstorbenen Frau.

Vivian Elliott, eine Frau, die ich nicht kenne. Eine Frau, die ich niemals kennen werde.

In den vergangenen fünf Tagen hat kaum jemand über etwas anderes geredet. Die gescheiterte Ehe des Ehedoktors ist das Gesprächsthema und alle scheinen darüber vergessen zu haben, dass ich mit dem Video nicht aufgetaucht bin. Dazu hat natürlich auch beigetragen, dass die improvisierte Veranstaltung – bei der die Anwesenden eingeladen wurden, nach vorne zu gehen und von schönen Erinnerungen oder Hoffnungen zu erzählen – so gut gelaufen ist.

Ich habe mich trotzdem bei Mitch entschuldigt.

Mehrmals.

Mit angemessener Zerknirschung.

Er hat gesagt, es sei okay. Er hat gesagt, Paul hätte ihm von dem Missverständnis erzählt, und das bedeutet, dass Reese ihrem Vater gesagt haben muss, dass sie Seth das Video geschickt hat. In meiner Abwesenheit muss ihr Vater dann die fehlenden Puzzlestücke zusammengefügt haben.

Gestern habe ich Mitch gefragt, wie es Paul angesichts der aktuellen Situation geht.

»Ganz gut. Er hält sich bedeckt.«

Es war keine sehr konkrete Antwort.

Ich glaube, Mitch ist immer noch ziemlich erschüttert wegen der ganzen Sache.

Am Montag hat Paul die Arbeit an der Ehekampagne niedergelegt.

Mitch und die Ältesten und die Pastorengemeinschaft hatten eine Krisensitzung. Sie waren bereit gewesen, das ganze Projekt auf Eis zu legen. Sich neu zu sortieren. Und dann hatte ihnen jemand aus heiterem Himmel von einem angesagten christlichen Referenten erzählt, der für das Thema Ehe brennt. Er heißt Laurence Brown und lebt in Seattle. Da er in der Szene noch relativ neu ist und versucht, sich einen Namen zu machen, war sein Referentenhonorar günstig und außerdem ist er sehr engagiert.

Jetzt schreibe ich also meine Fragen und Ideen und Vorschläge nicht mehr an Paul, sondern an Laurence. Er antwortet immer sofort und ganz begeistert und ich frage mich unwillkürlich: *Hat er vielleicht auch irgendwelche Geheimnisse?*

Es ist schon komisch, wie das Leben so spielt.

Es gibt so viele unerwartete Wendungen, dass man unmöglich erraten kann, wohin eine Entscheidung führen wird.

Claire und ich hatten unseren großen Streit.

Ich habe sie nicht an den Haaren gezogen, aber ich war kurz davor. So kurz davor, dass Leanne dazwischengehen musste. Sie hat sogar geschrien. Ich habe Leanne zuvor noch niemals laut werden hören. Eine Sekunde lang erinnerte sie mich an Grandma Ally. Eine Sekunde lang dachte ich: *Vielleicht kriegen wir diese Beziehung ja doch noch irgendwie hin.*

Jedenfalls schwört Claire, dass sie niemandem etwas erzählt hat, nicht einmal Trent, und der hat das bestätigt. Es gibt also gar keinen richtigen Grund, auf meine Schwester sauer zu sein. Die Information über Vivian muss irgendwo anders hergekommen sein.

Du hast keine Ahnung, wie gerne ich Paul angerufen und ihm diese Neuigkeit erzählt hätte. Aber ich schäme mich, dass ich meiner Schwester ohne seine Erlaubnis sein Geheimnis verraten habe. Und dann, als er mir sagte, ich dürfe niemandem etwas davon sagen, habe ich es nicht einmal für nötig befunden, ihm zu beichten, dass ich es schon getan hatte. Oh Mann …

Ich vermisse ihn.

Sehr sogar.

Also beschäftige ich mich.

Es gibt jede Menge zu tun.

Claires Hochzeits-Checkliste wird mit jedem Tag länger.

Heute Abend war ich bei Ina May zum Tee. Wir werden uns ab jetzt einmal im Monat treffen.

Morgen bin ich zum Mittagessen mit Anna Montgomery verabredet. Es hat sich herausgestellt, dass sie auf der Suche nach einer Gemeinde ist, und ihr hat die Veranstaltung in der Erlösergemeinde so gut gefallen, dass sie dort Mitglied werden will. Dass es dort so ein tolles Kinderprogramm gibt, das zieht natürlich. Deshalb gehen Jane und Chad jetzt auch dorthin.

Seth ist aus Puerto Rico zurück, und da er jetzt versteht, warum ich mich wegen Reese und dem Video so merkwürdig aufgeführt habe, nimmt er ihren Beitrag aus dem Video, damit ich es auf YouTube und auf der Homepage der Gedenkkommission hochladen kann, wie es ursprünglich geplant war.

Am Sonntag habe ich mit Kendall zu Mittag gegessen. Wir haben genau dort wieder angefangen, wo wir damals aufgehört hatten, so als wäre die seltsame Phase ohne jeden Kontakt nie geschehen. Es fühlte sich ganz natürlich an und hat Spaß gemacht und wir haben viel gelacht.

Am Montag hatte ich in der Mittagspause meinen letzten Termin bei Jeannie True.

Ich glaube, ich brauche die Sitzungen mit ihr nicht mehr. Seit Anfang April, als Reese bei mir auf der Matte stand, war ich nicht mehr auf dem Friedhof. Ich stalke auch niemanden mehr online. Ich habe einen letzten Zeitungsartikel in meinen Ordner geheftet – einen Bericht über die Gedenkveranstaltung – und dann habe ich das ganze Ding in meinem Keller verstaut. Ich habe keine Zeit mehr, mich ständig um die Toten zu drehen. Nicht, wenn mein Leben so angefüllt ist mit den Lebenden.

Langsam lerne ich, einen Fuß vor den anderen zu setzen.

Jeannie sagt, sie wird meine Akte noch behalten, für den Fall, dass etwas geschieht und wir uns noch mal sehen müssen.

Bis dahin habe ich dich, Maud.

Die billigste Therapie, die es gibt.

Reese

Freitag, den 30. Juni 2017

Liebe Autumn,
es tut mir wirklich leid, dass ich in den Briefen, die ich dir geschickt habe, und in dem Video, das du für die Gedenkveranstaltung von mir gemacht hast, gelogen habe. Ich glaube, ich bin vielleicht der Grund dafür, dass du nicht da warst. Ich wollte die Sache nicht ruinieren. Ich habe nur versucht, meine Erinnerungen zu ändern, so wie in dem Buch Freak. Aber das hat nicht funktioniert.

Aber die Veranstaltung war hinterher richtig cool. Hast du sie online gesehen?

Du hättest Grandma Regina anschließend sehen sollen. Sie war total wütend auf mich, weil ich gesagt habe, dass meine Mom keine gute Mom war. Noch wütender war sie auf meinen Dad, weil er ihr nicht gesagt hat, dass er und Mom Probleme hatten, und weil er allen in der Kirche und im Internet davon erzählt hat. Er musste sie am nächsten Tag zum Flughafen fahren. Ich glaube nicht, dass ich sie so schnell wiedersehe.

Endlich sind Sommerferien. Mein Projekt in Gemeinschaftskunde ist richtig gut gelaufen.

Tate ist in letzter Zeit total nervig. Er will jetzt nicht mehr Polizist werden, sondern Detektiv. Er redet ständig von Sherlock Holmes. Grandma hat ihm so eine Lupe gekauft. Dadurch guckt er mich immer an und nennt mich seinen »lieben Watson«.

Ich habe viel geschrieben. Eine neue Geschichte habe ich beigelegt, für den Fall, dass du sie lesen willst. Ich vermisse dich. Vielleicht kannst du ja irgendwann mal wieder zum Abendessen vorbeikommen.

Liebe Grüße
Reese Rosamund Elliott

P.S.: Anna Montgomery bezahlt mich dafür, dass ich ihr in diesem Sommer montags und mittwochs am Nachmittag mit den Kindern helfe! Sie hat schon alles mit Dad besprochen. Sie denkt, ich mache das sehr gut.

59. Kapitel

Autumn setzte sich auf ihre Bettkante und band ihre Schuhe für ein spätabendliches Joggen. Trent und Claire lachten im Wohnzimmer über irgendetwas und kuschelten mal wieder auf dem Sofa. Autumn konnte es kaum mitansehen. Deshalb die Laufschuhe.

Die Klingel ertönte.

»Ich mach auf!«, rief Claire über den Flur.

Autumn machte einen Doppelknoten in die Schnürsenkel und legte den Fitnesstracker an, den sie sich nach dem Hochladen des Videos auf YouTube zur Feier des Tages bestellt hatte.

Das Video war schon fünfzigtausend Mal angesehen worden.

Undeutliche Stimmen drangen durch den Flur.

Gefolgt von Claires Singsang: »Autumn, es ist für *diiihich*!«

Sie trat aus ihrem Zimmer und blieb wie angewurzelt stehen.

Es war Paul.

Er stand gleich hinter der Wohnungstür und sah hoffnungslos verlegen aus.

»Hi«, sagte sie ein bisschen atemlos.

»Hi«, antwortete er.

Paul.

Sie konnte es nicht fassen. Er stand in ihrer Wohnung und hatte eine merkwürdige Wirkung auf den Schmerz in ihrer Brust. Seine Anwesenheit linderte und verstärkte das Gefühl zugleich.

Sein Blick wanderte zu ihren Laufschuhen. »Hast du kurz Zeit?«

»Natürlich.«

Und bevor Claire etwas sagen konnte, schlüpfte Autumn zur Tür hinaus und schloss sie hinter sich.

Sie standen im Treppenhaus.

Er öffnete den Mund, als wollte er auf der Stelle etwas sagen.

»Warte«, sagte Autumn und zeigte mit dem Daumen auf die Tür. Wahrscheinlich beobachten sie uns durch den Spion.«

Paul nickte und folgte ihr die Treppe hinunter und hinaus in den milden Abend.

Seine Haare waren völlig zerzaust und seine Augen wirkten müde, aber irgendwie machte ihn das noch anziehender. Groß, dunkel und leidend. Und außerdem attraktiv. Er zeigte die Straße hinunter und sie setzten sich in Bewegung.

»Wie geht es dir?«, fragte Autumn.

»Ich bin in Ordnung. Und Reese scheint es wirklich gut zu gehen.«

»Sie hat mir neulich geschrieben.«

»Ach ja?«

»Ist das in Ordnung?«

»Ja«, sagte er. »Kein Problem.«

»Sie hat diesmal auch nicht gelogen. Es sei denn, Tate will kein Detektiv werden.«

»Doch, das stimmt.«

»Dann kann ich ihn wohl nicht mehr Officer Tate nennen. Ich werde auf *Detective* Tate umsteigen müssen.« Kaum hatte sie das gesagt, wurde sie rot, denn wann würde sie Tate überhaupt sehen, um ihn irgendwie anreden zu können?

Aber Paul lächelte auf seine Schuhe hinunter und sagte: »Das wird er mögen.«

Die Antwort pflanzte ein winziges Senfkorn der Hoffnung in ihr Herz.

»Wie geht es deinem Großvater?«, fragte sie.

»Er hat sich in seinem neuen Zuhause eingelebt. Es ist schön dort. Seine Genesung geht nur langsam voran, aber er hat schon Fortschritte gemacht.«

»Und deine Mom? Wie kommt sie mit all dem klar?«

»Sie benimmt sich heldenhaft und trägt alles mit stoischer Gelassenheit.«

»Und du?«

Er stieß einen tiefen, langen Seufzer aus. »Es war schwer zu sehen, wie schnell er abgebaut hat. Aber so ist das nun mal mit dem Alter.« Paul kratzte sich am Hinterkopf. »Und wie geht es dir?«

»Mir geht es gut.«

»Du siehst auch gut aus«, sagte er.

Ihre Wangen wurden noch wärmer.

Und dann sprachen sie gleichzeitig.

»Autumn, ich ...«

»Paul, es ...«

Sie lachten ein wenig nervös.

Paul sagte, sie solle anfangen.

»Es tut mir wirklich leid, dass ich es meiner Schwester erzählt habe.«

»Ist schon gut.«

»Nein, ist es nicht. Ich hatte es ihr erzählt, bevor du an dem Morgen vorbeigekommen bist. Ich hätte es dir sagen müssen, aber ich hatte ein furchtbar schlechtes Gewissen. Ich weiß, dass es wahrscheinlich nicht viel ändert, aber sie schwört, dass sie es niemandem erzählt hat.«

»Das war Reese.«

»*Was?*«

Paul rieb sich den Nacken. »Nicht, dass das eine Entschuldigung wäre, aber es ist einer der Gründe, warum ich an dem Tag so kurz angebunden war, als ich mit dir gesprochen habe. Reese war verschwunden.«

Verschwunden?

Aber natürlich.

Die ersten Worte, die Paul gesagt hatte, waren gewesen: »Ist Reese bei dir?« Nur hatte sie bei allem, was danach passiert war, diese Frage völlig vergessen.

»Zehn Stunden lang.«

»Zehn Stunden?«

Paul nickte. »Sie hat mein dunkelstes Geheimnis an eine Reporterin gemailt, die bei ihrem Gemeinschaftskundeprojekt die Klasse besucht hatte.«

»Wow.«

»Ja. Es hat sich herausgestellt, dass sie die ganze Zeit über Vivian Bescheid wusste. Mein Geheimnis wurde ihr Geheimnis und ich hatte keine Ahnung, dass sie es mit sich herumgetragen hat.« Er schüttelte den Kopf, so als hätte er es wissen müssen. »Es ist gut, dass es passiert ist. Gut, dass die Wahrheit ans Tageslicht gekommen ist.«

»Aber was ist mit …?«

»Tate?«

»Ja«, erwiderte Autumn.

»Niemand hat etwas gesagt. Und ich glaube, es wird auch niemand was sagen. Jetzt, wo ich nichts mehr verstecken muss, scheint es mir nicht sehr wahrscheinlich. Falls das einen Sinn ergibt.«

Es ergab durchaus einen Sinn.

Sie waren um eine Ecke gebogen und gingen weiter.

»Erstaunlicherweise läuft die Arbeit gut. Meine Klienten wollen mich immer noch als Therapeuten haben. Margo hat sogar noch mehr Anrufe angenommen als sonst. Und sie muss herausfinden, wer tatsächlich Hilfe braucht und wer nur den berüchtigten Ehedoktor kennenlernen will.« Bei den letzten Worten wackelte er mit den Augenbrauen und senkte scherzhaft die Stimme.

Es tat gut zu hören, dass er Witze machte.

»Was ist mit deinen Vorträgen?«

»Ich weiß nicht. Irgendwann vielleicht wieder. Wenn jemand mich hören will. Im Moment ist alles offen. In Gottes Hand. Wir werden ja sehen, was er daraus macht.«

Autumn stellte sich einen Phönix vor, der aus der Asche emporsteigt.

»Ich habe dich vermisst«, sagte Paul.

Ihre Knie begannen zu zittern, denn sie hatte ihn ja auch so sehr vermisst. Wie verrückt hatte sie ihn vermisst. »Dito«, sagte sie.

Er fing ihren Blick auf. Seiner war so intensiv, dass das leichte, flatternde Ding in Autumns Brust zurückkehrte. »Meine Kinder haben dich auch vermisst.«

»Dito«, sagte sie wieder.

Paul lächelte. Es war ein Lächeln, das sein ganzes Gesicht verwandelte. Er hatte Grübchen und Lachfältchen um die Augen. »Reese will wissen, was du am vierten Juli machst.«

»Das Feuerwerk anschauen, wie das restliche Amerika.«

»Falls du es mit uns zusammen anschauen willst – wir haben einen ziemlich guten Ausblick von unserem Dach aus.«

Das leichte, flatternde Ding wurde noch leichter und flatterhafter.

Feuerwerk mit den Elliotts? Wer hätte das gedacht?

»Das wäre schön.«

Paul nickte und sah sich um. Sie waren in einem vertrauten Park angekommen, mit dem Pavillon und dem Spielplatz und dem Basketballfeld. Und dort, ganz allein unter einem der Körbe, wie ein Fingerzeig Gottes, lag der Ball.

»Er ist noch da.« Paul hob ihn auf und ließ ihn einmal aufprallen. »Und er hat auch keinen Platten.« Sein Lächeln verwandelte sich in ein Grinsen. »Was meinst du, Manning? Lust auf eine Revanche?«

Autumn blickte zum Nachthimmel hinauf und war auf einmal völlig wach. Belebt von einem Adrenalinstoß. Aber vielleicht war es auch kein Adrenalin. Vielleicht war es ja etwas Stärkeres. Ein großes Abenteuer, an dessen Anfang sie stand.

Der Mond schien über ihnen, dazu ein paar blasse Sterne. Sie waren in der hell erleuchteten Stadt nicht so leicht zu sehen, aber sie waren trotzdem da. »Worum spielen wir denn?«

»Ach, ich weiß nicht. Eis? Der Sieger bezahlt?«

»Du hast deine Lektion noch nicht gelernt, oder?«

»Oh doch, ich habe meine Lektion gelernt.« Er dribbelte näher. Paul Elliott roch ungemein gut – nach frischer Wäsche und Seife und einem Hauch Rasierwasser. So, als hätte er es am Morgen aufgelegt und das meiste davon wäre mittlerweile verflogen. »Ich mache nicht den gleichen Fehler zweimal.«

Autumn stützte die Hände in die Hüften. »Und was für ein Fehler wäre das?«

»Dich zu unterschätzen.« Er gab ihr den Ball. »Ladys first.«

Sie warf ihn mit einem breiten Grinsen zurück.

Sie wusste nicht, was die Zukunft bereithielt. Sie wusste nicht, ob der Weg, der vor ihr lag, überwiegend geradeaus verlaufen oder voller Kurven und Wendungen sein würde. Sie wusste nicht, wie lange er den Weg von Paul Elliott kreuzen würde.

Sie wusste, was sie wollte.

Sie wusste, was sie sich erhoffte.

Sie wusste, was sie für das Beste hielt.

Aber was noch wichtiger war – sie wusste, dass Gott gut war. In diesem Augenblick stand Paul vor ihr und setzte zum Wurf an, ein spielerisches Blitzen in den Augen.

Das versprach spannend zu werden ...

Eine Unterhaltung mit Katie Ganshert

Was diente als Inspiration für »Der Tag, an dem die Zeit stillstand«? Basieren die Ereignisse oder Charaktere in dem Buch zum Teil auf eigenen Erfahrungen?

Zum Glück nicht. Es fing mit einem Zeitungsartikel an. Ich hatte gerade meine Arbeit an *Das Leben ist nie perfekt* beendet und war auf der Suche nach einer neuen Idee. Und dann fand ich im Internet diese wahre Geschichte von einem schrecklichen Flugzeugabsturz, den niemand überlebt haben konnte. Aber jemand hatte überlebt. Ein kleiner Junge, der kaum einen Kratzer abbekommen hatte. Ich weiß noch, wie ich sein Foto anstarrte und das Foto von dem zerstörten Flugzeug, während sich in meinem Kopf langsam eine Geschichte zu formen begann.

Ich habe mich hingesetzt und diese Geschichte geschrieben – dieses Buch über eine einzige Überlebende, nur dass es kein Flugzeugabsturz war, sondern ein explodierter Zug. Als ich fertig war, wurde mir bewusst, dass ich noch eine Menge daran tun musste, aber dafür hatte ich damals nicht die nötige Energie. Also habe ich das Manuskript beiseitegelegt und *Das Motel der vergessenen Träume* geschrieben. Und dann eine Trilogie. Und die ganze Zeit dümpelte die Zug-Story (wie ich es nannte) auf meiner Festplatte herum. Fünf Jahre lang. Und dann war irgendwann der Zeitpunkt gekommen, diese Geschichte zu nehmen und abzustauben. Timing ist wohl doch alles.

Die Frage nach dem Bösen in der Welt ist ein Schlüsselthema in »Der Tag, an dem die Zeit stillstand« – warum manchen Menschen schlimme Dinge zustoßen und anderen nicht und welche

Wirkung diese Ereignisse haben. Hat sich Ihre Sicht in Bezug auf die Frage nach dem Bösen in der Welt beim Schreiben geändert?

Nicht komplett geändert, sondern eher verschoben. Das war ein schwieriges Thema – die Folgen des Bösen und die scheinbar ungerechte Verteilung von Leid. Wie sollte ich diese Wirklichkeit auf hoffnungsvolle, befriedigende Weise in einem Roman behandeln?

Ich mühte mich ziemlich lange damit ab und dann fiel mir eine Unterhaltung ein, die ich mal mit jemandem auf Facebook geführt habe. Wir haben über das Leid und die Lazarus-Geschichte gesprochen und darüber, dass Gottes Timing für uns rätselhaft ist, aber für ihn Sinn ergibt. Weil Jesus zu spät kam, um seinem kranken Freund zu helfen, konnte er zeigen, dass er mehr war als ein Heiler. Er konnte sich als jemand erweisen, der Tote auferwecken konnte. Und während wir darüber nachdachten, sagte meine Freundin: »Aber vorher haben Maria und Marta ihn als ihren Trost erlebt.« Als Maria und Marta traurig und verwirrt zu Jesus kamen, hat er sie nicht getadelt. Er hat diese beiden leidenden Frauen gesehen und mit ihnen geweint, obwohl er genau wusste, was er tun würde. Es ist ein kurzer, aber unglaublich starker Vers: »Jesus fing an zu weinen.«

Wir werden nie ganz verstehen, warum. Es ist zu komplex für uns. Ich hätte am Ende von »Der Tag, an dem die Zeit stillstand« unmöglich eine befriedigende Antwort auf diese Warum-Frage geben können. Aber vielleicht konnte das *Warum* an Gewicht verlieren, wenn wir uns stattdessen auf das *Wer* konzentrieren. Diese Entwicklung habe ich als Schriftstellerin gemacht und Autumn Manning habe ich auf diese Reise mitgenommen.

»Der Tag, an dem die Zeit stillstand« ist ein Buch, das man nicht so leicht einordnen kann. Es fängt mit einem dramatischen Ereignis an, es gibt Rätsel, die gelöst werden müssen, es gibt auch leichte Momente und es hat eine ganz besondere weibliche Hauptfigur. Was für einen Roman wollten Sie schreiben und wie hat er sich bei der Arbeit daran verändert?

Ich bin nicht sicher, ob meine Leserinnen und Leser den ersten Manuskriptentwurf wiedererkennen würden, so sehr hat er sich mit der Zeit verändert! Aber ich bin mit dem Ergebnis wirklich sehr zufrieden. Ich wollte eine romantische Geschichte in einer ganz anderen Stadt erzählen. Es gab mehrere Szenen, die auf das tragische Ereignis hinführten, anstatt gleich mit der Explosion zu beginnen, und der Großteil der Geschichte spielte nur wenige Wochen nach dem Unglück.

Während der Überarbeitung wurde deutlich, dass diese Idee das Potenzial für etwas Tieferes, Bewegenderes hatte. Wir haben mehrere größere Änderungen vorgenommen, zum Beispiel, dass die Geschichte ein Jahr nach der Explosion spielt. Einige Charaktere haben wir ganz geändert und das, was vorher sichtbar war, haben wir versteckt, um mehr Spannung zu erzeugen.

Chicago spielt in diesem Roman eine wichtige Rolle. Warum haben Sie beschlossen, die Geschichte in dieser Stadt spielen zu lassen?

Ich wusste, dass ich eine Großstadt mit einem Zug brauchte. Chicago habe ich ausgesucht, weil ich mehrmals dort war, und da es nur drei Stunden Autofahrt entfernt ist, wusste ich, dass die Recherchen dadurch einfacher sein würden. Außerdem wohnt meine Cousine Melissa dort in der Nähe. Sie hat nicht nur einen Tag damit verbracht, mich durch die Gegend zu fahren, damit ich ein lebendiges, glaubwürdiges Ambiente erschaffen konnte; sie hat auch jede Menge Textnachrichten beantwortet, während ich schrieb.

Obwohl Autumn die Normalität ihrer rüpelhaften Verwandten nicht so leicht akzeptieren kann, sind sie ein stabilisierender Faktor in ihrem Leben. Was hat als Inspiration für die Mannings gedient?

Meine Familie ist ziemlich rüpelhaft. Meine Eltern haben beide jeweils neun Geschwister. Ja, neun! Ich habe mehr als vierzig Cousins und Cousinen ersten Grades. Mehrere der Geschwister meiner Mutter wohnen in der Nähe und wir versuchen, einmal im Monat im Haus meiner Tante Peggy ein gemeinsames Abendessen zu veranstalten, was immer eine sehr lebhafte Angelegenheit ist. Die Glynns können leise nicht so gut, da gibt es also jede Menge Inspirationsquellen …

Aber was Autumns Familie betrifft, beruhen die Charaktere nicht auf irgendwelchen echten Personen. Da haben wir den älteren, zuverlässigen Bruder mit einer Frau und drei kleinen Kindern. Die jüngere, unkonventionelle Schwester und ihren Verlobten. Den bodenständigen Vater, der viel Liebe zu geben hat, aber keine großen Worte macht. Wie in vielen Familien gibt es auch bei den Mannings Verlust und die Herausforderung, ein neues Familienmitglied zu integrieren. Ich wollte, dass sie eine ganz normale Familie sind.

Was, hoffen Sie, werden Ihre Leserinnen und Leser von »Der Tag, an dem die Zeit stillstand« mitnehmen?

Ein neues Gefühl des Staunens darüber, dass Gott ein Gott ist, der mit den Leidenden weint.

Beschreiben Sie einen ihrer normalen Arbeitstage als Schriftstellerin. Auf welche Abläufe verlassen Sie sich dabei?

Normalerweise beginne ich meinen Tag mit Kaffee, einem Donut (danach bin ich süchtig) und meiner Bibel. Manchmal muss ich morgens die Kinder für die Schule fertig machen und auf den Weg bringen oder unsere Tochter, die besondere Bedürfnisse hat, zu verschiedenen Therapieterminen fahren. An anderen Tagen übernimmt mein Mann das, sodass ich meinen Schlafanzug anbehalten, meinen Laptop aufklappen und mich an die Arbeit machen kann. Ich kann mich nicht mehr so gut konzentrieren wie früher, deshalb ist es schwierig, wenn ich aus dem Schreiben herausgerissen werde. Selbst eine kurze Störung kann dann das Tagesergebnis negativ beeinflussen. Die besten Vormittage sind deshalb die, an denen ich das Internet und mein Handy ausschalte und ganz in die Geschichte eintauche. Während die Kinder von der Schule nach Hause kommen, gibt es Zeitfenster, in denen ich E-Mails schreibe, Newsletter lese und die sozialen Medien checke. Wenn der Abgabetermin näher kommt, muss ich manchmal abends oder an Wochenenden arbeiten, aber je älter ich werde, desto mehr weiß ich die Zeit zu schätzen, die für Familie, Freunde und die Gesundheit reserviert sein sollte.

Welche Autoren oder Autorinnen haben Sie beeinflusst und inspiriert?

Liane Moriarty ist eine neue Lieblingsautorin von mir. Ihre Fähigkeit, lebensnahe, interessante Charaktere mit so viel Ehrlichkeit und Scharfsinn zu zeichnen, ist für mich als Schriftstellerin eine echte Anregung. Ich habe auch immer gerne Francine Rivers gelesen, die vorgemacht hat, wie man mit schwierigen Themen umgehen kann. Sie erfindet unglaublich fesselnd unvollkommene Charaktere, was mich inspiriert hat. Und dann ist da natürlich J. K. Rowling. Ich war vor Kurzem mit meinem Sohn in der *Harry Potter World* in Orlando. Es hat mich echt umgehauen, dass all das – die ganze Fantasiewelt und die dazugehörigen Fans – daraus entstanden ist, weil sie diese Idee hatte und mutig genug war, ein Buch daraus zu machen.

Dank

Dieses Buch neu zu schreiben, war ein intensives Projekt. Die Geschichte hat mehrere große Veränderungen durchgemacht und ohne die folgenden Personen wäre es nicht, was es jetzt ist. Deshalb danke ich …

Erica Vetsch dafür, dass sie vor vielen Jahren ein Schreibwochenende für uns beide organisiert hat, bei dem ich viel zu viel Cola light getrunken habe und ein gutes Stück meiner Zug-Story in ihrer ursprünglichen Form zu Papier gebracht habe. Ohne deine Unterstützung und Ermutigung hätte ich das nicht geschafft.

Melissa Sanko, meiner wunderbaren Cousine, weil sie mich durch Chicago kutschiert und alle meine unglaublich chaotischen Fragen beantwortet hat. Du hast diese Stadt für mich zum Leben erweckt. Alle Fehler oder Unstimmigkeiten in Bezug auf die Orte gehen zu hundert Prozent auf meine Kappe. Du hast alles getan, damit ich es richtig machen kann.

Courtney Walsh dafür, dass sie mit mir Ideen gesammelt hat, als ich mitten in der Überarbeitung gesteckt habe. Immer, wenn ich ein Problem mit der Handlung hatte (was so ziemlich jeden Tag der Fall war), hast du mir eine glaubwürdige Lösung präsentiert.

Jeannie Campbell, meiner allerersten Kritikerin und Fernfreundin, weil sie mir bei allen Szenen geholfen hat, die mit einer Therapiesitzung zu tun hatten.

Rachelle Gardner dafür, dass sie immer zu mir gehalten hat. Dass sie an meine Stimme geglaubt hat und mir geholfen hat, ebenfalls daran zu glauben. Du bist einfach fantastisch.

Shannon Marchese. Was soll ich sagen? Du hast die beeindruckende Gabe zu sehen, was noch nicht da ist, aber sein könnte. Du bist mehr als eine Lektorin – du bist eine Trainerin. Und deinetwegen bin ich eine bessere Schriftstellerin.

Lisa Halls Johnson und Laura Wright für die unermüdliche Arbeit und den Blick fürs Detail.

Den Gansherts, weil sie die beste Mannschaft sind, die man hinter sich haben kann.

Meinem Mann. Du machst die Wäsche. Du kochst das Essen. Du schickst die Kinder in die Schule und bringst Salima zur Logopädie. Du räumst sogar die Spülmaschine ein (obwohl du das nicht ganz richtig machst). Du massierst die Verspannungen aus meinen Schultern und du fragst immer: »Wie kann ich helfen? Wie kann ich dir mehr Freiraum verschaffen?« Du bist mir der liebste Mensch auf der Welt. Als ich dich geheiratet habe, habe ich den Jackpot geknackt.

Und wie immer dem Einen, der mit denen weint, die weinen. Diesseits der Ewigkeit gibt es so viele unbeantwortete *Warum*-Fragen, aber sie alle verblassen angesichts der *Wer*-Frage. Jedes Wort, jede Geschichte, jede Figur und Idee kommt von dir. Möge das alles dich verherrlichen.